MULHERES NEGRAS *NÃO* DEVERIAM MORRER EXAUSTAS

Black girls must die exhausted
© 2022 by Universo dos Livros
© 2021 by Jaunique Sealey

Todos os direitos reservados e protegidos pela Lei 9.610 de 19/02/1998.

Nenhuma parte deste livro, sem autorização prévia por escrito da editora, poderá ser reproduzida ou transmitida sejam quais forem os meios empregados: eletrônicos, mecânicos, fotográficos, gravação ou quaisquer outros.

Diretor editorial: **Luis Matos**

Gerente editorial: **Marcia Batista**

Assistentes editoriais: **Letícia Nakamura e Raquel F. Abranches**

Tradução: **Cynthia Costa**

Preparação: **Alessandra Miranda**

Revisão: **Aline Graça e Karine Ribeiro**

Arte e capa: **Renato Klisman**

Projeto gráfico e diagramação: **Francine C. Silva**

Dados Internacionais de Catalogação na Publicação (CIP)
Angélica Ilacqua CRB-8/7057

A427m

Allen, Jayne
    Mulheres negras não deveriam morrer exaustas / Jayne Allen ; tradução de Cynthia Costa. –– São Paulo : Universo dos Livros, 2022.
    384 p.

    ISBN 978-65-5609-179-2
    Título original: *Black girls must die exhausted*

    1. Ficção norte americana 2. Negras - Ficção
    I. Título II. Costa, Cynthia

22-0896   CDD 813

Universo dos Livros Editora Ltda.
Avenida Ordem e Progresso, 157 – 8º andar – Conj. 803
CEP 01141-030 – Barra Funda – São Paulo/SP
Telefone/Fax: (11) 3392-3336
www.universodoslivros.com.br
e-mail: editor@universodoslivros.com.br
Siga-nos no Twitter: @univdoslivros

MULHERES NEGRAS NÃO DEVERIAM MORRER EXAUSTAS

JAYNE ALLEN

São Paulo
2022

Grupo Editorial
UNIVERSO DOS LIVROS

NOTA PARA LEITORAS E LEITORES

Caras leitoras, caros leitores,

Não é sempre que um livro fala tanto sobre o que acontece fora de suas páginas quanto dentro delas. *Mulheres negras não deveriam morrer exaustas* foi gerado por leitoras e leitores, em uma colaboração em constante evolução, envolvendo cultura, comunidade, companheirismo, cura e tópicos importantes para os quais estamos apenas começando a abrir espaço. E agora você se torna parte dessa história.

Quero receber você pessoalmente neste mundo. Conforme as personagens forem tomando forma em sua mente, conforme elas se transformarem em amigas e talvez até em familiares, à medida que sentir o impulso de reagir ao que está nestas páginas, saiba que você está se tornando parte de uma família muito maior: a comunidade de leitoras e leitores deste livro.

Estamos todos bem aqui com você.

Originalmente, escrevi *Mulheres negras não deveriam morrer exaustas* para mostrar que, uma vez que removemos as divisões, barreiras, categorizações e todas as outras formas de segregação que aprendemos, no fundo, o amor é a linguagem que todos falamos e a própria força vital de nossa existência.

O amor se apresenta de várias maneiras: amor-próprio, amor entre amigos, amor familiar e amor romântico estão entre elas. Em uma vida maravilhosamente complexa e repleta de desafios, é tentador pensar que a luta de algum modo nos torna indignos, em vez de nos qualificar para algo maior. Temos a tendência de acreditar que as cicatrizes que surgem quando enfrentamos as dores da vida são tudo, menos marcas de beleza que nos fortalecem.

Entendendo que cada dia é um grande triunfo, uma vitória sobre todas as forças que tentam nos derrubar, percebemos como é importante celebrar tudo o que nos dá a coragem de continuar nos arriscando em nome de nossa melhor versão.

Este livro é minha *carta de amor* — para vocês, mulheres negras, para todas as mulheres e todos aqueles que entendem a beleza que surge ao enfrentarmos os obstáculos e o bem que nos faz lutar para nos curarmos, compreendermos, crescermos e, o mais importante, amarmos com mais plenitude.

Se está procurando maneiras de apoiar este trabalho e encorajar mais criações como esta, por favor, escreva uma resenha. Você também pode ajudar a divulgá-lo seguindo-nos no Instagram e no Twitter, e juntando-se à nossa *newsletter*. A maneira mais fácil de promover mudanças é fazer o que está mais próximo de você. Se nunca escreveu resenhas antes ou gostaria de receber alguma orientação, sinta-se à vontade para visitar JayneAllen.com a fim de obter mais informações e recursos para se expressar de forma impactante, confiável e objetiva.

Há necessidade de vozes mais diversas na literatura, com liberdade e espaço suficiente para escrever perspectivas genuínas a públicos mais diversos. Quero agradecer à HarperCollins por ser esse espaço e servir como canal entre um público negligenciado de leitoras e leitores e livros que eles gostariam de ver mais. Não precisamos de mais diversidade apenas em relação a livros, mas também no tocante a perspectivas, com a expectativa e o reconhecimento de um público mais diversificado.

Com a sua ajuda, as marés estão mudando.

Obrigada por se juntar a esta aventura, um livro de cada vez.

Com muito amor,
Jayne Allen

1

No dia em que fiz trinta anos, saí oficialmente da infância. Não aquela fase de trancinhas no cabelo, bagunça e brincadeiras, do tipo "não suje a roupa de domingo". Nem a juventude superanimada, repleta de péssimas decisões, dos meus anos de faculdade. Se na infância as consequências dos meus atos não importavam, o início da vida adulta foi uma verdadeira colisão frontal contra o significado do termo *tudo*. Os trinta seriam o fim do tempo de ensaio. Tinha-me tornado *oficialmente* uma adulta. E, para mim, isso equivalia a uma lista de conquistas.

Diplomas?

Sim.

Bom emprego?

Sim.

Meio de transporte confiável?

Sim.

Entrada na casa própria?

Sim.

Namoro com perspectiva de casamento?

Sim, sim e sim.

Essa lista já estava *conquistadíssima*. Mas eis que, quando você entra nos trinta anos, a vida resolve pregar algumas peças. Você percebe que a vida real, não apenas a vida adulta, é o que acontece nas entrelinhas dessa lista. Você se dá conta de que os problemas não têm nada a ver com essa *checklist*. E é aí que tem de descobrir quem *realmente* é, porque um minuto atrás você tinha todas as respostas, mas, no próximo, já não tem nenhuma. Bem quando eu tinha começado a me acostumar ao ritmo das preocupações comuns da vida, meu corpo se antecipou e fez o impensável.

— É sério. — Ouvi a médica dizer. — Gostaria de ter uma notícia melhor. Mas a realidade, Tabitha, é que, apesar de ter apenas trinta e três anos, se não der alguns passos significativos nos próximos seis meses, pode ser que nunca mais consiga formar uma família.

Já tinha saído do consultório, mas a voz dela foi me acompanhando até o carro e ficou comigo no caminho para o trabalho, ecoando continuamente na minha cabeça. As únicas misericordiosas interrupções vinham do aplicativo de GPS, que me guiou pelo tráfego pesado de Los Angeles. Ainda pior do que receber uma má notícia seria me atrasar. Na minha profissão, o atraso é uma tragédia; no dia da reunião semanal de pauta, porém, chegar atrasada poderia significar a perda daquela reportagem que daria um *boom* na sua carreira. E, para chegar aonde cheguei, eu já tinha lutado, chorado, sangrado e comido muito mais do que a minha parte do pão que o diabo amassou.

Não conseguia parar de pensar, parafraseando sem cessar as palavras da médica, ruminando na cabeça aquela que era a mais importante consequência para uma pessoa como eu. Na verdade, a médica podia ter sido diplomática. Talvez dito algo como "Você nunca será capaz de ter filhos *biológicos*", ou mesmo "Você não poderá *usar os próprios óvulos* para ter filhos". Mas a forma como ela tinha falado não dava nenhuma esperança. Minha noção de família envolvia me tornar esposa *e* mãe. Em

MULHERES NEGRAS *NÃO* DEVERIAM MORRER EXAUSTAS

uma vida planejada com cuidado, esse quadro sempre estivera preestabelecido — a única peça do quebra-cabeça que deveria se encaixar sozinha. Essa era a garantia silenciosa que dera a mim mesma de que acabaria preenchendo a lacuna na minha vida que aprendi a ignorar, mas que nunca esqueci por completo.

A notícia daquela manhã colocava tudo isso em risco. Fiquei sabendo que tenho algo chamado *falência ovariana prematura*. Que nome maravilhoso, não é mesmo? Em vez de uma "síndrome" muito mais amigável, a palavra "falência" já estava ali, bem na cara. Não há como amenizar esse tipo de mal. Sabe o que causa esse tipo de "falência"? *Estresse*. O mais louco é que, se tivessem me perguntado uma hora atrás, antes daquela consulta, eu teria *jurado* que estava bem.

— Estressada? Não estou estressada — insisti. Sim, estava falando sério, protestei, mas a médica não se convenceu. Em vez disso, me informou que, segundo pesquisas, havia vários sintomas desconhecidos sobre os quais eu gostaria de ter ouvido antes.

— Pode ser que haja pequenas coisas que você não está percebendo — disse a dra. Ellis. — Surgem sintomas que parecem insignificantes na hora, ou você fica insensível a eles, mas uma coisa vai se somando à outra. Seja como for, os resultados do exame não mentem.

Mas, para mim, aqueles eram apenas números e palavras destinados a outra pessoa e erroneamente entregues a mim, porque eu não me *sentia* estressada. Pelo menos não até sair do consultório médico. Não me incomodava nem mesmo navegar pelo enervante labirinto do trânsito matinal. Podia afirmar com orgulho que não xingava ninguém, nunca havia tido um episódio de fúria ao volante, abria a porta para as pessoas, sorria para estranhos e sempre arrumava tempo para passar batom. Por que motivo ficaria estressada? Até aquele momento, tudo estava indo de acordo com o planejado: eu namorava o homem ideal, perfeito para o casamento e alto o suficiente para que eu quisesse ter filhos com ele; estava pronta para uma promoção; e tinha acabado de cumprir minha meta de poupança para pagar a entrada da minha primeira casa dos sonhos. Claro, meus hormônios para formar uma família estavam começando a borbulhar, mas na minha cabeça ainda tinha tempo. Concentrava-me na carreira, nos amigos, em passar os sábados com minha avó e em amar Marc, que ainda não havia mencionado o casamento propriamente dito, mas tinha certeza de que o faria. *Não há por que ter pressa, Tabitha*. Isso é o que eu dizia sempre a mim mesma, toda vez que a mais leve sugestão de "para onde esse relacionamento está indo?" despontava na minha barriga. Quem precisa pressionar quando se tem tempo, não é verdade? Com a notícia de hoje, porém, começava a descobrir como estava enganada.

No meu mundo bem organizado de profissionalismo voltado à ascensão na carreira, baseado em listas de conquistas e namoros semissérios e confortáveis, pensava que tinha me preparado para tudo. Então, como é que tudo isso tinha vindo abaixo em uma simples consulta médica de rotina? Era apenas um acompanhamento para verificar os resultados do meu exame de sangue. Deveria ter imaginado que havia um problema quando a dra. Ellis insistiu em me ver pessoalmente, em vez de apenas enviar um e-mail. Meus números de fertilidade estavam iguais aos de uma mulher à beira da aposentadoria.

— Seu corpo está se esforçando muito para liberar um óvulo por mês — disse ela. — Parece que já faz um tempo que existe esse desequilíbrio. A boa notícia é que descobrimos enquanto ainda há tempo para buscar opções.

Opções? Em minha mente, ter uma família nunca foi uma *opção*. Opções eram para coisas como os sapatos que você escolhe levar nas férias ou onde decide se encontrar com os amigos para jantar. Mas eu sempre soube o que queria, pelo menos desde os nove anos de idade, porque, quando você fica sabendo que não tem algo, esse algo se torna o seu sonho.

Droga. A distração me fez errar o caminho, levando a voz do navegador a me redirecionar, o que combinava bastante com meus pensamentos atuais. Como foi que cheguei aqui? Não tinha *esquecido* que era solteira, nem me *esquecido* de ter filhos. Impossível. Essas ideias zumbiam como pano de fundo todas as noites em que eu saía com minhas amigas, em todas as idas ao supermercado e em todas as declarações individuais de imposto de renda. E, assim que fiz trinta anos, fossem quais fossem minhas conquistas, educacionais ou profissionais, não havia como escapar da pergunta "E aí, por que não *se casou ainda?*". Quase podia ver isso escrito em letras cursivas nos rostos perplexos, ao longo das rugas, nas bem-intencionadas testas franzidas. Aos olhos dos ainda mais curiosos, "O que há de errado com ela?" cintilava em código Morse. As pessoas pareciam pensar que meus diplomas vinham com um crédito optativo de "sra." pelo qual não optei. Não era tão fácil assim.

Nunca tinha deixado de namorar. Namorar para mim sempre fora algo visando a família que eu esperava constituir, mesmo quando "apenas me divertia" nos meus vinte anos. Então, é claro, agora na casa dos trinta, vinha namorando com o cuidado, a intensidade e a dedicação de um segundo emprego. Infelizmente, até o momento, nenhum namoro tinha se tornado um *relacionamento* que pudesse se transformar em uma expectativa de longo prazo — nem mesmo com Marc. Parecia que, na faixa dos trinta, todos para quem o casamento significava alguma coisa, especialmente os homens que consideravam ter uma esposa e uma família uma conquista, já haviam escolhido a melhor e mais próxima opção para levar ao altar. Os homens ainda solteiros, bem, estes consideravam não ter mulher nem filhos sua grande conquista, e não se deixavam ser "agarrados" ou "pegos de surpresa" com facilidade, o que equipararia o amor a sexo casual sem proteção. Eles tratavam o amor como uma doença contagiosa e, se o verdadeiro compromisso de um adulto fosse a versão incurável disso, para eles, então, formar uma família era basicamente a morte. E Deus sabe que eu não estava tentando matar ninguém — o que eu queria era aquele tipo de amor em que os dois se encontram em sintonia, aquela conexão entre duas pessoas que dá a cada uma delas muito mais respostas do que perguntas.

Assim, apesar dos melhores esforços *e* dos saltos altos, estava tão solteira quanto uma freira na clausura. Exceto que, no último ano e meio, não vinha sendo considerada solteira-solteira. Tinha que admitir: havia demorado um pouco para me concentrar no que parecia ser o tipo certo de namoro para o meu objetivo. Quando comecei a namorar, gostava de garotos com corpos sarados, semelhantes a atores de cinema e com carreira de garçom. Voltando para Los Angeles depois da pós-graduação, percebi que talvez deveria encontrar outro "adulto" responsável com quem eu pudesse pelo menos fingir que construía um conto de fadas. O que consegui foi um médico ocupado demais para mim, um empresário da indústria da música que me bebeu e me jantou por um mês antes de desaparecer e um pai solteiro aparentemente maduro em seus trinta e tantos anos que me deu a chave de seu apartamento em nosso segundo encontro e pediu de volta quando a mãe dele veio visitá-lo, dois meses depois. Entre um e outro, havia ainda os "enganadores" e "desperdiça-dores de tempo", que demonstravam grande apego emocional, mas, no fim das contas, só podiam se comprometer com uma amizade.

Os caras de Los Angeles eram de uma raça especial, e não apenas porque as pessoas vêm para cá atrás de sonhos de neon de riqueza e fama. Por isso, quando conheci Marc, que parecia em todos os aspectos um cara educado, bonito e bom profissional, com um nível saudável de presunção *e* decência, tentei me manter por perto. No início, senti-me com sorte. Mas, com o passar do tempo, a sorte se transformou em amor, para nós dois, apesar da incompatibilidade de horários. Mesmo quando minha visibilidade no noticiário aumentou, trazendo consigo ofertas tentadoras de mais tempo e atenção, eu as ignorei, porque não vinham de homens do calibre de Marc. Além disso, ele tinha ganhado meu coração. Fazia-me rir e, quando estávamos juntos, eu me sentia a mulher mais bonita e sexy do pedaço. Ele tinha aquele jeitinho dele, o mesmo jeitinho que me fez sentir tão afortunada no começo.

Nosso relacionamento tinha potencial de longo prazo, embora com grande ênfase em *potencial*. Não tinha passado despercebido que só ficávamos juntos nos fins de semana e que eu ainda não tinha conhe-cido sua família nem compartilhado nenhum feriado com ele. Sim, eu

MULHERES NEGRAS *NÃO* DEVERIAM MORRER EXAUSTAS

sabia que não tinha o "para sempre", mas pensei que estivesse agindo do modo correto — encontrado o cara certo e dado a ele o tempo e o espaço de que precisava para fazer alguns movimentos em direção a um futuro juntos. No ano e meio em que estivemos namorando, ele nunca mencionou casamento, então, eu também não. E nenhum de nós tocou no assunto de filhos, a não ser no início, para combinar que método anticoncepcional adotaríamos. Ele às vezes reconhecia que algum dia seria muito bom ter filhos, e eu concordava, mas nunca pressionava, não importando quanto eu quisesse. Saber que Marc queria ser pai era suficiente para a minha lista de conquistas. Pensava que poderia esperar até chegarmos ao lugar certo em nosso relacionamento. Sempre tive certeza de que haveria tempo. Agora, o choque com a notícia de que não havia ainda se instalava em meu estômago. A médica me disse que eu só tinha seis meses, *na melhor das hipóteses*.

Senti minhas mãos baterem no volante, a frustração subindo pelas entranhas. Que desperdício de esforço tentando não engravidar, apenas para me encontrar em uma situação na qual, mesmo se eu quisesse fazê-lo, possivelmente não poderia. *Aff!* A ideia de minha fertilidade estar nas últimas fazia parecer que cada encontro ruim, cada rompimento difícil e cada cara que eu tinha rejeitado no colégio haviam se transformado em uma grande rachadura permanente na calçada da minha vida. Odiava pensar que talvez essas pessoas tivessem tirado algo de mim que eu nunca mais poderia recuperar. A dra. Ellis tinha dito "opções", mas não pude deixar de pensar: quais eram exatamente as minhas *opções*? Até então, as únicas opções que me preocupavam eram as ideias de pauta que eu sugeria na redação, os restaurantes que escolhia para me encontrar com Marc e, talvez, meu sonho de qual casinha compraria. Agora, minhas ideias de pauta se tornariam oportunidades de vida ou morte para obter minha próxima promoção, encontros com Marc se transformariam em conversas sérias e minha casinha evaporaria para pagar o caro procedimento de congelamento de óvulos, uma dívida que eu nem sabia se poderia assumir. Mas essa viagem de carro do consultório médico para a redação não era um bom momento para começar a lidar com tudo isso. Já estava atrasada para o trabalho, e esgotada.

O que eu realmente precisava fazer era aproveitar o tempo dos semáforos vermelhos para usar o retrovisor como penteadeira improvisada e dar uma maquiada básica no rosto limpo. Era muito complicado controlar o volante com uma mão e fazer o contorno com a outra, especialmente porque minhas mãos ainda tremiam. Meu reflexo olhou para mim com uma careta. Estava sem a minha "beleza" de sempre. Era repórter de televisão, mas não uma beldade "clássica". Portanto, o sucesso para mim significava que havia cinquenta por cento a mais de esforço nos padrões a cumprir, no cabelo a alisar e na máscara de maquiagem a espalhar sobre minha pele negra. Administrava tudo isso com a compostura que se esperaria de uma profissional e, quase sempre, sem pensar duas vezes. Era *isso* que me estressava? A necessidade de me encaixar em um padrão ao qual eu não podia atender de forma natural? Bem, hoje, sim. Hoje, minha mente estava permitindo que ideias bem estabelecidas saíssem do eixo de enfrentamento que em geral mantenho sob controle. Hoje foi a primeira vez em muito tempo que minha aparência assemelhou-se a um fardo que eu gostaria de simplesmente abandonar. Mesmo enquanto lutava para voltar a me maquiar, sentia a cabeça se tornando uma verdadeira bagunça, esforçando-se para encontrar ordem nos pensamentos vagamente conectados, arrancados de lembranças esquecidas e planos de vida que poderiam não se concretizar mais.

Em uma hora como essa, tinha vontade de ligar para minha mãe. Bem, eu queria poder fazer isso, mas o tipo de empatia que a situação exigia não estava ao alcance dela. Estava encarregada de lhe dar netinhos, pelo menos dois, e ela sempre me dizia que esperava três, para sempre ter um pequenino para quem comprar mimos. Minha mãe falava sobre netos o tempo todo, embora morasse do outro lado do continente, em Washington, capital do país. Esse papo dela era como um lembrete de

MULHERES NEGRAS *NÃO* DEVERIAM MORRER EXAUSTAS

calendário para uma reunião ou um compromisso recorrente. Falávamos ao telefone sobre várias coisas não relacionadas, atualizando-nos sobre a vida em nossos respectivos mundos, e, de repente, em um estalo, o tópico surgia e invadia a conversa civilizada: "Então, como vão as coisas com Marc, e para quando posso esperar meus netos?". Não ajudava o fato de eu ser filha única, pelo menos por parte de mãe, e sua única esperança de se tornar avó. Acho que o tempo todo eu sentia que, de alguma maneira, era como se devesse isso a ela, especialmente porque não podia voltar e consertar o passado. *Droga*. A voz robótica me avisou sobre uma desaceleração do tráfego em minha rota, e ainda estava a vinte minutos do trabalho, de acordo com o GPS. Estava perto o bastante para pegar um atalho pelo meu antigo bairro e economizar pelo menos cinco minutos no caminho para a estação. Decidi pegar o desvio.

Eu tinha morado aqui, em View Park, com meus pais. Era um bairro de profissionais negros que ficava no sudoeste de Los Angeles. Não tínhamos uma vida luxuosa, mas vivíamos no bom estilo "gente negra". Não era muito chique, como no caso das personalidades do entretenimento de Bel Air e Malibu, ricas de verdade, mas era bem *confortável*. Ainda mais do que as megamansões de Los Angeles e os lugares badalados de Hollywood Hills, *esses* ainda eram os tipos de lar com que eu sonhava com frequência. A maioria tinha arquitetura rústica de variadas dimensões, mas alguns eram propriedades imponentes, que ocupavam o que parecia ser um quarteirão inteiro. Os gramados estavam sempre bem-cuidados e as palmeiras alinhavam-se nas ruas, algumas proporcionando uma vista perfeita que se estendia até o centro da cidade. Nossa casa tinha uma palmeira *e* um limoeiro na frente, e eu tinha um quarto só meu. Odiava a cor, mas minha mãe escolheu com base no que *supostamente* era: um rosa-chiclete pálido "para princesas". Não me considerava uma princesa quando era criança, com certeza — às vezes, eu me imaginava professora ou médica, alguém com uma carreira, alguém que colocava os dois pés no chão todas as manhãs, vestia-se e ia à luta. Minha mãe havia conhecido os contos de fadas por intermédio da mãe dela e do Walt Disney, mas eu conheci os meus com Oprah.

Naquela época, meus amigos e minha escola ficavam todos próximos e, à noite, com apenas uma curta caminhada e sem precisar pegar o ônibus, podia fazer meu dever de casa rapidamente e depois me entregar a um de meus hobbies favoritos. Talvez estivesse um pouco velha para isso, mas ainda adorava brincar com minha coleção de bonecas Barbie. Para o mundo cor-de-rosa delas, eu não dava a mínima. Rosa nunca foi a cor mais adequada para a minha realidade. É que para aquelas bonecas eu tinha de tudo: a casa dos sonhos, o carro, tudo o que desejasse. Com elas, e *seu* mundo cor-de-rosa, qualquer coisa era possível de um dia para o outro. Eu usava os corpos magros das Barbies para criar meu modelo de vida, com elas vivendo do jeito que eu queria, com os próprios carros e as próprias casas, que podiam ser decoradas como eu desejava. Era um espaço que eu podia controlar em meio à perfeição minuciosamente organizada, projetada e implementada que me envolvia em todos os outros aspectos de nossa vida como família. Minha mãe se casara com meu pai logo após a faculdade e, pelo que sabia, seu foco de carreira tinha sido meu pai, construindo uma vida perfeita para ele e desempenhando o papel para o qual ela sempre acreditou ser mais adequada — uma bela e solidária dona de casa e, um dia, também mãe.

Em nossa última noite como família, eu, aos nove anos, brincava em meio às minhas fantasias, sentada no chão do quarto, com as roupas amassadas e ainda sujas do recreio. De repente, fui surpreendida pelo que parecia ser um longo lamento agudo de minha mãe, que veio da cozinha. Tinha ouvido a porta dos fundos se fechar, mas não tinha estranhado, porque era a hora em que meu pai comumente voltava para casa. Ou a hora em que costumava voltar, antes de começar a passar as noites fora, em viagens de trabalho que vinham se tornando cada vez mais frequentes. Temendo pela minha mãe, corri para a cozinha e a vi sentada à mesa, a cabeça entre as mãos e meu pai parado perto da porta, com a jaqueta no braço e uma expressão estranha no rosto.

MULHERES NEGRAS *NÃO* DEVERIAM MORRER EXAUSTAS

Pareciam absorvidos no próprio momento — minha mãe soluçando e meu pai parado ali, até que enfim consegui tirar algum tipo de som da boca e eles me notaram.

— O que foi, mamãe? — perguntei.

Minha mãe, ao ouvir minha vozinha, respirou fundo. Acho que ela havia se esquecido de que eu estava em casa. Virou-se e olhou para mim — a memória de sua maquiagem, quase sempre impecável, escorrendo pelos olhos hoje me faria pensar em uma pintura de Picasso ou em alguma versão da vida real na distorção de Edvard Munch. Seus olhos brilhantes encontraram os meus, e ela disse em um tom assustadoramente sério:

— Seu pai está nos deixando pela sua *outra* família. — E foi isso. Ela voltou a soluçar, desta vez desabando sobre a mesa.

— Ai, meu Deus, Jeanie, não posso acreditar que disse isso a ela — meu pai gritou, jogando a pasta no piso da cozinha.

Fiquei parada como um animal acuado enquanto minha mente imatura processava o que tinha ouvido. *O quê? Meu pai, nos deixando? Que outra família? Nos deixando? Para onde ele está indo?*

— Papai, você está indo embora? — Foi tudo o que pude falar, um eco do que tinha ouvido. — Quando?

Comecei a chorar e falar ao mesmo tempo, questionando-o com um pânico crescente, em um tom cada vez mais alto.

Meu pai aproximou-se de mim, ajoelhou-se e me encarou.

— Nunca deixarei *você*, Tabby. Há algumas coisas que sua mãe e eu precisamos discutir. Você pode ir para o quarto, e me encontro com você daqui a pouco? Prometo que não vou embora. Prometo. Combinado?

Algo em sua promessa trouxe uma calma temporária, que me permitiu romper com a visão de minha mãe soluçante, voltar para o meu quarto e fechar a porta. Não queria ouvir mais nada sobre o que estava acontecendo na cozinha. Tentei retomar minha cena — minha Barbie loira ensinava às amigas algo que tínhamos aprendido na escola naquela semana —, mas, de repente, aquelas bonecas não pareciam mais tão interessantes. Naquele instante, o mundo delas parecia tão falso e artificial quanto aquelas pernas de borracha escorregadia. Eu as guardei e tentei manter minha rotina, tomando banho, colocando o pijama e, por fim, indo para a cama. Deitei-me de costas, com as mãos cruzadas na parte superior do peito reto, olhando para o teto, esperando quem sabe quanto tempo até que minha porta se abrisse e meu pai entrasse. Ele avançou pelo carpete rosa felpudo até minha cama rosa-princesa e sentou-se na beirada. Foi essa conversa que transformou aquele dia em meu primeiro dia "D" — soube que havia uma mulher chamada Diane e que haveria um divórcio, e que meu pai não moraria mais comigo e com minha mãe. Então, houve outro "D" descoberto naquele dia: *deslealdade*.

O conceito de "caso", e o fato de meu pai ter um, foi algo que aprendi em uma noite diferente — uma das muitas que se seguiram, nas quais minha mãe buscava conforto em taça após taça de vinho, que soltavam sua língua para revelar verdades que eu preferiria não saber. Mas havia uma coisa sobre a qual minha mãe não falava, nem meu pai. Foi só quando enfim a encontrei e vi seu rosto com meus próprios olhos — sorrindo de modo exagerado, dentes brancos, lábios rosados, cabelo castanho e olhos azuis brilhantes — que percebi que Diane era branca. Para minha mãe, era um insulto de estereótipo somado à indignação. Uma mulher branca era algo que ela poderia imitar, mas nunca ser.

A traição com Diane foi mais uma facada no peito para minha mãe, porque a mãe de meu pai, minha avó, a outra e original Tabitha Abigail Walker, também era branca. Quando minha mãe e meu pai se casaram, minha mãe teve a impressão de que seria a escolha dele para sua vida adulta. E não que houvesse qualquer atrito entre minha mãe e minha avó, mas, até eu nascer, Vovó Tab era a única mulher com quem minha mãe tinha de competir pela atenção de meu pai. Quando eu era mais nova, lembro-me dos olhos azuis brilhantes da Vovó Tab e de seu cabelo castanho-escuro, que sempre batia um pouco acima dos ombros em um corte perfeito, e de seus óculos de professora que às vezes ficavam pendurados em uma corrente de metal em volta do pescoço e, outras

MULHERES NEGRAS *NÃO* DEVERIAM MORRER EXAUSTAS

vezes, equilibrados na ponta do fino nariz inglês como uma encosta nevada. Ela tinha feito carreira como professora no sistema público de Los Angeles e se aposentado quando eu ainda estava no ensino médio. Foi a Vovó Tab quem me ensinou a ler e a escrever meu nome em letras cursivas, ajudando-me também com a álgebra. Quando criança, nunca pensei na minha avó como "branca". Ela era apenas minha Vovó Tab e "ei, sra. Walker!" para o arco-íris de crianças em sua sala de aula quando eu a visitava. Sabia que ela era da Virgínia Ocidental, embora não falasse muito sobre isso e não tivéssemos contato com o lado dela da família. Pelo que sei, as coisas não haviam corrido muito bem quando ela se casara com meu avô, mas ele também não era alguém sobre quem conversássemos muito. Tudo o que sabia a respeito dele era que era um homem negro da mesma cidade da Vovó Tab; eles tinham se casado logo após se formarem na escola e se divorciado quando meu pai era pequeno; depois, meu avô sumiu do mapa. Às vezes eu me perguntava o que poderia ter acontecido para fazer uma pessoa tão afetuosa quanto a Vovó Tab dar as costas aos seus familiares sem nunca mais ter olhado para trás. Esses pensamentos não duravam muito, contudo, porque ela irradiava amor suficiente por conta própria para compensar todas as pessoas ligadas a ela que não conhecíamos. Para ela, "família" era a família que ela havia escolhido, a família que tinha formado (tirando a parte desfeita) e a família que meu pai constituíra depois disso. Até a chegada de Diane, a família formada por meu pai era, em essência, negra — minha mãe e eu. Para se ter uma ideia, ele e minha mãe se conheceram na Universidade Howard, tradicionalmente frequentada por negros.

Mesmo com uma avó branca, "ser branco" nunca tivera impacto na minha identidade. Até onde eu sabia, não havia diferença entre o que meu pai era e o que minha mãe era e, por extensão, nenhuma diferença entre mim e nenhum deles. Pensando assim, suponho que, embora ela *pudesse*, a Vovó Tab nunca "usou" sua cor branca como um distintivo ou alguma espécie de bandeira, ou como uma configuração padrão em relação à minha "negritude" ou "mestiçagem", por assim dizer. Ela era o que era, e eu era o que era, e, juntas, apenas éramos. Nunca teria ousado proferir as palavras "mestiça" ou "birracial" se alguém me perguntasse sobre minha identidade cultural, racial ou étnica. E não seria porque, dessa forma, estaria fazendo algum tipo de discurso político ou escolhendo uma coisa no lugar da outra. Seria mais correto dizer que nunca me ocorreu que eu pudesse escolher. Desde garotinha, minha avó sempre foi minha "gêmea" muito mais velha, minha melhor amiga adulta e a razão de eu ter orgulho em ser chamada de Tabitha Walker. Mas, quando a história com Diane aconteceu, todos os tipos de limites que jamais haviam existido começaram a se esgueirar em nossa vida, e todo tipo de perguntas que nunca pensamos em fazer antes agora precisavam de respostas.

O abandono do meu pai criou as próprias raízes em minha mente, enxertando em mim outras inseguranças juvenis, criando desagradáveis nós de angústia que eu canalizava para me destacar nos estudos. Minha mãe tinha menos opções — ela se tornou um planeta solto no espaço, sem a gravidade rotacional do sol. Quando faltava estabilidade, em meio a todo o tumulto e ao estado desafiador de dúvida e confusão de minha mãe, Vovó Tab sempre foi um refúgio seguro para mim. Se as coisas esquentassem ou esfriassem muito em casa, ela estava a uma breve viagem de ônibus de distância. Nos piores dias, sobretudo quando era mais jovem, eu ia direto para a casa da Vovó Tab e subia na cama com ela, enterrava minha cabeça em seu ombro e chorava. Se não precisasse trabalhar, é exatamente o que eu faria hoje. Ela me abraçaria sem dizer nenhuma palavra, apenas reservando aquele espaço para mim e para nós. Ela era forte assim, de um jeito quieto, apenas permanecendo ali, sem a necessidade de consertar o que não tinha conserto além de lágrimas e tempo.

O som estridente de uma buzina atrás de mim me tirou do devaneio e interrompeu minha aplicação hipnótica de máscara de cílios diante do sinal verde à minha frente. Estava a apenas cinco minutos do trabalho

MULHERES NEGRAS *NÃO* DEVERIAM MORRER EXAUSTAS

agora, mas a enxurrada de memórias difíceis e o turbilhão em minha mente tinham desviado minha atenção do fluxo de carros. Deixei minha mão pender, segurando a máscara no colo, e agarrei a parte inferior do volante enquanto fechava o tubo. Arrastando meus pensamentos e meus olhos de volta ao reflexo no espelho, pude ver que faltava apenas uma aplicação de batom para eu ficar apresentável — exceto que meu batom não estava na bolsinha de maquiagem. *Droga*. Estava na minha bolsa... no assento.

A súbita aceleração do carro, combinada com uma tentativa desajeitada de pegar minha bolsa, catapultou-a ao chão, com o lado aberto para baixo. Com o canto do olho, vi o conteúdo se espalhar como se fosse um teste de Rorschach por todo o assoalho do carro do lado do passageiro. Eu me permiti uma rápida olhada para baixo, mas logo trouxe meus olhos de volta à rua e, depois, ao espelho retrovisor. Vi as luzes antes de ouvir a sirene. *Isso não pode ser para mim...*, pensei comigo mesma. Mas lá estava ele: o carro-patrulha, atrás de mim, definitivamente atrás de mim.

Não. Não. Não. Não. Não. Hoje não, Senhor. Não tinha ideia de por que ele estaria me parando. E, no clima atual, vestindo essa minha pele negra, não havia nada na estampa preta e branca de uma viatura policial que me passasse segurança. Nada mesmo. Agora, mais do que nunca, me dava a impressão de que minha vida estava em perigo.

Imediatamente, meu coração disparou, retumbando nos ouvidos e silenciando os sons ao redor. Desliguei o rádio e procurei um lugar para estacionar do lado direito da rua. Não pude evitar segurar o volante com tanta força que meus nós dos dedos pareciam quase brancos sob o negro áureo da minha pele. Minha respiração era rápida e entrecortada, embora eu tentasse respirar fundo para evitar o pânico total. *Droga*. Minha bolsa e todo o conteúdo dela estavam no chão — incluindo minha carteira. Em algum momento, se ele pedisse minha identidade, eu teria que pegá-la. *Ai, meu Deus. Não quero me abaixar... para pegar nada.*

Meu celular também estava no chão, do lado do passageiro. *Não vou conseguir gravar isso. Quem será minha testemunha? E se ele achar que estou pegando uma arma enquanto pego o celular? Nunca segurei uma arma... Nunca, nem mesmo uma arma de brinquedo como Tamir Rice, mas ainda assim ele levou um tiro, não foi?* Dentre minhas maiores preocupações no momento, não conseguia saber quem ele havia visto ou o que tinha pensado ao olhar para mim. Não havia uma boa maneira de explicar que eu tinha pais e amigos, e um escritório cheio de pessoas esperando por mim. Por mais desconexos e disfuncionais que fossem eles, eu tinha uma família. Tinha um tipo de família. Esperava que ele entendesse que, se eu não aparecesse para trabalhar, ou para jantar, faria diferença para alguém. Faria. Sentiriam a minha falta — disso eu sabia. Eu não poderia explicar a ele que... *Ai, meu Deus, ele está vindo.* Desviei os olhos da coleção de batons e trocados espalhados ao redor da minha bolsa de cabeça para baixo no assoalho do carro para o espelho retrovisor, observando que o policial caminhava em minha direção. Ele era alto, com uma constituição física sólida. Tinha cabelos loiros e curtos, e usava óculos escuros espelhados que o faziam parecer frio e invencível. Suas mãos estavam no cinto quando se aproximou — o cinto que carregava as armas dele, muitas armas. Só podia rezar para que não usasse nenhuma delas em mim hoje. Não tinha ideia de por que ele faria isso, o que era tão assustador quanto o fato de, com base em tudo o que já tinha visto, também não conseguir dizer por que ele não o faria. Desejava apenas chegar ao trabalho.

Eu o vi se aproximando do lado do motorista do meu carro e fui extremamente cuidadosa para não me mover um centímetro da posição dez para as duas ao volante. Ele fez sinal para que eu abaixasse o vidro. Murmurei preces silenciosas enquanto levava devagar minha mão esquerda ao controle da janela.

O vidro obedeceu e baixou.

— Senhora, posso ver sua habilitação e documento do carro? — perguntou o oficial.

MULHERES NEGRAS NÃO DEVERIAM MORRER EXAUSTAS

Hesitei, quase chorando. *Tente se controlar, Tabby. Mas você não conseguiria alcançar, nem com muito esforço. Já sabe o que eles fazem com negros que se abaixam para buscar algo, não sabe?* Fiquei petrificada. Tudo estava no assoalho do carro, tudo. E se ele pensasse...

— Senhora, os documentos — ele repetiu, um pouco mais insistente desta vez.

Lutei para controlar minha respiração e articular as palavras ao mesmo tempo.

— Eu... Eu... Não posso... Não consigo... Não quero me abaixar para... Está no assoalho... Sinto muito, estou com muito medo agora — deixei escapar.

Todas as palavras saíram de mim com uma pressa avassaladora de trava-línguas. Minha mente estava acelerada, meu coração estava acelerado e minhas mãos seguravam o volante com força suficiente para formar calos. Não queria morrer, e de repente me vi em uma situação em que não tinha ideia de como me manter viva. O vídeo bastante divulgado de Philando Castile passou pela minha cabeça... O som dos tiros soando quando ele foi pegar a carteira, obedecendo ao comando do oficial, ecoou como um aviso de que a respiração errada, o movimento errado, qualquer coisa errada poderiam me exterminar em uma nuvem de balas injustificadas.

— Ah, pelo amor de Deus, minha senhora. Pode sair do carro, por favor?

O oficial olhava para mim com intensidade crescente.

Ai, meu Senhor. Ai, meu Deus. É assim que começa. Lembrei-me do vídeo de Breaion King sendo parada no trânsito, a polícia jogando seu minúsculo corpo de boneca no chão com a força estilhaçante de uma raiva inexplicável. Fiquei tensa e segurei o volante com mais força. *Ai, meu Deus. Ele vai me machucar.* Senti um aperto no fundo da garganta enquanto lágrimas de impotência me ameaçavam, pressionando meus olhos. Tentei lutar contra elas. Tentei respirar. Tentei manter a calma e a clareza na mente. Minha vida dependia disso. Minha vida dependia de tudo o que eu dissesse e fizesse a seguir.

— Pp-por favor — protestei com essas simples palavras quando meu tremor dobrou de intensidade, subindo para o pescoço e alcançando o queixo. — Trabalho no noticiário... Trabalho na TV. Estou apenas tentando ir para o trabalho. Não quero que me machuque. Só quero ir trabalhar — implorei.

A impressão é de que tinha de implorar pela minha vida. Pensei na minha avó, na minha mãe, até mesmo no meu pai. Mas nenhum deles poderia me proteger a partir deste momento.

— Senhora. Saia. Agora. Deste. Carro. Não vou machucar a senhora. Faça isso devagar, e faça agora. Destranque a porta. Destranque a porta. Eu vou abri-la. A senhora vai sair. Ok? Faça isso agora.

Senti sua impaciência crescente. *Querido Deus. Por favor, me ajude. Por favor, me ajude agora. Por favor, por favor, me ajude. Por favor. Vou destrancar esta porta, Deus. Por favor, fique comigo. Por favor.*

Sem dizer nada, consegui acenar com a cabeça e devagar, devagar baixei minha mão esquerda para destrancar a porta do carro. O oficial pegou a maçaneta externa e abriu a porta.

— Agora solte o cinto de segurança e saia, por favor. Venha até aqui. Saia do carro.

Recoloquei minha mão esquerda no volante e tirei minha mão direita para soltar lentamente o cinto de segurança. Lá estava eu de novo, movendo as mãos.

— Vou apenas baixar a mão para soltar o cinto — falei. — Não tenho nada comigo. Trabalho na televisão. Sou repórter. Trabalho na televisão... Eu... — disse essas palavras com muito esforço.

Qualquer coisa além de um sussurro parecia conter o risco de eu liberar o grito de terror que crescia dentro de mim. E eu queria gritar. Eu queria berrar com toda a minha alma: DEIXE-ME EM PAZ! DEIXE-ME EM PAZ! POR QUE NÃO ME DEIXA EM PAAAAZZZ? Mas não disse nada. Eu me contive. Prendi a respiração, destravei o cinto de segurança e o soltei

MULHERES NEGRAS NÃO DEVERIAM MORRER EXAUSTAS

sobre o corpo. E, devagar, virei-me e arrastei meu corpo trêmulo para fora da proteção física do carro, para enfrentar o guarda. *Ai, meu Deus, por favor, me ajude.* Fechei os olhos e me demorei em mais uma oração, que liberei, flutuante, com o suspiro exalado. O policial ficou na minha frente por um breve momento — poderia dizer que ele estava me avaliando, mesmo por trás do olhar sem emoção dos óculos espelhados de aviador. Ele respirou fundo, e sua postura rígida se suavizou um pouco.

— Não acredito que chegamos a esse ponto — disse ele, estendendo a mão para tirar os óculos de sol.

— O quê? — perguntei, assustada com o que isso poderia significar para mim nos próximos instantes.

O guarda balançou a cabeça e tirou os óculos escuros. Oficial Mallory. M-A-L-L-O-R-Y. Tentei guardar o nome na memória e procurei o número no crachá: 13247. Mallory — 13247. *Ok, decorei. Ah, não, já esqueci os números.* Ele olhou para mim com olhos azuis semicerrados para ajustá-los à luminosidade. Inclinou-se ligeiramente para repetir.

— Apenas disse que não posso acreditar que chegamos a esse ponto. A *isso.* Olhe para a senhora... Por que está com tanto medo? — ele perguntou, com aparente seriedade. — *Não* vou machucar a senhora. Ouça — ele começou, mas hesitou. — Vou tocar a senhora. Tudo bem? Não vou machucar a senhora.

Fiz uma pausa, confusa sobre o tipo de permissão que ele me pedia. Não estava certa de ter algum arbítrio ou escolha verdadeira no momento. Assenti com a cabeça, economizando minha energia no caso de precisar gritar. Devagar, ele ergueu as mãos, colocando-as com suavidade em meus ombros. Vi o brilho de uma aliança de ouro em sua mão esquerda. Talvez ele tivesse uma família, uma filha. Talvez pudesse entender como era para um pai pensar que a filha inocente não voltaria para casa.

— Qual é o seu nome? — ele perguntou.

— Tabitha — respondi, até mesmo a palavra mais usada por mim saindo com dificuldade devido ao violento tremor em meu corpo.

Sentia-me com as pernas bambas. Estranhamente, as mãos dele me deram certa estabilidade.

—Tabitha Abigail Walker. Sou repórter do noticiário KVTV. Estou só indo ao trabalho — disse, tentando defender minha segurança, tentando fazê-lo entender que meu nome não era daqueles que simplesmente desapareceriam. Se ele entendeu, não percebi.

Ele continuou como antes:

—Sra. Walker. Ver a senhora... assim... Eu... Não consigo acreditar nisso. Olhe — disse ele, procurando pelas palavras corretas enquanto buscava contato visual direto.

Ele moveu a cabeça até que seus olhos encontraram os meus.

— Sou um policial de terceira geração, ok? Terceira geração. Meu avô era policial, meu pai, também. Eles são a razão de eu colocar este uniforme todos os dias. Todo dia. Para eles... para *mim*, este uniforme significa serviço. Significa honra. Significa o oposto do que está fazendo você ficar aqui na minha frente *desse* jeito. — Ele fez nova pausa, depois prosseguiu: — Não pense que eu não sei... Eu sei, *sim*... Eu li as histórias... Vi os vídeos também. Os mesmos que você viu. Mas isso *não* é o que este uniforme significa para *mim*. Está bem? Não é isso que significa. Está entendendo?

Lutei para assimilar suas palavras. Tudo o que pude fazer foi encará-lo e deixar as lágrimas caírem dos meus olhos. O ar pairou pesado entre nós por um momento, sem ninguém falar nada. Não pude dizer nada, mesmo quando um pouco da tensão começou a deixar o meu corpo. Existem apenas alguns momentos em que as palavras não cumprem o seu dever. Existem apenas alguns pensamentos que são maiores do que as palavras. Foi nesse espaço que nos posicionamos, analisando um ao outro até que pudéssemos encontrar o próximo espaço de realidade compartilhada.

Foi a minha vez de falar.

MULHERES NEGRAS NÃO DEVERIAM MORRER EXAUSTAS

— Sinto muito... Vi coisas demais... Não quis dizer... Não é desrespeito... Estou apenas... com medo... Sei que talvez não devesse ter tanto medo, mas tenho... — tentei explicar.

Suas palavras me tocaram porque eu podia vê-las ecoando no olhar dele. Queria acreditar nele, então permiti que sua promessa acalmasse meus pensamentos desgovernados.

— O que vai acontecer agora? — perguntei.

Ele respirou fundo de novo e tirou uma das mãos do meu ombro, mas manteve os olhos fixos nos meus.

— Parei a senhora porque estava dirigindo de forma irregular... Passou por um semáforo fechado lá atrás e parecia estar falando ao telefone. — Ele interrompeu o contato visual e olhou para o meu carro aberto. Voltou para reencontrar meu olhar. — Pelo que parece, a senhora não estava ao telefone, mas também não estava prestando atenção. Quero liberar a senhora, mas preciso ter certeza de que vai dirigir com segurança. Disse que está a caminho do trabalho, certo? Então só tire um tempinho para se recompor antes de voltar a dirigir. Estamos de acordo?

Ele fez uma pausa para procurar uma resposta em meus olhos.

— S-sim... Sim. Posso fazer isso — consegui responder, grata por não ter de explicar as distrações daquela minha manhã.

— Ok. Vou liberar a senhora — ele disse e fez uma pausa prolongada, sinalizando que analisava as próximas palavras com cuidado. — Não posso fingir que sei o que está passando pela sua cabeça. Não faço ideia. Mas não somos todos como esses que vocês estão vendo e sobre quem estão ouvindo — ele finalizou. Em seguida, virou-se e foi embora, voltando para a viatura.

Fiquei parada, refletindo sobre o momento e suas palavras finais para mim.

— Nem nós — respondi com calma. — Nem nós.

Virei-me devagar para o carro e me permiti desabar no assento, fechando a porta atrás de mim. Com as mãos na posição de dez para as duas no volante, deixei o rosto encostar no centro dele. A cascata de lágrimas veio acompanhada de soluços pesados enquanto todo o peso dos acontecimentos daquela manhã se libertava do meu corpo com a força de uma tempestade. Não deveria ser assim... Nada deveria ser assim. Eu deveria ter mais óvulos. Não deveria estar com tanto medo. Já deveria estar no trabalho. Sou Tabitha Abigail Walker, uma garota negra nos Estados Unidos contemporâneos, e estou pessoal e emocionalmente esgotada. Não são nem onze da manhã e já me sinto tão acabada quanto meu estoque de óvulos.

2

Imagino que em alguns dias — em alguns casos, talvez todos os dias — outras pessoas além de mim possam ser vistas entrando no local de trabalho e fingindo ser alguém que não são. De alguma maneira, a aparência exterior, mesmo que forjada na privacidade de um mundo íntimo de caos, consegue esconder a paisagem devastada pela tempestade que existe por dentro. Hoje foi a primeira vez que me senti agudamente ciente dessa desconexão. Sentia-me tão segura quanto uma embalagem estufada e selada com fita adesiva. Após o episódio com o policial e minha fatídica consulta com a médica, deveria ter ido direto para casa e mergulhado em uma garrafa inteira de vinho. Em vez disso, aqui estava eu, respirando fundo no meu carro, no estacionamento da empresa. Disse a mim mesma que, assim que parasse de tremer e fungar, eu entraria. Não tinha ideia de como havia conseguido, levando em conta o trânsito e, principalmente, após ser parada pela polícia, mas cá estava eu no trabalho, estacionada, apenas dez minutos atrasada para a reunião de pauta. Se pudesse forçar uma recuperação rápida, chegaria a tempo de fazer uma sugestão ou, pelo menos, conseguiria participar de uma boa reportagem em equipe.

Em geral, eu adorava nossa reunião semanal, na qual discutíamos as histórias que cobriríamos e distribuíamos as tarefas mais longas entre as equipes. Sempre tentei propor tópicos que tivessem pelo menos alguma ligação com as comunidades negras e minoritárias de Los Angeles. Na maioria das vezes, acabavam sendo cortados ou modificados para abranger uma versão "mais ampla" e irreconhecível, que passava longe do meu objetivo inicial. Talvez a verdade fosse que eu precisava começar a pensar com menos paixão e de forma mais estratégica, especialmente porque estava pronta para minha próxima promoção. Com o tempo de experiência e uma confiança construída graças a sucessos suficientes ao longo do caminho, tinha optado por ser mais autêntica do que ambiciosa. Sentia que poderia realizar meus sonhos de Oprah do meu jeito. Mas, se meus planos para uma bela vida com Marc, do tipo "tudo o que eu sempre quis", não funcionassem, teria de voltar ao relacionamento com minha carreira e nós precisaríamos ganhar mais dinheiro. A entrada da casa dos meus sonhos já equivaleria a cem por cento das minhas economias, mas, pelo menos, com uma casa, eu teria uma conquista concreta. Se Marc não estivesse pronto para seguir em frente, a única opção dada pela dra. Ellis era a de congelar meus óvulos.

— Congelar os meus óvulos? — perguntei a ela com os olhos arregalados.

Ela falou sobre aquilo como se fosse a coisa mais natural do mundo e me deu o cartão de um especialista em reprodução assistida — bem, na verdade, um especialista em *infertilidade*.

— Não é caro? — perguntei, já sabendo que era por causa do endereço chique do médico no cartão.

Congelamento de óvulos? Honestamente, não me parecia o melhor caminho, pelo menos não para mim. Em primeiro lugar, por menos que custasse, eu sabia que não poderia pagar com o salário de repórter. Em segundo lugar, como poderia ter certeza de que realmente funcionaria?

MULHERES NEGRAS NÃO DEVERIAM MORRER EXAUSTAS

E quando eu teria tempo para fazer isso? Temia a ideia de ter que ligar para outro médico para fazer um *procedimento*. Nunca tinha ido ao médico para fazer algo além de um *check-up* e tomar antibióticos. Mas, pensando de forma realista, poderia contar com Marc estar tão envolvido a ponto de dar o próximo passo com tanta rapidez? Se ele não estivesse, eu precisaria de um aumento, então *dependia dessa promoção*. Por mais desamparada que eu estivesse, por mais desamparada que me sentisse, a única coisa que eu poderia fazer naquele momento era me recompor e mostrar um bom desempenho na reunião de pauta. Prometi a mim mesma que, assim que tudo acabasse, iria direto ao telefone para marcar um *happy hour* com minhas duas melhores amigas, Alexis e Laila. Elas me ajudariam a decidir sobre o que fazer com os óvulos e, talvez, ainda mais importante, como contar a Marc. O cartão do dr. Young que a dra. Ellis tinha me dado estava em cima da minha bolsa, zombando de mim. Desafiando-me a ligar e arriscar notícias ainda piores. Minha cabeça doeu só de pensar em marcar a consulta; isso teria que esperar, mesmo que eu não tivesse nem um dia a perder.

Enfim satisfeita com o retoque da maquiagem, fechei o espelho do carro e saí de dentro dele pela terceira vez naquele dia, esperando um resultado melhor do que nas duas vezes anteriores. Alisei minha saia com as mãos úmidas enquanto passava pela porta sob aquela placa da KVTV que tinha cruzado pela primeira vez dois anos antes. Naquela época, como recém-contratada, estava em êxtase por ter conseguido um cargo de repórter no sul da Califórnia e, especificamente, em Los Angeles. Não se tratava apenas de um grande mercado e minha cidade natal, mas de um lugar onde coisas interessantes aconteciam, portanto, com um fluxo constante de notícias interessantes para cobrir. Tinha ouvido histórias de muitos dos meus amigos da pós-graduação que decidiram ir para canais locais e acabaram se sentindo jogados em algum canto obscuro do país. Era minha chance de tentar avançar no ranking e escapar dessa perspectiva. Paguei minhas dívidas, trabalhei nos fins de semana e perdi festas de aniversário, férias e o *brunch* de domingo com as minhas amigas. Meu próximo passo era me tornar repórter sênior e depois, enfim, apresentadora — o fim de semana seria apenas o começo, depois o noticiário do meio-dia seria incrível e, por fim, ser a âncora do noticiário noturno em dias úteis, às seis da tarde, eis o verdadeiro Santo Graal. Era o horário em que todos os meus sonhos profissionais e aspirações financeiras se realizariam. Deixei minha imaginação me motivar e preencher os vazios abertos pelos acontecimentos daquela manhã. Continuei incentivando essa minha vitalidade interior ao longo de todo o caminho até a sala de reuniões.

Se eu conseguisse o cargo de repórter sênior, significaria que, em vez de apenas tarefas básicas do dia a dia, eu teria uma equipe para me ajudar a pesquisar matérias investigativas mais aprofundadas, além de reportagens de longo prazo. Também significava mais poder de decisão nos tópicos que abordaria e em como seriam apresentados aos espectadores. Era importante fazer-se presente na redação, disso eu tinha certeza, e era por isso que em geral eu me esforçava tanto nessas reuniões semanais. Comunidades sub-representadas na redação seriam sub-representadas nas notícias. E, às vezes, a notícia era tão importante quanto a vida ou a morte. Como hoje. E se o oficial Mallory não tivesse agido corretamente? Era o trabalho jornalístico de uma pessoa que o deixara ciente do motivo de alguém como eu estar com medo. É por isso que nunca tinha conseguido focar exclusivamente em minhas ambições profissionais, mesmo que quisesse e mesmo que fosse do meu interesse. Não havia afro-estadunidenses, homens ou mulheres, liderando nenhuma das equipes de reportagem da KVTV. Uma pena, porque nossas perspectivas eram valiosas, em particular sobre o que se passava em Los Angeles. Ainda assim, mesmo sem minha própria representação cultural na liderança da equipe de notícias, não acreditava que isso *não pudesse* acontecer. Portanto, assumi a responsabilidade de tentar ser ouvida toda semana, mesmo que me sentasse em torno de uma mesa repleta de concorrentes implacáveis, como meu colega Scott

MULHERES NEGRAS *NÃO* DEVERIAM MORRER EXAUSTAS

Stone, candidato à mesma promoção que eu. Ele sempre me dava a impressão de que passaria por cima de qualquer pessoa para chegar lá — e eu era a única pessoa em seu caminho. Agora que sabia quanto eu precisava dessa promoção, talvez precisasse seguir o exemplo dele.

Scott Stone tinha menos anos de experiência do que eu, mas era o epítome da ambição e da autoconfiança. Sempre contribuía com ideias, sempre buscava as melhores reportagens e nunca levava ninguém em consideração. Se eu escorregasse, mesmo que de leve, ele estaria lá para me tirar a menor das oportunidades. Portanto, ele era o outro motivo pelo qual — apesar dos olhos inchados e da máscara completamente derretida, que me fazia parecer um guaxinim em seu pior dia; apesar da minha mente consumida por uma espiral de pensamentos sobre fertilidade e *flashbacks* do pior cenário possível em uma interação aterrorizante com a polícia —, ainda assim, consegui me recompor antes de colocar a mão na maçaneta da porta para entrar na sala de reuniões. Respiração profunda, ombros retos, sorriso engessado: um desempenho perfeito de uma compostura graciosa. Eu precisava disso. Se não demonstrasse autoconfiança, ele usaria a oportunidade para me dar uma rasteira. Sendo assim, com uma nova camada de corretivo e de batom, marchei para a reunião da redação com apenas quinze minutos de atraso. Não me surpreendeu que Scott já estivesse falando, e reforcei meu semblante mais corajoso.

Nosso chefe e diretor-executivo de notícias, Chris Perkins, era um jornalista das antigas. Ao longo de sua carreira de várias décadas, passou por vários canais e era conhecido no setor por ser durão, mas justo. Ele tinha sido o mentor de alguns dos melhores profissionais do ramo. Além disso, sempre conseguia uma boa audiência. Era mortalmente pálido, atarracado, careca e baixinho, mas tinha uma presença marcante e sem dúvida sabia como conduzir uma reunião. A sala de conferências envidraçada, com sua mesa cinza-claro e isolamento acústico até o teto, sempre parecia vibrar com uma nova vida à medida que cada canto e fenda eram preenchidos com a energia de repórteres, apresentadores e editores discutindo "qual vai ser a próxima?" de modo impetuoso. No melhor dos dias, era como a conversa de família mais animada em torno de uma ceia festiva — exceto pelo fato de abordarmos todos os tópicos que devem ser evitados nesse tipo de ocasião se a intenção for manter a paz: política, religião e por aí vai. Em geral, eu passava os dias me preparando para essas reuniões como se fossem minha noite de estreia em uma peça de teatro. Absorvia todos os detalhes que podia — o que vestir, o que dizer, como dizer, nem muito, nem pouco —, porque, no momento em que se entrava por aquela porta, todos e tudo o mais pareciam estar totalmente fora do meu controle.

Sentados ao redor da mesa, analisávamos os dados de audiência e discutíamos novas ideias de reportagens. Repórteres como Scott e eu, que queríamos promoção para os cargos mais importantes, esforçavam-se ainda mais, para serem colocados em equipes de apoio para as melhores matérias. Visibilidade e boa audiência eram os melhores indícios para a ascensão profissional na redação. Portanto, por todas essas razões, era fundamental para mim estar ali — minha ausência seria como o céu se abrindo e os anjos lá em cima sorrindo para Scott.

Entrei na sala com um apressado "desculpe pelo atraso, pessoal" e me dirigi para um assento vago em volta da mesa. Scott, é claro, não parou de falar, mas os demais moveram os olhos para me analisar enquanto cruzava a sala. Eu *nunca* me atrasava e sempre estava perfeitamente apresentável. Percebi que hoje minha blusa de seda creme estava enrugada e nem perto de estar colocada com cuidado na parte de trás da minha saia lápis preta. Meu corretivo, porém, estava dando o seu melhor para esconder aquelas bolsas e círculos sob meus olhos ainda vermelhos. Meu único par de saltos pretos de sola vermelha cavou seu caminho pelo carpete do escritório enquanto eu caminhava até a cadeira. Pela programação normal, a audiência já havia sido analisada e, ao que parecia, agora discutíamos uma lista de pautas colocadas no

MULHERES NEGRAS *NÃO* DEVERIAM MORRER EXAUSTAS

quadro. Todos teriam a oportunidade de dar sugestões, e as melhores seriam atribuídas por Chris a um repórter sênior e sua equipe. Às vezes, apelidávamos essa parte da reunião de "manopla", porque podia ser um soco no estômago. Uma sessão aberta como essa significava que todos podiam falar com liberdade, sem as restrições do decoro habitual das reuniões. Chris parecia sentir que, dessa forma, fomentava uma energia criativa mais produtiva. Tudo o que eu sentia era constrangimento por ter chegado atrasada e ansiedade para me sair bem.

Devido ao fato de meu alvo ser o cargo de repórter sênior, minha contribuição nessa parte da reunião tornou-se muito mais importante. Chris havia me dito na última avaliação que, para ter sucesso na equipe de notícias, ele esperava que minhas ideias e atribuições refletissem minha visão e habilidade para identificar notícias, mas, ao mesmo tempo, precisávamos nos conectar com o nosso público e, mais importante, atrair audiência. Nossa equipe de notícias era bastante competitiva — todos tentavam subir de alguma forma. Dei uma olhada no quadro branco. Os tópicos já haviam sido descartados e as atribuições estavam sendo feitas. Fiquei desapontada por constatar que não teria escolha a não ser guardar minhas ideias para a próxima reunião. Ainda tinha a chance de ser designada para uma boa reportagem, então analisei o que havia sobrado:

~~Eleição para prefeito de Los Angeles~~

~~Merendas escolares — preocupações nutricionais~~

Novo estádio de futebol — progresso e deslocamento

Tendências imobiliárias de Los Angeles — quem está comprando e isso é suficiente para evitar outra bolha?

O que Silicon Beach oferece às mulheres e à população minoritária de Los Angeles?

Os mais recentes desenvolvimentos em cirurgia estética

Já haviam sido feitas atribuições para merenda escolar e política local. Para mim, tudo bem, porque eu preferia investigar como as mudanças na paisagem de Los Angeles vinham tornando os imóveis inacessíveis para as comunidades minoritárias, que acabavam sendo expulsas da própria casa por um ou outro tipo de empreendimento.

O novo estádio de futebol era um excelente exemplo. Era ótimo para os novos residentes de Inglewood e para aqueles que podiam crescer com a economia. Mas o que estava acontecendo com os residentes de longa data, que não se beneficiavam com o crescimento econômico? Sim, o novo estádio era uma reportagem na qual eu de fato poderia cravar os dentes, e ela estava começando a ser discutida quando passei pela porta. Mesmo que Scott estivesse falando, ainda havia tempo para conseguir fazer parte da equipe.

Chris, perto do quadro branco, dirigiu-se a todos na sala, reunidos como pétalas em torno da longa mesa oval.

— Agora, temos Marlee como repórter sênior, mais Andrew, e isso deixa espaço para mais um na equipe de reportagem para o tópico do estádio. Quem topa?

Levantei a mão quase no mesmo instante em que meu traseiro tocou o assento — tenho certeza de que pareceu que eu estava semilevantada, como uma criança na sala de aula gritando "eu, eu!", para que o professor a chamasse porque tinha certeza de que sabia a resposta certa. Eu queria aquela matéria. Ao chamar a atenção de Chris, com minha visão periférica também flagrei Scott Stone me olhando com um meio sorriso, enquanto, lenta e casualmente, também levantava a mão. *Claro.*

Chris continuou:

MULHERES NEGRAS *NÃO* DEVERIAM MORRER EXAUSTAS

— Ok, Scott, Tabitha. Façam sua apresentação. Qual é sua perspectiva sobre o assunto?

Droga. Às vezes, Chris fazia esse segundo turno no estilo luta corpo a corpo quando mais de uma pessoa queria a última vaga aberta em uma equipe de reportagem — ele dizia que isso construía e aumentava o entusiasmo pelas notícias que cobríamos. Em geral, daria o meu máximo, mas, depois da manhã que tive, estava um tanto exausta. Porém, não importava como eu me sentisse, não iria apenas entregar aquilo de bandeja a Scott, sem nenhum esforço.

— Acho que essa é uma grande oportunidade — comecei — para abordar alguns dos bairros periféricos de Los Angeles que têm sido tradicionalmente dominados por uma minoria, e ver como as características deles vêm se alterando. O que o novo estádio está trazendo e, talvez mais importante, o que, ou *quem*, está deixando para trás? — Sorri para dar ênfase, satisfeita comigo mesma.

— Eu acho que a cobertura poderia ser maior — Scott me interrompeu mal eu havia terminado.

Meus lábios se crisparam em uma linha tensa. Ao me virar para olhá-lo, senti meus olhos se estreitarem. Ele não percebeu e manteve o comando da sala.

— Quero dizer, eu entraria na história do futebol em Los Angeles, os Rams originais, o papel que o próprio Coliseu desempenhou na saída deles dali... Sabem, como a área perigosa ao redor realmente prejudicou o público dos jogos em casa, e agora a esperança que voltou com a possibilidade de um novo campeonato. Esta cidade está pronta para vencer, principalmente depois daquela dolorosa derrota no jogo do AFC de 1990.

A sala vibrou, animada com as curiosidades esportivas de Scott, das quais eu não fazia a menor ideia. *Que jogo do AFC? E quanto às casas das pessoas, Scott?*

— Bem, Scott — cortei-o com rapidez —, aquela área perigosa era, na verdade, um bairro onde moravam pessoas, e o perigo muitas vezes era uma questão de percepção, não de fato...

Chris interrompeu antes que eu pudesse terminar.

— Tabby, você parece estar apaixonada pelo viés imobiliário. Por que não pega a próxima reportagem? Scott, nós lhe daremos o estádio dos Rams. Vamos colocar um pouco da história do esporte nisso.

Fervilhei de raiva, mas parecia muito claro para mim que Chris havia tomado uma decisão, sem espaço para protestos. Sabia que poderia aprender as curiosidades do futebol se essa fosse a direção que ele quisesse tomar, mas não seria capaz de vomitá-las nos próximos dois minutos, e por certo não seria o suficiente para derrotar o "Garoto de Ouro" ali. Como isso me ajudaria a conseguir minha promoção? Pensei em levantar a voz e protestar mesmo assim, mas não encontrei nem coragem nem energia para isso. Com a reunião aparentemente resolvida, Chris riscou o tópico do estádio e passou a discutir o mercado imobiliário de Los Angeles.

Quando a reunião terminou, arrastei-me até o banheiro feminino para verificar de novo a maquiagem e recuperar o fôlego na solidão, antes de ir para o meu cubículo. Se eu pudesse chegar ao cargo de repórter sênior, também teria um escritório onde poderia fechar a porta para ter pelo menos um pouco de privacidade. Até então, esta era minha única fuga a fim de tentar me recuperar antes de retornar a um aquário. Coloquei minhas mãos na beirada da pia, que ficava logo abaixo do meu quadril, usando essa alavanca para me empurrar para a frente, a fim de inspecionar as bolsas sob meus olhos. Assim que fiz isso, a porta se abriu e Lisa Sinclair, nossa âncora do meio-dia, entrou.

Lisa era tudo o que você esperaria de uma personalidade televisiva do sul da Califórnia. Era magra e escultural, loira e linda, com dentes de uma perfeição incomum, posicionados em uma boca perfeita, sob um nariz cirurgicamente ajustado. Ela tinha vindo de um canal de St. Louis alguns anos atrás e se encaixado tão bem no papel que cancelaram as

MULHERES NEGRAS NÃO DEVERIAM MORRER EXAUSTAS

entrevistas com as outras candidatas em seu primeiro teste de câmera. Ela e eu não passávamos muito tempo conversando, exceto por um olá ao atravessar os corredores. Esse era o pior momento para mudar essa dinâmica. Em qualquer outro dia, ela seria uma grande aliada e mentora, mas hoje eu não estava pensando com clareza e precisava sair dali o mais rápido possível.

Lisa entrou e olhou para mim. Ela se aproximou do espelho para arrumar o cabelo e retocar o batom, que parecia ser da cor perfeita. Quem encontra o tom de batom *exatamente perfeito*...

— Reunião difícil lá hoje — disse ela, interrompendo meus pensamentos.

Pensei por mais um instante, procurando uma resposta politicamente correta para esconder o que eu sentia de verdade: *Sim, odeio aquele idiota do Scott Stone.*

— Até que não foi tão difícil, apenas o de costume — falei, piscando para evitar revirar os olhos.

— Bem, não pude deixar de notar como Scott atrapalhou sua sugestão. Isso foi péssimo — disse Lisa.

Respondi com um leve sorriso, considerando a possibilidade de ela também ter percebido quem ele era.

— Sim, mas ele faz isso o tempo todo. Como disse, o de sempre — respondi, passiva.

Lisa terminou a última pincelada floreada de seu batom e se virou para mim.

— Olha, este lugar não é fácil... Para nenhuma de nós. Sem dúvida é uma batalha para que sua voz seja ouvida, principalmente se for mulher. Lembro-me da época antes de ser âncora, como repórter sênior. Sempre tive de lutar com os caras pelas melhores histórias e, se envolvesse esportes, bem, podia esquecer.

Assenti com um gesto de cabeça, e ela continuou:

— Tenho conversado com algumas das outras colegas e estamos formando um grupo para discutir assuntos de mulheres no canal.

É em parte para apoiar, mas também ampliar nossa voz por aqui, colocando nossas preocupações na mesa. Você sabe que nosso plano de saúde...

Nosso plano de saúde? Já pressentia a fala dela sobre suas preocupações. Mas não estava com humor para aquilo, e já estava atrasada para chegar à minha mesa. Precisava encontrar um jeito de fugir da conversa.

— Sim! — falei apressadamente.

— Nosso plano de saúde é muito ruim, poderia ser bem melhor.

Passei por Lisa para chegar ao outro lado e alcançar a porta.

— Lisa, adoraria ouvir sobre isso, mas tenho que me encontrar com o repórter sênior da minha equipe de notícias. Talvez possamos conversar mais tarde?

Acrescentei com timidez enquanto saía, sabendo que agia de modo estranho, mas evitando um constrangimento ainda maior:

— Você me mantém informada sobre esse assunto?

Não esperei pela resposta. Apenas deixei Lisa Sinclair postada ali, como uma estátua perfeita com sua boca lindamente decorada e ligeiramente aberta em perplexidade diante da minha saída. *Droga.* Ela tinha a segurança de uma posição de âncora e um poder que eu não possuía. O assunto dela parecia uma distração desnecessária, quando eu só precisava me concentrar em conseguir uma promoção. Por que ela não me oferecia algo que não atrapalhasse isso? Como ser minha mentora, ou algo mais simples? Talvez ela pudesse se dar ao luxo de causar alarido com seu grupo de mulheres focado em nosso plano de saúde, mas eu precisava de um aumento. Precisava que Scott Stone parasse de roubar meu lugar. Precisava convencer meus ovários a não desistirem de mim, e precisava aprender como me sentir em segurança em minha própria cidade. Minha mente voltou para a batida policial daquela manhã. Peguei meu telefone no caminho para a mesa e enviei uma mensagem para Laila e Alexis.

MULHERES NEGRAS *NÃO* DEVERIAM MORRER EXAUSTAS

Eu:
Drinques hoje à noite. Post & Beam?

Alexis:
Sim! Robert está com os meninos esta noite. 18h?

Laila:
18h tá bom. Preciso de uma bebida depois de hoje.

Eu:
Eu também. Último músculo oficialmente danificado.

Alexis:
Hahaha! Pago a primeira rodada!

E, assim, eu tinha um plano ao qual me apegar. Pelo menos veria minhas meninas. Seis da tarde podia chegar logo.

A noite se anunciou com um espetacular pôr do sol rosa-alaranjado. Os tons pastel me fizeram pensar em uma borracha na ponta do lápis, daquelas de antigamente. Era isso que eu precisava que o *happy hour* fosse. Esperava que pelo menos ele pudesse esmaecer a dor de um dia muito difícil. Ao passar pela porta do Post & Beam, logo tive a sensação de estar em casa. O lugar trazia à mente o aconchego da série *Cheers* mesclado a uma decoração contemporânea, mas acolhedora, limpa e neutra, de um restaurante urbano moderno. A cozinha visível ao público e o forno de pizza brilhante no centro faziam o local parecer um lar de ocasiões emocionantes, com comidas reconfortantes do sul em um clima alto-astral. Não me lembro de uma só vez que não tenha visto o proprietário andando por ali, cumprimentando todo mundo. Às vezes, quando ele me reconhecia, ou a uma das minhas amigas, e conversávamos um pouco com ele, ele bancava nossa primeira rodada de bebidas.

Era um dos primeiros novos restaurantes a abrir no Baldwin Hills Crenshaw Plaza, que ficava na entrada dos bairros Baldwin Hills e View Park. Nos anos 1950, essas comunidades eram predominantemente judaicas, mas, com os padrões imobiliários e o "êxodo branco", os enclaves ladeados por palmeiras tornaram-se anfitriões fantásticos para profissionais e personalidades negros. Morar ali era um verdadeiro sinal de ter "vencido na vida", sobretudo se você vivesse nos "Dons" — as ruas nobres de Baldwin Hills com vista de quase 360 graus de Los Angeles. E, no vizinho View Park, ainda havia casas de mais de um milhão de dólares no topo da colina, com tudo o que se poderia esperar dos bairros mais elegantes ao norte, como quadras de tênis, piscinas e até mesmo empregados domésticos.

A revitalização de View Park/Baldwin Hills trouxe mais oportunidades para novos negócios, como nosso amado Post & Beam, mas havia também a preocupação de perder um pouco da rica história e da personalidade da área. Voltar ali era como revisitar minhas melhores lembranças — de quando eu era criança e tudo parecia bom, fácil e em ascensão. A gentrificação estava mudando o bairro, sem dúvida. Cada vez que eu voltava, via cada vez menos gente conhecida da época anterior ao divórcio dos meus pais. Alexis era minha vizinha na mesma rua e foi assim que nos conhecemos. Ela ainda morava lá, em uma casa a poucos quarteirões dos pais, e era casada com Robert, seu namorado do colégio. Robert, depois dos loucos anos de ensino médio e faculdade, tornou-se um orgulhoso membro de carteirinha do clube dos homens casados quando ele e Alexis ainda estavam na casa dos vinte anos. Afastando-se por completo de seu eu mais jovem, ele se tornou um daqueles homens que consideravam o casamento e a família uma

MULHERES NEGRAS *NÃO* DEVERIAM MORRER EXAUSTAS

conquista que valia a pena ter no caminho para a nova terra prometida dos velhos chapéus Kangol, festivais de jazz e cheques da Previdência Social. Os pais dele ainda eram casados, assim como os de Alexis, e os dela ainda moravam na mesma casa e na mesma rua da minha antiga casa. Éramos amigas desde nossas lembranças mais longínquas e ainda tínhamos fotos juntas dos tempos em que éramos novinhas demais para nos lembrarmos. Na juventude, a inocência nos impediu de ter problemas até mais ou menos a época do ensino fundamental, quando Robert apareceu. Enquanto eu era a estudiosa, tirando notas A e agindo como uma debutante antes mesmo de ter completado quinze anos, Alexis tinha se desenvolvido cedo, o que a levou a ganhar o apelido de "Sexy Lexi", e foi assim que *todos* os meninos, e quero com isso dizer *todos* eles, começaram a chamá-la. Ela foi a primeira a ter seios e um bumbum rechonchudo. Tinha todas as curvas com as quais eu só poderia sonhar, enquanto meu corpo permanecia reto para cima e para baixo, frente e verso, plano como uma tábua de pinho. Quando minha mãe se mudou e fui ficar a vários quilômetros de distância com a Vovó Tab, no distrito de Fairfax, Lexi e eu não passávamos tanto tempo juntas e acabamos em escolas diferentes no ensino médio. Robert aproveitou a oportunidade para preencher minha ausência. Ele era um atleta popular e não demorou muito para convencer "Sexy Lexi" a usar sua correntinha de ouro barata com uma placa de identificação de diamante falso que seus pais tinham comprado por insistência dele para legitimar sua carreira no rap, que durou cinco minutos e nunca passou muito além da nossa vizinhança. Robert sempre jurou que eu não gostava dele. Honestamente, não é que não *gostasse* dele, é só que, depois de secar as lágrimas de Lexi tantas vezes, era evidente para mim que Lexi poderia encontrar alguém melhor. Mas, claro, ela não queria. Ela adorava Robert. Eles me fizeram madrinha dos seus meninos, primeiro de Rob Jr. e depois do pequeno Lexington. Odeio escolher favoritos, mas aquele garotinho Lexington, com seus grandes olhos castanhos, cabelo vibrante de cachos densos e sorriso travesso com dentes tortos, faria você procurar um doce na bolsa mesmo que não houvesse nenhum nela. Se Lexi não fosse casada com Rob, ela estaria vivendo uma versão da minha vida de sonho. Ela tinha um marido estável e prestativo, dois filhos e pais ainda casados que moravam na mesma rua.

Fui a primeira a chegar e consegui lugares em uma mesa compartilhada para Alexis e Laila. Achei que Alexis chegaria primeiro e Laila chegaria com quinze minutos de atraso, como era seu padrão. Laila Joon sempre se atrasava, mas sempre valia a pena esperar. Ela era da Bay Area, e a conheci na graduação, no programa de jornalismo da USC. Eu estava focada no telejornalismo, enquanto Laila tinha a intenção de ser uma colunista de jornal sindicalizada. Ela foi para Oakland com suas gírias descoladas e sua cabeleira de *dreadlocks* boêmios. Jamais media as palavras, mas ainda era tão misteriosa e encantadora quanto seu nome, Laila, que se pronunciava como Lah-E-laa, uma versão da palavra árabe para noite. Sua mãe, que viera de uma família negra muçulmana, dera-lhe o nome para marcar esse lado da herança, já que ela carregaria o sobrenome coreano do pai, Joon. Ela parecia negra, parecia asiática, e a combinação levantava questões o tempo todo. Ela nunca deixava de olhar para as pessoas com extrema atenção quando inevitavelmente perguntavam: "O que você é?". Laila, que como escritora era perspicaz e destemida, certa vez respondeu a essa pergunta com "Sou uma mistura" para um inquiridor desavisado que abusou da sorte, pressionando com *do quê?* a seguir. Laila disse em um tom desafiador: "De negra, e cuide da sua vida". O que eu amava em Laila, além de seu destemor, era a capacidade de sempre ser ela mesma, mesmo quando não se sentia confortável nem bem-aceita. Laila foi quem me convenceu a me candidatar ao emprego na KVTV, e passou todos os fins de semana comigo, praticando minha entrevista até que estivesse tão afiada quanto uma lâmina de barbear novinha em folha. Com Alexis casada e com filhos, Laila se tornou minha companheira quando voltei para Los Angeles depois da pós-graduação. Embrenhávamo-nos nas selvas da vida noturna de Los Angeles juntas, como amigas solteiras.

MULHERES NEGRAS *NÃO* DEVERIAM MORRER EXAUSTAS

Isso tornava esta noite uma ocasião rara para nós três, porque em geral era muito difícil fazer Alexis sair de casa.

Para a minha surpresa, após dez minutos de espera sem sinal de nenhuma das minhas amigas na porta, Alexis enfim apareceu, entrando com Laila. Elas correram para a mesa, me abraçando e me beijando como de costume.

— Garota! — Laila disse com sua energia frenética habitual.

— Nem era ainda hora do almoço quando você mandou o Bat-Sinal! Imaginei que alguma *meeerda* tivesse acontecido hoje. Cadê o nosso garçom? Preciso de uma bebida o mais rápido possível. — Sinalizando para o garçom com o braço levantado, ela se virou para mim. — Hum, estou vendo. Nem esperou pela amiga aqui e já tá bebendo! — exclamou com seu largo sorriso.

— Como vai, garota? — Alexis perguntou com sua sinceridade maternal.

Mesmo que a conhecesse praticamente desde sempre, ainda não conseguia acreditar no quanto ela tinha mudado desde que fora a "Sexy Lexi" no colégio. Suas curvas em forma de oito da época haviam se arredondado de modo significativo, ainda mais depois dos dois filhos. Ela ainda era linda e negra, e se portava com a autoconfiança de uma sereia de cabelos compridos, mas dava para ver em sua aparência as marcas da vida e o peso das obrigações de quem cuida de uma família. Laila, por outro lado, ainda tinha o físico de uma estrela da música. Ela era naturalmente linda, com sardas e pele cor de mel, parecendo sempre carregar o brilho do sol californiano com ela. Neste dia, ela havia juntado os *dreads* na altura dos ombros em um coque largo no topo da cabeça.

— Meninas, vocês não vão acreditar — comecei, pronta para contar tudo a elas.

— Espere só um segundo, Tab — disse Alexis, acomodando os quadris largos e flexíveis no banquinho à minha frente. — Deixe-me apenas enviar uma mensagem para Rob e os meninos e avisá-los a que horas voltarei para casa. Sei que eles vão me pedir para levar o jantar... Eles agem como se não soubessem usar um forno ou fogão.

— Nem *delivery* de comida... O Rob não sabe usar o telefone? — Laila provocou.

Alexis apenas olhou para ela.

— Até parece... — ela murmurou, logo imersa em seu telefone, enquanto os dedos dançavam com rapidez pela tela.

— Pronto. Foi. Tab! O que aconteceu? — perguntou Alexis, dirigindo toda a atenção para mim.

— O que não aconteceu hoje? Primeiro, vocês sabem alguma coisa sobre "reserva ovariana"? Pelo jeito, eu não tenho, sabe, nenhuma... Meus ovários estão, tipo, "pois é, garota, nos aposentamos" — eu disse, tentando usar um pouco de humor.

— O quêêêê? O que isso significa? — perguntou Alexis.

— Espere, você não tem mais óvulos? — Laila quase berrou.

— Shhh!

Tentei diminuir o volume das vozes para manter meu problema pessoal fora do alcance dos ouvidos do casal na outra extremidade da mesa compartilhada.

— Em resumo, sim, essa é a minha situação. A médica me contou hoje. Tenho seis meses para fazer algo drástico e, se não o fizer, não tenho praticamente nenhuma chance de ter um filho biológico... ou uma família.

— Gata, sua mãe vai pirar. Você contou para ela? — perguntou Alexis.

Ela conhecia bem a minha mãe e estava certa.

— Não, ainda não. Vocês são as primeiras pessoas para quem eu conto — falei, levando o copo de bebida aos lábios. Devia ter pedido uísque em vez de vinho.

— Bem, o que você vai fazer? E o Marc? — Alexis indagou.

— Vou falar com ele sobre isso, eu acho... Quando o vir. É um assunto meio pesado, não acham? Quero dizer, já falamos sobre filhos no longo prazo, mas não assim...

— Falar com ele? O que você precisa fazer é falar menos e fazer mais sexo. Ainda está tomando anticoncepcional? — perguntou Laila, com seu habitual temperamento prático.

— Sim, claro que estou!

— Bem, as pessoas vivem se esquecendo de tomar todo dia. É só o que vou dizer — falou Laila, acenando para o garçom. — Pergunte a Alexis.

Virei-me e olhei para Alexis com surpresa. Talvez houvesse algo que eu não soubesse. Alexis parecia um pouco alarmada. Sua boca abriu, mas ela se recompôs com rapidez para explicar.

— Bem... Obviamente, *não* foi assim que os meninos chegaram aqui, mas Rob e eu tivemos um pequeno susto antes de ele me pedir em casamento... Felizmente, isso nos aproximou. Acho que isso o fez levar o relacionamento mais a sério... Pode usar essa sua boca grande para pedir um Pinot Noir para mim, Laila? Eu te agradeço.

Alexis se afastou de Laila e se inclinou para mim, para continuar.

— Mas Laila não está errada — ela sussurrou. — É apenas algo para se pensar.

Ela deu um tapinha na minha mão como se quisesse selar um segredo. Não sei se fiquei mais chocada com o fato de minhas duas melhores amigas tentarem me convencer a considerar o impensável, ou que Alexis tivesse compartilhado algo com Laila que nem eu sabia sobre ela e Rob. Legitimamente, isso me deixou mais perplexa do que criar uma potencial controvérsia ao estilo Maury Povich em meu relacionamento atual. Eu me senti meio que traída. *Elas estavam se encontrando sem mim?* Não conseguia imaginar o que Alexis e Laila teriam em comum exceto a minha pessoa. E pensar que elas tinham alguma espécie de irmandade secreta estava além da minha compreensão. *Pensamento mesquinho? Bem provável.* Com um leve traço de culpa interior, fiz uma anotação mental para perguntar sobre isso mais tarde.

— Certo. Enganar Marc e engravidar dele não estava na minha lista de opções, mas muito obrigada a *ambas* pelo conselho — disse, revirando os olhos. — Embora seja bom lembrar que Alexis é a única de nós três que realmente usou o útero.

— Ah, não pense que não tentei, garota. Na faculdade, com certeza eu tentei. Mas aqueles jogadores de basquete da USC tinham tudo sob controle! Nenhum bebê da NBA pra mim! — Laila falou, fazendo com que caíssemos na gargalhada. — Não que eu realmente quisesse, porque é claro que preferia acabar em um emprego sem futuro em um jornal. É o sonho de toda garota.

Quando Laila terminou, chegaram as bebidas para ela e Alexis, e outra para mim. Na hora certa.

— Laila — falei, ainda rindo —, você não tem um emprego sem futuro! Está arrasando. Preciso aprender alguns truques com você.

Ela mudou de posição e tomou um gole, arqueando as sobrancelhas. Continuei:

— De qualquer forma, se Marc não topar, tenho apenas uma opção, que é congelar os óvulos. E me *mata* pensar nisso… Eu acabei de economizar o suficiente para a entrada da minha casa.

— Ah, não! — Alexis soltou, pegando minha mão mais uma vez. — Você teria de abrir mão da sua casa? Sinto muito, Tab, que coisa mais horrível! E não estou dizendo isso apenas como sua corretora de imóveis, mas porque faz tanto tempo que você vem economizando! Sei quanto ter essa casa significava para você. Talvez consiga a promoção?

— Ah, tem isso — falei. — Sim, a promoção que Scott, o Garoto de Ouro, está sempre roubando de mim. Ele arrancou outra reportagem de mim hoje, na reunião de pauta. Queria cobrir o estádio dos Rams e, graças a ele, acabei com uma matéria sobre o mercado imobiliário de Los Angeles. Que, a propósito, vai me lembrar de que as casas estão fora do meu alcance financeiro.

— Ele é uma cobra! — murmurou Laila.

— É, mesmo! — concordei, contente por ter conquistado uma aliada. — E, após a reunião, Lisa, a nova âncora do meio-dia, veio me falar sobre ingressar em um grupo voltado para questões de mulheres no trabalho! E eu pensando comigo: a *minha* questão é esta promoção, ok? Ah, e tem também os meus ovários aposentados. Você vai me ajudar com isso? Porque, se não, não quero participar... Ainda mais agora.

— Bem, talvez isso possa ajudá-la de alguma maneira — sugeriu Alexis. — Eu me juntei a um grupo de questões femininas no trabalho que se tornou uma espécie de grupo de apoio. Depois começamos a apresentar nossas recomendações à administração uma vez por trimestre. Não posso dizer que mudou muito, mas sinto que nos aproximou no escritório.

Laila riu e continuou depois de Alexis.

— No jornal — disse ela —, transformaram uma mulher negra em chefe de diversidade e inclusão. Mas o resultado todo foi um banheiro inclusivo, uma opção de menu cultural étnico uma vez por mês no refeitório, e apenas duas mulheres negras na equipe toda e só uma na redação.

Balancei minha cabeça.

— Somos sempre pegas bem no meio de tudo isso, carregando um fardo duplo, às vezes *triplo* — comentei.

— E sem nunca saber qual questão é *a* questão que vai *nos* trazer aquilo de que *precisamos*. Como você pode lutar pelas outras pessoas quando parece que ninguém está lutando por você?

— Tenho que confessar: sinto que acabo sempre escolhendo o feminismo, ou qualquer outro "ismo", no lugar do racismo — acrescentou Alexis. — Quase toda vez que levanto um assunto envolvendo racismo, recebo algum tipo de exemplo de sexismo na minha cara.

— Isso é porque somos "pós-raciais" agora, Lexi — disse Laila, colocando as aspas no ar com os dedos. — Supostamente, está tudo na nossa cabeça.

— Às vezes, sinto que estou enlouquecendo — falei. — Fui parada pela polícia hoje e quase tive um colapso.

— Ah, não! Tabby! — disse Alexis, demonstrando pânico no rosto. — Você está bem? O que aconteceu?

— Não aconteceu nada, ainda bem — respondi, tentando explicar o momento que ainda não havia processado em meu próprio entendimento. — Ele me deixou ir, mas, não sei... Ele disse que a família inteira dele é de policiais e... e acho, para resumir a situação, que o magoou me ver tão assustada.

— Imagino que ele tenha televisão e internet... E olhos — falou Laila. — Ele não pode estar alheio ao que vem acontecendo com os negros aqui.

— Bem, acho que é isso mesmo... Ele disse que *sabe* — completei, tentando explicar algo inexplicável. — Ele se sentiu mal por isso e queria que eu o visse de forma diferente. Fiquei basicamente histérica, meninas.

— Estou feliz que esteja bem e que tenha conseguido ir embora sem que a coisa toda degringolasse sem motivo nenhum — disse Alexis.

— Lembra que os policiais costumavam prender meus primos o tempo todo aqui em Los Angeles quando estávamos no colégio? Sem nenhum motivo, eles os jogavam no meio-fio. Como se só houvesse criminosos de pele negra. E eles eram *nerds* de óculos! Nunca deveriam ter passado por isso!

— É por isso que o álcool devia ser prescrito para estresse pós-traumático pelo seguro de saúde! — Brincou Laila, tomando um gole. — E vou tomar meu remédio agora. Acreditem em mim. Ordens médicas.

Ri, sendo acompanhada por Alexis. Até Laila, que agora fitava o copo vazio, acabou rindo de si mesma.

— Garçom, deixe-me tomar mais uma dose antes que o *happy hour* acabe!

Fiquei no Post & Beam até sentir o peso das minhas preocupações sair um pouco dos meus ombros. Podia ter começado meu dia em lágrimas, mas pelo menos o finalizei aos risos. Quando cheguei em casa, pensei em minha busca por uma casa com a ajuda de Alexis se findando, e as palavras de Laila ecoaram em minha mente. O cartão do dr. Young ainda estava na minha bolsa, e a mensagem sem resposta de Marc acendeu no meu telefone. Teria de lidar com os dois amanhã. Ainda não tinha certeza do que dizer a Marc ou como poderia explicar minha situação,

MULHERES NEGRAS *NÃO* DEVERIAM MORRER EXAUSTAS

muito menos perguntar a ele se queria uma vida comigo. Depois que tomei banho e vesti a camisola, só havia uma coisa a fazer. Segurei minha caixa de anticoncepcional sobre a pia e olhei longamente para ela. *Bem, as pessoas vivem se esquecendo de tomar todo dia, certo?* Então, fechei a caixa e coloquei de volta no balcão, apaguei a luz e fui para a cama.

3

A semana passada não foi das melhores, em vários sentidos. Aliás, foi tão difícil que me dei um tapinha nas costas só por conseguir chegar ao treino regular de sábado de manhã com Laila. Se tudo corresse de acordo com o planejado, daria ao meu cabelo alisado, embora naturalmente cacheado (bem crespo, na verdade), um "calor" antes de exibi-lo recém-lavado na cadeira do salão de Denisha, onde tinha horário marcado toda semana. Claro, como sempre, Alexis tinha prometido ir junto, mas ela nunca dava as caras na academia. Uma coisa que ela não perderia por nada, porém, era o horário com a cabeleireira, em geral marcado quase na mesma hora que o meu. Hoje eu também não o perderia por nada, porque esta noite, depois de uma semana de conversas com Marc, fingindo normalidade e evitando em particular as notícias da minha médica e o tema do meu futuro, íamos nos encontrar, enfim. E quanto ao nosso futuro? O que ele diria? Não queria perdê-lo, isso era certo, mas não havia como evitar as conversas que eu sabia que precisávamos ter. A ideia de que eu violaria uma *série* de regras de namoro foi aumentando o nó de pânico em minha garganta ao longo do dia. Meu peito parecia apertado, muito mais do que se estivesse usando duas cintas compressoras, ou mesmo três, como Alexis pensara em fazer depois que seu segundo filho nasceu. Se ela apenas fosse à academia às vezes, talvez não precisasse de três cintas, nem fosse tão dura consigo mesma, mas não há uma boa maneira de dizer isso à sua melhor amiga.

Alexis e eu tínhamos mudado nossos hábitos desde que havíamos deixado nosso antigo bairro, mas ainda voltávamos para Denisha, em Slauson, que arrumava nosso cabelo desde o colégio. Não era um lugar chique; na verdade, os ladrilhos de linóleo encardidos e rachados no chão haviam passado da data de validade, e já estavam assim antes de eu ir para a faculdade. As grades coloridas na porta e as janelas da frente davam uma sensação de segurança, sendo também um lembrete de que você estava em um bairro onde era melhor "ficar ligada". Não me lembrava, contudo, de nenhum evento específico ocorrido ali, além do fluxo costumeiro de vendedores ambulantes de filmes piratas e bolsas de grife falsificadas. Uma vez, um cara passou vendendo frutos do mar frescos em seu caminhão. Denisha jurou que ele tinha as melhores pernas de caranguejo que ela já tinha provado. Às vezes, funcionava assim ali nas redondezas: tesouros inesperados podiam estar escondidos sob fachadas despretensiosas. Ou o perigo estaria à espreita. Mas precisava arrumar o cabelo, e a confiança em Denisha valia o risco.

Conforme meu perfil no canal de TV começou a se destacar, era engraçado entrar no salão e ser tratada como uma celebridade local. Não fazia questão de ter essa atenção, sobretudo quando chegava lá direto da academia, mas não podia deixar de apreciar o senso de orgulho e celebração ao me sentir como alguém dali que tinha "vencido", que tinha conseguido ir além da invisibilidade de nossa comunidade. Sempre ficava surpresa quando me perguntavam sobre matérias obscuras que eu cobria e ao receber sugestões de coisas novas que vinham acontecendo nos arredores, e também em outros bairros de negros.

MULHERES NEGRAS *NÃO* DEVERIAM MORRER EXAUSTAS

Uma vez, Denisha sugeriu que eu fizesse uma matéria sobre os crescentes furtos que ocorriam na área. Sua teoria era de que, à medida que a maconha ia se legalizando, as gangues de traficantes passavam a pressionar os jovens membros a cometer outros tipos de crime para obter objetos de valor. Com a Lei dos Três Strikes da Califórnia, os membros mais velhos das gangues criavam estratégias para ficar a salvo de condenações à custa dos mais jovens, cujas fichas seriam limpas quando completassem dezoito anos. Achei uma boa ideia pelo menos investigar, e apresentei a sugestão em uma de nossas reuniões de redação. Adivinhe quem acabou com ela? Scott Stone. Em vez de discutir com ele na frente de toda a equipe, deixei passar. Queria insistir, mas não tinha ninguém para me apoiar. Sabia que haveria um momento para travar essas batalhas, e poderia fazer isso se fosse promovida. Aí essas seriam as *minhas* reportagens, não importando o que Scott Stone tivesse a dizer, ou qualquer outra pessoa. A audiência é que decidiria. E, com base nas conversas no salão de cabeleireiro, a comunidade negra sem dúvida assistia à nossa cobertura de notícias e queria ver mais sobre as experiências que vivenciavam. Era sempre um desafio saber que eu era a única na equipe que poderia disseminar as questões que cercavam a vida das pessoas esquecidas. O mundo delas era um oásis cultural soterrado em meio à paisagem em permanente estado de mudança de Los Angeles.

Eu também tinha de lidar com Denisha — em algumas ocasiões, ela dizia as coisas mais loucas que se poderia imaginar. Uma vez, me falou que estava convencida de que havia alienígenas. "Eles estão na TV, como você!", ela declarou. Perguntei como ela sabia que eram alienígenas, e ela respondeu da seguinte forma: "Bem, pelo que sei, eles têm olhos maiores e não piscam tanto".

Tudo o que pude fazer foi rir.

— Ei, garota, como você está? — Denisha perguntou enquanto colocava a capa plástica em volta dos meus ombros. — O que vamos fazer hoje? O de sempre? Juro, você precisa me deixar fazer um corte e algumas luzes... Ficaria muito bom na TV!

Ela estava sempre tentando me fazer mudar o cabelo. Venho usando o mesmo estilo há anos — um corte conservador de longas camadas e minha cor natural de cabelo castanho-escura, com alguns esparsos fios grisalhos ocultos, alisado e com um leve cacheado nas pontas. O padrão da repórter de TV.

— Exatamente o de sempre — respondi em um tom despreocupado.

Já tínhamos conversado o suficiente sobre mudar meu cabelo para que ela soubesse ser inútil insistir no assunto. A noite com Marc veio à minha cabeça e me fez reconsiderar. Virei-me para Denisha.

— Na verdade, hoje um pouco mais sexy do que de costume — disse com um sorriso malicioso. Denisha me lançou um olhar cúmplice:

— Hum-hum. Entendi, garota — ela falou, dando-me uma piscadela. — Pode ir para o lavatório.

No caminho para lá, meus olhos avistaram uma mulher em outra cadeira do salão fazendo um corte em seu cabelo natural curto. *Aquilo* me deu inveja. Seria um sonho poder apenas lavar o cabelo e deixá-lo ao natural, mesmo que tivesse de usar alguns produtos de modelagem. Ser capaz de me sentir à vontade com meu cabelo enquanto ele despontava do couro cabeludo, imaginei, seria tão libertador! Fui arrancada do meu devaneio por uma voz de comando:

— Este lavatório aqui.

A assistente de Denisha, que parecia mudar de aparência quase toda semana, orientava-me para a lavagem. Podia ter sido severa no tom de voz, mas esfregou meu couro cabeludo com mãos de fada e depois me conduziu à cadeira de Denisha.

— E então, quando a dona Amélia vai chegar? — Denisha perguntou.

Ela estava falando sobre Alexis. As meninas no salão gostavam de provocá-la porque ela parecia falar incessantemente sobre "seu *marido* isso", "seu *marido* aquilo" e "Rob e os meninos" — o que de fato podia ser desagradável. Mas Lexi era assim. Era plenamente a favor do conto de fadas de marido e filhos, e via seu "final feliz" como uma conquista. Quem poderia culpá-la? Denisha era solteira, assim como quase todas as outras cabeleireiras do salão. E eu tinha Marc, já fazia um ano e meio... E... Bem, com certeza não era a situação mais ideal. Quando todo mundo que o rodeia é solteiro, dá para compreender como ser casado pode ser significativo. Então eu dava um desconto para Alexis. Mas, naquele salão, aquele era o máximo de liberdade que ela teria.

— Ela não conseguiu ir à academia de manhã — falei. — Acho que deve chegar às onze, como sempre.

— Não sei por que aquela garota não malha — exclamou Denisha, exasperada. — Com toda essa pressão alta e diabetes rondando a gente. Temos de nos esforçar. Eu mesma comecei a malhar. Caminho todo santo dia — disse ela com orgulho, segurando um modelador de cachos sobre minha cabeça.

— Pois é. Agora é só parar de comer aqueles biscoitinhos de cheddar — falou outra cabeleireira lá do outro lado do salão.

— Garota, você sabe que preciso comer meus biscoitinhos de cheddar! — Riu Denisha. — E tomar meu chá gelado Long Island. Olha aqui pra essa cinturinha e essa cara bonita... Meu homem *não* está reclamando!

Sobre isso, tenho certeza de que Denisha estava certa. Ela podia não ter marido, mas sempre tivera um namorado, ou mais de um. Ela costumava me dizer que tinha um namorado *e* um "amigo para brincadeiras", para quando estivesse entre um e outro. Se ela não arrumasse meu cabelo, juro que voltaria sempre apenas para dar risada.

— Bem, falando do diabo! — Denisha anunciou a chegada de Lexi.

Lexi bufou à porta, respirando pesadamente, tendo a bolsa em uma das mãos e a mão do filho mais novo, Lexington, na outra.

— Agora, sente-se ali e *não se mova*. Está me entendendo? — Alexis instruiu ao filho de quatro anos. — A mamãe vai arrumar o cabelo enquanto você joga no seu iPad. Ok? Não saia desse banco.

Ela apontou para ele com um olhar demorado, até que ele assentiu. Em seguida, virou-se para mim.

— Ei, garota! Não saia antes de conversarmos. Tenho uma coisa para contar.

Ela me deixou intrigada, e me perguntei por que não podia apenas me enviar uma mensagem. Acenei um tchauzinho frenético para o pequeno Lexington.

— Ei, é melhor ficar quieta antes que eu queime você com este negócio! — Denisha avisou.

Voltei para a posição na cadeira, rígida como uma tábua. Sabia muito bem quando devia seguir as instruções que me davam — uma queimadura de *babyliss* era uma mancha de uma semana da qual não precisava, especialmente na minha testa.

Quando Denisha estava terminando, Alexis voltou do lavatório escoltada pela assistente número 102.

— O que precisava me contar? — perguntei.

Alexis me puxou para o lado, fora do alcance auditivo de Denisha.

— Apenas que Rob está planejando uma festa de aniversário para mim, para daqui a três semanas — disse Alexis. — Ele quer que seja uma surpresa, então devo agir como se não soubesse. Mas, menina, não confio nele de jeito nenhum para lidar com todos os detalhes. Então, quando ele ligar para você, apenas aja como se eu não tivesse dito nada. Mas tente dar uma sondada — ela sussurrou. — Sei que vou ter que...

— Deixe o homem fazer as coisas do jeito dele! — falei, interrompendo-a. — Lexi, não vou contar nada para você, mas saiba que estarei lá!

Dei-lhe um abraço rápido, corri até Lexington e depois porta afora, antes que ela pudesse protestar.

— Tchau! Eu te ligo! — disse, fazendo uma mímica de telefone com um gesto perto da orelha e saindo em seguida, enquanto a despedida ainda ecoava atrás de mim.

Uma vez no meu carro, preparei-me para fazer o que temia. Mesmo antes de falar com Marc, teria de dar a notícia em um palco, sob um holofote muito mais brilhante. O aperto no meu peito se somou a uma

MULHERES NEGRAS *NÃO* DEVERIAM MORRER EXAUSTAS

pontada aguda no estômago. *Você consegue, Tabby,* afirmei para mim mesma. *Você consegue.* Acertei as configurações de viva-voz e disse:

— Ligar para... mamãe.

4

— Tabby gatinha! Acabei de pensar em você — a voz de minha mãe dançou com alegria pelo sistema de som do meu carro. — O general e eu acabamos de voltar de uma bela caminhada agora à tarde. Não foi, querido? Sim. Tabby, Nate mandou te dizer oi!

Quando minha mãe me contou que havia conhecido o general Nathaniel Williams, um ano depois que ela e meu pai tinham se divorciado, soltei um suspiro de alívio. Ele parecia perfeito para ela. Tinha transformado sua experiência no serviço militar em um negócio de segurança muito lucrativo, e assim construíra uma bela casa em Potomac, Maryland. Um pouco depois de se conhecerem, as visitas de longa distância entre minha mãe e ele aumentaram aos poucos de frequência e duração, até que, um dia, pouco antes do final do meu oitavo ano, ela me pediu que me sentasse para termos uma conversa séria em nossa sala de estar. O general a havia pedido em casamento e minha mãe queria aceitar. Ela tinha deixado um diamante gigantesco para trás só para que pudesse retornar para casa e falar comigo antes de dar a resposta. Eu estava feliz por ela, mas tudo o que queria saber era se precisaria me mudar.

Foram duas semanas inteiras de negociação, mas, por fim, fizemos um acordo. Minha mãe se mudaria para Washington, porém eu ficaria em Los Angeles. Moraria com a Vovó Tab do ensino médio até a formatura. Houve lágrimas e mais lágrimas, mãos retorcidas e sobrancelhas franzidas. Houve *Eu não sei*, seguido de *Isso não parece certo*, mas, no fim, ela partiu e pôs o anel no dedo. Minha mãe estava em êxtase com a perspectiva do casamento com o general Nathaniel Williams e, com certeza, com o "Williams", pois isso significava manter seu monograma mesmo com o novo nome de casada.

— Olá, Nate — respondi obedientemente através do sistema de som do carro.

— Sinto que faz uma eternidade que não falo com você! — Minha mãe disse, continuando com seu refrão já conhecido. — Sabe, já que não moramos perto, temos de conversar mais, não temos?

— Eu sei, mamãe. Foi uma semana agitada.

— Ah, vamos ver... O que você ia fazer durante esta semana? — Minha mãe fez uma pausa para se lembrar de nossa última conversa.

Eu meio que esperava que ela se esquecesse da consulta médica e eu pudesse adiar o inevitável por um pouco mais de tempo.

— Ah! Claro, a consulta. Como foi? Tudo bem?

Droga.

— Bem, a boa notícia é que estou perfeitamente saudável — comecei. — E... — hesitei, tentando encontrar palavras menos alarmantes para descrever o destino questionável de seus netos.

— E o quê, Tab? — Minha mãe perguntou, o tom de preocupação bem claro na voz. — Boa notícia... Você disse que tinha uma boa notícia... Há uma *má* notícia?

— Bem, depende do que você entende por *má*.

Que baita erro. Escolha melhor as palavras, Tabby, falei para mim mesma. Encontre palavras melhores.

MULHERES NEGRAS *NÃO* DEVERIAM MORRER EXAUSTAS

— Fiz apenas alguns exames de rotina, mas, bem, ao que parece, foi bom para descobrir que tenho menos óvulos do que se espera para minha idade.

Podia sentir o suor começando a brotar.

— Só tenho que congelar meus óvulos nos próximos meses, é isso.

Pronto, a notícia estava dada. Agora eu esperava conseguir desviar do assunto.

— *Congelar óvulos?* E fazer o que com eles? — Minha mãe gritou, o tom se tornando cada vez mais estridente. — Tabby, isso é caro... E nem funciona!

— Mãe, funciona, *sim!* — Senti as têmporas começando a latejar no meio da frase. — Pelo menos, foi o que a médica disse. Além disso, é bom ter opções, não é? Acho que tenho de fazer isso para ter opções no futuro.

Fiz o que podia para tentar manter a calma, embora sentisse o pânico se esgueirando de novo em meu peito.

— Não entendo vocês, meninas de hoje — respondeu minha mãe. — Vocês se afundam na carreira, passam da hora de se casar e, depois, têm que recorrer a todo tipo de procedimentos desnecessários sem comprovação médica... Procedimentos caros! Os médicos dizem qualquer coisa hoje em dia...

Podia sentir a pressão arterial subindo.

— Mamãe! — Controlei-me para não sair como um grito. — Pare. Está tudo bem. Vai dar tudo certo. Não tem nada a ver com a carreira. Tem a ver...

— Com o Marc? Ele está pressionando você para fazer isso? Sinceramente, não sei o que vocês dois estão esperando.

O que estamos *esperando*? Ao ouvir o que minha mãe tinha dito, não pude deixar de ter vontade de rir e chorar ao mesmo tempo. Lembrei a mim mesma que ela tinha boas intenções e respirei fundo.

— Nãoooo... Não tem nada a ver com Marc — falei, soltando uma risadinha fraca e falsa. — E não sei quando ou se Marc quer se casar.

Ele não me pediu em casamento. Você sabe que seria a primeira a saber se ele pedisse!

Poderia jurar que o cronômetro da minha mãe marcava os milissegundos dos meus relacionamentos amorosos.

— Bem, Tabby, talvez, se você colocar menos foco na carreira por um segundo e mais foco nele, ele peça!

Minha respiração ficou presa na garganta. *Ela está certa? É isso? Minha carreira está mesmo atrapalhando meu relacionamento?* Não conseguia imaginar como. Marc sempre me dissera que gostava de eu ser independente e ter minhas ambições. Claro, não nos víamos muito durante a semana, mas sem dúvida aproveitávamos ao máximo os fins de semana. Além disso, houve muito menos vezes em que ele quis me ver e eu não estava disponível do que o contrário.

— Marc gosta que eu trabalhe, mãe — falei, soando apenas parcialmente na defensiva. — E eu também gosto.

Deixei essas palavras pairarem no ar. O peso das memórias que minha mãe e eu compartilhamos dos "anos sombrios" após a separação de meus pais teceu seu caminho no espaço entre nós — mesmo a quilômetros de distância. O silêncio falava palavras dolorosas demais para uma de nós dar voz a si mesma.

— Bem, não permita que ele enrole você, Tabby. — Minha mãe acabou quebrando o impasse. — Deixe-o saber que está preparada. E esse conselho está vindo do general.

Ela sempre recorria a Nate para enfatizar um argumento.

— Entendi, mãe, não há nada com que se preocupar.

Fiquei feliz em ver a esquina à frente. Era a desculpa perfeita para encerrar o interrogatório.

— Tá, agora tenho que ir... Estou na casa da vovó.

— Que bom que você passa toda semana para vê-la! — O tom alegre da minha mãe voltou de imediato.

Ela estava certa; passava toda semana para ver minha avó, não importando o que mais estivesse acontecendo. Sempre arranjava tempo.

MULHERES NEGRAS *NÃO* DEVERIAM MORRER EXAUSTAS

Depois de uma lesão no quadril e um quadro de insuficiência cardíaca congestiva, ela tivera de deixar seu apartamento e ir para uma casa de repouso. Tinha escolhido uma em Glendale, perto de sua melhor amiga, a sra. Gretchen. Depois de conhecer a sra. Gretchen, entendi por que a Vovó Tab queria ficar por perto. Ela me lembrava uma Laila bem mais velha.

Minha mãe continuou:

— Diga olá a ela por mim e me conte como está sendo a adaptação. Vamos conversar de novo logo!

Soltei um profundo suspiro de alívio depois de nos despedirmos. Amava minha mãe, mas o mundo dela e o meu eram universos separados. Não havia como fazê-la entender que as expectativas que tinham lhe ensinado em sua geração pareciam não existir mais em lugar nenhum. Além de Alexis, não era capaz de pensar em *nenhuma* das minhas amigas que fosse casada, quanto mais com filhos. Queríamos nos concentrar na carreira *primeiro*; esse parecia o caminho óbvio. Nenhum homem hoje em dia procurava uma mulher para tomar conta dela. As profissionais tinham substituído as donas de casa, pelo que todos sabíamos. E ser solteira vinha se tornando o novo "casada".

Realmente adorava estacionar em Crestmire, a luxuosa residência para idosos onde vivia minha avó. O exterior parecia o de uma pousada elegante à beira-mar da Nova Inglaterra, mas em plena Glendale, Califórnia. Era fácil confundi-la com um prédio de apartamentos de luxo para um grupo de jovens profissionais de sucesso. Isto é, até você entrar. Lá dentro, em todo lugar, havia pessoas de cabelos grisalhos sentadas em cadeiras, caminhando com andadores, jogando cartas e jogos de tabuleiro nas mesas, tudo embalado pelo burburinho de conversas ao fundo. Parei na recepção para fazer o *check-in*. Não esperava ver um novo rosto. Perguntei-me se isso significava que teria de dar explicações.

— Estou aqui para ver a sra. Walker; Tabitha Walker — falei à recepcionista sentada atrás do balcão de madeira.

Ela olhou para mim por um momento com uma expressão confusa.

— E você é...? — ela perguntou, procurando uma explicação no meu rosto agora carrancudo.

— Sou Tabitha Walker. Tabby, a neta dela. Temos o mesmo nome.

Forcei um sorriso para mostrar a confiabilidade da informação, observando a expressão de perplexidade no rosto à minha frente. Presumi que ela tinha visto minha avó e estava tendo dificuldade para somar dois mais dois.

— Hum... Ok, apenas assine aqui — disse ela, empurrando o livro para mim. — Unidade 1265 — ela informou quando eu já me virava para o corredor de minha avó.

— Eu sei! — respondi. — Venho aqui todo sábado!

Parecia ridículo para mim, mas não podia culpá-la por estar um pouco confusa. Aquele olhar questionador, os momentos de confusão quando se tratava de mim e de minha avó, tive de lidar com tudo isso praticamente a minha vida toda. Fazíamos o que podíamos para encontrar o lado bem-humorado da situação, pelo menos na maior parte do tempo. Entrei na unidade da minha avó e fiquei feliz ao ver que as cortinas haviam sido abertas e que a luz forte do sol banhava o espaço diminuto do apartamento. Bati à porta enquanto a empurrava para abri-la ainda mais.

— Vovó Tab? — gritei, esperando não a assustar.

— Estou no quarto, querida! Já vou sair — ecoou em resposta a voz de minha avó.

Fui até a sala de estar. Ali estavam os móveis da antiga casa de minha avó, no distrito de Fairfax, onde eu morava com ela. Ao se mudar para cá, ela tivera de se adequar ao tamanho e se livrar de um monte de coisas. Pelo menos, mantivera o sofá de *chenille* marrom que abrigava tantas memórias da minha juventude, inclusive minha primeira sessão de amassos na adolescência. *Este sofá já viu dias melhores*, pensei, sentando no meu lugar de costume, os quadris se encaixando com perfeição, como em um abraço. Deslizei a mão pela almofada, sentindo a textura macia sob a palma. Apesar do amor e do cuidado, havia áreas desgastadas aparentes, embora o sofá ainda funcionasse "para o que tinha sido feito", como diria minha avó sobre tantas coisas, inclusive ela mesma. Vovó Tab tinha se mudado para a instituição no ano passado, após a queda. Além da lesão no quadril, a insuficiência cardíaca congestiva a fazia ficar zonza de vez em quando, então ela concordou com meu pai e comigo que era hora de abrir mão de apenas um pouquinho de sua independência, deixando de morar sozinha. Ela recusou minha oferta de se mudar para o meu *loft* no centro de Los Angeles e, em vez disso, optou por ir a Crestmire, para ficar perto da sra. Gretchen.

Vovó Tab e a sra. Gretchen se conheciam desde a época em que eram professoras no sistema público de Los Angeles. Às vezes, a sra. Gretchen ficava por perto quando eu visitava vovó, sentada à mesa da cozinha, fingindo não ouvir nossa conversa, mas interferindo o tempo todo. Ela era uma mulher agitada e, aos 92 anos, tinha mais energia do que a Vovó Tab e eu juntas. Olhei para cima bem a tempo de ver minha avó emergindo em uma de suas muitas combinações de vestido de estampa floral e cardigã. Os tons alaranjados deste me lembravam flores silvestres e realçavam o azul de seus olhos.

— Que bom ver você hoje, Dupla! — Minha avó disse enquanto caminhava pelo espaço compacto do apartamento até a cozinha.

Entre os meus outros apelidos, "Dupla" era especial, usado atualmente apenas entre mim, meu pai e minha avó. Disseram que isso tinha acontecido quando eu tinha cerca de dois anos e estava aprendendo a formar frases coerentes. Reza a lenda familiar que, quando percebi que o nome de minha avó era Tabitha e que o meu também era, corri de fraldas por uma semana proclamando: "Sou Tabitha *calula*! Sou a Tabitha *calula*!".

Naquele vocabulário limitado, o "Caçula" mal pronunciado acabou virando "Dupla", enquanto Tabitha se tornou "Tabby" para a maioria das outras pessoas.

— Parece que a senhora está em ótima forma, Vovó Tab — falei no tom mais encorajador que consegui.

— Ah, não está tão ruim para uma velha que já passou do seu auge.

Minha avó me deu uma piscadela enquanto mexia no bule de chá e tirava duas canecas do armário. Tomaríamos chá Lipton hoje — era a única coisa que minha avó bebia de manhã e no início da tarde. Ela havia me contado que, quando era pequena, o chá Lipton era um luxo pelo qual sua família não podia pagar, pois vivera uma infância pobre nas colinas da Virgínia Ocidental. Então, assim que começou a ganhar dinheiro, meu avô comprou chá para ela com algumas xícaras muito elegantes, como promessa de uma vida futura melhor. Ela sempre disse que o chá a fazia pensar em possibilidades e recomeços. Dada a minha situação, seria melhor tomar duas xícaras hoje. Levantei-me para ajudá-la a trazer as canecas para a pequena mesa da cozinha, onde nos sentamos com as mãos em volta dos círculos de vapor.

— Como vão as coisas no trabalho? Já conseguiu a promoção? — ela perguntou.

— Ainda não — respondi. — Há uma competição extraoficial entre mim e... a senhora conhece aquele repórter, Scott Stone?

Ela assentiu.

— Bem, ele continua me interrompendo nas reuniões e distorcendo minhas ideias. Tenho de encontrar uma maneira de superá-lo.

— Sei que vai conseguir, Dupla — ela disse, colocando a mão pálida, coberta de rugas em cascata, em cima da minha mão negra. — Você é forte. Como eu. Sei que vai encontrar uma maneira. E, se não encontrar, é melhor ele tomar cuidado... Vou quebrar a cabeça dele! — minha avó disse, rindo enquanto agitava um punho fraco no ar.

Nós duas caímos na risada.

— Bem, preciso dessa promoção, então vou consegui-la — falei as palavras da maneira mais tranquilizadora possível. — Acontece que tenho que fazer um procedimento em que eles tiram alguns dos meus óvulos e os congelam para usar depois. Isso vai custar bastante dinheiro.

— Por que não pede a seu pai para ajudá-la? — Vovó Tab perguntou com sinceridade na voz.

MULHERES NEGRAS *NÃO* DEVERIAM MORRER EXAUSTAS

— Nem pensar — eu disse. — Não quero ficar devendo nada a ele, e em particular a Diane. Não, de jeito nenhum.

A isso seguiu-se uma sacudidela involuntária da minha cabeça para dar ênfase, que fez meus cachos recém-penteados quicarem contra os ombros. Eles nunca haviam me oferecido nada antes, nenhuma ajuda com a faculdade, nada. Pelos comentários feitos depois que as filhas deles nasceram, tinha ficado muito claro para mim como os recursos seriam direcionados. Eu poupava a Vovó Tab disso, guardando meus pensamentos comigo, como fazia com quase tudo o que podia naqueles dias.

— Sei que a situação não começou da melhor maneira, Dupla, mas gostaria muito que você desse uma chance a ele — minha avó disse, procurando meus olhos. — Vá jantar com seu pai às vezes. Eles vêm me pegar esta noite, as meninas também. Diane sempre tenta fazer uma refeição tão grande quanto a ceia de Natal!

Essa questão era um ponto sensível e praticamente o único tópico em que minha avó e eu não concordávamos. Ela tinha perdoado Diane há muito tempo pelo caso com meu pai, principalmente depois da chegada de mais netas. Não que eu nunca tivesse sentido certa culpa por não as conhecer bem ou por não ter visto minhas meias-irmãs crescerem, mas o preço de ter que aturar Diane era muito alto. Mesmo depois de todo esse tempo, ainda me lembrava do incidente no casamento deles com tanta clareza como se tivesse acontecido no dia anterior. Eu tinha treze anos na época e fui ao casamento do meu pai como uma convidada qualquer, não como parte da cerimônia, e mal se deram conta da minha presença. Pouco antes da recepção, Diane tirou um tempo de sua obsessão por fotos e convidados e, regozijando-se em sua caminhada pela vitória na ironia de um vestido de noiva branco, puxou-me de lado, dizendo as únicas palavras que ela tinha para mim:

— Bem, acho que você vai ter que parar de chamar Paul de "*meu papai*" depois de hoje — falou isso com suavidade, sem registrar nem um vestígio do olhar apavorado que eu sequer podia disfarçar. — Agora, ele vai ser o papai do Tanner também!

Vadia, lembro-me de ter pensado — esse era o meu nome particular para Diane. E não "vadia" no sentido amistoso e empoderado do termo quando era trocado entre mim e minhas amigas.

Quando voltei para casa, hesitei até em contar para minha mãe o que tinha acontecido, mas acabei contando.

— Que *vadiiiiia* — minha mãe exclamou na manhã seguinte, enquanto preparava o nosso café da manhã, saindo de sua compostura habitual. — Ela tem a *audácia* de dizer para a minha filha o que fazer e o que dizer ao *próprio* pai.

Prendi a respiração quando sua mão pairou sobre a gaveta de facas, deixando os dedos envolverem a alça da gaveta para puxá-la em sua direção. A mão voltou ao balcão segurando uma espátula cuja ponta ela bateu na superfície, causando um estalo de plástico duro para enfatizar suas palavras.

— Da próxima vez que a vir, diga a Diane que *sua* mãe falou...

Ela desviou o olhar dos ovos mexidos para me encarar. Os olhos dela estavam escuros e faiscando. De repente, ela pareceu cair em si e se conteve. Quase pude ver sua mente mudar de curso enquanto o corpo se endireitava pelo menos alguns centímetros.

— Não se preocupe — ela continuou, quase com entusiasmo —, eu mesma direi a ela.

Então ela se virou por completo e apontou a espátula laranja para mim, como se houvesse um alvo bem entre meus olhos.

— E não se *atreva* a deixar aquela — ela fez uma pausa para enfatizar a próxima frase — m-mulher dizer a você o que fazer, exceto o que *seu* pai a orientar como comportamento respeitoso. Está me entendendo?

Por um segundo, achei que ela diria "mulher branca", trazendo à tona a questão que pairava em silêncio no ar, mas ela não o fez. Assenti com rapidez para mostrar que havia entendido, e, com isso, a conversa acabou. Sabia que não devia passar esse tipo de problema para a minha mãe, *nem* lhe perguntar o que ela realmente faria. Durante semanas após aquele momento, na verdade esperei por notícias sobre a misteriosa

MULHERES NEGRAS *NÃO* DEVERIAM MORRER EXAUSTAS

e prematura morte de Diane. No fim, nas poucas e esparsas vezes em que os vi, primeiro os três (Diane estava intacta), depois os quatro e, por fim, os *outros* cinco Walkers, continuei a chamar meu pai de *meu papai*, como sempre tinha feito, e ninguém me falou mais nada sobre isso. Diane mudou pouco e várias vezes tinha sido insensível da mesma maneira, mesmo em anos mais recentes, por isso constatara que ela era quem era, pelo menos para mim, e escolhi manter distância.

— Talvez um dia desses — falei por fim, respondendo à sugestão da Vovó Tab sobre jantar com eles. — Mas esta noite eu não posso. Hoje à noite, eu tenho um encontro... com Marc — disse com um sorriso malicioso.

— Oh, sim, seu namorado Marc — Vovó Tab respondeu, rindo em resposta. — Ah, agora sei por que seu cabelo está tão bonito! Agora você só precisa passar um *tatom*!

Eu ri. Ela estava fazendo outra referência a quando eu era criança, sempre perguntando se podia passar "tatom" vermelho. Ela era a guardiã das minhas memórias.

Fomos surpreendidas em nosso devaneio pelo som simultâneo de uma batida à porta e da porta se abrindo. Lá estava a sra. Gretchen em toda a sua glória loira de 92 anos, em um terno descontraído rosa-chiclete, usando um tênis Nike Air Max para combinar.

— Tabitha — disse ela, dirigindo-se à minha avó —, preciso que venha e diga a essa nova garota sobre eu ir ao shopping. Ela está tentando me impedir de sair, querida! — A voz da sra. Gretchen reverberou com uma intensidade bem-humorada. — Ah, Tab! Você está bonita, garota! — ela disse, voltando sua atenção para mim. — Conversaremos na próxima vez; hoje tenho coisas a fazer. Vamos, Tabitha! — Ela agarrou a mão de minha avó.

Vovó Tab sorriu e se preparou para se levantar e acompanhar a amiga.

— Vou tentar andar bem devagar com você, mas tem que tentar se apressar. Meu Uber está chegando, e não posso permitir que minha classificação caia!

Meu Deus, por que essa mulher de 92 anos está preocupada com sua classificação no Uber?, pensei.

— Estou indo, Gretchen, meu Deus — minha avó disse, deixando-se ser arrastada para a porta pela insistente força da natureza, também conhecida como sua melhor amiga. Eu as segui pelo corredor.

— Agora, Tabitha — disse Gretchen enquanto avançavam pelo corredor —, você *tem* que dizer a essa garota que eu tenho todo o direito de sair, como se eu estivesse na minha casa. Veja, ela é nova. Mas eu não tenho tempo hoje! Tenho um Uber me esperando e hora marcada na manicure!

— Tinha mesmo uma nova recepcionista — comentei. — Não acho que ela tenha acreditado que sou sua neta.

— Bem — interrompeu a sra. Gretchen —, *isso* não é porque ela é nova, Tabby, mas porque é mal informada. Mas hoje ela vai aprender!

Nós três chegamos à recepção como uma espécie de gangue desajustada. A sra. Gretchen abordou a recepcionista.

— Veja, eu trouxe duas pessoas para explicar a você. É melhor você ligar para alguém. Eu tenho bom senso suficiente para saber que não posso prever o tempo, mas o que sei é que não vou perder a minha hora na manicure por sua causa!

— Leslie — disse minha avó, lendo o crachá da recepcionista, que agora estava confusa —, Gretchen tem certa liberdade aqui. Você deve ligar para um dos enfermeiros...

Quase na mesma hora, e provavelmente por causa da comoção crescente, um rosto familiar em um jaleco médico apareceu.

— Boa tarde, sra. Potts e sra. Walker. Olá, Tabby. Visitando sua avó hoje? Que ótimo.

A dra. Johnson estava ali todo sábado, e eu a via com frequência. A pobre recepcionista agora parecia totalmente confusa.

— Estou feliz que tenha aparecido, dra. Johnson — disse a sra. Gretchen. — Poderia *por favor* explicar a Leslie, que é *nova* aqui, que *não*

MULHERES NEGRAS *NÃO* DEVERIAM MORRER EXAUSTAS

posso faltar ao meu compromisso com a manicure? Meu Uber está ali fora para me levar ao shopping.

— Sra. Gretchen, Leslie está certa ao dizer que nossos residentes não deveriam deixar o local sem uma escolta, para a própria segurança... — a dra. Johnson começou. — Mas — continuou com uma piscadela —, sabemos que a senhora tem algumas concessões especiais. A senhora pode ir.

A dra. Johnson voltou-se para se dirigir à agora nervosa recepcionista, que olhava de um lado para o outro, boquiaberta.

— Leslie, apenas registre a saída dela. Ela estará de volta em algumas horas.

A dra. Johnson voltou-se para sra. Gretchen, que já estava a meio caminho da porta da frente.

— Algumas horas, certo, sra. Gretchen?

— Claro, doutora!

E, com isso, ela desapareceu na luminosidade do lado de fora e depois pela porta de trás do Uber que, com certeza, tinha ficado ali durante o episódio inteiro. Com sua partida, ficamos nós quatro, juntas por um momento, e depois minha avó e eu voltamos para seu apartamento para aproveitar ao máximo o meu tempo restante de visita. Afinal, enquanto ela tinha planos em Calabasas com meu pai, eu tinha planos com Marc, que ainda não tinha visto após a consulta com a médica. Ainda não fazia ideia do que diria... ou não diria a ele.

5

O sábado já começou a parecer muito longo antes mesmo de eu fazer os últimos retoques da maquiagem em preparação para o encontro com Marc. A conversa com minha mãe pesava na mente. Tinha desviado o foco dela na conversa, mas, de alguma forma, ela conseguira, com apenas algumas palavras, plantar uma semente de dúvida em mim. Era verdade, Marc e eu namorávamos havia um ano e meio, mas, em várias das semanas, nosso tempo juntos era muito parecido com o desta. Mensagens e algumas ligações nos dias úteis e, depois, um encontro formal no sábado que levaria ao domingo. Com certeza esse não era um relacionamento que parecia estar avançando. Não pude deixar de me perguntar se minha dedicação ao trabalho não era apenas parte do motivo.

Quando começamos a namorar, Marc deixou isso bem claro para mim: não queria que uma mulher fizesse dele o centro da vida dela, e afirmou que gostava que eu tivesse minha carreira e meus objetivos. "Não me importo de ficar apenas no namoro", dissera ele quando conversamos sobre minha carreira como jornalista, e ele nunca reclamava do tempo escasso que tínhamos para passar juntos. Às vezes Marc dava a impressão de adorar ter essa liberdade e flexibilidade de limites. Mas isso também não nos havia aproximado. Tinham me ensinado que o homem deveria liderar e, como mulher, eu deveria aceitar esse fato. Nunca tive a ideia de negociar uma parceria para o futuro, mas cheguei à conclusão de que teria de tentar naquela noite — sem manual de instruções e nenhuma ideia de quão receptivo, ou não, ele seria.

Sabendo que tudo aquilo poderia ser um convite ao desastre, tentei acalmar meus pensamentos inquietos enquanto terminava de me arrumar. Eu o amava, disso eu tinha certeza, mas não de uma maneira inocente e tola, com o "primeiro amor" do ensino médio. Era inteligente de minha parte amar Marc. Ele era o tipo de pessoa que você poderia amar e não se sentir culpada por isso. Vê-lo ainda me dava um frio na barriga, conversar com ele me fazia sentir especial, e sem dúvida poderia me imaginar tendo um filho dele, mesmo agora — e não me importaria se isso significasse licença-maternidade e afastamento da emissora. Levando em conta os comentários de minha mãe, era reconfortante saber que estava disposta a fazer alguns sacrifícios. Só que eu nunca tinha sido solicitada nesse sentido — nem por Marc, nem pelas circunstâncias da vida, pelo menos até o momento. Esta era a semana em que tudo mudara.

O *pim* anunciado pelo meu telefone era Marc, avisando que ele estava lá embaixo, no carro, na frente do meu prédio. Dei uma última olhada no espelho, chegando a me virar para ver se os exercícios estavam valendo a pena — estava bem, muito bem, até, e precisava estar. Esta noite, Marc teria de ser todo ouvidos.

—Ei, lindo! — falei em um tom despreocupado enquanto mergulhava no novo Porsche Panamera de Marc.

Fiz questão de fechar a porta com suavidade, porque, não importava o que ele dissesse, tinha certeza de que, se tivesse de escolher entre mim e o carro, eu seria a primeira a partir. Já tinha testemunhado muitas vezes a contorção em seu rosto quando a porta se fechava com muita força, e isso era quando ele ainda "dirigia um americano", como gostava de dizer.

— E aí, Tab, que delícia de perfume, garota! — Marc disse enquanto me olhava de cima a baixo com seu jeito casualmente sedutor, mordendo o lábio inferior firme e generoso.

Marc era sexy. Muito sexy. Não era tão alto, mas mantinha o corpo em forma. Sua pele negra intensa impecável era a tela perfeita para as sobrancelhas grossas e pretas, bem aparadas em meio aos fortes traços jamaicanos. Na minha cabeça, ele era a minha versão de Kofi Siriboe, *com* formação em administração pela Stanford e uma carreira de muito sucesso como corretor de imóveis comerciais. Ele disparou uma carga elétrica pelo meu corpo quando pegou minha mão. Isso e o friozinho na barriga habitual me trouxeram um rubor e um sorriso sedutor ao rosto.

— Ainda temos um tempo antes da nossa reserva. Podemos ir a um bar no caminho ou apenas tomar uns drinques no restaurante. Você decide — ele falou.

Outra coisa que adorava em Marc: talvez ele não soubesse tomar decisões em relacionamentos, mas com certeza sabia como fazer boas reservas — e boas seleções de vinhos. Nunca me decepcionava com suas escolhas para os nossos encontros. Esperava que essa tendência se estendesse aos tópicos mais sérios que teríamos de discutir em breve, então optei por ir direto ao restaurante.

Naquela noite, Marc decidiu me levar ao Little Door, indiscutivelmente a joia oculta mais romântica em forma de restaurante de toda a Los Angeles. A culinária francesa era servida em um pátio aconchegante, sob árvores com flores delicadas, e uma rede de luzinhas complementava as estrelas do céu noturno. Valia a pena a viagem de carro para sair do centro de Los Angeles, onde eu morava. Não me importava — para ser honesta, era bom me sentar e me deixar levar para outro lugar, passando pelo tráfego de Los Angeles naquele supercarro. O dele estava muito longe do Honda Civic quase dilapidado que eu tinha dirigido por dez anos e do qual ainda me recuperava. Os passeios com Marc podiam ser uma fuga muito boa, se é que era isso que eu estava procurando. Mas agora eu precisava de algo além de uma fuga; precisava de uma parceria. Esperei o máximo que pude, depois dos drinques no bar, do bate-papo durante os aperitivos, até mesmo a chegada dos pratos principais, até abordar os assuntos da semana.

— Então, não cheguei a te contar — comecei minha história para Marc. — Fui parada pela polícia, por nada! Fiquei basicamente às lágrimas e quase convencida de que ia morrer... Minha carteira e todo o resto estavam no chão... E você viu o que fizeram com Philando Castile só porque ele foi pegar a identidade... — falei com bastante seriedade, mas Marc começou a rir de mim.

— Tabby, você é uma mulher negra atraente — ele disse. — Não é *você* quem vai ter problemas com a polícia. Você não é o alvo. Não havia perigo nenhum.

Eu o encarei com ceticismo. *Qual é a diferença entre estar em perigo e sentir que está correndo risco de morte?*, eis o que eu queria saber. *O que me pouparia de uma violência sem sentido? Só porque sou mulher? O que dizer do caso de Sandra Bland, então? Só porque trabalho na televisão?* Tinha muitas perguntas em mente, mas permiti que continuasse.

Ele deu uma garfada na comida e inclinou-se na cadeira, o belo rosto mostrando que estava refletindo sobre o que havia dito.

— Além disso, se está mesmo preocupada, devia ir à livraria da USC, como fiz assim que comprei o Porsche, e comprar uma placa para o carro.

O quê? Ah, tinha esquecido. Típico de Marc. Como ele é inteligente, como pensa nas coisas. Assim que comprou seu carro chique, ele foi até a livraria da Universidade do Sul da Califórnia e adquiriu um acessório indicando que tinha estudado direito para acoplar à placa licenciada. Isso era notável, porque Marc não tinha estudado direito, tampouco frequentado aquela universidade. Ele tinha dito que era "para a polícia pensar duas vezes antes de encher o *meu* saco". Quando perguntei por que ele escolhera aquela universidade em específico, ele havia me contado que era porque ela era privada, e que preferiria que a polícia

MULHERES NEGRAS *NÃO* DEVERIAM MORRER EXAUSTAS

achasse que ele "os processaria sem dó se eles ferrarem comigo". Era esse tipo de ideia maluca que me fazia ser apaixonada por ele.

— Pois é, esqueci do seu acessório "decorativo" de ex-estudante de direito — falei, fazendo as aspas no ar e caindo na risada.

— Viu? Você entende a piada — ele disse com um sorriso. — Pode zombar o quanto quiser, mas só um de nós aqui foi parado pela polícia.

Seu rosto exibiu um sorriso de satisfação. Minha postura suavizou-se um pouco, reconhecendo que ele tinha mesmo um bom argumento. Demos mais algumas risadas e, depois, pigarreei. A conversa estava prestes a ficar séria. Minhas palmas começaram a suar. Ajeitei-me na cadeira.

— Bem... Acho que também fiquei nervosa porque... — fiz uma pausa, procurando as próximas palavras e juntando coragem. — Eu... fiquei sabendo pela minha médica de uma notícia não muito boa... Meu relógio biológico está acelerado, lindo, mais acelerado do que deveria estar...

Em um ato automático, sorvi um gole de vinho e observei a sua reação enquanto bebia. O sorriso do rosto dele desapareceu quase de imediato.

— O que isso significa? — ele perguntou, inclinando-se para a frente e demonstrando preocupação.

— Acho que significa que tenho muito menos óvulos do que deveria ter na minha idade. Preciso fazer algo nos próximos seis meses, ou perderei as opções que tenho — respondi com rapidez.

Com isso, Marc reclinou-se de volta na cadeira, e fiquei um pouco mais aliviada ao ver que ele parecia mais confortável do que eu imaginava.

— Ah, certo — ele falou, a mão coçando o queixo. — Você pode congelar os óvulos, não pode?

Respirei profundamente. Preferiria que essa não tivesse sido a primeira resposta dele.

— Sim, eu poderia fazer isso — respondi. — Mas é caro, e você sabe que estou tentando comprar uma casa. Custaria toda a entrada.

— Seu plano de saúde não cobre? — ele perguntou.

Pensei rapidamente e concluí: *Não cobre*. Aquela era a resposta imediata, mas nunca tinha me ocorrido que eu pudesse ter essa opção. *Que plano de saúde cobre congelamento de óvulos?*

— Não, com certeza, não. Sairia tudo do meu bolso.

— Bom, isso é loucura — Marc disse. — Todas as empresas de tecnologia cobrem isso. Google, Facebook, todas. As colegas do meu MBA conversam sobre isso o tempo todo. Isso até pesou na decisão delas sobre em qual empresa trabalhar. Achava que fosse um benefício comum hoje em dia.

Suas palavras me surpreenderam. Minha mente voltou ao que Lisa tinha dito no trabalho. Perguntei-me se essa era uma das questões que o tal grupo dela havia levantado. Era bem provável que não; ela já tinha filho *e* marido.

— Pois é, infelizmente, não tenho isso lá na emissora... Escute... — falei, pegando a mão dele e torcendo para que a minha não estivesse úmida demais. — Estive pensando... sobre nós... e queria saber o que você pensa... Sobre o nosso momento, sabe, sobre... o *nosso relacionamento.*

Consegui arrancar essas palavras de dentro de mim, mais uma vez estudando a reação dele. Ele tirou a mão de sob a minha devagar e a levou para a taça de vinho. Sorveu um longo gole. Um gole beeem longo. *Merda. Merda, merda, merda.* Depois, respirou fundo antes de prosseguir.

— Bom, não estamos prontos para ter um filho juntos, se é isso que está me perguntando. Quero dizer, eu quero ter filhos um dia, mas quero fazer do jeito certo, e quero estar em outro estágio da minha carreira — ele falou, olhando para mim como se tivesse esperança de que o assunto estaria encerrado. *Ainda não.*

— Mas... — falei devagar, escolhendo as palavras certas para obter as respostas de que eu precisava. — Você quer ter filhos comigo? Mesmo que seja um dia?

Droga. Não era bem isso que eu queria perguntar. Obriguei-me a parar de enrolar e encontrar um jeito de ir direto ao ponto:

MULHERES NEGRAS *NÃO* DEVERIAM MORRER EXAUSTAS

—O que estou tentando dizer é: você acha que temos um potencial de longo prazo... ou apenas de curto prazo?

Pronto, talvez fosse isso. Meu estômago se contraiu, e senti as palmas úmidas de novo. Não podia deixar de pensar que provavelmente estava arruinando aquela noite romântica sob o lindo céu estrelado, e talvez a relação toda também. Vi Marc dar um suspiro profundo. Ele tocou minha mão.

—Tab, eu te amo. Tenho certeza disso. Mas ainda estamos nos conhecendo. Não tem como eu dizer se estarei pronto para dar grandes passos nos próximos meses. Posso visualizar um futuro para nós lá na frente — a voz dele estava repleta de sinceridade. — Talvez até com filhos — ele acrescentou com um sorriso, claramente tentando suavizar o clima.

Não era a resposta que eu esperava, mas teria de bastar, por ora.

Bebemos vinho suficiente no jantar para não enrolarmos muito quando voltamos para o meu *loft*. Os meus saltos foram logo para o chão. Marc me agarrou pela cintura e encostou os lábios nos meus. Essa parte sempre corria bem entre nós. As luzes do centro da cidade dançavam pelas paredes do apartamento enquanto ele me levava do sofá para a cama. Meus pés esbarraram na colcha branca, e senti meu vestido cair no chão, ao redor dos tornozelos. Seus beijos também foram caindo pelo meu corpo, primeiro no pescoço, que pulsava com as batidas aceleradas do meu coração. Depois nos meus seios, que se erguiam para receber a boca dele a cada respiração entrecortada. Senti o sutiã sem alças cair em silêncio perto dos meus pés.

Marc apoiou as mãos na sinuosidade das minhas costas e me pegou para me deitar na cama. Deitei de costas, observando as luzinhas piscando enquanto ele excitava o meu corpo até o ponto de não ter mais volta. Fiquei tão louca que me esqueci da pílula... *Minha pílula...* Não tinha tomado ainda, e só havia tomado duas vezes naquela semana.

—Marc, lindo, a pílula... Não tomei hoje... Eu... — Perdi a fala com a manobra que ele fazia com a língua sobre o meu corpo sensível. — Talvez devêssemos... — Tentei oferecer a ele tudo o que ele não queria aceitar naquele momento. *Talvez devêssemos parar?! Diga!*, minha mente berrou. Mas não deixei as palavras viajarem até os lábios. Eu tentei. Tentei, de verdade, antes de nós dois nos perdermos nas ondas e ondas de prazer que pareciam vir de todas as direções. Parecia certo, mesmo que fosse errado. Tão, tão errado.

6

— **V**adiiia, você estava por aí tentando ter um bebê da NBA! — Laila gritou sobre a taça de champanhe à mesa do nosso *brunch* de fim de tarde de domingo, morrendo de dar risada comigo e com as minhas informações indiscretas sobre a noite anterior. — Bom — ela continuou —, Marc não joga na NBA, mas tem um carro de atleta! E um traseiro gostoso! — ela acrescentou, enfática. Não havia dúvida de que ela estava um pouco embriagada. Esperei que ninguém ao redor me reconhecesse da TV.

— Um carro de atleta *e* um diploma em administração pela Stanford — adicionei, sentindo apenas um mínimo de relutância ao objetificar meu próprio namorado.

Brindamos a isso, e engoli qualquer resquício superficial de culpa com um pouco mais de *rosé*.

— Formaríamos o casal perfeito se ele... Bem, se ele... cooperasse.

— O que vai fazer, se tiver mesmo engravidado? — Laila murmurou.

Olhei para cima para pensar, piscando sob o sol da Califórnia. Tínhamos escolhido um restaurante da moda no terraço do hotel NoMad.

JAYNE ALLEN

Assim como na academia, nas manhãs de sábado, era difícil Alexis nos acompanhar, então estávamos só nós duas. Após acordar com Marc e compartilhar com ele uma xícara de café na minha minúscula cozinha, e de lhe dar um beijo de despedida, eu ia para o *brunch* com Laila à tarde. Marc precisava trabalhar, e eu tinha más decisões para analisar.

— Não sei! — falei.

E *realmente* não sabia. Honestamente, não tinha pensado direito nas coisas.

— Estou pensando no plano B — completei.

— Mas para que vai servir um plano B se já estiver grávida? — Laila contrapôs. — Parece que você já passou pelos planos B, C e D... Definitivamente, plano D — ela exagerou o *D* e caiu na risada de novo. Essa garota...

— Com plano B, quero dizer a pílula do dia seguinte, sua boba.

— Espere, espere, deixe eu ligar o modo jornalista séria. Preciso fazer perguntas de repórter para você. Srta. Tabitha Walker, o que a senhora *quer* que aconteça?

Droga, Laila. Ela sempre sabia chegar ao ponto com o qual eu não queria lidar.

— O que eu queria que acontecesse foi descartado por Marc ontem à noite — expliquei. — Queria que ele quisesse construir uma vida de adulto... comigo... e talvez um bebê. — Fiz uma pausa para pensar um pouco antes de prosseguir. — Não posso forçar decisões que, é evidente, ele não está preparado para tomar. Se realmente engravidássemos, resolveria muitos problemas para mim, mas é provável que criasse outros, especialmente com um homem que não está a fim... Dito tudo isso, acho... acho que não tenho escolha a não ser tomar a pílula do dia seguinte... Certo? Que outras opções...

— Acho que temos de ir à farmácia! — Laila interrompeu. — Você pode comprar o plano B e uma garrafa de vinho para tomar junto... Combinação perfeita... Vadia! — Desta vez, ela caiu na gargalhada.

Agora entramos em um território desconhecido para mim.

MULHERES NEGRAS *NÃO* DEVERIAM MORRER EXAUSTAS

— E como se faz isso? Como comprar? — perguntei a ela.

Não tinha lembrança de já ter visto isso nas prateleiras, agora que tinha parado para pensar.

— É só pedir ao farmacêutico.

— Só isso? E o plano cobre? Não preciso de receita? — perguntei, perplexa.

— Se o plano cobre? — Laila riu de mim. — Garota, claro que não! Não é Viagra. É para as mulheres tomarem depois que o Viagra funcionou. E, como é *só* para mulheres, pode ter *certeza* de que o plano não cobre! Mas não precisa de receita. Eles só fazem você pedir ao farmacêutico para as pessoas não comerem como se fosse doce. — Ela revirou os olhos.

— Bom, prefiro pagar o plano B ao congelamento de óvulos! — falei, lembrando-me de repente da conversa da noite anterior. — Marc me falou que várias empresas na Califórnia cobrem o congelamento de óvulos das funcionárias! Isso está muito distante da realidade na emissora.

— Congelamento de óvulos? Menina, custa uns vinte mil. Se os meus óvulos passarem da data de validade, acabou. Não tenho como custear isso trabalhando naquele jornal. Nem mesmo se o meu nome aparecesse lá no topo...

— E pensar que Viagra faz parte do plano comum de benefícios...

— Quando os homens começarem a se importar com isso, aí o plano vai começar a cobrir — Laila disse com confiança. — Espere mais homens pagarem por fertilização *in vitro* em vez de investirem em carros esportivos na crise de meia-idade. Haverá mudanças, pode ter certeza!

Ri daquela verdade tão sóbria que saía de uma boca embriagada.

— Talvez, mas, até lá, um bebê "acidental" não é o jeito ideal de economizar dinheiro. Argh! — exclamei por entre os dentes, exasperada. — Ainda não acredito que esteja nesta situação!

— Não se sinta mal — Laila disse, abanando a mão em minha direção, para me tranquilizar. — Você não é a única colocando as asinhas de fora com um homem... Eu e o Mr. Big... — Ela parou de falar com um sorriso malicioso.

— Espere, você tem um Mr. Big? Quem?

— Pois é, garota, um Mr. Biiiig. Tudo *big* nele: grandes mãos, grande conta bancária, grande personalidade, *grande*... — ela disse enfaticamente, antes de virar o copo.

— Ah, Laila, então você anda fazendo arte! Há, há. Tinha notado mesmo a pele lustrosa. Detalhes, por favor! — Inclinei-me para a frente, sem querer perder uma só palavra.

Laila era a típica geminiana. Ela só contava o que queria que você soubesse e, enquanto isso, vivia uma existência completamente à parte, sobre a qual você só descobriria quando ela estivesse pronta para compartilhar.

— Bom, essa parte é toda boa, mas tem uns detalhes complicados... Eu o conheci em uma conferência de jornalismo esportivo, aquela para a qual *você* estava ocupada *demais*. Ele trabalha na ESPN — ela continuou com aquele tom de quem encontrou o homem dos sonhos —, e gostamos um do outro logo de cara. Da primeira conversa à primeira noite que passamos juntos, tudo... simplesmente aconteceu... E devíamos... não devíamos... nos envolver. Principalmente porque... porque, bem, ele está... em uma situação delicada.

— Laila, sei que "situação delicada" não significa o que eu acho que significa. Você é uma louca, mas não a ponto de ser tão tola... Diga que não está...

— Ok, tá bom — Laila falou, levando o champanhe aos lábios. — Não vou mais te contar mentiras... — Ela sorveu mais um gole e desviou o olhar, fingindo observar as pessoas ao redor.

— Sobre o quê?

— Já disse! Eu o conheci na conferência. Ele não estava usando aliança. Eu não fazia ideia... Não pensei em perguntar, e as coisas foram muito rápidas. Uísque e maconha, amiga, é um troço doido. A gente passou aquela noite de paixão e de conversa e, quando dei por mim, acordei num hotel com esse cara... E, antes que eu pudesse pensar...

caímos de novo nos braços um do outro! — Laila relatou, levando as mãos para cima.

— A noite toda? — perguntei, mais intrigada pelo vigor do que pelas circunstâncias.

— A manhã toda... — Laila disse. — E tem sido assim desde que nos conhecemos.

Inclinei-me para a frente, ainda mais intrigada. Nunca tinha passado por uma situação dessas.

— Aí, você descobriu que ele era casado? — indaguei.

— No fim, eu perguntei. Sem a aliança, nem me ocorreu, mas *sou* uma jornalista investigativa... Então, mesmo que eu não quisesse ver os sinais, uma hora teria de enxergar.

— Ai, meu Deus, Laila! Você está *saindo* com um cara casado?

Por dentro, controlei-me para ajustar o tom de voz a fim de que não soasse como uma sentença de julgamento — conhecendo Laila, essa seria a maneira mais fácil de ela se fechar de vez e não me contar mais nada. Dado o meu histórico com Diane, conforme a escutava, lutei comigo mesma para lhe dar apoio. E me perguntei se meu pai estaria com a aliança *dele* quando ele e Diane tinham se conhecido.

— Bom, ele diz que está em um beco sem saída — Laila falou, no fim, arrancando-me de meus pensamentos. — As coisas não têm ido bem entre ele e a mulher nos últimos tempos. Ele é meio famoso e não quer arriscar um divórcio ainda. Acho que ele só precisa de tempo... Ele não faz mais sexo com ela — Laila acrescentou.

Não sabia o que dizer. Queria que minha amiga assumisse os riscos necessários para encontrar a felicidade, mas não pude deixar de me preocupar com tudo o que estava ouvindo.

— No fim das contas, não sabemos o que se passa com *nenhum* desses caras por aí. — Pensando na relutância de Marc, completei: — Nem com os seus, nem com os meus.

— É. — Laila ficou pensativa. — Temos de nos proteger mais.

— Menina, *com certeza.*

Mas, ainda assim, não estava convencida de que eu ou ela começaríamos a tomar decisões melhores de uma hora para outra. Por um momento, ficamos perdidas nos próprios pensamentos.

— Vamos pedir outra garrafa! — sugeriu Laila, interrompendo o silêncio. — Se estiver grávida, vamos brindar ao plano B!

A concretude dessa afirmação me atingiu como um soco no estômago. *Se eu estiver grávida?* Minha nossa. Chamei o garçom. Precisávamos mesmo de outra garrafa.

No retorno para casa, com as pernas um pouco bambas, para falar a verdade, decidi parar na farmácia da esquina. Fiquei em dúvida sobre se devia ir a um lugar mais distante, onde não teria de ver o farmacêutico de novo, mas, naquele estado, não podia dirigir de jeito nenhum.

Pensei no que Laila havia me contado. Não podia acreditar que estivesse saindo com um homem casado. Isso a tornava uma *amante*? Como Diane era antes de o meu pai decidir, seja lá por que razão, largar a mim e a minha mãe e se casar com ela, tornando-*a* o novo alicerce de sua nova e aprimorada família? O olhar no rosto do meu pai naquele dia na cozinha cruzou minha mente. Minha cabeça de criança só registrou a reação dele ao choro de minha mãe como *aborrecimento*; hoje, como adulta, olhando para trás, consigo ver que era algo muito mais complexo e perturbador. Minha melhor descrição seria uma mistura de desamparo envergonhado e *indiferença*. E é o segundo, a *indiferença*, que, mesmo depois de anos, ainda me assombra.

Balancei a cabeça para voltar ao presente ao passar pelas portas automáticas à minha frente, revelando lá dentro as fileiras de estantes que me eram familiares. Não tinha condições de tomar uma decisão tão importante sobre o plano B, nem de ter uma conversa constrangedora com o farmacêutico, então resolvi fazer o caminho mais longo até o fundo da farmácia, passando pelas prateleiras de cosméticos. Fiquei aliviada por não haver mais ninguém ali. Andei devagar, passando os dedos por batons, tentando me lembrar da cor que usava quando a Vovó Tab enfim me deixou usar um tom clarinho em público, quando já estava

MULHERES NEGRAS *NÃO* DEVERIAM MORRER EXAUSTAS

no ensino médio. Andei um pouco mais para ver os esmaltes, deixando a minha mente viajar por diversos pensamentos, tentando ignorar a questão maior de todas: *Será que quero arriscar?* Marc mostrou-se firme em seu ponto de vista, mas não éramos ambos responsáveis pelas atitudes que tomávamos? E se eu simplesmente não quisesse tomar a pílula do plano B? E era essa a verdade, não era? *Eu não queria tomar. Não queria.* Foi quando ouvi um anúncio em uma voz metálica:

— Assistência na ala de cosméticos.

Virei-me para olhar ao redor, para a esquerda e para a direita, mas eu era a única pessoa ali. Não tinha apertado botão nenhum, então me perguntei o porquê do comunicado. Com certeza aquele não era o momento para eu lidar com a aleatoriedade de um vendedor de farmácia. E, quase como resposta à minha questão, no meu campo de visão periférica surgiu o vulto escuro do uniforme do segurança da loja deslizando até a entrada do corredor de cosméticos, tentando fingir que não olhava para mim. Tudo o que pude fazer foi rir em silêncio comigo mesma. Pensar: aqui estou eu, tentando tomar uma decisão importante na vida, e tudo o que eles veem é uma ladra roubando cosméticos baratos.

De propósito, deslizei a mão lentamente pelo resto da seção enquanto me encaminhava para o balcão da farmácia. Quando cheguei lá, cinco pessoas aguardavam na fila para falar com o farmacêutico. Tomei meu lugar no final. Pensei no ocorrido com o segurança, em minha conversa com Laila, e em meu encontro com o oficial Mallory. E, de súbito, senti-me cansada… Cansada demais para esperar. Decidi que faria o que mais queria fazer naquele momento: ir para casa. Dei meia-volta e me dirigi para a saída. Mas acabei passando pelas bem abastecidas prateleiras de vinho. Estendi a mão e agarrei o que parecia ser uma garrafa de Sauvignon Blanc. Paguei no caixa e lancei um longo olhar para o segurança.

— Quando não estou roubando rímel, costumo comprar vinho — disse enquanto passava pela porta.

Por fim, toda essa *porcaria* acabou caindo bem com uma garrafa de vinho de farmácia.

7

É incrível como o tempo ocupado com trabalho pode fazer você se esquecer de muita coisa. No meu caso, esqueci-me do plano B, que se transformou em plano "garrafa de vinho" por cerca de duas semanas, até a *compra de absorvente*! O lembrete apareceu no calendário do meu computador. *Já se passaram duas semanas?* Sim. Minha matéria sobre o mercado imobiliário de Los Angeles tinha tomado a parte vaga do meu cérebro, e o que sobrou ficou com as amigas e com Marc. Lembrei-me do que minha mãe tinha dito sobre prioridades, mas, considerando o que Marc havia dito sobre nosso futuro, minha prioridade teria de ser a promoção. A única coisa que não cancelei foi o meu horário fixo com Denisha. De jeito nenhum eu deixaria de arrumar o cabelo.

Com nossa matéria sobre tendências imobiliárias começando a aparecer, estava ansiosa para voltar ao ritmo normal. Acho que na verdade gostei de ter que ficar totalmente imersa em pesquisas, reuniões de equipe e roteiros, o que me permitia evitar pensar sobre a possibilidade de estar grávida. *Grávida*. Apenas uma breve amostra mental da ideia trouxe um sorriso caloroso ao meu rosto, seguido por um tabefe rápido de realidade. Marc não queria isso. Que inferno! Nem eu sabia se queria isso agora. O lampejo de um futuro repleto de anos de ressentimento e batalhas judiciais pela guarda da criança, aliado a traumas de infância e adversidades doentias, me deixariam cara a cara com as consequências de um ato impensado. Peguei o celular para enviar uma mensagem a Laila.

Eu:

Cara, já se passaram duas semanas.

Laila:

O quê? Duas semanas?

Eu:

Plano B.

Laila:

Qual plano B?

Eu:

Vinho, não pílula.

Laila:

Ah, merda!

Você tá grávida?

Eu:

Como vou saber? Devo fazer um teste?

MULHERES NEGRAS *NÃO* DEVERIAM MORRER EXAUSTAS

Laila:

Atrasou a menstruação?

Eu:

Ainda não. Deve descer amanhã.

Laila:

O teste só funciona se estiver atrasada. Apenas espere.

Eu:

Devo dizer algo para Marc?

Laila:

De jeito nenhum! Apenas espere.

Eu:

O que vai fazer hoje à noite?

Laila:

Ver Mr. Big... Você?

Eu:

Trabalhando... Como sempre. Vejo você esta semana?

Laila:

Pode ser! Não se esta noite der certo! Tchauzinho!

De certa forma, admirava Laila por ser sempre... Laila. Ela tinha razão. Era muito cedo para fazer o teste, entrar em pânico e, definitivamente, muito cedo para contar a Marc.

Mesmo sem um dia sequer de folga, tudo o que podia fazer era esperar.

8

O sábado chegou, e já estava bem claro que não havia necessidade de meu pânico prematuro se agravar. O inchaço e a leve cólica trouxeram o aviso de *sua menstruação está chegando!* Precisava preparar o forte com as munições necessárias para um ataque sangrento repentino. Coloquei o absorvente antes de sair para o salão de Denisha para arrumar o cabelo. Antes mesmo de chegar à casa da Vovó Tab, já era hora de trocá-lo. Parte de mim estava aliviada, mas apenas uma parte.

Aquelas duas semanas me permitiram viver na negação de que minhas opções de fertilidade talvez não estivessem diminuindo a cada dia. Não queria desistir do meu dinheiro suado que planejava usar para uma casa, e não poderia colocar mais pressão sobre Marc, que tinha deixado clara sua não aprovação à ideia de ter uma família agora. Não estava pronta para perdê-lo, de jeito nenhum, e não era hora para empurrar o problema. Estava esperando uma solução simples, na qual eu tropeçaria por engano, que inocentemente me conduzisse aonde eu gostaria de estar. E seríamos igualmente culpados por isso. Acho que, se fosse mais honesta, diria que tinha flertado com a ideia de estar grávida mais de uma vez nas últimas semanas. Tudo começara como um pensamento que deixei escapar pelas orelhas e que se empoleirou nelas como um passarinho. Comecei a gostar da música que ele cantava para mim, doce, alegre e esperançosa. Quando a menstruação chegou, não perdi toda essa esperança, mas senti que seria mais difícil do que talvez achasse. Pela primeira vez, estava enfrentando uma circunstância sabendo com certeza que, não importava o quê, teria de sacrificar algo que amava muito, e não havia como contornar isso.

Entrando em Crestmire, felizmente desta vez sem problema ao passar pela recepção, avistei minha avó e seu braço direito, a sra. Gretchen, em uma mesa com o que parecia ser um jogo de Uno e um pouco de sorvete. Isso era tão engraçado para mim, que aquelas pessoas praticassem tantas das atividades que praticávamos quando crianças, quando não tínhamos vivido quase nada ainda. Ou essa era uma tragédia vergonhosa, ou a evidência de que trabalhávamos a vida adulta toda só para voltarmos a ser quem já tínhamos saído antes.

Foi a sra. Gretchen quem me viu primeiro e começou a acenar para mim com gestos frenéticos, os cachos loiros na altura dos ombros balançando no mesmo ritmo. Vovó Tab parou de tingir o cabelo há muito tempo e resignou-se com os grisalhos naturais, como se fazia com ervas daninhas em um jardim. Suponho que em algum ponto ela tenha se cansado de lutar contra a velhice, e pareceu aceitá-la com tranquilidade e graça. A sra. Gretchen, por outro lado, resistia como louca. Sempre mantinha o cabelo tingido, cacheado e penteado com precisão, e as unhas eram bem cuidadas, pintadas e compridas. Crestmire não costumava permitir aos residentes que mantivessem unhas longas, devido aos "perigos". As brigas poderiam ser desagradáveis. Uma vez, pensei de verdade que alguém iria perder um olho por causa de uma distribuição malfeita de assentos durante um bingo. Era preciso levar tudo a sério, nem que fosse uma cadeira. Apesar disso, a sra. Gretchen sempre impunha suas exceções.

— Tabby! Sente-se aqui — a sra. Gretchen chamou. — Vou pegar um sorvete para você. Quer um pouco de sorvete? Claro que sim. Volto já.

E, com isso, ela saltou da cadeira com a energia pertinente a alguém com metade da idade dela e foi até a cozinha, dando a minha avó e a mim a oportunidade de trocarmos um abraço, e a ela, de virar as cartas da mesa.

— Como a senhora está hoje, Vovó Tab? — perguntei.

— A mesma velha de sempre! — ela respondeu com alegria. — Quando chegar à minha idade, você vai ver: tantas coisas mudam, que ficar do mesmo jeito é muito positivo! Como você está, Dupla?

Pensei em como responderia a essa pergunta. Não havia como negar que eu precisava ligar para o especialista em infertilidade e marcar uma consulta. Mas estava postergando porque sentia-me assustada. Temia mais notícias ruins e lidar sozinha com algo tão significativo, que poderia afetar todo o resto de minha vida. Essas eram as coisas com as quais não queria sobrecarregar minha avó, mas também não desejava esconder a verdade.

— Estou bem, Vovó Tab! Ainda lutando por aquela promoção no trabalho! E... preciso ir em frente e marcar uma consulta com o especialista em infertilidade. Se não, bem... Tenho que fazer isso porque sei que quero ter filhos um dia.

— Ah, sim, *com certeza* você quer filhos! — disse a Vovó Tab. — E espero poder conhecê-los. Aqui, ou antes de eles chegarem aqui, caso já esteja lá em cima. — Ela apontou para o céu, revirando os olhos com uma leve inclinação de cabeça.

Às vezes ela falava sobre a morte assim, como se fosse uma velha amiga que a convidaria para uma visita a sua casa de verão.

— Com certeza a senhora vai estar por perto para conhecer meus filhos, Vovó Tab! — falei. — A senhora vai morar comigo, lembra? — brinquei com ela, fingindo beliscar seu braço.

Crestmire era um lugar bom, mas sempre pensei nele como uma necessidade temporária. Vovó Tab, no entanto, jurava gostar dali.

Ela dissera que era tão bom quanto, ou até melhor, que o apartamento em Fairfax, onde tinha morado desde sempre. Fora a queda em casa, há cerca de um ano, que levara à descoberta da insuficiência cardíaca congestiva de estágio dois. Ela ainda podia se locomover por conta própria, mas nenhum de nós, incluindo ela, queria arriscar. Então, por enquanto, ali estávamos. Meu objetivo, porém, sempre tinha sido levar a Vovó Tab para a *minha* casa, e um dia seríamos nós duas de novo, como na época do colégio. Ela resistia, insistindo que isso a tornaria um fardo, o que ela nunca quis ser. Decidimos que ela assumiria o papel de babá, e esse parecia ser um cenário que a deixava confortável, otimista até, com relação a uma vida após Crestmire. Pensei em dizer a ela que as coisas podiam não sair como imaginávamos, o que me doía por dentro.

— Ah, sim! Isso mesmo, querida — disse Vovó Tab. — Bem, você podia apenas engravidar, não podia? Há todo tipo de coisas modernas hoje em dia, e as garotas nem têm que se casar mais. Veja, eu não tive essa opção com seu pai. Claro, eu era muito mais jovem do que você quando engravidei, e havia muitas outras… circunstâncias.

Ela fez uma pausa, perdendo-se em suas memórias. Deixei que continuasse. Vovó Tab não falava sobre sua vida na Virgínia Ocidental com frequência, então, quando o fazia, não ousava interromper. Ela continuou com seu devaneio, sorrindo para mim.

— Sei que já te contei como conheci seu avô. Querida, os tempos eram tão diferentes naquela época! Tanta coisa era proibida, por exemplo, raças diferentes se unirem. Na Virgínia Ocidental, estávamos bem entrincheirados na segregação. Quando vi seu avô na rua principal e ele sorriu para mim, aquele belo e largo sorriso, soube que seria um problema. Ele assumiu um risco, só ao fazer isso. Ele não deveria, você sabe… Como um homem negro, ele não deveria olhar, muito menos *sorrir* para uma mulher branca. Mas ele sorriu.

Um largo sorriso apareceu no rosto de minha avó, tão grande que a fez se interromper. Vi o rubor cobrindo suas bochechas, quase como se ela estivesse de volta ao passado naquele exato momento, sentindo

MULHERES NEGRAS *NÃO* DEVERIAM MORRER EXAUSTAS

a mesma tentação daquele gesto tabu. Ela levou a mão que descansava sobre a mesa até o rosto e se inclinou para a frente, como se fosse me contar um segredo.

— Eu o via de vez em quando, aqui e ali, e ele sempre sorria sorrateiramente para mim. Tornou-se um segredo que compartilhávamos, só nós dois. E, ah, eu também era danadinha! Minha melhor amiga, Evelyn, era uma vizinha "de cor". Era assim que falávamos naquela época, *de cor*, e ainda me lembro dela dessa maneira. Nossas escolas eram segregadas, mas os bairros, não. No colégio, ela me levava às escondidas para os bailes dos negros com ela, e eu era a única garota branca ali! Eu me divertia tanto, Dupla, e aprendi todas as danças! E seu avô... Aaah, ele era o melhor dançarino de todo o mundo. Simplesmente o melhor. Apenas dançávamos e dançávamos, e ele era um encapetado — disse ela com uma risada que me convidou a rir também. — Então, quando engravidei do seu pai, eu tinha apenas dezenove anos. Não podia contar a ninguém... Meu pai mataria nós três, tinha certeza. Papai não era um homem mau, mas era extremamente preconceituoso, como todo mundo naquela época, e não havia nenhuma outra alternativa. Evelyn foi para a faculdade, mas eu tive de ir para a Califórnia. Seu avô se alistou no serviço militar daqui para que pudéssemos morar juntos e criar seu pai. Era um lugar onde poderíamos ser, sabe, brancos e negros juntos. Isso não era legalizado em todos os lugares ainda.

— Temos que dar a ele o devido crédito por isso! — a sra. Gretchen disse, juntando-se a nós com o sorvete que me entregou enquanto se sentava. — Como meu pai sempre dizia: "um homem que não tem planos para você não é homem para você". É assim que era naquela época; os homens tinham responsabilidade e sabiam quando chegava a hora deles de cuidar das coisas.

— Graças aos céus por isso, sra. Gretchen! — falei rindo e tomando o sorvete. Queria ouvir mais sobre a vida da Vovó Tab, mas a sra. Gretchen tinha quebrado o feitiço. — Gostaria de ver isso nos homens que eu conheço! — brinquei. — É só olhar para minha situação: ou arrumo logo um bebê, ou vou precisar congelar meus óvulos.

— Ora, querida! E aquele jovem simpático que você tem visto? Qual é o nome dele? Mike?

— Marc — respondi. — Sim, estou namorando Marc há cerca de um ano e meio agora.

— E o que ele está esperando?

— Não sei dizer, sra. Gretchen. Estou pronta, mas ele diz que ainda não está.

Tentei parecer despreocupada, mas a gravidade dessas palavras me fez olhar para a mesa, evitando a avaliação nos olhos da sra. Gretchen. Senti um rubor quente alcançar minhas bochechas.

— Bem — Vovó Tab logo interrompeu —, vocês dois ainda são jovens... É melhor fazer da maneira certa desde o início do que ter de desfazer no meio do caminho. Você não pode se desfazer de um bebê... ou da pessoa com quem você tem um — ela disse, perdendo-se de novo em seus pensamentos. Aquela última declaração despertou minha curiosidade. *Será que ela está falando da sua própria experiência?* Nem Vovó Tab nem meu pai falavam muito sobre meu avô. Era tão raro, que ele parecia mais uma aparição de várias gerações atrás do que uma pessoa que fazia parte da minha família quase imediata. Sabia que eles tinham se separado em algum momento quando meu pai era jovem, mas sempre me pareceu estranho que ele tivesse simplesmente desaparecido. Ainda assim, ninguém falava sobre o assunto, e eu sabia que não deveria perguntar.

— Você não pode se desfazer de um bebê, mas *pode* se desfazer de um casamento! — a sra. Gretchen voltou a chamar nossa atenção. — Já fiz isso duas vezes. Ambos péssimos espíritos imprestáveis, um peso nos meus ombros. Que experiência! — ela disse, balançando as mãos no ar. — Não há razão para que Marc não tente se casar com você, querida!

Eu ri.

— Quem dera, sra. Gretchen. Ele tem os planos dele, acho.

Ouvir essas palavras tornou bem difícil continuar em negação.

— Você acha? — a sra. Gretchen perguntou, arqueando uma das sobrancelhas. — Você deveria *saber*, querida. E ele deveria *deixar que você soubesse*. Como eu lhe disse, meu pai começou a me dizer assim que os meus peitinhos começaram a despontar e os meninos passaram a me rondar: "Gretchen, um homem que não tem nenhum plano para você não é seu homem. Com certeza, *não* é homem para você, está me ouvindo? Homens de verdade têm planos para as coisas que são importantes para eles. Se ele não tem nenhum plano para você, você não é importante". Nunca me esqueci disso. Posso ter me casado com os homens *errados*, mas *nunca* tive dificuldade para me pedirem em casamento.

Não pude deixar de perceber que a sra. Gretchen tinha razão. Marc e eu não tínhamos nos falado muito nas últimas semanas, mas o veria em apenas algumas horas. Se eu soubesse os verdadeiros planos que ele tinha para nós enquanto estava ali com a Vovó Tab e a sra. Gretchen, talvez não tivesse ido àquele jantar.

9

Não sei por que estava tão nervosa ao me preparar para o encontro com Marc. O susto tinha passado e, a menos que quisesse mencionar qualquer versão de "planos para o futuro", a noite seria tão rotineira quanto qualquer outra. O que eu precisava era que não fosse rotina. Precisava que ele me visse como mais do que apenas uma opção, uma possibilidade para o futuro. Marc estava me amarrando? Estaria *perdendo* meu tempo com ele? Empurrei as palavras da sra. Gretchen para o fundo de minha mente, mas elas me assombraram a partir do momento em que ela disse: "um homem que não tem planos para você…" Mas Marc *era* o homem certo para mim. Ele era o homem que eu amava, por quem me sentia atraída e a pessoa com quem poderia passar o resto dos meus dias em um casamento, em uma família. *Isso é suficiente para ele?* Gastei um pouco mais de tempo em tudo: um toque extra de delineador, um vestido um pouco mais justo, e os saltos mais sensuais, que eram menos confortáveis, mas inegavelmente mais atraentes. Marc podia não ter planos para o nosso futuro, mas eu seria seu único plano para aquela noite. Fazia duas longas semanas desde a última vez que tínhamos nos visto, e estava ansiosa para me reconectar pessoalmente, além das ligações, mensagens de texto e ocasionais videochamadas de teor malicioso que nos mantinham integrados na vida um do outro.

Em vez de me pegar, Marc queria me encontrar em um restaurante, não muito longe da minha casa no centro. Perch, que ficava no alto de um dos prédios de escritórios, tinha um ótimo pátio para refeições ao ar livre e um andar acima para dançar. Era exatamente o tipo de noite que eu esperava que tivéssemos, e uma despedida bem-vinda dos meus pensamentos sobre bebês, promoções e compra de casa, que provavelmente não ocorreria mesmo. O que eu precisava, o que Marc e eu precisávamos, era de um pouco de diversão.

Quando entrei, eu o vi sentado no bar. Ele parecia nervoso, brincando com os calos nas mãos, o polegar esfregando-os, um de cada vez. Imaginei que ele também tivera semanas difíceis no trabalho. Ofereci a ele um grande sorriso e fui em sua direção. Ele se levantou e me envolveu em seus braços de uma forma que me confortou, como alguém regando uma samambaia há muito negligenciada.

— Nossa, Tab, você está linda! — ele disse, afastando-se de mim, um pouco sem jeito.

Tentei me aproximar dele um pouco mais, dizendo que não só estava bonito, como também muito perfumado. E ele certamente estava. Conversamos um pouco até nossa mesa ficar pronta. Uma vez que estávamos sentados e as refeições tinham chegado, contei a ele sobre a insistência contínua de Lisa sobre o grupo de questões do universo feminino e sobre minhas preocupações. Contei também sobre o jantar de aniversário de Alexis, que estava chegando, estendendo-lhe o convite. Com isso, a testa dele se franziu, e ele pegou minha mão.

— Tab, hum, sobre isso... Não acho que ir lá seja uma boa ideia.

— O quê? — rebati, em choque. — Mas, lindo, por que não? — perguntei, com a total ignorância inocente de um veado pego na estrada pelos faróis de um caminhão de reboque.

MULHERES NEGRAS *NÃO* DEVERIAM MORRER EXAUSTAS

Minha mente começou a girar, e pude sentir o peito apertar.

— Olha, tenho pensado muito sobre nossa última conversa. E estou inseguro com relação a tudo. Não estou preparado. Não acho que estarei pronto tão cedo... E... Não quero que desperdice sua vida nem os marcos que são importantes para você.

Minha respiração entalou na garganta. E, de repente, perdi o apetite. Apesar da sensação de mal-estar rastejando em meu estômago, eu me permiti alcançar instintivamente a taça de vinho. Tirei a mão que estava sob a dele.

— Marc, o que isso significa? Você está falando sobre querer um bebê?

Meus pensamentos se voltaram para a menina de nove anos na cozinha com os pais, sendo informada sobre a separação deles. Senti o mesmo desamparo, e esperava que minha voz pudesse esconder o lamento que sentia crescendo dentro de mim. *Por quê? Para onde você vai?*, queria perguntar. Em vez disso, tentei manter a compostura, ser uma adulta. Talvez ele quisesse dizer algo diferente. Procurei seu rosto antes de continuar, o tom e a cadência do desespero saindo em minhas palavras:

— Eu disse que quero... Mas um dia! Não tem que ser hoje. De onde veio isso?

— Tabby, só não sei se vejo um futuro para nós. — *Acho que meu coração parou de bater.* — Já faz um ano e meio... e não estamos mais íntimos. — Retive o fôlego. — A gente se vê o que: uma, duas vezes por semana?

Meu queixo caiu. Ele continuou:

— Não sou a parte central da sua vida, nem você é da minha.

Ele pegou minha mão de novo enquanto fiquei ali, congelada e com os olhos arregalados, como uma estátua.

— Eu te amo, mas não sei se sou apaixonado por você... Não sei se sou *capaz* de me apaixonar. Talvez eu não consiga ficar com ninguém.

Permaneci em um silêncio atordoado, até enfim virar minha cabeça para um ponto distante, precisando de certa privacidade para processar aquelas palavras. Podia ouvir minha respiração começando a sucumbir, o que significava que as lágrimas estavam a caminho. Só pensava em fugir daquele lugar.

—Você poderia me dar licença por apenas um segundo? —perguntei a ele. —Eu volto já. Preciso... Vou... Preciso ir ao banheiro —falei enquanto me levantava.

Apesar de minha compostura habitual estar ruindo, não daria a ele, e sobretudo ao resto do restaurante, o espetáculo de me ver chorando. *O que diabos acabou de acontecer?* Não entendia. Marc e eu tínhamos tido uma conversa franca há duas semanas. Havia explicado a ele minha situação e minha preferência, mas não tinha feito nenhuma espécie de pressão. *Talvez ele não tenha entendido, e esclarecer melhor vai ajudá-lo a não se preocupar?* Era nisso que eu queria acreditar. *Sim, é isso. É apenas um mal-entendido.* Com as lágrimas secas por toalhas de papel, deixei a esperança me inundar no retorno à mesa.

—Podemos conversar sobre isso? —perguntei quando Marc voltou ao seu assento, depois de me ajudar com o meu.

Ainda um perfeito cavalheiro... em teoria.

—Claro, sempre podemos conversar —disse Marc. —Mas não tenho certeza de que mudaria alguma coisa sobre como me sinto. Isso tem estado na minha cabeça por um tempo.

Por quanto tempo, Marc? Quanto tempo?

—Aí, quando você disse aquelas coisas sobre óvulos e bebês, é como se acelerasse todos os meus pensamentos.

Pisquei para ele algumas vezes, ainda absorvendo o choque da ocasião. Lutei para evitar que meu queixo caísse novamente. Não conseguia acreditar que ele estivesse agindo dessa maneira. Ele continuou:

—Quero dizer, estou apenas no início da minha carreira e, por favor, não me leve a mal, mas... tenho muitas opções. Estou chamando mais atenção do que pensei ser capaz... Não tenho certeza de nada... Nem sei se quero me casar.

MULHERES NEGRAS *NÃO* DEVERIAM MORRER EXAUSTAS

Isso eu não conseguiria processar. Chegamos a um ponto além da minha compreensão. Eu tinha feito tudo, exceto *implorar* pelo nosso relacionamento.

— Marc, de *onde* saiu tudo isso? — indaguei, sentindo o calor inundar meu rosto. — Nós dois comentamos que, um dia, desejaríamos formar uma família. *Um dia*. Está dizendo que quer sair com outras mulheres? Que quer trepar com elas? É *isso* que você quer? — Ouvi minha voz subindo de tom, mas não havia nada que eu pudesse fazer para controlar meu pânico e minha raiva crescentes. Nunca tinha falado com Marc assim antes, mas aquilo já tinha passado dos limites.

— Tabby, não sei o que quero. É isso. Não sei. E acho que, agora, você precisa de alguém que saiba. E... não posso ser esse cara.

— Marc, eu não disse isso.

— Sim, você disse.

— Não, não disse. Não foi o que eu quis dizer... É só que... Eu tenho que decidir sobre... você sabe sobre *o quê* — falei, apontando as mãos na direção do meu útero.

Marc não respondeu nada, apenas deixou escapar um suspiro desanimado. Ele sorveu um gole de vinho, evitando me olhar.

— É outra pessoa? — perguntei.

— Não, Tabby. Não. Não tem ninguém. Eu não sou um traidor.

E o que você é, então, seu filho da puta?, eu queria perguntar. O ar entre nós estava carregado com as palavras ditas e o peso das não ditas. Não podia permitir que acabássemos dessa maneira.

— Marc, eu te *amo*. Sou apaixonada por você. Eu te dei dezoito meses da minha vida... dos meus trinta anos! Não quero estar com outro. O que há de errado com a *nossa* relação? — implorei, mais ciente do que nunca das pessoas ao redor e do fato de me sentir emocionalmente acuada.

— Também te amo, Tabby, é só que...

As palavras da sra. Gretchen ecoaram na minha cabeça, sobrepondo-se às palavras vazias de Marc. *Se um homem não tem planos para você...*

ele não é o homem para você... Observei a boca de Marc se movendo, mas dali não saiu nada importante. Olhar para ele agora era como olhar para um total estranho que eu tivesse encontrado pela primeira vez. Notei uma pequena cicatriz sob seu olho direito, parcialmente coberta pelos longos cílios inferiores. Observei um pouco da barba grisalha, como a presença de um dente-de-leão em meio a um jardim bem cuidado. Vi as entradas em seu cabelo impecável. *O homem de outra,* minha mente me dizia. *Ele me ama? Ele não me ama. Impossível.* O amor não afastaria uma pessoa de uma relação que, exceto por aquele detalhe, vinha sendo confortável. O amor não fazia *isso.* Não estava dizendo que Marc precisava ser o homem dos meus sonhos, chegando de cavalo branco para salvar o futuro da minha fertilidade, mas ele poderia ao menos ter dado alguns sinais. Mas, talvez, *essa* fosse a razão — para a distância durante a semana, e de querer me encontrar ali em vez de me buscar em casa. Podia apostar que havia uma razão até para se vestir como ele estava vestido. Um razão para ter escolhido *aquela* camisa e aquela calça jeans. Dei-me conta de tudo isso, um soco no estômago atrás do outro. Isso tinha um nome, só não conseguia me lembrar de qual era.

Depois que me desliguei mentalmente de nossa conversa, Marc não fez nenhum esforço de me envolver novamente. Ele não tinha vindo negociar nada. Tinha vindo executar. Quando a conversa chegou ao ponto em que não havia mais nada a dizer, ele me perguntou se eu queria pedir uma sobremesa, como se ainda pudesse ter algum apetite. Disse que não e que estava pronta para ir embora. Ele me ofereceu uma carona para casa, que eu aceitei. Ficamos em silêncio ao longo dos quarteirões do caminho de retorno. Acho que quis esse tempo a mais para ver se ele mudaria de ideia, ou se diria que aquilo não passava de uma piada de mau gosto. Mas esse momento nunca chegou. Ele me acompanhou até a porta e disse que me ligaria na próxima semana para saber como eu estava. Ri de boca fechada, enquanto um *Se toca, seu babaca* fervilhava através dos meus olhos. Quando ele fez menção de me dar um abraço, coloquei os braços frouxos em volta dele, as palmas mal tocando os ombros. Não queria sentir o corpo dele, não queria desejá-lo. Não mais.

Subi e escorreguei na cama sem tirar o vestido. Não tive energia nem para tirar os sapatos. Deitei-me em posição fetal, encolhendo o corpo sobre o útero, o lugar em que tudo isso começou. Fechei os olhos, cansada demais para pensar, chocada demais para permitir que as lágrimas viessem, entorpecida demais para digerir o ocorrido. Só consegui pensar no jantar de domingo na casa do meu pai com o qual tinha concordado, a pedido da minha avó. Nem morta eu iria agora. Peguei o celular, que estava ao meu lado na cama, para escrever uma mensagem.

Eu:

Não vou poder ir ao jantar amanhã.

Desculpe, emergência.

Para minha surpresa, meu pai respondeu quase na mesma hora. Não fazia ideia de que ele estivesse acordado.

Papai:

Tudo bem?

Se eu tivesse outro pai ou, talvez, se nunca tivesse havido uma Diane, eu teria respondido de forma diferente. Seria a garota que liga para o pai aos prantos, para contar a ele sobre o garoto que partiu o coração dela. E o pai a consolaria, dizendo que, não importava o que o garoto fizesse ou dissesse, ele sempre estaria a seu lado. Poderia ter sido assim, mas não era. Não entre mim e meu pai.

> **Eu:**
> Sim, tudo. Só algo que apareceu de última hora.

> **Papai:**
> As meninas iam gostar de ver você.

As filhas de Diane.

> **Papai:**
> Eu também.

> **Eu:**
> Numa próxima, prometo.
> Te amo.

> **Papai:**
> Te amo, Dupla.

Conforme caí em um sono agitado, a palavra que me faltou no restaurante cruzou minha mente. Era a palavra exata que procurava enquanto Marc arrancava, calculada e cirurgicamente, meu coração do peito. A palavra que rondava minha mente como uma névoa, encobrindo as minhas ideias. A palavra que não quis se revelar naquele momento. *Deslealdade.*

MULHERES NEGRAS *NÃO* DEVERIAM MORRER EXAUSTAS

No domingo de manhã, agarrei o volante com força. Precisava ir a um lugar. Tinha acordado do horrível pesadelo em que Marc terminava comigo. Só que não era um pesadelo. Não estava com vontade de falar com ninguém, nem com minha mãe, nem Laila, nem Alexis. Só queria chegar ao local que me ofereceria abrigo em meio à tempestade. Desta vez, meu *lar* não era Fairfax, mas Crestmire.

Dirigi como um zumbi que conhecesse apenas as regras básicas de trânsito. Meu cabelo estava guardado dentro de um boné de beisebol, e eu ainda usava o vestido da noite anterior, só que tinha substituído os saltos por botas forradas e jogado um *trench coat* Burberry sobre os ombros. Por mais louca que estivesse minha aparência, como tinha certeza de que estava, meus sentimentos estavam muito piores. Fiz o que pude para evitar que os acontecimentos da noite anterior ficassem se repetindo na minha cabeça; era a minha única defesa contra a autotortura.

Quando cheguei a Crestmire, fiz um tchauzinho para a recepcionista e passei reto. Não tinha certeza de se estava em horário de visita, nem se havia horário de visita. Não tinha forças para dizer sequer "Tabitha Walker". Talvez ela tivesse me reconhecido ou, talvez, misericordiosamente, tivesse reconhecido o coração partido da maneira como só outra mulher sabe reconhecer. Fiquei aliviada de ela não ter me parado enquanto me dirigia ao apartamento da Vovó Tab. A porta estava fechada, como era costume durante a noite. Bati três vezes e a abri, deixando que minha voz anunciasse minha presença. Arrastei meu corpo até o quarto da Vovó Tab, onde ela ainda se encontrava zonza, erguendo a cabeça para me olhar com seus olhos sonolentos.

—O que está fazendo aqui, Dupla? Está tudo bem?—ela perguntou.

Mal pude conter as lágrimas para responder. Falei ao mesmo tempo que me aproximava dela.

— Não, não está tudo bem. *Não* está tudo bem. *Não* está… — Era tudo o que conseguia dizer. Era tudo o que eu tinha para descrever o que havia acontecido comigo. A única maneira de descrever o que Marc fizera a um ano e meio da *minha* vida, sem minha contribuição ou meu consentimento. O que me dava a impressão de não ter sido consultada sobre nada em um relacionamento do qual ambos participávamos. "Não está tudo bem" era o único protesto que eu tinha para aquele homem que havia me tratado como um carro que você pode trocar por outro melhor, tal como ele fizera ao trocar o BMW pelo Porsche que dirigia agora. "Não está tudo bem" eram as únicas palavras. E eram tudo de que eu precisava.

A Vovó Tab, deitada de lado, deslizou para o canto da cama e abriu os braços, ainda segurando o cobertor e o lençol. Deixei o boné cair no chão, junto com o casaco e as botas, e me deitei ao lado dela. Aninhei minha cabeça na parte macia entre seu pescoço e o peito, com seus braços se fechando ao meu redor. E ali, pela primeira vez desde que me lembre, pela primeira vez desde que eu era uma garotinha, eu me deitei com ela e chorei.

10

A batida à minha porta, embora esperada, me deu um susto, porque tinha me permitido perder-me em minha nova identidade de pessoa rejeitada, após mandar um "chamado de emergência, traga vinho" para Laila, cerca de 45 minutos atrás. Entre nós, essa mensagem significava que ela tinha de vir o mais rápido possível e trazer vinho, porque precisaríamos dele. Não havia perguntas como "tudo bem com você?", porque, no chamado de emergência, você já sabia a resposta. Não precisávamos também do "o que aconteceu?", porque sabíamos para que era o vinho. Uma vez, Laila tinha me mandado essa mensagem pedindo duas garrafas. Estávamos no nosso último ano da faculdade. Lá pelo final da primeira garrafa, fiquei sabendo que o professor de Laila a tinha convidado para fazer sexo a três com ele e a esposa, em uma tal festa de *swing* em Los Angeles. Bebemos a segunda garrafa inteira para esquecer o teor da conversa que se dera enquanto bebíamos a primeira. Laila nunca o denunciou nem criou caso — era fim de semestre, e ela tinha tirado nota A. Sabíamos que era errado, mas que alternativa tínhamos, se tudo havia acabado bem? Tornou-se apenas mais uma cicatriz no nosso fígado e quatro dólares a menos na conta bancária, já que na época bebíamos vinho de garrafão, que depois foi substituído pelo nosso paladar atualmente muito mais sofisticado, depois de muitas viagens às vinícolas de Napa, Sonoma e Santa Barbara.

Ainda não tinha tirado o vestido da noite anterior. Tinha deixado uma pequena lagoa de lágrimas em Crestmire. De volta à minha casa, enfim consegui me reidratar e continuei chorando no sofá. Meu chamado de emergência para Laila foi um último esforço no sentido de tentar não faltar ao trabalho no dia seguinte. Minha aparência devia estar horrível, com o cabelo em geral ajeitado todo desgrenhado, o couro cabeludo suado e um robe macio de *soft* rosa sobre meu vestido caro e as botas forradas — claro que estava usando as minhas UGGs. Laila deu uma olhada nos meus olhos vermelhos, com veias cruzando-o como raios, e me abraçou com força. A garrafa de vinho que ela trouxe bateu na minha escápula do lado direito.

— Garota, recebi o chamado de emergência — Laila disse, empurrando nós duas para dentro e indo até a cozinha. — Você está muito mal? O que houve? — ela perguntou enquanto abria uma garrafa de vinho e pegava duas taças.

— O Marc terminou comigo na noite passada — vomitei as palavras com uma nova leva de lágrimas, caindo de novo no sofá, as mãos no rosto. Tinha trazido uma caixa de lenços para perto dos meus pés mais cedo naquele dia e usado para assoar o nariz.

Laila terminou de encher as taças e logo se sentou ao meu lado, puxando-me para perto dela, para que eu pudesse encostar a cabeça em seu ombro.

— Não sei o que dizer, Tab, sinto muito. — Ela afagou meu braço para me consolar. — Quer que eu arranhe o carro dele? — ela perguntou para quebrar a seriedade do momento. — Eu faria isso; é só me dizer, e vou lá correndo decorar aquele Porsche!

Não pude conter um sorriso.

MULHERES NEGRAS *NÃO* DEVERIAM MORRER EXAUSTAS

— O carro é importante demais para ser arranhado. É como uma boneca de vodu: se arranhar o carro, é ele que vai começar a sangrar — falei, arrancando esse humor das minhas entranhas. Embora parte de mim não estivesse brincando: — Laila, ele só ficava dizendo que não poderia ser o que eu queria que ele fosse e que não estava disposto a tentar. E eu pensando: o que *diabos* fiz com minha vida nesse último ano e meio? Com o meu tempo? *Desperdiçando-o* com esse babaca? — Foi só o que consegui falar antes de as lágrimas começarem a cair de novo; o gatilho foi a lembrança da frieza de Marc, a habilidade dele de "cancelar" nosso relacionamento como se fosse uma assinatura de revista indesejada.

— Foda-se ele. De verdade, garota. *Foda-se!* — Laila falou, quase com animação. — Se ele não sabe o que perdeu nem como você é incrível, ele que se dane. Ele não merece você. Você pode conseguir algo muito melhor.

Desejei muito acreditar no que Laila estava falando. Mas parecia que sempre nos consolávamos assim quando uma relação não dava certo. Sentada ali, nos meus trinta e poucos anos, com o relógio da minha fertilidade no modo de alarme, com certeza não parecia tão verdadeiro quanto tinha parecido em outras ocasiões, anos atrás. A realidade é que não podia só dizer "ele que se dane" e virar as costas. Tinha investido um tempo precioso — os relacionamentos ocupam tempo demais quando se tem mais de trinta anos, e não há como abrir mão desse tempo precioso, ideal para engravidar, sem esperar nenhum retorno.

— Acho que é isso que dói mais — falei. — O fato de ele simples-mente me largar dessa forma. Como se não significasse nada. Como se *eu* não fosse nada.

— Tabby, vou te dizer o que meu pai me disse — Laila falou. — Ele disse assim: "o homem só consegue valorizar você na mesma medida em que ele se valoriza". Não pode se deixar abalar tanto; você é incrível.

Eu queria concordar com ela. Queria ser tão forte quanto ela achava que eu era. Queria acreditar na descrição dela sobre mim diante da atitude de Marc. Mas não era capaz. Sentia-me tão fraca e desamparada sentada ali, banhada em autopiedade, com a esperança voando para longe como um balão vermelho que escapara da mão de uma criança desastrada. Mesmo a pontinha do barbante estava longe do meu alcance. Marc dava valor ao carro e ao emprego dele, e com certeza valorizava seus diplomas; parecia valorizar também a família e os amigos. Então, não acreditava na ideia de que ele seria incapaz de valorizar alguém. Mas por que ele não pôde, ou não quis, *me* dar o devido valor?

— Ou talvez eu seja o problema, Laila.

— Não é você. É ele. Foda-se ele. Vou cercar a casa dele com papel higiênico. Farei isso agora mesmo. — Laila fez menção de se levantar do sofá. Cheguei a acreditar que ela seria mesmo capaz disso.

— Ele mora em um prédio com porteiro, Laila. — Abri um leve sorriso.

— Bom, então vou até a portaria dele e mandarei um rolo de papel higiênico pelo porteiro. E vou dizer que a srta. Joon mandou dizer: "Isso é porque você é um *bosta*!".

Nós duas caímos na risada e, a essa altura, o vinho tinha começado a fazer efeito, livrando-me um pouco da tristeza retida no meu diafragma. De repente, consegui respirar de novo e pelo menos a luz do piloto automático voltou a se acender dentro de mim. Desloquei o foco em Marc, e principalmente no que ele significava para o meu futuro, para o fundo de minha mente, para poder mudar de assunto.

— E o cara novo, a quantas anda? — perguntei.

— Ah, Laurence? — Laila disse timidamente, corando, para minha surpresa.

— Ah, Laurence? — zombei dela. Ela que não me viesse com aquele ar fingido. — Isso mesmo, garota. O cara de quem você me falou e que vamos fingir que não é casado, embora nós duas saibamos que ele é.

— Bem, *agora* sabemos — Laila rebateu. — Ele não usava nenhuma aliança quando nos conhecemos, está lembrada?

— Ã-hã.

MULHERES NEGRAS *NÃO* DEVERIAM MORRER EXAUSTAS

— As coisas vão bem com ele. É algo estranho de se dizer, mas está tudo indo bem. É como se ele não fosse casado, sabe? Ele me liga o tempo todo, me apoia, me dá atenção, sempre quer me ver... Então, sei onde me meti, mas... — O sorriso que se escondia por trás do olhar de Laila abriu-se em seus lábios, deixando entrever seus dentes tratados com Invisalign.

— Você gosta dele — afirmei.

— Sim — Laila disse com suavidade. — Gosto.

Ambas ficamos em um silêncio contemplativo por um tempo, entendendo o peso das palavras dela e não entendendo ao mesmo tempo.

— Bem, você vai contar para a Alexis? — Laila perguntou, virando o corpo.

— Alexis? — repeti, pensando. — Não, não quero dizer nada a ela agora. Vou esperar até a festa de aniversário. Ela vai deduzir quando não vir Marc comigo.

— Não vai contar nada a ela? Ah, eu sei por quê.

— Sim, a *dona Amélia*. Sei que ela me ama, mas às vezes parece que ela torce para que meus relacionamentos deem errado só para esfregar aquela aliança na minha cara.

— Menina, na nossa cara! Lexi é minha amiga, mas ela se apega demais ao fato de ser casada.

— Ela é assim desde o ensino médio. Quando fui para o ensino técnico e ela para o ensino médio normal, éramos vizinhas. É como se isso tivesse virado a *razão* da vida dela, sabe? Estar em um relacionamento. Ela sempre tinha alguém e eu não, então acho que isso se tornou meio que um superpoder para ela. Infelizmente, sempre era com Rob que ela estava, a maior parte do tempo, mesmo quando ele dava os pulos dele por aí.

— Eu não o conhecia naquela época. Ele me parece bem bonzinho, e Lexi está sempre dizendo que ele é maravilhoso e como está feliz em ter um trabalho estável agora. Sei, porém, que ele fez muita *merda* no passado para compensar — disse Laila.

— Pois é. Eu os conheço há tempo demais. E sei como vai funcionar. Vão transformar essa festa de aniversário em tortura para mim. Tivemos de responder ao RSVP com o nome do convidado.

— Garota, pelo menos você *ganhou* a opção de um convidado — Laila falou, bufando de desgosto. — Nem isso ela colocou no meu convite.

— Bom, eu preferiria que essa fosse a *minha* situação — disse, soltando pesadamente um suspiro.

— Falta uma semana para a festa — exclamou Laila. — Você já vai ter esquecido o Marc até lá e encontrado um cara novo no Tinder.

— Como seria isso de aparecer na TV *e* no Tinder ao mesmo tempo? Nem pensar, garota. Vamos nessa, pois a melhor coisa que tenho a fazer agora é... beber.

E, assim, brindamos e deixamos o restante das perguntas sem resposta no fundo da garrafa vazia. O cartão intocado do dr. Young estava sobre a minha mesa como um lembrete de que, enquanto Marc pensava nas opções dele, eu precisava me concentrar nas minhas... antes que as perdesse.

11

Eu já tinha tomado dois drinques quando rumei para o oeste, pela Via 10 da rodovia, a caminho da festa de aniversário de Alexis. Uma busca na internet confirmou minha suspeita de que duas doses antes de dirigir era quase o limite legal. Depois de atravessar a primeira semana após meu rompimento com Marc, não desejava arriscar outro encontro com a polícia. Desde os primeiros minutos da manhã de segunda-feira, meu único objetivo na semana tinha sido chegar à sexta-feira. Na verdade, esse não era meu único objetivo; havia outro, que era marcar uma consulta com um especialista que pudesse me ajudar a congelar os óvulos ao preço das dezenas de milhares de dólares da minha conta bancária. Tinha cumprido um deles: era sexta-feira, eu tinha chegado até aqui e ninguém havia morrido ainda. Sabia que precisava parar de postergar o assunto dos óvulos, parar de esperar por um pequeno milagre, e fazer logo aquela ligação. *Por que estou adiando tanto?*

Se Lexi não fosse minha melhor amiga, e se eu não achasse que ela poderia jamais me perdoar por perder sua festa de aniversário, eu teria tentado escapar. Meu "esquenta" me anestesiou o suficiente para superar a letargia de ter de ir a algum lugar ao qual não desejava ir, mas não podia apagar minha resistência em ser um membro da audiência para a extravagante surpresa de Rob. O histórico de Rob sempre estivera ligado à instabilidade, por isso entendi o nervosismo de Lexi no salão de Denisha. Embora ela nunca fosse admitir isso, o jantar de aniversário dela organizado por Rob seria um "evento". E, com base no que eu sabia sobre ele, aquele evento, e o que quer que fosse acontecer nele, teria muito mais a ver com Rob que com Alexis, ainda que o aniversário fosse dela. Não era um dos cinco — como 35, ou "Oh, meu Deus, os quarenta!" —, então esperava que fosse por esse motivo que haviam sido tão mesquinhos com a lista de convidados, e não por causa da cabeça de Rob. O jantar seria realizado no Fig & Olive, um lindo restaurante de cozinha mediterrânea que sempre aparecia na seção de restaurantes e lojas elegantes de La Cienega, na parte de West Hollywood que fazia fronteira com Beverly Hills. O exterior de gesso branco, semelhante ao de uma *villa* moderna, com pátios generosos, criava um belo contraste com a moldura da janela de ferro preto e o piso de ladrilhos terracota do interior. Flores frescas, a iluminação suave de lustres delicados e velas garantiam o clima romântico de Casablanca a apenas uma breve distância de carro pela cidade.

Marc e eu tínhamos visitado o local em um de nossos primeiros encontros, lembrei-me com uma pontada de dor. Não havíamos ido para a cama ainda, e pensei que ele estivesse usando o restaurante para conseguir isso. Ainda o fiz esperar, embora apenas até o próximo encontro — não queria que ele achasse que tinha passado da hora. Sentia-me grata por isso agora, ao parar o carro para entregá-lo ao manobrista. Pelo menos esta noite eu não teria de lidar com a memória de um momento marcante sentada ao lado de uma cadeira vazia. Já sentia falta dele o suficiente e, embora odiasse admitir, começara a usar sua velha camiseta como fronha apenas para sentir o cheiro dele antes de dormir.

MULHERES NEGRAS *NÃO* DEVERIAM MORRER EXAUSTAS

Deslizando para fora do carro na porta do restaurante, sabia que estava bonita, e nesta noite meu vestido tipo camisetão de paetê ia até as coxas, apenas um pouco abaixo do ponto de ser escandaloso. Minhas pernas pareciam fortes e bem torneadas, e os sapatos de salto alto que usava deixavam minhas panturrilhas perfeitas, permitindo-me andar como uma gazela e com bastante confiança até o restaurante. Atrás de mim fluía uma nuvem invisível de flores brancas e o mais tênue aroma de sândalo. Precisava superar o rompimento com Marc. Poderia não vê-lo naquela noite, mas minha aparência e meu cheiro eram iguais a se fosse fazer isso; era como se minha intenção fosse que ele percebesse seu erro, mesmo que eu fosse a única a saber desse fato.

— Tabby! — Alexis foi a primeira do grupo a me ver, enquanto passava pela porta que dava na área privada do pátio dos fundos, onde o jantar seria servido.

Rob sem dúvida tinha pensado em tudo: flores decoravam quase todas as superfícies livres, e elegantes balões cor de marfim e dourados tinham sido colocados nos cantos. Era quase uma modesta recepção de casamento.

— Ah, meu Deus, você está incrível! — Alexis disse, abraçando-me com os braços estendidos. Ela se afastou e olhou para o espaço que me rodeava. — Onde está Marc?

Sorri, pensando: *Bom, levou apenas noventa segundos para ela perguntar.*

— Marc não vem, Lexi — respondi com calma, tentando me decidir sobre uma das explicações que tinha ensaiado durante uma hora no espelho do banheiro. — Ele... Ele e eu... — Detive-me, hesitando se devia ou não dizer aquilo. — Nós... terminamos — falei por fim, e assisti à reação no rosto dela, a exata reação que tentava evitar. — Mas estou bem! Totalmente bem! — Acrescentei com rapidez. — Foi muito mútuo, sabe? — falei, assentindo com um gesto de cabeça para reforçar as palavras.

— Bom, garota, você está linda! Linda! — Lexi disse, me medindo de cima a baixo como um cara faria. — Mas sinto muito. Sei quanto você gosta dele. Quero dizer, *gostava*. — Ela me deu um abraço. — Talvez seja temporário. E, nesse meio-tempo, deve haver alguns amigos gatinhos do Rob que virão sozinhos, então nunca se sabe! Acho que tenho alguém para apresentar a você, um médico — ela falou com um sorriso, quando alguém que não reconheci começou a puxá-la para longe.

— Vai, vai! Pode ir receber seus convidados! — disse, talvez exagerando um pouco na animação. — Vou encontrar a Laila, depois nos falamos!

Tentei selar o discurso com o maior sorriso que fui capaz de fabricar, como se meus dentes fossem hipnotizá-la e fazê-la esquecer que eu acabara de lhe dizer que tinha terminado meu relacionamento de um ano e meio.

Lexi se desvencilhou do braço que a puxava e, inclinando a cabeça com os lábios um pouco apertados, falou:

— Menina, sabe que a Laila ainda não chegou?

Claro, pensei.

— Guardei dois assentos para vocês — Lexi continuou, apontando para dois lugares do lado esquerdo. — Rob e eu vamos nos sentar no centro, e a Laila estará de frente. E, assim que Todd chegar aqui, vou te apresentar para ele! — Alexis me deu uma piscadela.

— Todd?

— Menina, o amigo do Rob, o médico!

A ideia de conhecer outro cara fez minhas palmas suarem.

— Lexi, não tenho certeza de se estou pronta... Acabei de...

Lexi me cortou:

— Tab, não seja boba, você está linda, e ele é um bom partido, juro. Seja receptiva... por mim? É meu aniversário — ela falou, batendo os cílios enquanto me encarava.

Eu estava mesmo bem produzida, e não havia motivo para desperdiçar os saltos e o vestido sexy. Lexi tinha razão.

— Tudo bem.

— Vai conhecê-lo e ser... receptiva? — Ela arqueou uma das sobrancelhas.

MULHERES NEGRAS *NÃO* DEVERIAM MORRER EXAUSTAS

— Vou colocar nisso o máximo de receptividade que eu puder.

Sabia o que eu precisava dizer a seguir para deixá-la satisfeita. Não esperava dizer essas palavras, mas era o aniversário dela.

— Rob fez um ótimo trabalho! Estou realmente impressionada! — falei, forçando as últimas palavras.

Diante disso, o rosto de Lexi se iluminou como uma árvore de Natal na praça da cidade. Ela sorriu.

— Fez mesmo, não é, garota?! — Lexi ergueu a mão para que eu batesse a palma contra a dela em um cumprimento. Eu o fiz, e por fim ela se deixou ser puxada para falar com outro grupo de pessoas. Sentei-me, verificando o telefone por hábito, mas não encontrei nenhuma mensagem nova nele, então me preparei para bater papo com as pessoas ao redor até Laila chegar. Ela entrou bem quando fazíamos o pedido para o jantar.

— Ei, Laila! — chamei com um sorriso malicioso que já dizia tudo, e ela entendeu.

— Garota, trânsito. Você sabe. Por que eles tinham que fazer essa merda aqui em West Hollywood... Por acaso não tem... — Laila parou de repente, se controlando. Pessoas em mesas próximas da nossa nos olhavam, algumas ligeiramente boquiabertas, como se esperassem que ela dissesse o inimaginável. Pude observar uma mudança rápida em seu comportamento. Ela endireitou as costas, esboçou um sorriso Ki-Suco e elevou a voz algumas oitavas. — Oi, eu sou a Laila — repetiu algumas vezes em tom bastante cortês, enquanto apertava a mão dos convivas.

Ela se sentou e começamos nossa recapitulação habitual em sussurros, conversando da maneira sutil que os jornalistas usam para não serem ouvidos.

— Bem, tenho de dizer que isso aqui está muito melhor do que eu pensava — falei.

— A noite ainda é uma criança — observou Laila, olhando de soslaio para Rob e Lexi, sentados à nossa frente e profundamente engajados em conversas com convidados próximos a eles.

Eles pareciam jovens namorados, com o braço de Rob em volta de Lexi e ela rindo como costumava fazer no colégio, mesmo antes de ele lhe dar aquela primeira IST, no primeiro ano. Sem dúvida, eu os conhecia havia muito tempo.

— Contou para ela? — Laila perguntou, interrompendo meus pensamentos.

— Ah, sobre Marc? — *Claro que é sobre Marc*. — Sim, mas falei que estava bem, e ela seguiu em frente. Já está tentando me apresentar para um dos amigos de Rob.

— Lexi nunca ofereceu nenhum dos amigos de Rob para *mim*, e eu estaria muito mais receptiva a um deles do que você... com esse seu nariz empinado. — Laila deu uma risadinha em sua taça de vinho.

— Eu, nariz empinado? Ah, tenha dó. Você é que está namorando o Mr. Big — sussurrei com veemência.

— Isso é só porque ele veio atrás de mim e eu não sabia que ele era casado — disse Laila. — Ficaria bem contente com alguém menos ambicioso, mas que fosse potente... — O olhar de Laila baixou para o próprio colo.

— Espere, está me dizendo que o *pinto* dele não funciona? — murmurei um pouco alto demais.

Algumas das pessoas ao redor se viraram com rapidez, tentando fingir em seguida que não tinham ouvido.

— Funciona — respondeu Laila, relutante. — Na maior parte do tempo. Mas ele tem quase cinquenta anos! Então, existem momentos. É por isso que ele disse que não queria usar preservativo.

— Lá vem você de novo com esse papo de um bebê da NBA! Precisa parar com isso.

Laila riu timidamente em resposta, dando de ombros, as mãos espalmadas para cima. Atrás dela, avistei Lexi vindo em nossa direção, trazendo um homem magro, um tanto calvo, de pele acobreada e óculos. Ele não era muito mais alto do que Lexi, o que significava que era um pouco mais alto do que eu, e provavelmente sem os saltos. Prendi

MULHERES NEGRAS *NÃO* DEVERIAM MORRER EXAUSTAS

a respiração, esperando que aquele não fosse o *dr. Todd*, enquanto ela acenava para que eu me aproximasse deles. Pedi licença e me levantei. Laila e eu nos entreolhamos. Quando ela viu Alexis, soube que tinha entendido aonde e por que estava indo até lá.

— Tabby, quero apresentá-la ao amigo de Rob, o dr. Bryant — disse Alexis com um sorriso enorme e os olhos cintilando.

— É um prazer conhecê-la, Tabby. Me chame de Todd, por favor — ele disse com um belo sorriso. — Alexis está tentando me passar a impressão de que ainda estou trabalhando.

Ele estendeu a mão para apertar a minha. Hum... Dentes retos, mas ele não era mais baixo do que eu? Não fui capaz de dizer. Tentei esmagar a voz interior que continuava me apontando a altura dele. E uma outra, que fazia comparações lado a lado com Marc.

— Vou deixar vocês dois conversarem; tenho que voltar para perto do Rob — Lexi disse, desculpando-se.

Senti-me corar, sem palavras para falar alguma coisa diante dessa apresentação a um estranho. Algo nele emanava certa beleza. Seria o sorriso?

— Então, Tabby, não quero atrasar muito o seu jantar, mas, quando Alexis me contou sobre uma amiga e depois apontou para você, tinha pelo menos que aproveitar a oportunidade de dizer um olá.

Ele sorriu para mim, um amplo sorriso. *Humm... Sorriso franco, com um quê de amigável.* Sorri em resposta, ainda tomada pela timidez.

— Bem, dizer um olá e perguntar se talvez eu pudesse te ligar algum dia? Levar você para jantar?

A Tabitha no modo normal pós-separação teria arrumado uma desculpa, mas a "falência ovariana" não permitiu. Consegui encontrar minha voz:

— Claro, Todd, isso seria... legal — respondi.

E qual é a sua altura? Quer ter filhos? Minha mente repassou um milhão de perguntas que não fiz. Em vez disso, dei a ele o meu número de telefone. Mais tarde pensaria naquilo. Principalmente sobre a altura.

— Vou mandar uma mensagem para você, para que fique com meu número — disse ele. Eu concordei.

Depois seguimos em direções opostas, eu de volta ao meu lugar com Laila, para ela fazer vinte perguntas, e ele de volta à sua mesa, perto de onde Rob estava sentado.

— E aí, o que rolou com ele? — Laila perguntou assim que me sentei.

Antes que eu pudesse responder, ouvimos o som de metal batendo contra um copo de vinho. Virei-me e era Rob, levantando-se com uma taça de champanhe, parecendo se preparar para fazer um brinde.

— Ei, gente! — Rob disse, batendo no vidro de novo. — Pessoal... só preciso de alguns minutos do tempo de vocês, depois vou deixá-los à vontade para pedir a sobremesa.

Rob estava sorrindo, e seu peito se projetou para fora, forte e orgulhoso. Ele tinha começado a malhar intensamente cerca de um ano atrás e transformara a barriga gelatinosa no que parecia agora uma parede firme de músculos sob a camisa. O Rolex brilhava sob as luzes e, perto dele, a aliança de casamento no dedo. Ele continuou falando:

— Muito obrigado a todos por comparecerem e me ajudarem a homenagear esta linda mulher que está bem aqui. — Ele se virou para Alexis. — Alexis, quando te perguntei sobre o décimo aniversário do seu vigésimo quarto aniversário, você disse: "Ah, está tudo bem, não preciso de nada". — Rob fez uma boa imitação da voz suave e melodiosa de Lexi. Isso fez todo mundo rir. — Então, cabia a mim tentar lhe dar a noite que você *merece*. E, com essas maravilhosas pessoas aqui, que a amam um pouco menos do que eu e os meninos — ele se virou para se dirigir às outras mesas de convidados —, disse apenas um pouco menos, pessoal... Só um *pouquinho* menos. — Ele se voltou para Lexi: — Porque eu e os nossos meninos, nós a amamos muito, mamãe. Você é tudo para nós.

Ele se demorou em fitar Lexi, virando-se depois para os convidados:

— Não vou me alongar mais, porque precisamos aproveitar bem esta noite em que temos uma babá, mas só quero deixar Alexis ciente de mais algumas coisas. Querida, você esteve ao meu lado quando eu não tinha nada... e acreditou em mim. Você me incentivou e me apoiou. Me deu os nossos meninos, e fez da minha vida uma existência pela qual acordo todas as manhãs tão, tão grato por estar ao seu lado. Eu te amo, querida.

Rob se inclinou para beijar Alexis. Ela enxugou as lágrimas com suavidade, como se não quisesse tocar os cílios.

— Eu te amo também, lindo — Alexis disse com suavidade, quase um murmúrio.

— Podem levantar as taças, por favor? — Rob fez uma pausa, olhando ao redor e dando tempo para que todos se levantassem para o brinde. — Para Alexis, a minha *tão* Sexy Lexi, feliz aniversário! Você significa tanto para tantas pessoas, nós a amamos *muito* mais do que seria possível expressar em palavras.

Ele fez um gesto erguendo a taça, e todos o imitamos. Os sons de taças brindando e do "feliz aniversário" coletivo envolveram o pequeno ambiente. Todd e eu nos olhamos por um instante, trocando um sorriso. *Será que daria certo? Quem sabe?* Rob pediu silêncio de novo.

— E, por último — ele disse, enfiando a mão no bolso para tirar uma caixinha branca com um laço vermelho —, este é o seu presente. Você merece, meu bem; você fez muito por mim, agora é a minha vez.

E, com isso, ele deu a caixinha a Lexi, que mal conseguia conter o tremor das mãos e a chuva de lágrimas. Ela abriu a tampa e viu um retângulo preto lá dentro, em meio a uma almofadinha de algodão.

— Ah, meu Deus, Rob, você me comprou uma Mercedes! — Alexis gritou, parecendo se esquecer de todos ali por um momento. — Ai, meu Deus! Onde está? — ela perguntou, olhando ao redor, como se o carro pudesse se materializar ali por mágica.

Laila me deu um tapinha.

— Viu? Nem são *dez* horas ainda. E olha o que *já* aconteceu.

Trocamos um olhar de entendimento e tentamos não revirar os olhos. Fiquei feliz por Alexis, mas não podia engolir toda aquela encenação. Tinha a sensação de estar assistindo a um espetáculo de como a felicidade deveria ser. *Talvez eu os conheça há tempo demais*, pensei novamente.

— Está lá fora, querida — Rob exclamou, chamando a atenção dos convidados mais uma vez. — Pessoal, se quiserem me acompanhar, e a minha adorável esposa, até lá fora, vamos vê-la batizando seu brinquedinho antes de voltarmos para saborear a sobremesa.

— Precisamos fazer isso? — Laila choramingou, olhando para mim. — Sério, que baboseira é essa? *Baile de debutante*? Que noite dos sonhos... Jesus... Quanta merda... — Laila murmurou algumas outras coisas que não pude entender, com toda aquela comoção em direção à porta.

— Sim, Laila, precisamos. Mas não precisamos gostar. Só precisamos apoiar nossa amiga.

— Minha amiga? — Laila falou entre os dentes. — A dona Amélia é *sua* amiga. Amiga de verdade. Uma amiga que te apresenta *médicos*. Claramente, só herdei a bunda dela.

Rimos com esse comentário e fomos para a frente do restaurante, onde havia mesmo uma Mercedes novinha em folha de quatro portas, os faróis ligados e um laço no capô igual ao da caixinha. Alexis fez uma dancinha no seu caminho até o carro, que fez os seios e o traseiro grandes sacudirem seu corpo em diferentes direções. Fiquei contente com a felicidade dela, mas aquilo parecia um show. Lá fora, senti minha bolsa vibrar. Todd devia estar mandando o número dele.

— Bem, acho que o médico não perde tempo — disse baixinho, pegando o celular.

O que vi na tela me paralisou por um momento, o choque viajando em ondas pelo meu corpo, até os dedos dos pés. *Era* uma mensagem, mas de Marc.

Marc:

Oi, sumida.

MULHERES NEGRAS *NÃO* DEVERIAM MORRER EXAUSTAS

Virei-me para Laila e dei uma cotovelada nela.

— Que foi? — ela virou com tudo para mim.

— Marc acabou de me mandar uma mensagem.

— Como assim? Dizendo o quê?

— Veja — passei o celular para ela.

Ela arregalou os olhos, em choque.

— Ah, meu Deus, não. Tab, sei que não vai responder. Não faça isso.

Eu ri.

— É claro que não vou responder! — Tentei parecer o mais determinada possível, como se o assunto já estivesse resolvido. — Depois do que ele fez? Nem morta! Vou fingir que nem vi... "Oi, sumida", sério? Não, nem pensar — falei, convencendo-me o suficiente para devolver o telefone à bolsa.

— Certeza? — Laila perguntou.

— Sim, certeza — eu disse.

Pensando bem, não era a primeira vez que eu mentia naquela noite.

12

Entre receber a mensagem de Marc na noite anterior e ir para Crestmire, de alguma forma dei conta de deixar meus dedos longe do aplicativo de mensagens, mesmo imaginando quinze respostas das mais variadas. Se tivesse mandado todas elas, ele com certeza estaria *se fodendo* no meu apartamento, depois tomaria uma taça de vinho e choraria enquanto conversávamos. O dr. Todd não tinha me mandado mensagem ainda, e fiquei surpresa por ter notado isso. Não me lembrava de ter sentido aquele frio na barriga que me envolveu quando conheci Marc, ou aquela conexão física instantânea que, nos últimos dias, me fazia dormir com um travesseiro entre as pernas. Algo que fez meus lábios se franzirem ao pensar nele e que me deixava só um pouquinho esperançosa.

Passando pela porta da minha avó, fiquei grata por estar melhor que na última vez em que estivera ali, e também grata por Vovó Tab não ter deixado minhas lágrimas virarem um concerto de lamento e preocupação. Eu chorei, coloquei para fora, conversamos e, além do *como vamos* habitual, ela não mencionou mais o assunto. Se minha mãe, por outro lado, tivesse me ouvido chorar, é provável que tivesse pegado um avião e tentado me internar involuntariamente. Entrei e cumprimentei a sra. Gretchen também, porque as duas estavam reunidas à mesinha da cozinha. A sra. Gretchen mostrava à minha avó alguns tutoriais de cabelo e maquiagem no YouTube, em seu *smartphone*. Descobri neste exato momento por que a sra. Gretchen sabia mais do que eu sobre delineadores e iluminadores.

— Venha sentar-se, Dupla! Gretchen está me mostrando como "renovar meu visual" para o baile.

Vendo a confusão em meu rosto, ela explicou:

— Na verdade, todo ano eles organizam isso aqui, apenas uma noite para nós, velhas garotas, nos vestirmos e rebolarmos.

— E transarmos! — exclamou a sra. Gretchen.

— Gretchen! — Minha avó se virou para ela, os olhos arregalados, as bochechas ficando vermelhas.

— Tabitha — a sra. Gretchen começou em um tom irônico, olhando para ela —, olha, estou velha. Não existe mais nada que seja constrangedor para mim. Não posso evitar pensar comigo mesma se ainda consigo — disse ela com um sorriso.

Minha avó se virou para mim e revirou os olhos.

— Não sei o que fazer com você às vezes, Gretchen. Bom Deus.

— Você precisa me acompanhar e fazer as unhas e o cabelo às vezes, Tabitha. Você está velha e deixou seu cabelo ficar grisalho, mas ainda não morreu. Não se entregue; trate a si mesma com carinho. É o que eu faço — afirmou a sra. Gretchen, balançando o cabelo loiro ligeiramente encaracolado. Ela estava bem cuidada, qualquer um teria que admitir.

Embora a ideia de que ela se mantivesse assim bem cuidada porque ainda fazia "arte" em Crestmire fosse mais informação do que estava preparada para elaborar.

— Chega de falar sobre nós, Gretchen — disse minha avó, voltando sua atenção para mim. — Como está, Dupla? Quais são as novidades? Conseguiu sua promoção?

MULHERES NEGRAS *NÃO* DEVERIAM MORRER EXAUSTAS

— Não, ainda não — respondi. — Foi a festa de aniversário de Lexi na noite passada. Rob organizou para ela, em um restaurante bem chique. E comprou uma Mercedes de presente.

— Ah, isso é legal! — minha avó disse, imperturbável pela minha descrição dos grandes gestos de Rob. — Você viu Marc por lá?

Senti uma pontada. Fiquei surpresa que ela me perguntasse, após o que acontecera.

— Hum, não, Vovó Tab, Marc não foi. Não foi porque... ainda estamos separados. Acho que é oficial.

— Ora, o que é isso? — questionou a sra. Gretchen, mostrando surpresa em seu olhar astuto. — Não era esse o jovem de quem você estava falando? O que aconteceu, querida?

— Estamos... — expliquei devagar, escolhendo com cuidado as próximas palavras. — Com base no que ele disse, ele não estava pronto para um compromisso real, e o fato de eu começar a pensar em filhos deixou-o todo irritado e assustado. Então, ele terminou comigo no fim de semana passado.

A sra. Gretchen balançou a cabeça.

— Filhos são *exatamente* no que você deveria estar pensando agora, se ainda os quiser! E ele também! Menina, para mim, o que ele disse é loucura. Que vá com Deus — ela falou, agitando uma das mãos no ar.

Vovó Tab olhou para Gretchen e depois de novo para mim, cheia de preocupação.

— Bem, Tabby, sei que você gostava muito dele. Eu esperava que as coisas pudessem ter mudado ao longo da semana. Ele não procurou você?

— Na verdade, sim. Ontem à noite — revelei, desviando meus olhos dos dela.

— Bem, você vai falar com ele? — Vovó Tab perguntou. — Talvez deva falar com ele e ouvi-lo. Se estiver apenas com medo, talvez ele tenha pensado bem e mudado de ideia.

— Não foi isso que dizia a mensagem dele — rebati com rapidez.

— O que dizia, então? — ela perguntou.

Fiquei envergonhada com a verdade, que para mim soaria muito pior quando fosse dita em voz alta.

—Ele escreveu: "Oi, sumida" —tentei soltar o mais rápido possível. Não conseguia encará-la.

—"Oi, sumida"? — minha avó repetiu, intrigada.

—Tabitha, é isso que esses meninos fazem com suas mensagens de texto quando ficam sozinhos e querem alguma atenção feminina. É preguiça pura e simples, se quer saber minha opinião —a sra. Gretchen me surpreendeu ao intervir. *O que ela sabia sobre mensagens de texto?*

—Infelizmente — murmurei.

Ela tinha razão, no entanto. Desejava que ele tivesse dito mais. Depois do que acontecera, eu precisava que ele me mostrasse que aquilo era algo mais que um capricho passageiro. Por isso não queria ter muitas esperanças.

—Sim, é realmente uma pena. Pensei que nós... Que ele...

A sra. Gretchen me interrompeu:

—Não se demore muito nisso, docinho. Não mais.

Ela se inclinou para trás, sinalizando que estava prestes a começar uma de suas histórias.

—Deixe-me contar uma coisinha. Tenho muitas histórias, mas poucos conselhos. Na vida, só tenho uma regra, bem, além da Regra de Ouro, é claro, mas *esta* é a *minha* regra de ouro. Vou lhe contar. Quando cheguei aqui a Crestmire, e já procurava outros lugares como este, sabe o que todos eles tinham? Cadeiras de balanço. Não sei por que as pessoas pensam que os velhos gostam tanto de ficar balançando. Eu pessoalmente prefiro um tipo diferente de balanço, mas não é essa a questão. —Ela fez uma pausa, sorrindo com malícia. — Não acreditava que essas pessoas gostassem tanto dessas cadeiras de balanço até chegar aqui em Crestmire. E, querida, você se lembra de Clara? Ela é uma senhora tranquila e simpática, com aqueles óculos pretos grandes e engraçados, que fazem os olhos dela parecerem insetos quando está curvada, apertando os olhos para tentar resolver os quebra-cabeças de

MULHERES NEGRAS *NÃO* DEVERIAM MORRER EXAUSTAS

que ela gosta! Bem, Clara e Margaret quase brigaram na sala um dia por causa da última cadeira de balanço perto da janela, aquela com vista para o salgueiro lá fora.

A sra. Gretchen fez nova pausa, para esperar que minha avó e eu assentíssemos em reconhecimento.

— Não me lembro quem se sentou nela. Mas, de qualquer modo, quando se sentam naquela cadeira, o que as pessoas fazem? Olham para fora e começam a se balançar, e deixam os olhos se fecharem, como se fossem dormir, e algumas dormem mesmo. Outras, não. Algumas não estão dormindo, Tabby. Sabe o que estão fazendo? — Fiz que não com um gesto de cabeça. — Elas estão pensando.

A sra. Gretchen ficou em silêncio para causar efeito, o olhar indo do meu rosto para o de minha avó, e voltando para mim, antes de continuar.

— Elas usam o que sobrou de sua mente empoeirada e repassam os arrependimentos da vida. Mas nunca desejam ter gastado um dólar a menos, ou passado mais um dia com algum idiota que as irritava. Não, querida. Ficam sentadas lá tentando se lembrar das coisas boas. As grandes coisas boas que realizaram, apenas rezando para que haja o suficiente. As coisas que, mesmo com os detalhes desbotados pelo tempo, ainda importam para elas, e talvez as façam sorrir. Este é o *seu* momento, minha querida, porque nem sempre você terá essa chance. E, se esse menino não se importar, então você precisa esquecê-lo e seguir em frente. O tempo se torna mais valioso quando você percebe que está se esgotando. — Ela se moveu para a frente, prestes a se levantar. — E eu tenho manicure hoje. Nenhuma funcionária nova para me atrasar desta vez! Vejo vocês duas mais tarde.

Ela saiu pela porta, o *smartphone* na mão, ainda atenta a um tutorial de maquiagem.

— Gretchen e suas histórias — disse minha avó com uma meia risada. — Eu me lembro daquela briga, entretanto, entre Clara e Margaret. Achei que Margaret fosse jogar os óculos de Clara no chão!

— Quem ficou com a cadeira? — perguntei.

Minha avó deu uma risadinha, tentando se lembrar. Depois de um momento, parecendo envolvida nos próprios pensamentos, ela disse:

— Não importa. Acredito que foi Clara, mas elas estão sempre juntas. Em minha mente, posso ver as duas sentadas naquela cadeira depois que tudo acabou. Não sei por que isso era tão importante naquela hora. São engraçadas as coisas pelas quais as pessoas pensam que vale a pena lutar.

— Bem, parece que vai haver muita animação nesse baile! — eu disse, tentando mudar de assunto. — Temos que maquiar a senhora e deixá-la fabulosa. Não vou permitir que a senhora Gretchen roube o show... e fique com todas as cadeiras de balanço! — acrescentei, dando uma piscadela para minha avó.

— Não mesmo! — Vovó Tab respondeu com uma risada. — Acho que estou começando a me animar!

Fiquei mais tempo em Crestmire do que o normal porque não queria ter de voltar e enfrentar minha primeira noite de sábado livre, sozinha, com a tentação da mensagem de texto não respondida de Marc ou a provocação do silêncio de Todd. No caminho para casa, as palavras da sra. Gretchen giraram em minha mente, assim como as ideias de como arrumaria minha avó para que ela se sentisse mais bonita para o baile que se aproximava. Também tentei pensar em como seriam meus momentos na cadeira de balanço... e me esforcei para encontrar Marc em algum deles. Enquanto isso, sua mensagem não respondida praticamente queimava na minha bolsa, como um dólar não gasto no bolso de uma criança em uma loja de doces.

Assim que cheguei em casa, sentada no sofá, a noite de sábado me atingiu. Meus pensamentos giravam em torno de perda de tempo, fertilidade falida, Marc e agora Todd. Por que não podia dar uma resposta a Marc? Seria perda de tempo, ainda que eu não tivesse mais nada a fazer? Com um plano que parecia fazer todo o sentido, peguei meu telefone para escrever uma mensagem para ele. Só que já tinha uma mensagem, de um número que não reconheci.

MULHERES NEGRAS *NÃO* DEVERIAM MORRER EXAUSTAS

Número desconhecido:

Tabby, por favor, perdoe a demora.

Cometi um erro ao salvar seu número e tive de pegá-lo novamente com Alexis.

Desculpe, devia ter dito que é o Todd. Todd Bryant.

No último minuto, eu sei, mas estou de folga amanhã.

Estaria interessada em um brunch?

    Sim, estaria, dr. Todd. Estaria, sim.

Todd e eu concordamos em nos encontrar no centro, em um pequeno e lindo restaurante francês na Spring Street. Fiz questão de usar sapatilhas, só para garantir.

    Quando cheguei lá, Todd já estava sentado, vestindo uma bela camisa xadrez azul, jeans e tênis de couro. Seu cabelo estava um pouco mais curto do que quando o conhecera, de forma que o círculo de calvície no topo de sua cabeça não parecia tão perceptível agora. Peguei-me sorrindo quando ele acenou para mim.

    — Tabby! — disse ele, levantando-se quando me aproximei da mesa. Ele estendeu a mão desajeitadamente de novo, mas pareceu mudar de ideia no último minuto, transformando nossa saudação em um abraço igualmente estranho.

    — Oi, Todd, que bom ver você — cumprimentei no tom de voz mais sedutor que pude reunir.

    Fiquei esperando o frio na barriga, mas lembrei de que não poderia continuar comparando todos com Marc. Iniciamos uma conversa sobre amenidades enquanto fazíamos o pedido, e descobri que ele estava terminando o último ano da residência em psiquiatria e que planejava clinicar em Los Angeles assim que finalizasse, ingressando na clínica de seu tio para, um dia, assumi-la. Ele confessou que não era telespectador da KVTV, mas que, depois que nos conhecemos, fizera questão de ver as notícias para assistir às minhas reportagens.

—Fiquei impressionado. Você é realmente talentosa e uma excelente comunicadora—elogiou ele.—Tenho certeza de que há uma tonelada de caras em Los Angeles que gostariam de estar no meu lugar hoje. Portanto, devo ter tido sorte em ter conseguido marcar esse encontro em tão pouco tempo.

Rá. Se você soubesse, Todd. Se você soubesse... Apenas sorri em resposta, tentando evitar que o trauma de Marc viesse à tona em meus olhos.

—Como uma garota como você ainda está solteira?

Oh, Senhor, essa pergunta. Levei um minuto para pensar antes de responder.

—Acho que acabei de ficar solteira—falei.—Se é isso que você quer dizer. Ou quer mesmo saber por que não me casei ainda?

Inferno, eu mesma gostaria de saber essa resposta.

—Nenhuma das duas coisas, talvez—respondeu Todd.—Só estou questionando minha sorte, uma coisa tola de se fazer—disse ele, esfregando a testa com a mão.—Estou um pouco sem prática com essa coisa de encontro—revelou ele por fim.—Tenho estado tão focado na minha residência que acabei colocando essa parte da minha vida em compasso de espera.

Minhas sobrancelhas se ergueram de modo involuntário. Outro cara que não estava pronto e não tinha chegado ainda aonde supostamente queria estar. Meu corpo se enrijeceu, na defensiva.

—E o que está procurando?—perguntei, surpreendendo-me com minha franqueza.

—Talvez nada específico—respondeu Todd.—Na verdade, não tinha namoro no meu radar até que Alexis mencionou você.

Oh, não, pensei. Todd começava a soar cada vez mais como Marc. Recostei-me na cadeira. Ele se inclinou em minha direção para continuar.

— Mas você vale um novo plano.

13

— **C**omo vai a história do mercado imobiliário? — Scott me perguntou na cozinha do escritório enquanto esperava o líquido escuro sair da elegante cafeteira.

Meu *brunch* com Todd durou até o início da noite de domingo e terminou com alguns drinques e uma promessa de nos falarmos no final da semana. Scott era a última pessoa que desejava encontrar para acabar com o clima. Se não estivesse tão cansada naquela manhã, teria apenas deixado o copo ali para a próxima pessoa pegá-lo ou assumir a responsabilidade de jogá-lo fora. Conhecendo Scott como conhecia, porém, ele encontraria uma maneira de usar até mesmo aquilo contra mim.

— Está indo muito bem, na verdade — respondi. — Descobri algumas conexões bem interessantes entre os padrões de migração racial e alguns dos fenômenos de preços que estamos vendo hoje — acrescentei, sabendo que trazer à tona qualquer assunto de teor racial seria a maneira mais rápida de provocar o desaparecimento de Scott.

— Ah, legal, legal — disse ele distraidamente, enquanto procurava o leite desnatado para seu café na geladeira do escritório. — Bem, boa sorte — disse, enquanto despejava o líquido aguado no café. — Estou ansioso para ver o que sua equipe vai conseguir. Estou adorando trabalhar na matéria dos Rams — adicionou com um sorriso, esbarrando no meu ombro ao passar por mim e sair.

Virei minha cabeça para ver se ele tinha olhado para trás. *Ele fez isso de propósito?* Não tive tempo de pensar na resposta, porque meu café estava pronto. Coloquei leite e voltei para a minha mesa.

Um lembrete apareceu na tela do computador, berrando para mim: *Ligar para o especialista em fertilidade e marcar consulta. HOJE!!!* Balancei a cabeça lentamente diante do fato de ainda não ter ligado. A imagem mental dos meus ovários murchando em tempo real trouxe-me um novo senso de urgência. Não podia me dar ao luxo de perder mais tempo evitando o inevitável. Fiz uma reflexão mental, reforçando o que estava escrito, e peguei meu celular. *Merda*. Outra mensagem de Marc.

Marc:

Bom dia. Espero que você tenha um ótimo dia!

É estranho dizer que sinto sua falta?

Agora mais essa, caramba! Era muito mais fácil ignorar um "Oi, sumida" do que isso. Sinceramente, embora meu encontro com Todd tivesse corrido bem, eu ainda sentia falta de Marc e queria dizer isso a ele. Mas a memória de ficar devastada em uma armadilha emocional tinha um efeito assustador, lembrando-me do motivo de ter decidido ignorá-lo. Era porque ele não era confiável. E, como ele não era confiável e eu ainda o amava, eu não podia ser confiável. *E se ele quiser voltar apenas para me manter em uma série interminável de encontros? O que aconteceu com o desejo de construir uma vida com alguém? De querer algo mais sério?* As palavras da sra. Gretchen ecoaram em minha mente. *Se um homem não tem planos para você... Droga, Marc! Por que você não pode ser um pouquinho melhor?*, pensei comigo mesma enquanto fechava a mensagem de texto. Procurei nos meus contatos o telefone do médico recomendado e apertei o botão para ligar.

— Centro de Reprodução e Fertilidade de Los Angeles, como posso ajudar hoje? — uma voz estridente explodiu através do telefone.

— Oi, eu gostaria de marcar uma consulta, por favor — falei baixinho, tentando manter um pouco de privacidade em meu cubículo no meio do escritório.

— Ok! Podemos ajudá-la com isso! Você é paciente nova?

— Sim, hum, bem, seria nova. Quero dizer, assim que me tornar uma paciente, serei uma paciente nova — gaguejei.

Não tinha ideia de por que estava tão nervosa. Talvez fosse a ideia de fazer um telefonema e acabar com todo o pagamento da entrada da minha casa.

— Sem problemas. Teremos apenas que agendar você para uma consulta inicial com o dr. Young. Essa consulta pode ter reembolso do seu plano de saúde se ele tiver cobertura para infertilidade. Caso contrário, a taxa da consulta inicial é de trezentos e cinquenta dólares. Qual é seu plano? Você sabe se ele tem cobertura para infertilidade? Muitos planos não têm. Mas, se tiver, está com sorte! — ela disse, animada.

Porcaria. Trezentos e cinquenta dólares? Não sabia se tínhamos cobertura para infertilidade. Só costumava me preocupar com coisas para não engravidar, como pílulas anticoncepcionais. *Cobertura para infertilidade?* Quem pensaria nisso na minha idade? Por alguma razão, Lisa surgiu em minha mente. Ela havia mencionado nosso plano de saúde como uma das queixas das mulheres. Perguntei-me se ela teria aquela informação.

— Lamento, não sei se cobre, vou ter que verificar.

— Está bem. Pediremos que nos envie um formulário preenchido e uma cópia do seu cartão do plano de saúde antes da consulta. Verificaremos para você e avisaremos se terá de pagar.

Espero que não!, pensei comigo. *Trezentos e cinquenta é muito dinheiro!* O preço da consulta por si só teria eliminado essa opção para mim há apenas alguns anos. Não era capaz nem de começar a conceber como tantas mulheres eram capazes de fazer esse tipo de sacrifício financeiro.

— Quando é o próximo horário disponível? — perguntei.

Agora que, enfim, tinha feito a ligação que adiara por mais de um mês, mal podia esperar para ver o médico. Mais uma vez, pensei em meus ovários encolhendo.

— Deixe-me verificar. Podemos agendar você para ver o dr. Young... — A lenta articulação das palavras era coordenada com a digitação, que eu podia ouvir do outro lado da linha. A ansiedade fez meu maxilar se cerrar. — Ah, sim, a primeira consulta disponível é no dia seis, daqui a um mês e meio.

Quê?

— Você não tem nada... antes? — perguntei, pensando no meu suprimento de óvulos e no aviso da médica.

Eu já havia procrastinado aquilo por ter de lidar com Marc e com minha própria resistência. Estava preocupada com o fato de, em um mês e meio, talvez não ter mais nenhum óvulo sobrando.

— Não, só essa data mesmo. O consultório é muito ocupado. Há um monte de futuras mamães e papais chegando sempre! — ela disse, cantarolando sua canção de esperança com um extra de esperança, embebido em mais um pouco de esperança.

— Tudo bem, vou deixar agendado — falei, esperando não ter estragado tudo após ter esperado tanto tempo.

Se tivesse feito a ligação no primeiro dia após ter falado com a dra. Ellis, minha consulta já estaria chegando. Agora teria de esperar ainda mais. Ela não havia dito que eu tinha até seis meses, e sim que em seis meses seria o fim.

Pelo menos, tinha um horário marcado, mas agora com novas preocupações. Nosso plano cobria casos de infertilidade? Pensei de novo em perguntar a Lisa, mas hesitei em caminhar até sua porta aberta, especialmente depois de nosso embaraçoso primeiro encontro no banheiro feminino. Talvez fosse esse o tipo de coisa de que elas falavam naquele grupo. Tinha certeza de que eram assuntos importantes, mas precisava garantir a promoção. Depois disso, poderia pensar em ingressar em qualquer grupo que eu quisesse. O anúncio viria a qualquer momento. Podia sentir. Teria de me certificar de que a matéria do mercado imobiliário de Los Angeles atrairia audiência, porque Scott Stone já havia me avisado que ali era um campo de batalha e que ele não desistiria sem lutar.

14

— Oi, Tabby gatinha! — minha mãe anunciou-se pelo telefone. Ela era a única pessoa na terra que me chamava assim.
— Oi, mamãe! — Fiquei feliz em falar com ela; só esperava que não me chamasse para visitá-la novamente.

Eu adorava a casa dela em Washington, uma mansão de 650 metros quadrados que dividia apenas com o general, mas ainda assim era longe de Los Angeles, e não podia me dar ao luxo de tirar uma folga.

— Como você está e como está Marc?
— Mãe, eu disse que nós terminamos!
— Sim, mas as pessoas se separam e voltam todos os dias. Seu pai e eu terminamos pelo menos seis vezes antes de nos casarmos. Eles não conseguem descobrir o que querem até que não tenham mais. Essa é a verdade. Ele não ligou?

Devo contar a ela sobre Todd? Que já nos vimos duas vezes? Soltei um profundo suspiro.

— Ligou — eu disse. — Bem, na verdade, ele está enviando mensagens de texto.

— E você não respondeu?

— Não, ainda não. Eu... acho que não vou responder. Não quero. Fico pensando: o que eu ganho com isso, sabe?

E estou saindo com outra pessoa, queria dizer. *Alguém que sabe o que quer!*

— Tabby, isso é ridículo. Você deveria mandar uma resposta para aquele menino! Ele é bonito e bem-educado, ganha um bom dinheiro e a trata bem. Muitas mulheres no seu lugar tentariam agarrá-lo!

— Sim, ele me tratou muito bem, mamãe, terminando comigo assim que eu disse a ele que tinha um problema de fertilidade.

— Tab, as pessoas cometem erros. Você sabe disso.

— E depois elas têm que conviver com o arrependimento dos seus erros. Não posso ser aquela que sempre carrega o fardo! — falei, sem saber direito por que começava a me alterar.

Assim que senti a raiva crescendo, respirei fundo e fechei os olhos para evitar uma briga aos berros com minha mãe, que eu sabia que nunca poderia vencer. Todo mundo sabe que, não importa quantos anos tenha, você não pode levantar a voz para a mulher negra que lhe deu à luz e esperar viver por muito mais tempo.

— Não seja tão dramática, Tabby. Ele é um bom menino. Você está exagerando! E, no futuro, será você a se arrepender pelos seus erros. Estou te dizendo.

— Diga isso aos meus ovários — murmurei.

— Seus ovários? Tabby, não me diga que ainda está planejando gastar todo aquele dinheiro para congelar óvulos! O que vai fazer depois disso? Ter um bebê com algum estranho que doou esperma para comprar um burrito?

— Ou para comprar livros... para estudar. Podem ser livros, não apenas um burrito, mamãe.

Já me sentia na defensiva e exausta. *Definitivamente*, não contaria a ela sobre Todd. Não havia sentido em adicionar combustível a esse fogo.

— Grande diferença. Você não quer isso de verdade. E não preciso ter netos de picolé. Você só precisa ligar para Marc. Talvez ele tenha uma

MULHERES NEGRAS *NÃO* DEVERIAM MORRER EXAUSTAS

nova perspectiva agora. Provavelmente ele só precisava de um pouco mais de tempo para elaborar um plano.

— A amiga da Vovó Tab, a sra. Gretchen, disse que um homem que não tem um plano para você não é o homem certo para você.

— Bem, ele pode ter um plano agora. Mas você não saberia, não é?

Droga. Minha mãe tinha razão. Ela tinha um jeito de argumentar que era difícil de rebater, mesmo que você sentisse que, no fundo da alma, ela estava errada. Ela deveria ter colocado sua vocação em prática. Teria sido uma ótima advogada. Minha mãe continuou com um novo assunto, sabendo que já havia ganhado o primeiro *round*.

— Vovó Tab! Sinto saudade dela! Como ela está? Está se adaptando bem à sua nova morada?

— Ela está bem. Eu ainda a visito todos os sábados. Pelo menos tento. Ela está muito animada para um baile que eles vão organizar em Crestmire, onde ela mora. Disse a ela que a ajudaria a se preparar. A sra. Gretchen a ensinou a assistir tutoriais de maquiagem.

— Bem, fico feliz. Vocês duas sempre foram inseparáveis. — Minha mãe riu. — E, por falar em visita, quando você vem me ver? Tenho a suíte do seu quarto pronta e tudo o mais. É do mesmo tom de rosa suave e delicado, como seu antigo quarto no View Park.

Credo! Odiava aquele quarto.

Minha mãe e eu continuamos por mais uma hora, enquanto eu preparava o jantar e servia uma taça de vinho para mim. Quando terminamos, ainda tinha trabalho a fazer e sentei-me diante do computador. Por curiosidade e também certo desejo de procrastinação, abri uma página da web e procurei por "esperma congelado", o que trouxe uma série de opções de banco criogênico. Escolhi o primeiro para ver se conseguia distinguir entre os doadores que comprariam "livros" e os que comprariam "burritos". Nesse momento, um *pim* no meu telefone anunciou uma mensagem de texto. Olhando o horário, achei que soubesse quem era, mas não era Todd.

Marc:

Estou com saudades, Tab.

Podemos conversar?

Por favor?

Com uma ligeira sensação de culpa, pensei nas palavras de minha mãe. Talvez Marc *tivesse* um plano. Quem sabe ele não havia mudado de ideia. Estava gostando da novidade de ter Todd por perto, mas meus sentimentos por Marc valiam uma tentativa. Além disso, se ele tivesse mudado de ideia, tentar resolver as coisas com Marc era melhor do que o desafio *livros versus burritos* que estava enfrentando. Pelo menos, era isso que minha mãe gostaria que eu pensasse. E, embora soubesse que já havia perdido aquela batalha, não havia descoberto ainda o que iria dizer. Comecei a digitar mesmo assim:

Eu:

Você me magoou.

Deletei.

Eu:

Falar sobre o quê? Você terminou comigo.

Deletei.

Eu:

Podemos conversar, mas estou saindo com outra pessoa.

MULHERES NEGRAS NÃO DEVERIAM MORRER EXAUSTAS

Deletei. Não havia sentido em ser tão mesquinha.

Eu:

Sim.

Pronto, era isso. Simples o bastante. Direto ao ponto, e passei a bola de volta para ele. Além disso, não sabia mais o que dizer.

Marc:

Podemos jantar? Sábado à noite?

Que droga. Tinha planos com Todd para o sábado à noite. Mas estava certa de que ele entenderia se eu cancelasse. Precisava, pelo menos, dar uma chance a Marc.

Eu:

Ok. Onde?

Marc:

Vou ver aqui e envio mais detalhes. Posso te pegar.

Eu:

Tem certeza? Posso ir dirigindo.

Marc:

Certeza.

Eu:

Ok.

Por que terminei apenas com aquele "ok", não sei dizer. Mas foi intencional. Talvez isso tenha me impedido de parecer ansiosa demais para perdoar e esquecer. Eu queria fingir que não estava feliz por ver Marc. Queria odiá-lo para sempre, mas só durou dois dias — a parte de odiá-lo. Durante o restante do tempo, me senti apenas confusa e triste. Pelo menos agora havia esperança. E, se não houvesse, de uma forma ou de outra, com ou sem Todd, eu ainda tinha uma consulta agendada com um médico em meu futuro.

15

Sejamos honestos: estava boba de felicidade. Sentia-me nas nuvens, nas encostas de gelo, na música de encerramento de um filme da Disney, e era incapaz de esconder isso. Após ter feito planos com Marc — após ter cruzado a ponte, dando-me permissão para querê-lo de novo, parecia que faltavam séculos para o sábado. E nada como ter uma alternativa de emergência, só para garantir. Pelo menos, esperava ainda ter essa alternativa depois de cancelar meu compromisso com Todd. Pedi desculpas por ter de trabalhar, e ele me pediu que ligasse quando estivesse livre de novo para um "encontro adequado", segundo as palavras dele. Nem pensei muito nisso, no entanto, de tão preocupada que estava com meu reencontro com Marc, sentindo-me também, de certo modo, um pouco culpada. Por fim, a caminho da cadeira no salão de Denisha, tudo começou a se tornar real para mim. Dei instruções a ela para me dar a versão "sexy" do meu penteado de sempre, que ela já havia feito antes. Assim que deixasse a cadeira de Denisha, Marc não teria a menor chance.

—Garota, você vai arrasar no visual! — Denisha disse com a escova quente na mão.

Sempre me preocupava quando ela ficava animada demais na hora de arrumar meu cabelo.

—Obrigada, D! Acabamos não falando sobre a festa de Alexis — falei, jogando um verde intencional para colher o comentário que apenas Denisha poderia fornecer.

Podia ouvir o chá fervilhando na mente de Denisha.

—Ah, a *dona* Amélia, hum-hum. Ouvi dizer que o *maridão* comprou para ela uma Mercedes novinha. Ela veio aqui com o carrão semana passada, é bem legal… — Esperei pela continuação. Não era comum Denisha deixar algo pairando no ar assim, sem dar uma direção. — Claro, não confio em *nenhum mano* quando fazem essas merdas. Você sabe, tá se esforçando demaaaais… — Ela bufou no que parecia ser uma expressão de desgosto. — *Hã* — fez então, como crítica desdenhosa final.

Sorri para mim mesma, lembrando a reação de Laila diante do convite para conhecer o carro no Fig & Olive. Que exibição! Claro, Lexi diria exatamente o oposto. Às vezes, ela parecia *precisar* que os outros sentissem inveja dela, como se fosse o ar que respirasse.

—Na verdade, aquela garota já devia estar aqui. Não é normal ela… — Denisha levantou o punho até a altura dos olhos *com* a escova quente na mão, fazendo-me estremecer novamente. — Droga, ela está quase uma hora atrasada!

—É mesmo? — indaguei, sentindo minha testa se franzir. Isso era muito incomum em se tratando de Lexi. — Quer que eu envie uma mensagem e veja onde ela está? — sugeri.

—Não. Não vou ter horário. Tenho outra cliente depois de você.

Com isso, Denisha voltou para o ataque térmico às minhas pontas, e voltei a fantasiar sobre minha noite com Marc. Quando Alexis enfim apareceu, quase meia hora depois, quase não a reconheci — a não ser pelo traseiro proeminente que balançava nas calças de ginástica Lululemon. Ela estava com um boné de beisebol e, quando olhou para

MULHERES NEGRAS *NÃO* DEVERIAM MORRER EXAUSTAS

mim, ao entrar pela porta... Não há outra maneira de descrever a não ser dizer que ela parecia *mal*. Muito mal. Sob os olhos injetados havia bolsas inchadas de cor escura, visíveis mesmo do outro lado da sala. Enquanto sentia a raiva crescendo dentro de mim, pensando em quem poderia ter feito isso com ela, percebi que essas bolsas não eram os hematomas que você teria com um soco no rosto; eram mais como um soco na alma. Era evidente que ela estivera chorando — tanto, que não tinha dormido. Estava tudo lá, aparente, apesar da débil tentativa de encobrir aquilo com um boné e corretivo.

— Lexi? — chamei quando ela entrou, usando apenas o nome dela para fazer todas as minhas várias perguntas de uma maneira que apenas as melhores amigas poderiam entender. *O que aconteceu? Por que você não me ligou? O que há de errado com você, amiga? Quem eu preciso matar e por quê?*

— Ei, Tab. Ei, Denisha. Desculpe o atraso — Lexi murmurou, caminhando até a área de espera.

Ela está com raiva de mim? Fiz alguma coisa? Será que alguém me ouviu falando com Laila na festa de aniversário dela? Limitei-me a ficar apenas sentada por quase um minuto, em estado de choque. Não tinha ideia do que poderia ter acontecido. Não havia como minha amiga parecer ter sofrido um atropelamento pelo próprio carro novo e não ter me contado nada a respeito. Então, meu olho captou algo que me fez respirar fundo. *Meu Deus.* Denisha deve ter visto também, porque a ouvi suspirar atrás de mim. Quando Lexi se virou para se sentar e colocar a enorme bolsa Gucci no assento ao lado dela, tão óbvio quanto a luz do dia, Lexi não usava a aliança de casamento.

Mas que droga! Se alguém conhecesse Alexis Templeton-Carter, saberia que ela não ia a lugar nenhum sem seu anel da Tiffany, com um diamante de 1,5 quilate. A única explicação era tê-lo perdido. *Talvez por isso ela esteja tão chateada! Deve ter perdido a aliança em algum lugar... Espere... A aliança de casamento?* Ah, não. Com Lexi do outro lado do salão e Denisha ainda presa à minha cabeça por um modelador quente, resolvi enviar uma mensagem.

> **Eu:**
>
> Lexi, o que aconteceu?

Esperei Alexis usar a mão nua para pegar a bolsa e puxar o telefone, mas, mesmo depois de cinco minutos, isso não aconteceu. Então decidi mudar de tática.

— Lexi! — gritei pelo salão. Em qualquer outro lugar, eu teria ficado envergonhada, mas, ali, estava de acordo com a agitação que vinha de todas as direções. — Lexi! — berrei de novo. Desta vez, ela levantou a cabeça. Sacudi meu telefone no ar. — Pegue seu celular. Estou mandando uma mensagem!

Lexi parecia um veado diante dos faróis de um carro, paralisada. Por fim, após uma longa pausa apenas me encarando, estranhamente, como se de fato estivesse decidindo se iria ou não fazer isso, ela enfim tirou o telefone da bolsa, leu a tela e, em seguida, começou a digitar.

> **Alexis:**
>
> Não sei se posso falar sobre isso.

> **Eu:**
>
> O que foi? Rob está preso?

> **Alexis:**
>
> Não! Mas ainda assim é péssimo.

MULHERES NEGRAS *NÃO* DEVERIAM MORRER EXAUSTAS

Eu:

Não somos grandes amigas? O que foi que aconteceu?

Alexis:

Sério, Tab. É muito ruim. Não durmo há dias. Os meninos estão com meus pais.

Eu:

Vou até aí se não me contar.

Alexis:

Te conto mais tarde. Depois que eu sair daqui.
Não quero que as pessoas fiquem sabendo da minha vida.

Bem, há sempre uma primeira vez para tudo.

Eu:

Você perdeu sua aliança?

Silêncio.

Era uma experiência estranha olhar para Alexis, observando-a não responder à pergunta que eu tinha feito. Vê-la apenas sentada ali, segurando o telefone na mão, os dedos pairando sobre as teclas. Ela não me olhou. Então, finalmente, vi seus dedos se moverem.

Alexis:

Não.

Bem, sim, mas não.

Como assim?

Alexis:

Pode me encontrar depois do cabelo? Starbucks em Crenshaw? Preciso buscar os meninos nos meus pais logo em seguida, mas terei alguns minutos para conversar.

Eu:

Sim. Envie uma mensagem quando estiver saindo. Eu te encontro lá.

Alexis:

Ok.

Não havia a menor chance de ser o que eu estava pensando. Nenhuma chance.

16

O tempo que eu passava com Denisha era longo. E era melhor mesmo não sair correndo para o Starbucks, sendo que Lexi não havia chegado sequer ao lavatório, muito menos à cadeira da cabeleireira. Isso iria atrasar tudo, pois ainda precisava passar em Crestmire e, depois, me preparar para meu encontro. *Meu encontro.* O simples fato de pensar nisso já trouxe um rubor quente às minhas bochechas. É difícil não deixar o otimismo entrar quando ele está batendo nas janelas e nas portas da sua renúncia pessoal, mesmo em meio a uma crise enfrentada pela sua melhor amiga.

Quando Lexi me deu o sinal de que estava quase saindo do salão, finalizei a navegação no site da Target, comprei uns poucos itens e rumei para o leste, para chegar ao Starbucks a tempo de encontrá-la. Se as coisas não parecessem estar tão ruins, eu teria dado o bolo. Mas, em vez disso, estava sentada com um chá-verde quando ela entrou.

De cabelo solto, ela continuava de óculos escuros, mesmo ao caminhar em direção à mesa de canto que eu tinha reservado para nós. Ela se sentou sem tirá-los.

— Não vai tirar os óculos? — perguntei a ela com o máximo de gentileza possível.

—Você sabe que *odeio* quem usa óculos de sol em lugares fechados — Lexi respondeu em um tom suave, sem fazer um único movimento para removê-los. — Mas não posso... Estou tão mal...

Lexi levou a mão às hastes dos óculos de sol como se para reforçá-los no rosto. Ela tinha razão, parecia mesmo muito mal. Embora os óculos dessem a impressão de erguer uma parede estranha entre nós, entendi naquele momento que era de privacidade que ela precisava. Agora mais perto, constatei que meus olhos não haviam me enganado. Lexi não usava aliança. A linha fina contrastando com o bronzeado ao redor do dedo anular confirmava a ausência.

— Não se preocupe, tudo bem — falei, tocando sua mão, como ela havia feito com a minha tantas vezes antes.

E então, quase como por um acordo tácito, levantei-me e fui para o lado dela da mesa, abraçando-a da melhor forma que pude. Senti seu corpo estremecer, e a cabeça dela pendeu sobre meu ombro. Podia sentir o calor e a umidade se espalhando pela minha clavícula enquanto as lágrimas dela caíam na minha camiseta.

Já tinha visto Lexi chorar antes, mas não recentemente, não a Lexi "adulta", com filhos e uma família, e o rosto sorridente nos anúncios de sua imobiliária estampados nos pontos de ônibus.

Lexi sempre tivera um sorriso perfeito para acompanhar sua vida perfeita.

— Desculpe, estou um caos. Um caos completo.

Lexi levou as mãos às têmporas.

—Tenho que ir logo pegar os meninos. Só queria arrumar meu cabelo, para me sentir pelo menos um pouco mais como eu mesma.

— O que *aconteceu*, Lexi? — sussurrei, mantendo contato com seu braço enquanto puxava minha cadeira para mais perto dela, para que eu pudesse me sentar.

— É tão difícil para mim dizer, Tab — ela falou, ainda chorando baixinho e enxugando as lágrimas.

Entreguei a ela um dos guardanapos que viera com o meu chá.

Ela respirou fundo antes de continuar:

— Rob e eu... nos separamos.

— O quê? Por quê? O que aconteceu?

— Ele estava me traindo — Lexi choramingou. — Esse tempo todo. Esse tempo *todo*.

— O quê? Meu Deus, Lexi. Sinto muito. Traindo com quem? Como você descobriu?

— Tenho vergonha de contar — admitiu Alexis.

Pedi a ela que esperasse um segundo para que eu pudesse pegar mais guardanapos. Não havia uma boa maneira de chorar discretamente em um Starbucks, mas pelo menos havia bastante papel. Entreguei a ela uma pilha e ela continuou, jogando um maço já amassado na mesa e pegando um novo tanto.

— Uma garota que ele conheceu fazendo compras. Ela trabalha na loja Nordstrom, na seção masculina.

Ela fez outra pausa para enxugar as lágrimas e recuperar o fôlego.

— Você poderia pegar um pouco de água para mim, por favor? Desculpe, de verdade.

— Pare de se desculpar, Lexi. Você não deve desculpas a ninguém. Principalmente para mim. Volto já.

Saí correndo e, quando voltei para entregar o copo a ela, Lexi parecia mais calma, e as lágrimas tinham cessado.

— Obrigada. Desculpe... Eu... — Ela apenas balançou a cabeça, parecendo se dar conta de que não havia sentido em se desculpar tanto.

— Depois da minha festa de aniversário, postamos as fotos e os vídeos, sabe, do carro e do jantar, e de tudo o mais, no Instagram. Ele foi marcado, eu fui marcada, tudo normal.

Assenti.

— No dia seguinte, vi um comentário de alguém que não conhecia. Dizia só "Leia a minha mensagem... algo que você precisa saber". Verifiquei minha caixa de entrada, e essa pessoa havia me enviado uma longa mensagem dizendo que estava saindo com Rob, que ele a havia usado e que ela...

— Ai, meu Deus, ela não disse que estava grávida, disse?

— Menina, não! Graças a Deus, não estamos vivendo *esse* clichê. Não, falou apenas que lamentava me contar isso assim, mas que sentiu que eu gostaria de saber o que meu marido andava fazendo.

— Está falando sério? Gente, estou tão decepcionada com Rob — falei, procurando ao *máximo* me controlar.

Escolhi essas palavras com muito, muito cuidado. Tinha aprendido ao longo dos anos que, embora estivesse sempre cem por cento do lado de Lexi, não importava o que acontecesse, alguma parte dela sempre estava do lado de Rob. Não importava *o que* acontecesse.

— Eu também, Tab. No começo, nem acreditei. Pensei que era apenas uma vadia espalhando ódio, com inveja das minhas fotos de aniversário e, claro, da minha Mercedes. Então, a princípio, nem mencionei isso para Rob... Mas sabia que ele tinha visto aquele comentário no Instagram, embora não o tivesse mencionado nem perguntado nada. Então, algo me dizia que precisava ao menos abordar o assunto com ele. Você sabe, as pessoas são loucas, mas não *tão* loucas. Era como se pudesse haver um motivo para aquela mulher se dar ao trabalho de me procurar, sabe?

— Esse é um bom argumento, Lex. As pessoas sempre dizem que as mulheres são loucas, mas, de nove em cada dez vezes, a razão da loucura tem nome de um homem.

— Perguntei para o Rob. No começo, ele negou. Mas sei quando ele está mentindo. Já o vi fazer isso antes. Ele estava dando *todos* os sinais.

— Ele fez aquela coisa de coçar o lado direito da garganta com o dedo médio da mão direita? Ele sempre fazia isso no colégio — falei, referindo-me a incontáveis memórias. Rob *sempre* mentia quando era pego, mesmo com pequenas coisas. Só que ele era péssimo nisso, então Lexi e eu sempre sabíamos o que estava acontecendo. Não fiquei surpresa por ele não ter parado de cometer erros estúpidos à custa de minha amiga, mas fiquei surpresa por não ter se tornado um mentiroso melhor com o tempo; Deus sabe que ele tinha praticado bastante.

— Sim, esses e mais alguns. Daí, descobri. E ele sabia que eu sabia. Acabou admitindo.

— *Jura?*

Minhas sobrancelhas se ergueram quase o suficiente para encontrar a linha do cabelo.

— Ele me disse que algo estava acontecendo... e que tinha ido longe demais. Ele se sentia mal porque minha carreira estava evoluindo e a dele continuava estagnada. Bem, pelo menos antes de ele conseguir esse novo emprego. Ele falou que, depois de ter conseguido o emprego de vendedor de equipamentos médicos, ficou mais ocupado e tudo acabou terminando naturalmente.

— Mais ocupado? É por isso que acabou?

— Humm, sim, ele disse *mais ocupado*. Deveria ser porque ele tem dois filhos e uma esposa maluca que se divorciaria dele. Bom, disse que ele tinha de ir embora. Ele pegou uma mala com as coisas e está hospedado na casa de Darrell, amigo dele. Está lá desde quarta-feira.

— O quêêê? Lexi, isso é horrível. E você já decidiu tirar a aliança e tudo o mais? Vocês vão... se divorciar?

— Não foi bem uma decisão — falou Lexi.

Olhei para ela, confusa.

— Estávamos discutindo na garagem, para os meninos não ouvirem. Eu me cansei, tirei a aliança e atirei nele. Acho que ainda está em algum lugar lá na garagem. Só não tive vontade de procurá-la. Apenas algumas pessoas me viram sem aliança... Disse que a perdi no ralo, lavando a louça.

— Jesus. Sinto muito, amiga — disse a Lexi no tom mais sincero que pude encontrar.

Em segredo, adorei a ideia de Rob ser atingido na cabeça pela aliança de Lexi. Pela primeira vez, desejei que o diamante fosse maior do que 1,5 — ênfase no 0,5 extra — quilate.

— Não sinta — disse Lexi. — Sei que não é a maior fã de Rob, mas...

— Isso não é verdade — respondi, interrompendo-a. — Não sou fã das coisas que ele fez quando já estava com você, mas nunca foi algo pessoal. Apenas sou *sua* maior fã. Sempre fui, sempre serei.

— Ah, obrigada, garota. Sei que você me *ama* — disse Alexis, sorrindo pela primeira vez durante a conversa.

— Você sabe que sim! E aí? Preciso matar o Rob ou algo assim? Sabe que vou pegar a Laila e a gente vai dar um *cacete* naquele mano, pode ter certeza.

Alexis riu do meu linguajar e da entonação que imprimi à minha fala. Tive que rir também, embora não estivesse exatamente brincando. Era bem provável que Laila o matasse. Eu era mais de planejar. Contrataria alguém para fazer isso.

— Nãããão, ainda não. Não digeri ainda. Sinceramente, estou processando tudo isso. Fico pensando sobre cada momento... Tentando descobrir o que era real na nossa vida. Onde ele estava mesmo quando dizia que estava em um lugar ou outro. Tipo, ele *realmente* foi dormir na casa do Darrell naquele dia? Tinha sido *mesmo* uma entrevista de emprego quando ele estava se arrumando e colocando perfume? Tudo isso...

— Lexi, é horrível ter que pensar nessas coisas.

— É, mas preciso me apegar a algo, sabe? Porque, agora, estou me sentindo desmoronar. E meu coração está *ferido*.

E, com isso, ela pegou rapidamente outro pedaço de guardanapo para conter as lágrimas que caíam de sob os óculos. Ficamos sentadas por alguns minutos em silêncio, eu estendendo a mão para ela, ela enxugando os olhos e fungando baixinho. Depois de mais alguns instantes desconfortáveis, ela deu uma olhada no telefone sobre a mesa e reagiu com um sobressalto.

MULHERES NEGRAS *NÃO* DEVERIAM MORRER EXAUSTAS

—Ah, *merda*, tenho que ir! Tenho que pegar os meninos lá nos meus pais.

—Você vai ficar bem? Precisa que eu a leve?

— Não, estou bem, vou *ficar* bem. Tenho que ir — Lexi falou, já se levantando com a chave em uma das mãos e o último maço de guardanapos úmidos na outra. — Ligo para você esta semana. A casa é tão estranha sem o Rob lá.

— Claro, Lex, me ligue quando quiser. Estou por perto... Sempre que precisar de mim, certo? Não importa a hora.

—Obrigada, Tab — ela agradeceu enquanto se virava para ir embora.

—Amo você, Lexi! — falei à distância.

Mas ela já estava longe demais para me ouvir e, honestamente, fiquei feliz por ela ter de ir, porque eu nunca a teria deixado ali. Mesmo assim, tinha uma noite para a qual devia me preparar. O relacionamento dela podia estar em crise, mas, depois desta noite, o meu com Marc talvez voltasse aos trilhos.

17

Se algum dia eu fosse faltar ao compromisso de ir a Crestmire, seria hoje. Mas, em vez disso, embora estivesse horas atrasada, mesmo assim peguei a rota conhecida para Glendale. Ia ver a Vovó Tab aos sábados porque sentia falta dela e porque isso nos dava a chance de passar um tempo juntas. Mas ia *todo* sábado por causa da culpa. Por tudo o que eu não tinha feito e tudo que não pudera fazer; esta era a única coisa que eu poderia fazer agora para tirar o peso dos meus ombros. Sentia-me mal por ela ter precisado deixar seu apartamento e morar em Crestmire, para que outras pessoas ajudassem a cuidar dela. Por isso eu a visitava. Sentia-me mal por quase nunca aceitar o convite de meu pai para jantar, para que a Vovó Tab pudesse ficar com todos os seus netos juntos; por isso eu a visitava. Sentia-me mal por não poder dizer a ela apenas "venha morar comigo" e resolver todos os seus problemas, como ela fizera comigo quando minha mãe se mudou para Washington; por isso eu a visitava. E hoje seria mais um dia no caminho para a minha absolvição.

A bomba de Lexi apagou todos os pensamentos sobre Marc como um trator passando sobre minha cabeça, pelo menos por um curto espaço de tempo. A situação dela me deu um ponto de vista inteiramente novo sobre a minha. Pelo menos Marc só tinha terminado comigo. Rob vivia uma vida paralela em segredo. Tivera de fingir, pelo bem de Lexi, que estava chocada, mas, na realidade, não estava. Não havia sido nem de perto a primeira vez que Rob a tinha traído, nem mesmo a primeira em que Lexi descobrira de uma forma embaraçosa. A primeira vez fora no colégio. Lexi tinha me pedido que a encontrasse em sua casa uma tarde, em pânico. Eu participava do clube de debate e não pude chegar lá antes das seis da tarde. Quando entrei pela porta, Lexi me levou escada acima, conduzindo-me ao quarto dela — sua família tinha uma das poucas casas de dois andares no bairro.

— O que você sabe sobre ISTS? — Lexi me perguntou com um sussurro depois de fechar a porta.

— Ahn, exatamente o que aprendemos na aula de educação sexual, bobinha... Que não queremos pegar nenhuma! — exclamei.

Eu ainda era virgem na época, então dizer que essa conversa foi teórica para mim seria quase um eufemismo.

— Acho que estou com uma. Acho que Rob me passou alguma coisa — Lexi sussurrou.

— Meu Deus, *o quê?* — perguntei, afastando-me um pouco de Lexi e me encostando na porta, porque "alguma coisa" poderia ser qualquer coisa e, naquela época, eu não tinha nenhuma ideia ou experiência do que se poderia pegar e como. Era tão ingênua que poderia até pensar que herpes labial era causada por resfriado.

Vi a dor estampada em seu rosto devido ao meu distanciamento flagrante. Senti-me mal, e estendi meu braço para tocar o dela.

— Seja o que for, ainda assim serei sua amiga — falei.

Lexi começou a chorar.

— São como insetinhos se movendo... Lá embaixo, como aranhazinhas.

MULHERES NEGRAS *NÃO* DEVERIAM MORRER EXAUSTAS

— Você está com *aranhas* na sua... — Parei, deixando meu olhar terminar a frase.

Na verdade, não tínhamos bons nomes para nossos órgãos genitais na época. Os meus ainda eram desconhecidos por mim naquela idade. Não os usava muito.

— Eu acho que se chama... piolho-da-púbis, ou chato... Parecem mesmo insetos. E coça muito.

— Espere, você tem aranhas aí embaixo *neste momento*? Na sua calcinha? Eles não saem? — perguntei, tentando não mostrar a Lexi meu pânico crescente. — Bem, você perguntou ao Rob?

— Não, tenho medo de perguntar a ele. E se for de outra coisa? Ele vai pensar que sou nojenta e terminar comigo.

— Lexi — disse, olhando para ela com minha melhor versão de olhar sério de melhor amiga de quinze anos —, você andou traindo o Rob?

— Claro que não! Nunca fiquei com ninguém além dele!

— Então é culpa dele! Você tem que perguntar! — afirmei, desejando sacudi-la, mas sem tocá-la, por causa das aranhas.

— Não consigo. Tab, você tem que me ajudar.

Ali estava. Típico de Lexi, típico de Rob. No fim das contas, Lexi estava *mesmo* com piolho-da-púbis, e fora *Rob* quem havia lhe passado. Ela enfim acabou descobrindo por alguns rumores que ele andava de rolo com uma das líderes de torcida da escola, que, por sua vez, andava de rolo com a maior parte do time de futebol. Poderia ter sido pior. Lexi me arrastou com ela para a clínica, onde explicaram tudo e disseram que a solução e o alívio estariam na farmácia mais próxima. Ela então raspou tudo e fez questão de me mostrar que estava lisinha *e* sem aranhas depois do tratamento. Por fim, perguntou a Rob sobre o assunto, e ele mentiu, é claro. Mas ela acabou encontrando um frasco do mesmo medicamento no *quarto* dele. Ela me contou, mas nunca o confrontou sobre isso. Teve medo de que ele ficasse bravo com ela por "mexer nas coisas dele". Todas as outras vezes, e houve várias, Lexi descobria, Rob mentia, Lexi descobria de novo, porque Rob era um péssimo mentiroso,

Lexi ficava brava, Rob se desculpava e comprava algo para Lexi, e Lexi o perdoava como se nada tivesse acontecido.

Certa vez, Rob gastou todo o seu dinheiro na joalheria de um shopping comprando para Lexi o menor diamante que o mundo já viu. Era mais ou menos do tamanho de um ponto-final de uma frase de um livro. Minúsculo. Os pinos de ouro que o mantinham no lugar eram os menores que já vi, mas mesmo *eles* eram maiores que o brilhante. Ainda assim, parecia que ele a tinha presentado com a Estrela da África, tal era o orgulho com que ela o usava na época. Então, ao pensar que minha amiga Lexi tinha jogado seu *upgrade* da Tiffany e chutado Rob para fora de casa, não pude conter o sorriso. Talvez, depois de todos esses anos, ela tivesse se fortalecido. *Bem, provavelmente não*. Se tivesse de apostar, diria que ele estaria de novo em casa em uma semana.

Ainda assim, aquele sorriso durou todo o caminho até a minha vaga no estacionamento de Crestmire. Entrei e encontrei minha avó sentada na área comum com os pés apoiados para cima, assistindo à TV ao lado da sra. Gretchen. Aproximei-me delas com um sorriso largo e puxei uma cadeira vazia.

— Olá, Dupla! Estou tão feliz em ver você! — Vovó Tab disse com seu entusiasmo habitual.

— Olá, querida! — a sra. Gretchen me cumprimentou, levantando-se para me dar um abraço.

Minha avó, não.

— Dupla, eu me levantaria para abraçar você, mas o médico disse que tenho de manter os pés para cima assim por um tempo. Meus tornozelos estavam inchados esta manhã. Ele disse que era melhor repousar.

Minha avó tentou me passar a impressão de que não era grande coisa, mas senti uma pontada de alarme no estômago. Ela estava ali em Crestmire por causa de uma insuficiência cardíaca congestiva. Qualquer tipo de inchaço era um sinal de que as coisas estavam piorando, e não melhorando, como esperávamos.

MULHERES NEGRAS *NÃO* DEVERIAM MORRER EXAUSTAS

— Bem, a senhora me parece bem confortável agora! — disse com um amplo sorriso, que me obriguei a manter no rosto.

Vovó Tab riu.

— Isso eu estou mesmo!

Eu a estudei, procurando qualquer outro sinal de possível fragilidade. Era com isso que eu me preocupava o tempo todo. Envelhecer podia ser algo cruel, e queria que minha avó fosse poupada.

— Tabitha nos colocou aqui sentadas como galhos de um só tronco! — a sra. Gretchen bufou. — Em geral, tento caminhar um pouco com ela. Faço os meus exercícios todos os dias — afirmou com orgulho. — Mas o médico disse que temos de repousar, então estamos sentadas.

— Você não precisa ficar sentada, Gretchen — explicou minha avó.

— Sim, preciso.

Depois disso, a sra. Gretchen não falou mais nada. Às vezes, elas me faziam lembrar de mim e Lexi. Grandes amigas não precisam de tantas palavras.

— Adivinhem? Tenho um encontro hoje à noite — cantarolei para a minha avó e a sra. Gretchen.

— Com quem? Um novo paquera? — Vovó Tab perguntou.

— Não, com Marc — respondi.

— Ah, meu Deus! Eu sabia que ele voltaria — Vovó exclamou.

A sra. Gretchen limitou-se a ficar sentada com os lábios franzidos, sem dizer nada.

— Bem, veremos. Vou pelo menos dar uma chance. Ele tem se esforçado muito, por isso aceitei.

— Ah, estou vendo que ele enfim teve a resposta para o "oi, sumida" — comentou a sra. Gretchen.

— Bem, sra. Gretchen, ele me venceu pelo cansaço — admiti timidamente.

Pensei em contar a elas sobre o dr. Todd, mas o fato de que tinha cancelado meu encontro com ele para ver Marc aquela noite não ajudaria em nada.

Vovó Tab interrompeu meu pensamento.

— É assim que seu pai era com sua mãe! — Vovó Tab exclamou. — Nunca vou me esquecer de quando ele começou a falar sobre uma garota que tinha conhecido na faculdade quando ligava para casa. Na primeira vez em que a viu, ele comentou: "Mãe, acho que acabei de conhecer minha esposa". E ele tentou de tudo para que ela saísse com ele! Mas sua mãe, ela era uma verdadeira princesa, e seu pai, bem, ele definitivamente estava mais para sapo naquela época!

Vovó Tab deu uma gargalhada.

— Meu pobre filho, com uma mãe branca, lá na Universidade Howard. Nenhum de nós sabia direito o que significava ser "negro". Mas, tadinho, seu pai continuou tentando descobrir! — Vovó Tab riu de novo. — Ele contava tudo o que havia aprendido sobre a história e a cultura negras desde os egípcios! E os professores que ele tinha! Eu ficava fascinada. Quem diria que ser negro poderia ser tão interessante e envolvente? Foi uma jornada para nós dois. Mas, quando ele conheceu sua mãe, só importava para ele ter um cabelão afro como os garotos estilosos tinham. E, quando ele me falou isso, eu, que estava ali, bem em Fairfax, comecei a ler nas revistas sobre como fazer um afro e cuidar desse penteado. Tentava falar para ele, mas não sabia como! O cabelo dele era tão diferente do meu. — Vovó estendeu a mão para tocar o fino cabelo grisalho. — Evidentemente, também era diferente do que deveria ser um afro dos Jackson 5!

Todas nós rimos. Ela continuou:

— Mas era isso que ele queria, então continuou tentando. Ele pensou que isso faria sua mãe gostar dele. Ter um cabelão afro. Mas o cabelo dele não ficava assim!

A risada da Vovó Tab começou a se tornar contagiosa, e a sra. Gretchen e eu caímos na gargalhada só de pensar na ideia.

— Se o afro não funcionou, Vovó Tab, o que aconteceu com o cabelo dele? — perguntei.

MULHERES NEGRAS NÃO DEVERIAM MORRER EXAUSTAS

—Ah, Dupla, foi horrível! Ele tentou deixar crescer e acabou parecendo um poodle, eu acho. Ele usava spray de cabelo, uma recomendação minha. Sempre usei o Aqua Net quando queria que meu cabelo ganhasse volume. Então, era isso que ele usava. Pensando agora, foi uma sugestão terrível! — Vovó Tab simplesmente explodiu em gargalhadas, a ponto de inclinar o corpo para a frente.

Imaginei meu pai usando o produto da Vovó Tab para tentar trabalhar a estética de sua "negritude". Ele já tinha a pele bem clara, e acho que, se a negritude visível fosse uma medida de popularidade na Howard, ele tinha se saído muito mal. Com base no que havia visto nas vezes em que meus pais me levaram de volta ao campus da universidade para o Baile de Boas-Vindas, Howard era um arco-íris de negros — uma representação de toda a diáspora. Sempre me lembrava da experiência como uma aula sobre negritude. Não se tratava de cor, mas de uma cultura. Imaginei que, se meu pai tinha tido problemas, eles se deviam provavelmente à falta de estilo pessoal, que ele ainda não tinha desenvolvido naquela idade.

— E como ele fez para minha mãe gostar dele? Alguma coisa deve ter funcionado, já que cá estou! — brinquei, zombando um pouco.

—Cá está você, Dupla! Isso é verdade. Bem, seu pai sempre foi um bom aluno. Eu exigia isso, não importava o que mais estivesse acontecendo. Ele conseguiu um ótimo estágio em um banco na cidade de Nova York no verão após o primeiro ano dele e de sua mãe. Bem, no último ano, *todas* as meninas começaram a pensar de maneira diferente, procurando menos penteados afros e prestando mais atenção ao que ouviam sobre os caras com um futuro brilhante pela frente.

—Você quer dizer aqueles que iam ganhar dinheiro! —interrompeu a sra. Gretchen.

— Pois é. Dupla, seu pai era um daqueles caras de cabelo feio, mas com um belo cérebro sob ele! — Vovó Tab falou com orgulho. —Assim que se espalhou a notícia de que ele seria banqueiro, todas as garotas começaram a se engraçar, e sua mãe foi uma delas. Claro, ela venceu, mas isso foi porque ela era quem ele já queria — Vovó Tab disse, sorrindo.

— Que é justamente o que eu ia dizer. Um homem quer quem ele deseja em primeiro lugar. A menos que seja um megalomaníaco ou apenas *louco* — disse Gretchen. — E uma mulher quer quem ela deseja também. Conheci meu primeiro marido, Richard, na faculdade. — A sra. Gretchen preparou-se para contar sua história, inclinando-se para a Vovó Tab e para mim. — Na minha época e na de sua avó, a faculdade não era uma escolha óbvia para as mulheres. As meninas eram enviadas para escolas de etiqueta, onde aprendiam as chamadas "artes domésticas", bobagens do tipo como ser uma boa esposa, porque isso era tudo o que elas seriam. Não havia necessidade de gastar dinheiro educando uma mulher que ficaria sentada em casa o dia todo, esse era o pensamento comum naquele tempo.

Embora estivesse ouvindo a sra. Gretchen, não era capaz de imaginar como seria aquilo, então tudo o que eu podia fazer era balançar a cabeça e deixá-la continuar.

— Eu estava pensando em outro tipo de trabalho... Sabia que seria professora. — A sra. Gretchen disse *professora* com tanto orgulho que parecia ter falado *presidente*. — Naquela época, ir para a faculdade era um privilégio para nós, especialmente se não viesse de uma família rica. Nós nos arrumávamos para ir à aula. No dia em que conheci Richard, eu usava uma saia lápis e meu suéter de caxemira curto com gola borboleta. Permitam-me dizer que eu tinha uma cinturinha minúscula naquela época, e adorava exibi-la! Ah, e é claro que eu estava com meu batom vermelho: vermelho brilhante como um hidrante ardente. Ficávamos no grêmio estudantil fumando. Parei de fumar há anos, mas, naquela época, era o que fazíamos. E eu estava lá, entre as aulas, quando nos vimos... Ali estávamos nós, olhando um para o outro como se estivéssemos hipnotizados! No fim, ele veio com aquele jeitão dele, alto e bonito, e tentei dar uma de descolada, fumando meu cigarro.

MULHERES NEGRAS *NÃO* DEVERIAM MORRER EXAUSTAS

A sra. Gretchen fez um gesto para imitar a maneira como segurava o cigarro, levando a mão para cima e depois para baixo, com a outra mão no quadril. Quase pude ver a garota que ela costumava ser naquela época.

— Richard veio até mim, e eu disse: "Talvez devêssemos matar a próxima aula para você me comprar uma Coca-Cola". — As palavras da sra. Gretchen vibraram de atrevimento. — Bem, você conhece o velho Richard; ele era o jovem e *belo* Richard, que me respondeu: "Não posso faltar às aulas, mas gostaria muito de levá-la para jantar". E foi isso; ele passou no meu teste. Ele ia bem na escola e também era bonito! Deixei aquele menino me levar para jantar, e o resto vocês já sabem — disse a sra. Gretchen com satisfação.

— Bem, você se divorciou do Richard, Gretchen — minha avó lembrou.

— Sim, Tabitha. Mas não até que estivesse bem e pronta para isso — respondeu Gretchen com indignação. — Passamos anos maravilhosos juntos, Richard e eu, mas chega um ponto em que o "até que a morte nos separe" começa a soar como um projeto, não uma promessa. Não íamos chegar a isso juntos. Alguns casais simplesmente não combinam. E algumas pessoas, algumas mulheres, ficam bem sozinhas. Minha vida tem sido fabulosa depois da minha perda de peso.

— Do que está falando, Gretchen? Desde que a conheço, você sempre foi magrela! — Vovó Tab disse.

— Quis dizer o peso dos meus maridos — respondeu a sra. Gretchen, voltando os olhos para a televisão.

18

Minha cabeça era um turbilhão no caminho de volta. Estava atrasada para me arrumar para o encontro com Marc. Tinha passado tempo demais em Crestmire. Ouvir velhas histórias da Vovó Tab e da sra. Gretchen era uma distração bem-vinda em meio às notícias de Lexi e do meu crescente nervosismo e expectativa em relação a ver Marc de novo. Não tínhamos nos falado mais depois do rompimento. E o dia que havia acabado de vivenciar despertara em mim muitas perguntas sobre o amor.

Primeiro, meu pai perseguira minha mãe até os confins da terra, apenas para depois largá-la sem nenhuma explicação plausível por outra mulher, depois que tinham se casado e tido uma filha. Não fazia sentido. E ainda havia Lexi, que tinha feito de tudo para apoiar e incentivar Rob, como ele mesmo dissera no aniversário dela. Bem, ele a traíra com uma mulher qualquer que o tinha ajudado durante as compras. E não podia esquecer que Laila estava sendo a "mulher qualquer" na equação familiar de outra pessoa. E ali estava eu, tentando voltar com Marc por causa da mínima chance de ele querer ter um bebê comigo antes que qualquer um de nós realmente desejasse isso. Talvez a sra. Gretchen tivesse razão: livrar-se do peso e seguir em frente.

O que eu mais desejava mesmo era um roteiro para minha vida. Gostaria de ter muito mais clareza sobre tudo antes de Marc passar para me pegar. Mas responder às minhas perguntas demoraria mais do que o tempo disponível. Em homenagem à saia lápis da sra. Gretchen, usei um vestido preto com decote redondo, que deixava os meus ombros à mostra. Aparecer na televisão me mantinha em dia com a academia e a dieta. Em noites como esta, eu gostava de lucrar com os benefícios extras.

Marc foi pontual e me enviou uma mensagem para avisar que estava lá embaixo. Fiquei mais feliz do que esperava ao ver seu Porsche de quatro portas reluzente parado na frente do meu prédio. Sob as luzes da cidade, quase parecia o carro de um super-herói, capaz de tudo.

Ao me ver andando em sua direção com meus saltos altos, ele abriu a porta, provavelmente para me acompanhar até o meu lado.

Uma rajada de ar me saudou do interior do carro. Ele recendia a colônia — não uma colônia qualquer, mas aquela que uma vez eu lhe dissera ser a minha favorita. Abri um sorriso delicado quando ele tocou ligeiramente minhas costas para me envolver em um abraço.

— Oi — cumprimentei em meu tom de voz mais rouco.

Ainda não sabia se queria o prêmio esta noite, mas definitivamente queria ganhar o jogo.

— Você está linda — elogiou ele, afastando-se após se demorar um pouco em nosso abraço.

Fazia semanas desde que tínhamos nos visto — desde que ele havia terminado comigo.

— Obrigada, você também — falei, quase me engasgando.

Marc me conduziu até o lado do passageiro e, abrindo a porta, vi um buquê de lindas rosas amarelas no banco.

— Marc! São para mim?

Ele sorriu com timidez.

MULHERES NEGRAS NÃO DEVERIAM MORRER EXAUSTAS

— Sim, um pouco cafona, mas parece que amarelo significa *descul-pe-me*. Senti sua falta — disse ele enquanto aproximava tanto o corpo do meu que pude sentir o calor de seu hálito, que cheirava a hortelã, talvez com um leve traço de conhaque no final.

Comecei a me sentir extasiada, o que desencadeou uma pontada de pânico. *Cedo demais*, minha mente avisou, obrigando-me a me afastar um pouco dele e usar a deixa para tirar as flores e me sentar no banco.

— São lindas. Adorei, Marc, de verdade. Obrigada.

Eu o encarei o mais diretamente possível, reunindo toda a minha determinação para não sugerir que pulássemos o jantar.

— Vamos? — perguntou Marc, respirando fundo e colocando a mão livre no bolso. Assenti. Ele fechou a porta, ocupando o assento do motorista e nos conduzindo ao nosso destino.

— Para onde vamos? — perguntei.

— Tab, você sabe que não precisa se preocupar com isso. Vamos jantar.

— Mas onde? — provoquei, aproveitando a leveza da interação.

— Vai ter que esperar para ver — disse ele, dando-me seu sorriso sexy.

Droga, ele está lindo. E perfumado.

Marc estava bem-preparado para a noite. Usava até um blazer sobre a camisa de botão e a calça jeans. E notei os sapatos de couro, em vez dos tênis discretos de sempre. Não demorei muito para descobrir. Paramos a poucos minutos da minha casa, na torre do us Bank, um marco no centro da cidade. Na verdade, havia apenas um lugar para onde ele poderia estar me levando, sendo assim. Com certeza era um dos restaurantes mais românticos de Los Angeles, no topo da torre.

Um elevador nos conduziu lá para cima, abrindo suas portas para revelar uma decoração moderna, com uma elegância arejada que acentuava, em vez de esmaecer, a peça central do projeto: a vista de 360 graus de toda a Los Angeles. Foi o suficiente para apagar o último vestígio de menosprezo da minha mente e me encher de esperança pelo resto da noite.

Na minha cabeça, Marc e eu já estávamos juntos de novo. Peguei sua mão para caminhar até a mesa. Ele a tocou por um breve instante, mas em seguida apoiou a mão na parte inferior das minhas costas de novo, conduzindo-me na frente dele para seguir a *hostess*.

Uma vez que estávamos sentados e enquanto esperávamos pelo pedido, colocamos em dia tudo de grande e pequeno que tinha acontecido desde nosso último encontro, que parecia ter sido muito tempo atrás.

— Então, em que pé anda a promoção? Quando vai descobrir?

— Pode ser na próxima semana, é o que todo mundo está achando — falei. — Estou tão nervosa. Minha reportagem sobre o mercado imobiliário foi bem recebida, mas, você sabe, Scott Stone ainda fica com todas as pautas de interesse mais amplo, como esportes e coisas assim.

— Bem, você tem que ser dez vezes melhor para conseguir subir. E sei que é capaz, Tab. Você vai conseguir — Marc afirmou com confiança.

Fiquei grata pela credibilidade que ele depositava em mim, mas em algum lugar da minha cabeça eu não sentia que ele entendia de fato o que eu estava dizendo. Tive de trabalhar dez vezes mais para progredir como pessoa negra, e também dez vezes mais por ser mulher. Era assim que acontecia, e às vezes me perguntava se seria o suficiente para enfrentar o que estava em jogo.

— Sim... — falei devagar. — Ah, você não vai acreditar nisso. Lexi e Rob estão separados!

Marc e Rob tinham cultivado um relacionamento amistoso ao longo do tempo em que namoramos, depois de sairmos em casais várias vezes; senti que ele entenderia pelo menos um pouco do choque daquele acontecimento.

— Jura? Por quê? — Marc perguntou.

— Porque ele a estava traindo — falei. — E foi pego.

— Rob estava traindo? *E foi pego?* Droga, que situação difícil. E depois, o que houve? — Ele quis saber.

Não estava exatamente animada com essa sua reação.

MULHERES NEGRAS *NÃO* DEVERIAM MORRER EXAUSTAS

— Bem, a garota procurou Lexi no Instagram.

— Instagram? — Marc perguntou com o cenho franzido. — Ah, cara, não me diga que ele estava com uma daquelas... Como chama? *Influencers?* Uma modelo do Instagram? — O rosto de Marc se contraiu enquanto ele procurava pela palavra.

— Não — falei, interrompendo-o. — Uma garota que trabalha na seção masculina de uma loja de departamentos onde ele faz compras, mas ela entrou em contato no Instagram depois que Lexi postou as fotos dela de aniversário. Sabe, a festa para a qual convidei você — expliquei, levantando as sobrancelhas para enfatizar.

Marc apenas manteve o olhar de choque em seu rosto, e continuei.

— Bem, Rob comprou uma Mercedes para Lexi, uma ostentação exagerada, e eles postaram as fotos e tudo o mais. Em seguida, essa garota mandou uma mensagem para Lexi.

— Parece um *reality show* de má qualidade, Tab.

— Pois é. Depois, Lexi confrontou Rob a respeito, e ele enfim admitiu. Estava mesmo tendo um caso! Porque se sentia desanimado com o trabalho.

— Bem — Marc disse, o semblante pensativo e sexy —, consigo entender, mas não estou dizendo que esse é o melhor caminho.

Ele me estudou depois que terminou de falar.

— Você consegue entender? Sério? Eu, não. Quero dizer, por que você colocaria toda a sua família em risco, e tudo o mais, apenas por uma mulher qualquer que conheceu fazendo compras?

Estudei o rosto de Marc para ver sua reação. Não encontrando nenhuma, prossegui:

— Enfim, Lexi o expulsou, e agora ele está na casa de um amigo. Mas acho que eles vão reatar. Vou esperar mais algumas semanas — falei, tomando um gole após essa minha declaração de autossatisfação.

— Parece que os tempos estão difíceis para o cara. Vou ver se ligo pra ele — disse Marc.

— Ligar pra ele? Você mal o conhece. Vocês são amigos?

—Não, não exatamente, mas conversamos de vez em quando. Quero dizer, posso entender as circunstâncias que podem tê-lo levado a isso. E deve ser bem difícil ficar longe da família. É isso o que eu acho. As pessoas nem sempre são tão fortes quanto você pensa... E nem sempre fazem as coisas com más intenções. Às vezes, elas simplesmente pisam na bola. É o que acontece. — Marc deu de ombros.

—Hum. — Tomei um gole da minha bebida. — Pode ligar para ele se quiser, mas, até Lexi aceitá-lo de volta, ele está morto para mim.

—Código de honra de garotas, certo? Entendo.

—É isso aí, código de honra de garotas! — exclamei.

Tinha de admitir: mesmo que estivéssemos falando sobre o relacionamento de outra pessoa, depois de toda a tensão entre nós, era bom compartilhar uma risada.

O jantar foi incrível. O vinho fez tudo se misturar: emoções, pensamentos, até mesmo minhas palavras às vezes, conforme íamos bebendo toda a garrafa. Sabia que havia tomado a decisão certa ao adiar o encontro com Todd. E, exceto pelo surgimento de Todd em minha vida, atualizei Marc sobre as últimas duas semanas com a franqueza ilimitada que compartilhávamos antes de ele quebrar minha confiança e meu coração. Por esses momentos deliciosos e maravilhosos, me esqueci de todas as lágrimas que tinha derramado.

—Tabby, pensei muito nestas últimas semanas — Marc disse enquanto estendia a mão sobre a mesa para segurar a minha, que estendi para ele. — Pensei muito.

O polegar dele acariciou a área sensível logo abaixo dos nós dos dedos.

Corri o olhar pelo entorno, distraída em meus pensamentos. *É o que eu acho que é?* Aquilo me distraiu ainda mais. Neste ponto, estava totalmente hipnotizada.

—O que eu fiz, terminando daquele jeito com você, não foi justo. — *Espere, ele vai... me pedir em casamento?* — E, quando pensei a respeito, vi que não fazia muito sentido.

MULHERES NEGRAS NÃO DEVERIAM MORRER EXAUSTAS

Eu me preparei. Queria dizer algo, mas tudo em mim me dizia para segurar a língua e esperar pelos próximos minutos para ver o que ele tinha a dizer. Olhei ao redor de novo, para registrar o momento. Consegui ficar quieta, sorvendo um gole de vinho com a mão livre. Ele continuou:

— Não só queria me desculpar, mas também explicar algumas coisas. Algumas coisas sobre mim e a minha família... Quero dizer, você conhece alguns deles. Mas não sabe toda a história, e isso faz diferença.

Família? Faz diferença? Marc e eu podemos ser uma família. Comecei a imaginar meus filhos com ele.

— Marc, você sabe que pode me contar qualquer coisa — falei em um tom sonhador.

— Eu sei, Tab. Sempre soube, e me sinto confortável com isso. Quero dizer, tão confortável quanto alguém pode se sentir com essas merdas... Com coisas como essas. — Marc mudou um pouco o tom, mas não soltou a minha mão. — Tabby — começou ele, olhando-me fixamente e retendo meu olhar —, meu... meu pai é alcoólatra.

Respirei fundo. Não era isso que estava esperando.

— É? — indaguei. Foi tudo o que consegui articular depois de esconder a decepção.

Marc não tinha falado muito sobre a família depois que havíamos começado a nos relacionar, quando dera informações básicas. Após, dera as atualizações habituais à medida que continuávamos namorando. Não tínhamos progredido a ponto de passarmos as férias juntos ainda, e sua família não tinha vindo da Flórida visitá-lo. Isso não era o que tinha pensado que ele fosse me dizer naquele momento. Era quase como se a bússola estivesse descalibrada. Ainda assim, ele tinha algo a dizer, então o deixei continuar. Talvez essa fosse sua maneira estranha de tentar nos aproximar.

— Meu pai é alcoólatra e sua... *doença* teve um papel fundamental na minha vida. Em quem eu sou, em como penso sobre as coisas. Estou realmente começando a perceber isso.

— Como assim?

— Bem, para começar, é difícil dizer isso como homem, mas vivo constantemente preocupado... Quero dizer, preciso confessar: vivo com medo.

A essa altura, definitivamente não estava pensando mais em filhos com Marc. Na verdade, enquanto ele falava, comecei a perceber que via o próprio Marc refletindo sobre sua posição como filho.

— De que, Marc? Ele batia em você?

— Não, não esse tipo de medo. Tenho medo de... de alguma forma... ser como ele. De acabar como ele. Mesmo agora, Tabby, estou contando os copos que tomei. Percebe isso? Na verdade, estou contando. Quando saímos, eu não paro de beber porque estou dirigindo, paro porque não quero terminar...

— Como seu pai — murmurei em um tom reflexivo.

— Sim — disse Marc. — E, quando você trouxe a ideia de ter uma família e tornar as coisas mais sérias entre nós, isso me deixou em pânico, porque, para mim, família significa caos... e abandono... e dor, Tabby, muita dor.

Senti meu peito apertar, e apertei a mão dele. Meu coração começou a doer por ele, e tudo o que eu queria fazer era acabar com sua dor. Vendo a expressão em seu rosto, esqueci tudo que tinha pensado que precisava e desejava, apenas para lhe dar tanto amor que ele nunca mais sofreria. Desejei que, apenas com meu toque, eu pudesse *curá-lo*. Vendo-o assim arrasado, gostaria de poder ser, pelo menos para ele, o tipo de coisa exatamente certa para torná-lo completo.

— Marc, eu não sabia. Eu... Não sei o que dizer... — Engasguei-me em minhas palavras carregadas de culpa. — Não falei sobre a minha... *questão* para magoá-lo. Apenas, apenas sei que amo você e que, se eu pudesse escolher hoje, você seria a pessoa com quem eu teria filhos... e uma família.

Foi difícil escolher palavras em torno do tópico, quando ele já havia me dito que os elementos básicos de uma vida humana — família, filhos e mesmo o casamento — significavam para ele tanta destruição e negatividade. Como continuar a conversa? Meus pensamentos estavam a mil, mas minha mente trabalhava devagar, processando.

— Sei que não sabia, Tabby; não contei isso para muitas pessoas — explicou Marc, o olhar atento. — Só não tenho grandes esperanças quanto ao casamento, ou bons exemplos dele.

Suas palavras foram como uma facada em meu estômago. *Como posso consertar isso?* Minhas emoções continuaram girando em todas as direções enquanto Marc prosseguia, pelo jeito, inconsciente da turbulência que me causava.

— Tenho observado meus pais ao longo dos anos. Eles ficaram juntos, mas não tenho ideia do porquê. Ambos são infelizes, e minha mãe... Bom, eu me preocupo todos os dias com ela. Às vezes, queria que ela o tivesse deixado.

Pensei em Lexi e Rob, e me perguntei por um momento o que Lexi faria se Rob fosse abusivo com ela. *Traição é abuso?*

— Por que ela não o *deixa*? — perguntei, mas sem querer de fato saber a resposta.

— Não sei. Já tentei convencê-la de todas as maneiras, até ofereci para que viesse morar comigo; ela não precisaria trabalhar. Sério, ela não precisa trabalhar agora. Mas não vai deixar meu pai. Ela nunca vai partir... até o fim.

— O fim?

— Ele está doente.

— Ah, Marc, sinto muito. Tudo isso... Não tinha ideia.

— Como você saberia, Tab? Não te contei. E, honestamente, não queria que me perguntasse. Estava apenas curtindo os nossos momentos, fingindo que poderíamos existir em um mundo longe de tudo isso, que você poderia ser minha válvula de escape. Você não iria gostar do meu mundo real, tenho certeza.

— Como sabe disso, lindo? — perguntei com suavidade, ouvindo-me voltar ao meu carinho de sempre.

Antes dessa troca, nunca tinha me sentido tão perto de Marc. Talvez eu pudesse ser a única a carregar o fardo dele, já que carregava o meu por tanto tempo.

— Minha família também é meio caótica. Meu pai me abandonou, e a minha mãe, e se casou com a *amante* dele — falei.

Marc não se incomodou com o que compartilhei.

— Sim, mas pelo menos seu pai era leal a *você* — Marc disse, determinado a se fazer entender. — Meu pai estava lá, mas eu nunca sabia quem ele seria. Ele iria aparecer bêbado na minha formatura? Ele fez isso, aliás. Nas duas graduações, da escola e da faculdade. — Suas palavras foram ditas entre dentes, em meio à respiração entrecortada. Ele fez uma pausa antes de continuar: — Passei a vida inteira pisando em ovos. Como eu disse, você não gostaria de conhecer o meu mundo, Tabby, eu juro.

Lágrimas brilharam em seus olhos, como... diamantes. Ele piscou algumas vezes antes que uma delas caísse.

Só queria estar perto dele, mais perto do que estávamos, fisicamente. Queria senti-lo dentro de mim, para absorver sua dor e enviá-la para longe de seu corpo, para algum outro lugar do universo. Naquele momento, sentia-me apaixonada por ele. Queria que me levasse para casa.

— Vamos sair daqui — falei.

Na frente do meu prédio, ficamos sentados no carro de Marc, o motor ligado, a conversa serpenteando em torno de cada tópico, exceto daquele que precisávamos abordar.

— Então... — Marc disse sem jeito, sinalizando um retorno para o assunto pendente. — O que quer fazer?

— Eu quero subir — respondi o mais sedutoramente que pude, mordendo meu lábio.

Marc pegou minha mão.

MULHERES NEGRAS *NÃO* DEVERIAM MORRER EXAUSTAS

— Quero dizer, sobre nós.

— Não podemos falar sobre isso pela manhã? — perguntei.

— Poderíamos, mas prefiro falar sobre isso agora... para que as coisas fiquem claras antes de irmos... lá para cima. — Marc apontou para o alto com os olhos, mirando os andares mais altos do meu prédio.

O que eu queria estava claro. O que ele queria é que não estava.

— Certo — comecei, endireitando as costas e tentando afastar a névoa de embriaguez do meu pensamento. — Marquei uma consulta semana passada... para o congelamento dos óvulos.

Pensei que Marc fosse mostrar mais alívio ao ouvir isso.

— Sim... Sobre isso: Tabby, também não tenho certeza se quero ter filhos. Preciso que saiba disso.

Com essas palavras, foi quase como se o próprio tempo parasse. Podia ouvir o motor ligado e tentei me concentrar na música suave ao fundo. Achei que devia ter entendido mal o que Marc tinha dito. Não podia ser que estivesse me dizendo aquilo agora.

— Há muitas coisas que ainda preciso descobrir. É por isso que eu disse tudo o que disse esta noite — Marc explicou, procurando meu rosto.

Por mais que eu tentasse reprimir, comecei a sentir um lampejo de raiva faiscando dentro de mim.

— Desculpe, *como assim?* — indaguei, olhando-o com incredulidade.

— Estou apenas sendo honesto. Não sei se quero essas coisas. É por isso que tentei te contar tudo no jantar. Quero que saiba que eu *quero* isso que nós temos, e que você é uma mulher incrível. Não quero perder você, Tab. Não quero.

Marc olhou para mim com sinceridade e estendeu a mão para descansar no meu colo. Não me mexi. Em vez disso, fiquei ali sentada por alguns minutos, atordoada e sem acreditar. A raiva mais uma vez ameaçou meu autocontrole. Podia me sentir sucumbindo.

— Marc, o que você está fazendo agora? — indaguei enfim, puxando a mão. *Claro que é isso que ele está fazendo. Nunca teve nada a ver comigo, certo?* — Não posso acreditar que está arruinando esta noite assim, com toda essa merda! — falei, ouvindo minha voz ganhar um novo volume. *Marc não se importa comigo... Ele só se importa com...*

— Calma, Tabby! Estou apenas dizendo...

Todo esse tempo. Todo esse tempo foi desperdiçado.

— O que você está *dizendo*, Marc? Quer que eu desperdice mais um ano e meio da minha vida com essa porra da sua indecisão? Você só pode estar brincando comigo.

Mal reconheci minha própria voz, ou as palavras que brotavam da minha garganta.

— Tabby, tem que usar esses *palavrões*?

Por um momento, pensei que fosse desmaiar.

— É *claro* que tenho! Porque o que está me *dizendo* agora é uma merda que um filho da puta diria, Marc. Sério!

— Eu estou do seu lado, Tabby — Marc afirmou, a voz calma.

Eu não ia ficar quieta. Já tinha ficado. Muito quieta. *Todo esse tempo desperdiçado.*

— Está do *meu* lado? Como, Marc? Como *você* está do *meu* lado?

— Eu apoio você, estou aqui para te ajudar — respondeu ele com intensidade.

— Apoia? Você é solidário? Está se ouvindo? Em que sentido?!

— Como na sua promoção, eu te incentivei, eu...

Interrompi Marc naquele ponto, sentindo como se minha cabeça estivesse a apenas mais uma palavra de ser lançada em órbita. *Que nervoso!*

— Você me *incentivou* com o meu trabalho? Está falando sério?! A única coisa que eu tenho sob controle? Você acha que o sucesso na minha carreira se deve ao seu *incentivo*? Acha que um pouco mais de incentivo é o que está me separando dessa promoção filha da puta pela qual tenho trabalhado pra cacete no último ano e meio? Você ouviu a porra de alguma coisa que eu te disse no último mês?

Estava tentando não gritar, realmente estava, mas com certeza já gritava a essa altura. Estava cansada de ser educada.

MULHERES NEGRAS *NÃO* DEVERIAM MORRER EXAUSTAS

— Eu *disse* que queria ter filhos — continuei. — Então você *sabe* disso, Marc. Agora tenho que gastar todas as minhas economias para ter certeza de que poderei fazer isso, porque família pode ser algo péssimo para você, mas é o *mundo* que eu nunca *tive*. E agora você está sentado aqui, na minha vida, neste carro, me fazendo perder dias que já *não* tenho mais, me dizendo que não sabe se quer ter filhos? Que não sabe se vai querer se casar? Está brincando comigo?

Marc, nesse ponto, também havia aumentado o tom. A voz dele se elevara, repleta de paixão.

— Tabby! — exclamou ele, agarrando o volante com mais força do que eu já o tinha visto fazer enquanto dirigia. — Estava apenas sendo honesto com você! Ainda quero estar com você, só não sei se quero me casar com alguém ou ter filhos, *com seja* lá quem for. Mas isso pode mudar! Por que você não luta por nós?

Senti meus olhos se arregalarem, em total descrença.

— *Lutar?* — repeti em voz alta e com volume crescente. — Lutar contra quem? Contra você mesmo? Lutar por *nós?* Que porra é essa, Marc? Pelo que estou lutando?

Não pude mais me conter. Uma onda de raiva tomou conta de mim, deixando-me com mais raiva ainda por chorar. Não tinha a intenção de fazer de Marc meu inimigo, mas naquele momento ele era tudo e todos, e ninguém, tudo ao mesmo tempo.

— *Já* estou lutando, Marc! — Cuspi o nome dele exatamente da mesma forma que eu diria *filho da puta*, mas usei todo o controle que restou em meu corpo para poupá-lo desse insulto. Continuei a gritar, porém, a todo vapor, com lágrimas por fim escorrendo pelo meu rosto, misturando-se à máscara dos cílios. — Estou lutando pela minha promoção no trabalho... Estou lutando contra os meus ovários... que também não sabem se querem ter filhos, aliás! Estou lutando contra o estresse, estou lutando para não engordar... Afinal, tenho que ter uma boa aparência, certo? Ah, estou lutando contra o meu cabelo, que nem consigo usar ao natural! *E* estou lutando pela minha *vida* cada vez que cruzo com a porra de um policial. E agora você quer que eu lute contra você também? Por que não consegue se *decidir*? Por acaso *você* é algum tipo de prêmio ao final de uma pista de obstáculos?

Marc não disse nada. Só continuou me olhando, ligeiramente boquiaberto, como se eu estivesse falando em outra língua.

Então, a voz da sra. Gretchen surgiu em minha mente. *Se um homem não tem planos para você... Arrependimentos...*

— Nem ferrando, Marc. De jeito nenhum! Sabe de uma coisa? — Virei-me para encará-lo, meus olhos apertados brilhando de raiva, enquanto apontava meu dedo diretamente para seu rosto. — *Você* não vai ser um dos motivos de eu ter arrependimentos em minha vida, Marc, pode ter certeza! — Alcancei a porta e a abri, colocando uma das minhas pernas para fora.

— Tabby, não... — Marc disse sem força.

— Não *o quê*, Marc? Não recupere o tempo que me fez desperdiçar? É isso? Não se afaste da minha incapacidade de assumir compromissos? Foda-se! — berrei, batendo a porta do carro caro e brilhante para dar ênfase, e pisoteando o caminho o mais rápido possível até a porta da frente do prédio. Acenei para o porteiro com a cabeça baixa enquanto atravessava o saguão e me dirigia aos elevadores às pressas, pressionando o botão mais vezes do que deveria. Fui para o apartamento e, pela segunda vez naquelas semanas, chorei até dormir, ainda usando vestido e salto alto.

Tive apenas um arrependimento. Devia ter pegado as flores.

19

Dizer que minha noite com Marc foi uma decepção seria como dizer: "Serena Williams joga tênis". Claro que Serena Williams joga tênis, mas não é isso que a tornava notável. O que a tornava *notável* era seu foco, impulso e domínio de algo que quase toda pessoa sã pode fazer, mas que ela elevava a outro patamar. Ela tinha elevado o entretenimento do tênis a um espaço de transformação mental. Sua habilidade era tão extrema que tinha transformado o esporte em outra coisa. Se você jogasse contra Serena Williams, não estaria jogando tênis, mas sim jogando contra *Serena*. E, quando jogasse contra Serena, se a verdadeira Serena estivesse ali, apenas Serena poderia vencer. Essa tinha sido minha experiência com Marc na noite passada. Fora derrotada a cada jogada.

Mesmo assim, no domingo à tarde eu já havia começado a me sentir mal sobre a discussão, e à noite comecei a me questionar sobre a resolução que parecia tão clara quando bati a porta do carro. *Vale a pena esperar por Marc?* Isso era algo que eu precisava descobrir, mas que também rivalizava com eventos de vida que agora eram mais importantes do que nunca. O anúncio da promoção no trabalho chegaria logo. Muito em breve. O boato no escritório na sexta-feira era de que Chris poderia usar até a próxima reunião para fazer o anúncio. Então, em vez de ficar obcecada por Marc e meu telefone, não havia espaço para esse assunto na minha mente. Em vez disso, estava obcecada pela promoção pela qual tinha lutado tanto.

Na segunda-feira de manhã, estava com os nervos em frangalhos. Fiz então o que qualquer pilha de nervos como eu faria nessa situação: fingi ser outra pessoa. Não entrei no escritório parecendo apenas uma repórter, mas com a melhor das aparências, caminhando como se fosse a Beyoncé, embalada por uma música temática, um DJ e um fã pessoal em meu encalço. Mostrei-me forte, poderosa, invencível, linda, talentosa, articulada... e, de repente, a agulha arranhou o disco. Assim que as portas do elevador começaram a se fechar, Scott Stone entrou comigo para a subida matinal. Claro que ele faria isso. *Droga.*

— Bom dia, Tabby — ele se virou e me cumprimentou, ainda usando os óculos de sol.

— Bom dia, Scott — respondi secamente, mal me virando.

— Parece que hoje é o dia. Como está se sentindo?

Babaca. O que deveria falar? *Sinto que vou conseguir essa promoção e passar por cima de você hoje, e mal posso esperar!*

— Provavelmente me sinto como você — respondi. — Sobretudo, nervosa. Definitivamente, nervosa.

— Não estou nervoso. De jeito nenhum. Sinto-me muito confiante, na verdade — disse Scott, tirando os óculos e colocando-os no bolso do blazer.

— É? Talvez você saiba de algo que eu não sei, então?

— Nada oficial, mas tem ficado cada vez mais evidente como essa coisa vai ser — ele revidou, olhando para mim como se eu fosse uma criança perdida. — Quero dizer, você não achou que conseguiria o cargo de repórter sênior *nesta* rodada, achou?

Olhei para ele, os olhos arregalados. Como era possível que todo mundo na empresa soubesse que Scott e eu estávamos, *ambos*, sendo selecionados para o cargo de repórter sênior, exceto Scott?

— Eu tenho experiência — falei. — E minhas reportagens são bem avaliadas, por isso sempre considerei a pista aberta... Mesmo agora... até que o anúncio seja feito.

Eu me arrumei para sair do elevador quando as portas começaram a se abrir. Scott me seguiu e, depois, parou para me encarar, as portas se fechando atrás de nós.

— Mas, Tabby — Scott disse com calma —, honestamente, você não acha que sua perspectiva é meio... *limitada*?

Apesar de todos os músculos que eu usava no rosto, minha boca abriu por conta própria.

— Quero dizer, você não poderia cobrir reportagens sobre esportes, sabemos disso, e está sempre mencionando... questões *urbanas* em áreas com as quais a maioria dos nossos telespectadores nem se importa.

Fiquei ali, em descrença absoluta, enquanto Scott levantava o braço, colocando-o no meu ombro e me encarando com a sinceridade de um pai, embora tivéssemos quase a mesma idade.

— Olha, é apenas algo para pensar. Faça alguns ajustes e é bem provável que esteja *pronta* no próximo ano.

Depois disso, ele apertou de leve meu ombro e se virou para o seu cubículo. Observá-lo se afastar me permitiu alguns segundos para me recuperar da paralisia do choque. Quando pude me mover de novo, fui para a cozinha para pegar um café antes de ir para o meu cubículo. Precisava deixar aquilo de lado. Tínhamos uma reunião.

O ar na sala de conferências parecia carregado com um tipo diferente de eletricidade. Tentei usar isso para impedir que a conversa com Scott afetasse meu humor. *Será que Scott tem razão?* Minha mente continuou a ecoar seus argumentos. À primeira vista, talvez eu não pudesse cobrir esportes com a destreza de um repórter da ESPN, mas com certeza poderia pesquisar o assunto. Na verdade, provavelmente faria um trabalho melhor do que alguns "especialistas" que pensavam saber tudo antes mesmo de procurar. E minha perspectiva não era *limitada*; era ampliada. Claro que podia enxergar os problemas "principais" relacionados à base mais ampla de nossa audiência, mas também via coisas que afetavam as comunidades minoritárias. Não apenas negros e não apenas moradores *urbanos*, fosse lá o que isso significasse. Ainda assim, talvez a perspectiva de Scott fosse como a de Chris. Ele tinha dado a Scott, e não a mim, a matéria dos Rams, restringindo-me às tais tendências imobiliárias de Los Angeles. E, na verdade, eu tinha sido capaz de transformar aquele conceito desgastado e árido de madeira inflamável em uma história interessante, trazendo o tópico da gentrificação. De canto de olho, vi Chris entrar na sala.

—Como muitos de vocês estão suspeitando — Chris começou a falar, sua figura pálida e rechonchuda posicionada para iniciar a reunião, segurando uma pilha de papéis —, vamos começar a reunião fazendo alguns anúncios.

Todo mundo se mexeu na cadeira em movimentos nervosos. O que restou da minha versão Beyoncé saiu de fininho.

—Temos sorte. Reuniões como essa em nosso setor muitas vezes levam a demissões. Precisamos ter orgulho por apresentarmos os melhores números do sul da Califórnia. Então, podem se parabenizar por isso.

A sala deu início a uma rodada animada de aplausos, com alguns vivas e assovios. Chris continuou:

—Agora, vamos anunciar algumas promoções e, em seguida, seguir com a programação regular desta reunião. Parabenizem seus colegas após o término ou, melhor ainda, depois do trabalho. Eles vão estar ainda mais ocupados do que têm estado a partir de hoje.

Chris sequer levantou os óculos de aros de metal, voltados para a pilha de papéis que estava lendo.

— *Happy hour* por minha conta! — avisou Donald Hugh, o âncora da noite.

MULHERES NEGRAS *NÃO* DEVERIAM MORRER EXAUSTAS

—Vocês ouviram Donald, coloquem na conta dele esta noite — disse Chris, sem abandonar o tom profissional. — Vamos lá. Quem vai se juntar à equipe de âncoras será... a repórter sênior Julie Johnson. Parabéns, Julie, agora você é nossa mais nova âncora de fim de semana.

Olhei para o rosto de Julie. Ela estava radiante e abriu um sorriso mais largo do que uma banana. As pessoas ao redor deram tapinhas nos seus ombros, e ela se virou para reconhecer cada um deles, o que a fez ficar parecida com uma daquelas bonecas *bobblehead*.

Hum, pensei. *Uma mulher se juntando ao time de âncoras, uma grande conquista.* Isso provavelmente significava que um homem se tornaria repórter sênior... *Droga.*

Chris pareceu continuar lendo alguma coisa:

— E nossa mais nova repórter sênior é... Tabitha Walker.

Viu, eu sabia que aquele Scott... Espere... Ouvi corretamente? Ele acabou de dizer Tabitha Walker? Corri os olhos pela sala, e todos me olhavam com os dentes à mostra, mas, por um segundo, tudo ficou em silêncio. Podia ouvir apenas bocas se movendo. Para saber se era mesmo real, havia apenas um rosto que eu queria ver, que eu precisava ver.

Virei-me para olhar para Scott. Minha vitória estava escrita na vermelhidão do seu rosto. Seus ombros tinham caído ao menos alguns centímetros, e ele estava com a mesma expressão boquiaberta que eu no elevador. O gosto da vitória invadiu minha boca como uma doce amora silvestre acompanhada de sorvete de baunilha. Quando fechei meus olhos para saborear o momento, as memórias inundaram minha mente em flashes rápidos de cada vez em que não acreditei que conseguiria. Cada matéria ruim, cada comentário maldoso e até o breve encontro no elevador com Scott. Estava tudo lá, mas agora transformado dentro de mim em uma explosão de alegria incontida e repleta de luz, que ameaçava emanar de todos os poros do meu corpo. Eu estava aquecida pelo sol no topo da montanha. Um tapinha nas costas me trouxe de volta ao presente. Nem tinha percebido que meus olhos estavam fechados.

— Parabéns, Tabitha, aqui está sua carta do RH.

Chris estava de pé bem ao meu lado, falando por cima do meu ombro.

— Você vai começar como líder da equipe já na reunião de hoje. — Ele me entregou o papel no topo da pilha. — Ok, pessoal, vamos aos negócios. Temos notícias para cobrir.

Quando a reunião terminou, minha primeira equipe como repórter sênior foi montada. Dois de meus ex-colegas tinham sido designados para trabalhar comigo e, pela primeira vez, eu teria a palavra final sobre como a matéria iria ao ar. Enquanto todos nós saíamos, Chris me parou perto da porta, no corredor.

— Tabby, você se importa de vir ao meu escritório?

Hum, isso não pode ser bom. Ele não tinha pedido a ninguém que participasse dessa reunião particular. *Veja, mesmo quando você vence, você não vence.*

— Claro, Chris, agora?

— Sim, agora está ótimo. Vamos descer juntos.

Chris e eu caminhamos juntos pelo corredor, o que era bom em alguns aspectos e me preocupava em outros. Por um lado, como eu tinha acabado de ser promovida, não queria parecer de alguma forma diferente de qualquer um dos outros. A última coisa que desejava era que as pessoas pensassem que eu estava recebendo tratamento especial, ou, pior, que já tivesse feito algo errado. Por outro lado, andar assim com Chris passava a impressão na redação de que estávamos alinhados e que eu era importante. Só esperava que não fosse algum tipo de atenção indesejada.

Chegamos ao escritório de Chris e ele me ofereceu uma cadeira. Sentou-se do outro lado da grande mesa, coberta com papéis suficientes para parecer que uma tempestade de neve tinha passado por ali.

— Parabéns, Tabby — Chris começou. — Estou ansioso para vê-la crescer nesta nova função.

— Obrigada, Chris — respondi. — É bom ser reconhecida pelo trabalho que venho fazendo aqui. As avaliações dos espectadores têm sido positivas, e estou ansiosa para...

MULHERES NEGRAS *NÃO* DEVERIAM MORRER EXAUSTAS

—Você sabe—interrompeu Chris—que, segundo a sabedoria convencional, eu deveria ter dado a posição a Scott. Sabe disso, não sabe?

Eu me mexi desconfortavelmente no assento, lembrando-me da conversa com Scott no elevador. *Espere. O quê? Que porra ele acabou de dizer? Sei que ele não pode ter dito o que disse.* Levei um tempo para invocar meu profissionalismo e filtrar meus pensamentos em palavras melhores.

—Desculpe, Scott—falei educadamente, adicionando uma camada de leveza à minha voz.—Talvez esteja entendendo mal. Está me dizendo agora que eu não merecia a promoção?—perguntei, tentando manter um tom respeitoso, mas começando a me irritar.

—Não, não, claro que não. Vocês dois *mereciam* a promoção, Tabby. A decisão não foi baseada em quem merecia ou não. Embora, com base no *esforço*, pode-se concluir que Scott merecia mais.

Espere, o quê? Você acabou de dizer que Scott merecia mais? Então por que não deu o cargo a ele, Chris?

Fiquei mais um segundo em silêncio tentando encontrar meu filtro novamente, antes de responder. Não podia acreditar que Chris estivesse fazendo isso.

—Chris, com todo o respeito—comecei, fazendo o melhor que podia para manter o tom calmo de voz—, aonde exatamente você quer chegar?

—Meu ponto é, Tabby, que, em todas as reuniões, você deixa Scott driblar você, passar por cima de você com suas manobras e pegar as melhores matérias, sem que lute por elas. Você o deixa vencer.

—Então, por que ganhei o cargo de repórter sênior e ele não?

—Porque, se eu o tivesse promovido e depois tivesse esta conversa com você, acabaríamos na justiça—explicou Chris com toda a gravidade.—Eu poderia colocá-la nesse cargo e encorajá-la a crescer, ou assistir enquanto você desaparecia ao fundo. Escolhi arriscar.

—Chris, ainda parece que está dizendo que eu não *mereço* o cargo de repórter sênior.

—Ok, você não merece—disse ele de modo simples, fazendo meus olhos se arregalarem.—Ainda não, mas as pessoas recebem o que não merecem a toda hora. Não se apegue às coisas que não importam — Chris falou, colocando as palmas das mãos na mesa. — Escute, não construí o sucesso que tive em minha carreira seguindo a sabedoria convencional, Tabby. Fiz isso seguindo incansavelmente o meu instinto. Você precisa começar a fazer o mesmo.

Senti o rosto enrubescer de vergonha e irritação. Não podia acreditar que aquele cara estava sentado na minha frente me dizendo que eu não merecia a promoção pela qual tinha trabalhado tanto!

— Desculpe, Chris, você pode me ajudar a entender, só para eu ter certeza do que está dizendo? Se não *mereço*, por que estou aqui?

— Porque precisamos da sua perspectiva, Tabby. Eu tenho ouvido você nas reuniões. Você encontra ângulos novos para todas as matérias, que outras pessoas não veriam. E faz isso sem esforço. Notícias de hoje, coisas relevantes... É tudo uma questão de *perspectiva* — disse Chris, tornando-se cada vez mais enfático em suas palavras

— E quanto ao Scott? — perguntei.

— E quanto ao Scott? — repetiu Chris. — Provavelmente vai sair. Dou a ele três meses, no máximo. Ele vai encontrar outro emprego onde possa ser contratado como repórter sênior de imediato, e vamos contratar outro Scott entre as centenas de repórteres cujos currículos estão na minha mesa agora. Scott é substituível, e nós o substituiremos.

Chris está dizendo o que acho que está dizendo? Decidi falar o impensável.

— Então, está dizendo que fui promovida porque sou *negra*? — perguntei de forma direta, mas em total descrença.

Podia sentir as lágrimas brotando nos meus olhos enquanto lutava contra qualquer internalização mais profunda das minhas próprias palavras. Deixei-as pairar no ar. Chris fez o mesmo por um momento antes de responder. Pareceu uma eternidade.

— Estou dizendo que você conseguiu a promoção porque é *singular*. — Ele se inclinou para a frente e apoiou os cotovelos na mesa. — Acredito que apenas começamos a ver sua perspectiva *e* seu potencial. E, se tiver de escolher, prefiro saber o que se passa na mente de uma Tabitha

MULHERES NEGRAS *NÃO* DEVERIAM MORRER EXAUSTAS

Walker do que na de um Scott Stone. Na de Scott Stone, já sei. Já vi um milhão de vezes antes, e nossos espectadores também.

Estava mais confusa do que nunca.

— Então, o que está dizendo que preciso fazer? — questionei.

— Lutar! — Chris exclamou, batendo o punho na mesa para dar ênfase.

Ah, não, essa palavra de novo. Chris continuou:

— Tabby, você precisa lutar para se fazer ouvir. Precisa defender seu ponto de vista. Suas histórias, sua perspectiva. Não apenas nas reuniões de pauta, mas todos os dias, em cada sala e com cada equipe com a qual trabalhar! Não estou dizendo que é um trabalho fácil, mas facilidade não nos mantém no topo. — O esforço tinha deixado Chris quase ofegante agora.

— Chris — disse, me levantando para sair —, posso entender e agradeço a você por acreditar em mim, mas eu *mereço* o que tenho. Sempre foi assim. Não quero uma posição que não mereça e, com certeza, não quero que as pessoas por aqui pensem que acabei onde estou porque sou negra. Sempre trabalhei duas vezes mais — acrescentei enquanto me virava para sair, redigindo minha carta de demissão mentalmente.

— Tabby, *ninguém* merece o novo cargo no início — Chris explicou, colocando toda a sua massa volumosa por trás das palavras. — Por que está tão presa a essa *palavra*? — ele perguntou, fazendo uma pausa prolongada.

Fiquei sem palavras, sem respostas.

— *Todo mundo* tem que lutar pelo que quer, de alguma forma — Ele argumentou, acenando a mão espalmada no ar. — E as pessoas que fizerem esse tipo de julgamento, que a promoção só aconteceu porque você é negra, ou apenas porque é mulher... elas *sempre* vão pensar isso. Mas o fato é que você conseguiu a promoção, Tabby, você *conseguiu*. É *seu* cargo agora. Para provar que essas pessoas estão *certas*, ou que estão *erradas*. Agora é com você. — E, com isso, ele se sentou de novo e puxou em sua direção uma pilha bagunçada de papéis brancos avulsos que estavam espalhados pela mesa.

Bom, chega. Acho que terminamos de conversar, certo? Fiquei perto da porta, ainda com a mão na maçaneta para sair, mas congelada com a indecisão. *Fico aqui ou vou embora?*

Chris olhou para mim por cima dos óculos sem mover a cabeça.

— Estamos juntos nessa? — ele perguntou.

Pensei a respeito por apenas um segundo.

— Sim, estamos juntos — respondi com relutância.

20

Em todos os meus anos de carreira, nunca tinha acontecido o que aconteceu no escritório de Chris. Eu não sabia se ria ou chorava. Tudo o que eu sabia é que ou eu aprendia como interpretar suas palavras ou teria de ir em busca de um novo emprego. E, então, o funcionário do RH apareceu e, em seguida, o cara de TI, que me ajudou a acertar as coisas no novo escritório, o que me deixou feliz, pois queria ter a privacidade bastante necessária para ficar com os meus pensamentos. Assim que me ocorreu que agora eu tinha uma porta, e que queria fechá-la, ouvi uma batida. Olhei e avistei Lisa parada à porta, segurando dois cafés.

— Parabéns, garota! Sabia que ia conseguir, dona Repórter Sênior! — Lisa falou alto, no tom amistoso e exagerado que apenas âncoras experientes usavam, mesmo em seu tempo livre.

Por algum motivo, o uso de "garota" reverberou um pouco no meu ouvido, pois faltou o acolhimento e a real familiaridade que o termo carregava quando utilizado entre mim e minhas verdadeiras amigas. Lembrei-me de que Lisa estava apenas tentando ser agradável e se aproximar. Eu tinha o plano de me juntar ao grupo de mulheres dela depois de receber a promoção, mas não de modo tão imediato. Sentei--me em silêncio, esperando que ela não tocasse no assunto.

—Obrigada, Lisa! Esse café é para mim?

—Ah, sim, desculpe! — Lisa se apressou escritório adentro, a postura rígida, para colocar um dos copos que segurava sobre a mesa. — Fiquei aqui segurando e nem te dei — ela comentou, rindo de si mesma. — Não sabia como você gostava, então trouxe um pouco de açúcar e creme.

Ela esvaziou os bolsos, tirando deles uma profusão de pequenos potes de plástico de creme, sachês de açúcar, palitos para misturar e guardanapos.

—Eu bebo o meu puro. O que é ruim para os dentes, mas é por isso que uso o canudo! — ela disse sem jeito, mostrando-me seu copo, que tinha mesmo um canudo de plástico preto saindo dele.

—Eles não têm isso na cozinha, então trago o meu. Avise-me se quiser.

—Ah, obrigada. Hum, vou arriscar, eu acho... Com o copo.

—Sim. Seus dentes, Tabby, eles são realmente lindos. O branqueamento, eu tenho que continuar fazendo, e é tão caro. — Ela fez um gesto com mão livre apontando a boca, para enfatizar os dentes imaculadamente brancos, perfeitamente alinhados, e exibindo também um diamante muito grande e brilhante na mão ao fazer isso.

—Obrigada, eu estive... pensando em fazer também — menti, querendo fazê-la se sentir melhor.

—Bem, qualquer coisa, me peça o contato. Eu tenho um ótimo cara em Beverly Hills, ele faz em todo mundo — disse Lisa, acelerada. Não sabia se ela estava nervosa, ou se era apenas estranha. Esta era só a segunda vez que nos falávamos, já que meus esforços para evitá-la tinham sido muito bem-sucedidos depois daquele dia no banheiro. *Tente baixar um pouco a guarda*, disse a mim mesma.

—Escute — Lisa continuou —, adoraria lhe pagar um drinque para comemorar, ou mesmo um jantar. Tornar-se repórter sênior é uma

MULHERES NEGRAS *NÃO* DEVERIAM MORRER EXAUSTAS

grande conquista! Eu me lembro de quando fui promovida. Estava mais assustada do que nunca! Você se importa se eu me sentar?

Ah, não, ela vai ficar.

— Sinto muito, Lisa! Onde está minha educação? Deveria tê-la convidado para se sentar. Você vai ter que me desculpar enquanto ainda for uma novata neste escritório!

Lisa gesticulou com as mãos, como para afastar o exagero das minhas desculpas, e se sentou.

— Apenas me diga que noite seria boa para você. Costumo estar livre às quartas-feiras e às vezes às quintas, se marcarmos com dias de antecedência... Meu marido tem o grupo dele de escritores nas noites de quinta-feira, mas ele arrasa mesmo é ficando em casa com nosso filho.

— Que idade tem seu filho? Seu marido não se importa em ser babá? — perguntei.

— Meu filho tem cinco anos. Ele... tem necessidades especiais. Está no espectro. Bill e eu decidimos que seria melhor que ele saísse do emprego, para que pudéssemos ter um de nós em casa o tempo todo. Parece que Charlie se sai muito melhor dessa forma — Lisa disse, o tom de voz um tanto artificial.

Perguntei-me quanto mais havia por trás disso. Pensei em Rob, tentando lembrar a mim mesma, contudo, que não é todo marido que trai apenas porque a esposa é responsável pelo ganha-pão.

— Parece uma verdadeira parceria — falei em um tom reflexivo.

— E é! — Lisa respondeu, mexendo em seu copo. — Não que tivéssemos planejado, e não é fácil, mas fizemos o que era necessário para dar certo. Como Bill fica em casa, decidimos tentar um segundo filho, mas nada aconteceu até agora — Lisa disse, apontando para o abdome incrivelmente chapado. — Parece que vamos precisar fazer uma fertilização *in vitro*.

Animei-me com a menção da fertilização *in vitro*. Sabia muito bem quanto isso poderia custar.

— Nossa, isso pode custar caro, não é?

— Ah, você não tem ideia! — Lisa falou. — Honestamente, quase não podemos pagar. Meu salário é bom, mas é o único, e os custos dos tratamentos de Charlie, você não acreditaria. É um grande sacrifício, mas não temos muita opção. Queremos que ele tenha um irmão... — Lisa parou, olhando para seu café.

Mantive por um minuto o espaço de silêncio entre nós, decidindo se iria confiar a ela o meu problema.

— Na verdade, sei que os custos de FIV são muito altos — falei depois uma pausa.

Lisa me fitou com um olhar curioso.

— Logo terei uma consulta para congelamento de óvulos — completei.

— Ah, meu Deus, gostaria de ter feito isso quando era mais jovem — Lisa exclamou.

— Bem, não foi uma escolha minha — expliquei. — Basicamente, tenho que fazer isso, senão filhos biológicos estarão totalmente fora de questão para mim. Sou filha única da minha mãe. Você sabe como é isso.

Lisa assentiu, compreendendo.

— Vou ter que usar todo o meu dinheiro para pagar o tratamento. Há anos que economizo para comprar uma casa. Uma grande amiga minha é corretora de imóveis e tinha começado a me mostrar algumas coisas. Estava muito animada com isso.

Minha mente se perdeu, lembrando de quando tinha visitado algumas casas com Lexi.

— Bem, você sabe, esta é uma das questões que temos de levantar — Lisa disse.

Droga, aqui vamos nós.

— Nosso plano de saúde deveria cobrir coisas como essa. E há opções de planos que cobrem. Só que nosso empregador não considera essa uma prioridade. Mas o Google, o Facebook, a Apple...

Lisa passou a elencar uma lista impressionante de empresas.

MULHERES NEGRAS *NÃO* DEVERIAM MORRER EXAUSTAS

— Sabe que o meu... namorado... hum, ex-namorado me contou sobre isso há não muito tempo? — Hesitei sobre como chamar Marc. Ele era sem dúvida um ex agora, com certeza. Afastei a pontada de arrependimento ao continuar: — Acabei esquecendo depois que ele me disse, mas você tem razão. Não há por que não levantarmos esse assunto. — Pensei no desafio que Chris me propusera, sobre fazer minha voz ser ouvida.

Aposto que, se eu entrar para o grupo de mulheres, ele vai se arrepender de ter me desafiado.

— Sabe, as pessoas pensam que o debate sobre bem-estar social não passa de *senso* de igualdade — disse Lisa, inclinando-se como se compartilhasse um segredo. — O senso de igualdade é importante, mas as pessoas também precisam se dar conta de que essas são preocupações financeiras cruciais. Acredite em mim: se os espermatozoides dos homens tivessem um cronômetro, isso já teria cobertura do plano há muito tempo! — Lisa completou, rindo.

Nós duas compartilhamos uma risada enquanto ela se levantava para sair.

— Me avise sobre os drinques, tá? — ela disse, vendo-me assentir afirmativamente enquanto saía do meu escritório novinho em folha.

Bem, novo para mim. *Meu novo escritório.* Caramba, consegui. Tinha chegado a repórter sênior.

Por algum motivo, a voz de Marc dizendo "Eu sei que você é capaz, Tab. Você vai conseguir" passou pela minha cabeça. Fiquei em dúvida por um segundo sobre se devia lhe enviar uma mensagem. *Para quê?*

Estava dividida, mas não conseguia pensar em um bom motivo para fazer isso, então não fiz. Não estávamos mais juntos. E, depois do sábado, era provável que nosso relacionamento nem fosse mais tão amistoso o bastante para nos qualificarmos como amigos. Em vez disso, decidi enviar uma mensagem para Lexi. Ligaria para Laila e minha mãe mais tarde, e contaria para Vovó Tab pessoalmente.

Eu:

Lexi, fui promovida!!!

Lexi:

Êêêê, vadiiiiiaaaa! Eu sabia!

Eu:

Drinques hoje?

Lexi:

SIM, por favor!

Eu:

Ai, droga! Lembrei que tenho um *happy hour* do trabalho! Você pode mais tarde?

Lexi:

Sim, o Rob está com os meninos.

Vai ser bom para eu não enlouquecer.

MULHERES NEGRAS *NÃO* DEVERIAM MORRER EXAUSTAS

Eu:

Ok, vou falar com a Laila.

Lexi:

Pode ser só nós duas? Entendo se não der.

Teria adorado que nós três nos reuníssemos, mas compreendi que Lexi não estava pronta para compartilhar os detalhes do relacionamento dela com mais alguém. Ainda era recente, e suas emoções estavam à flor da pele. *Como as minhas em relação a Marc.*

Afastei Marc do meu pensamento de novo. Já tinha perdido tempo demais com ele.

Eu:

Claro, Lexi, só nós duas.

21

Lexi e eu decidimos manter nosso lugar habitual e nos encontrar no Post & Beam. Do carro, o restaurante parecia o mesmo de sempre; era minha vida que estava completamente diferente desde a última vez em que estivera ali. Vi o carro de Lexi no estacionamento e entrei para encontrá-la sentada em uma mesa de canto. Ela estava bebendo de um canudo, a mão em volta de um copo alto e fino repleto de bolhinhas claras e guarnecido com limão.

— Ei, garota! — Dei meu abraço de costume em Lexi ao me sentar.

— Ei, garota — Lexi respondeu, a voz pesada com o que parecia ser preocupação. — Ah, merda. Parabéns, Tab! Deixe-me lhe dar um verdadeiro abraço! — Ela quase saltou da cadeira e me agarrou com força. — Tá arrasando, garota, dando grandes passos — disse-me, sentando-se novamente depois de ter se animado um pouco. Continuava sem a aliança. Acho que meu olhar era óbvio; ela o seguiu, olhando para a própria mão.

— Ainda estou sem.

— Você ainda não a encontrou, Lexi? — perguntei, quase em pânico por ela.

— Garota, encontrei. — Fiquei em silêncio, esperando que ela explicasse melhor. Mas tudo o que fez foi pegar o copo de novo e sorver um gole.

— Não está bebendo nada alcoólico? — perguntei.

— Estou, sim.

Ela olhou para a bebida após notar o que acredito ter sido uma expressão confusa em meu rosto.

— Ah, isto é vodca com refrigerante. Ouvi dizer que tem menos calorias... É melhor para quem quer perder peso.

— Lexi, este não é um bom momento para fazer dieta.

— Não tenho comido muito, com todo o estresse dessa loucura com o Rob, então concluí que preciso fazer um bom uso disso — explicou ela, dando tapinhas em si mesma, logo abaixo do busto generoso. — Tab, me olhei no espelho outro dia e mal consegui me reconhecer! Quer dizer, fui de Sexy Lexi a Plus Size Lexi. Minha bunda está enorme!

Sim, é verdade. Vinha notando a expansão de Lexi já havia algum tempo, mas, naquele momento, me debati pensando se deveria mentir e dizer que ela estava ótima, ou encontrar outra maneira de reforçar o que podia ser um caminho para um estilo de vida mais saudável. Contentei-me com algo entre uma coisa e outra.

— As pessoas não podem ser jovens para sempre, Lexi. Você tem dois filhos. Espero que não esteja sendo muito severa consigo mesma.

— Pois é, Tab. Nem prestei atenção. Esse peso simplesmente apareceu, assim como o resto da minha vida, ao que parece. Por um bom tempo, minha existência foi apenas Rob, Rob Júnior, Lexington, trabalho, hipoteca, levar os meninos para a escola, levá-los às suas atividades extracurriculares, tentar dar atenção a Rob, ver a mãe de Rob, ver a minha mãe, arrumar o cabelo e, *talvez*, conseguir acompanhar você e Laila, que droga! E eu? Onde *eu* estive esse tempo todo? É como se eu tivesse sido absorvida pela minha própria vida; como se não existisse mais *eu*.

MULHERES NEGRAS *NÃO* DEVERIAM MORRER EXAUSTAS

Sabe o que quero dizer? — Lexi perguntou, levantando as sobrancelhas e inclinando a cabeça para enfatizar as palavras.

Fiquei sem ter o que dizer. A pessoa na minha frente parecia ter possuído o corpo de Lexi. Era quase como se eu falasse com a Lexi do ensino médio, aquela antes de Rob, que me contava tudo e compartilhava todos os seus segredos. Nos últimos quase vinte anos, tinha visto outra Alexis, aquela que estava sempre equilibrando verdades e ficções, sobretudo por causa de Rob, algumas vezes por causa de suas inseguranças e até da nossa amizade.

— Nossa, Lexi, não sabia que estava se sentindo assim. Você parecia estar em uma espécie de êxtase — falei.

Isso era verdade; ela passava a impressão de que a vida com Rob e os meninos era a coisa mais feliz do mundo.

— Não acho que esteja sentindo nada desde há muito, muito tempo. É como se tivesse ficado entorpecida. O caso de Rob — Lexi cuspiu a palavra *caso* como se fosse leite estragado — foi um sinal de alerta para eu acordar. Precisava me tocar sobre o modo como estava vivendo.

— Ele ainda está na casa do Darrell?

— Sim, ainda está, e implorando para voltar para casa todos os dias.

O tom de Lexi era desdenhoso. Fiquei chocada. A Lexi que eu conhecia conseguiria ficar sem Rob tanto quanto viver com uma apendicite. Fiquei bastante confusa com sua mudança de atitude.

— Então, não está tentando fazê-lo voltar?

— Não agora — disse ela. — Preciso de tempo para organizar os meus pensamentos. Sinto que me enfiei em um buraco. Esta é minha chance de descobrir quem realmente sou, sabe? Durante toda a minha vida adulta, fui apenas a senhora Carter.

Dona Amélia, na verdade, pensei.

— E foi a *isso* que dediquei vinte anos? Cá estou eu com quase trinta e cinco, e não sei quem sou além de esposa de Robert Carter e mãe de Rob Júnior e Lexington. Isso é simplesmente patético.

Lexi tomou outro longo gole de sua bebida, quase ao ponto de eu ouvir a mistura de ar e líquido que conseguiu extrair.

— E o babaca do Rob está por aí mentindo e traindo, porra. Dá pra imaginar? — Lexi me dirigiu aquele olhar questionador de pergunta retórica de novo. — Então, respondendo à sua pergunta, não estou nem um pouco pronta para deixá-lo voltar. Preciso de um tempo... e de respostas.

Não esperava que essa Lexi surgisse, mas sorri com uma pontada do que só podia identificar como orgulho ao vê-la se posicionar por si mesma. *Bem-vinda, velha amiga, bem-vinda.* Lexi tinha dito palavras boas o bastante para ficarem no ar por um tempo. Enquanto isso, acenei para o garçom e pedi minha bebida e um refil do drinque menos calórico de Lexi. Minhas notícias tinham se perdido no drama pessoal dela, mas era compreensível. Mesmo se esta noite não fosse muito uma celebração das minhas conquistas, ouvi-la falar assim tinha sido quase como uma recompensa.

— Então, garota, me conte sobre hoje! — Lexi mudou de assunto, aparentemente lendo a minha mente. — Você conseguiu a promoção... Como foi a reação do Scott Stone? — Ela deu uma risadinha maliciosa.

Fiquei aliviada de ser a minha vez de falar. Precisava dar a volta da vitória bem merecida ao lado da minha melhor amiga.

— Garota, foi uma loucura! — falei. — Em primeiro lugar, de todas as pessoas, peguei o elevador com ele e aquele seu jeitão arrogante. Ele não está se achando tanto agora, não é mesmo? Tentou fazer uma jogada mental, para eu não me sentir digna do cargo, sabe?

— Não, ele não fez isso! — Lexi exclamou com descrença.

— Sim, e foi horrível. No momento em que entrei na reunião, ele quase me convenceu de que eu iria trabalhar para ele! Quando chegou a hora, porém, Chris disse meu nome, e não o dele!

— Claro que ele fez isso! — Lexi afirmou, oferecendo-me a palma da mão.

— Bate aqui! — pedi.

— E amém, garota! Isso é uma grande bênção. Estou tão feliz por você!

MULHERES NEGRAS NÃO DEVERIAM MORRER EXAUSTAS

—Obrigada! Ainda estou processando tudo. Aí Chris, nosso diretor de notícias, me chamou em seu escritório. Pensei que estivesse prestes a ter um daqueles momentos que levam a denúncias escandalosas de assédio sexual — falei, e Lexi arregalou os olhos. — Mas ele só parecia estar tentando me encorajar, ou me orientar. Nem sei direito.

— Bem, o que ele disse?

— Ele basicamente disse que Scott tinha me superado e que eu precisava ser mais assertiva.

—Assertiva? Você sabe o que acontece quando você é *assertiva*, certo?

— Exatamente! Basta ser um pouco mais assertiva para ser considerada *agressiva* demais!

—O que a Janelle Monáe disse? Que é como uma corda bamba?

— Exatamente. Mas veja só... Chris disse que ganhei a promoção porque ele acreditou mais na *minha* perspectiva e no *meu* potencial, e que *agora* tenho de *provar* isso a mim mesma.

Lexi riu sem nenhum traço de entusiasmo.

— Mas não temos sempre de provar algo a nós mesmas? — ela indagou, enquanto nossas bebidas chegavam à mesa.

Nós duas rimos.

— E o que você disse a Marc? Vocês voltaram a se falar? Ou está só fazendo visitas regulares ao *médico* por enquanto?

—Não muito, e também não fui muito legal com o dr. Todd. Cancelei nosso encontro no sábado para sair com Marc. E acabou *mal* — contei, cometendo o maior eufemismo do ano. — Ele me levou ao limite. Menina, o Marc está sem noção. Ele teve coragem de desabafar, mas só para *depois* dizer que não acha que quer se casar nem ter filhos! Eu fiquei tipo: "Então, o que está fazendo aqui?". Sei que acabou.

— Você só pode estar brincando — disse Lexi.

— Não, sério.

— E quanto a Todd?

Suspirei.

— Garota, não sei. Quero gostar dele, mas investi muito tempo em Marc. Tem alguma coisa nele que me pega, sabe?

— Por tudo que já ouvi, Todd é um cara ótimo. Rob disse que você seria muito... Bem, ele disse que você não daria chance ao Todd.

— Ele disse que eu seria muito o quê?

— Não importa o que Rob disse. Ele está tendo uma vida toda secreta, embora tenha uma esposa e dois filhos em casa. Obviamente não é alguém a quem devemos ouvir. Se quiser tentar se acertar com Marc, vai precisar descobrir como. Se quiser tentar ver o que pode acontecer com Todd, eu fiz a minha parte. — Lexi levantou as mãos para o ar, dando de ombros.

— Marc está *viajando*. Estou apenas confusa.

— E é normal que *esteja*, Tab! Mas não seja burra, você precisa ligar para o Todd. Ele é um cara mais legal que Marc, juro. A *cara de pau* desse Marc em ficar desperdiçando seu tempo assim. Ele *sabe* que você quer uma família! Honestamente, essa é uma das razões pelas quais ainda estou pensando sobre o que fazer com Rob. *Não* estou procurando um namoro. Os homens perderam a cabeça! E mais: nem saberia onde começar a procurar.

Lexi estava certa, e eu não tinha nenhuma resposta, apenas mais perguntas. Sabia que ainda queria que Marc caísse em si. E sabia que desejava querer Todd, mas como poderia começar algo novo quando meu coração estava plantado em outro lugar?

— Bem, provavelmente é muito cedo, para nós duas. Apenas saiba que, quando estiver pronta, há vários tipos de aplicativos. Vou te mostrar. Você terá um encontro em algum momento... Isto é, se quiser um, Sexy Lexi — falei com um sorriso malicioso.

— Ah, melhor eu perder uns quilinhos primeiro — disse Lexi com uma meia risada constrangida. — Posso não ser capaz de voltar ao meu visual Sexy Lexi, mas posso pelo menos ficar gata para a minha idade.

Com isso, nós duas rimos.

MULHERES NEGRAS *NÃO* DEVERIAM MORRER EXAUSTAS

Era bom ter a minha amiga de volta. Ainda podia ver a tristeza atrás dos seus olhos, mas também algo muito mais radiante que fazia tempos que eu não via. Esperava que aquela coisa, fosse o que fosse, tivesse vindo para ficar, e crescesse ainda mais. E, se Lexi se tornar uma versão melhor de si mesma significasse que eu estava errada sobre Rob voltar logo para casa, eu ficaria feliz em ter errado meu palpite. Seria por uma ótima causa.

Eu havia enviado uma mensagem para Laila antes, contando-lhe sobre a minha promoção. Saindo do Post & Beam, fiquei surpresa por ela não ter respondido. Pensando bem, ela vinha se comunicando menos do que de costume, e sem uma boa explicação para isso. Imaginei que estivesse passando mais tempo com seu Mr. Big, o *marido de outra pessoa*. Laila estava brincando com fogo, e, mesmo no dia da minha vitória no campeonato pela promoção, isso ainda me preocupava. Mandei outra mensagem assim que saí do bar, pedindo-lhe que entrasse em contato, e tentei tirar o assunto da cabeça. Se eu não tivesse notícias dela pela manhã, ligaria para ela.

22

Enfim consegui falar com Laila, que não me explicou propriamente por que tinha sumido nas últimas semanas, mas concordou em me encontrar na academia para nosso treino habitual na manhã do sábado. Desta vez, quando Lexi disse que nos encontraria lá, realmente acreditei nela. Laila era muito menos crédula. Ficamos esperando até dez minutos antes do início da aula.

— Acha mesmo que ela vai vir, Tab? Lexi não veio em sábado nenhum — afirmou Laila.

— Ela disse que viria! Bem, quando a vi na semana passada, ela estava bebendo vodca com refrigerante. Você já viu Lexi beber vodca com refrigerante?

— Não... — disse Laila. — Mas isso é muito bom. Vamos ligar para ela e descobrir, porque estou prestes a entrar e pegar meu lugar antes que alguém o faça.

Peguei meu telefone e disquei o número de Lexi. Ela atendeu no segundo toque, e parecia sem fôlego. Laila e eu ficamos passadas, antes mesmo de percebermos o que estava acontecendo.

— Alô — ela atendeu, ofegante.

— Hum, Lexi? — falei. — O que está fazendo? Devemos ligar outra hora? Parece que você está no meio de algo... pessoal.

Lexi riu, ainda sem ar.

— Garota — ela sussurrou em meio à respiração entrecortada —, estou na bicicleta ergométrica de casa. Não... vou... conseguir. Ir. Hoje — ela disse por fim.

— Pelo menos você está suando! — exclamei.

— Para mim, parece que está dando uma guinada! — Laila comentou atrás de mim.

Tentei não rir ao telefone.

— Eu te falei... Não estou brincando — Lexi arfou.

Depois de duas respirações entrecortadas, ela continuou:

— Rob... Não. Conseguiu. Ficar. Meninos. Vejo. Você. Denisha.

Fiquei feliz em saber pelo outro lado da linha que Lexi estava, pelo menos, conseguindo treinar do seu jeito. Podia não estar malhando com a gente, mas era evidente que queria seu corpo de volta. Despedi-me dela e segui Laila, que já havia entrado na sala de aula.

O treino foi muito difícil e dolorido, naquele dia concentrado em braços e abdominais. Laila, com sua silhueta ágil, em geral era ótima com esses exercícios, suando duas vezes mais. Mas hoje ela estava se poupando, fazendo movimentos leves e apenas metade das flexões.

— Garota, por que está enrolando? — perguntei. — Não me diga que está com medo de desarranjar o cabelo! — sussurrei brincando, olhando para os *dreads*.

Em geral, Laila era minha inspiração para eu me esforçar mais. Hoje, eu a estava superando de longe.

— O que há de errado com você? Está grávida ou algo assim? — brinquei com ela.

Ela olhou para mim, séria.

— Pode ser.

Que diabos?

MULHERES NEGRAS *NÃO* DEVERIAM MORRER EXAUSTAS

— Pode ser?

— Pode ser, mas é provável que não. Estou apenas aguardando — disse ela de modo casual.

— Aguardando a menstruação?

— Algo assim.

Algo assim? Esperava que Laila não estivesse dizendo o que pensava que ela estava. O pensamento me distraía da minha queima de calorias, então o deixei de lado. Consegui passar uma hora transpirando muito; por fim, chegou o momento de parar e me enxugar.

Meu cabelo tinha se tornado uma nuvem, apesar do rabo de cavalo que eu tinha feito antes da aula. A meu favor, eu tinha o horário com Denisha para dali a apenas algumas horas. Laila ficou ao meu lado bebendo de sua garrafa de água, com pequenas áreas de suor aparecendo na blusa.

— Menina, o que há com você? — perguntei.

Laila se enxugou mais do que o necessário, mas enfim respondeu:

— Não acho que estou grávida, Tab — Laila disse com relutância. — Mas a realidade é que não estou fazendo o que preciso fazer para ter certeza de que não estou.

— Laila, ele é casado.

Esforcei-me ao máximo para não dar a impressão de que a estivesse julgando.

— Por favor, não se esqueça disso. Estar do outro lado dessa merda não é nada legal. Vai por mim.

— Eu sei — disse Laila, resignada. — A coisa toda é uma bagunça, mas estou nisso agora, então apenas tento administrar, dia após dia.

— O que há para administrar? — perguntei.

— Meus sentimentos, por exemplo — respondeu Laila. — No momento em que soube que ele era casado, já era tarde demais para desistir de como eu me *sentia*. Continuo tentando, mas não é fácil, Tab, realmente não é.

Pensei nesse cara e na ideia de ele andar por aí sem a aliança, apresentando-se como solteiro, mesmo não estando disponível. Era um comportamento tão egoísta, porém tão comum. Tentei imaginar meu pai fazendo isso, conhecendo Diane, e Diane sendo inocente, de alguma forma. A imagem não combinava. Podia ver Rob fazendo o mesmo, porém, combinava cem por cento. Com certeza, era algo que Rob faria. Perguntei-me se era com isso que a namoradinha dele lidava. Ela devia estar bastante chateada para ter entrado em contato com Lexi pelo Instagram. Não desejava de jeito nenhum que Laila tivesse de lidar com alguma esposa enlouquecida procurando pelo marido.

— Mas e a família dele? — perguntei.

— O que tem a família dele? — Laila retrucou com rapidez. — Não conversamos sobre isso, e, falando sério, a família dele é responsabilidade *dele*, não minha — afirmou ela em um tom áspero. — Olha, sei que não é certo, que não é o ideal, mas já estou no meu limite com tudo o mais que estou lidando. Cada vez que penso em terminar com ele, fico triste, insuportavelmente triste. Então, não estou pensando nisso agora. Estou apenas seguindo o fluxo. Levando um dia de cada vez. Isso vai se resolver por si só. — Ela se curvou para baixo para se alongar, como para deixar bem claro que queria mudar de assunto. — Chega de falar do Mr. Big, garota! Nem é divertido falar disso. Conte-me sobre sua promoção! Parabéns!

Ela me deu um grande abraço.

— Ai, credo! Estou tão suada! — exclamei, tentando retribuir o abraço, mas recuando ao mesmo tempo.

— Tudo bem, já estamos indo tomar banho. Posso aguentar um pouco do seu suor fedido em mim por cinco minutos. Além disso, assim fica parecendo que treinei mais pesado — brincou Laila com um sorriso.

— A promoção foi legal... — eu disse. Estava um pouco cansada de contar a história, mas queria saber a opinião de Laila sobre a parte que eu ainda não entendia. — Foi legal até Chris me dizer que me promoveu em vez do Scott apenas por causa do meu potencial, e que eu precisaria fazer por merecer esse lugar.

MULHERES NEGRAS *NÃO* DEVERIAM MORRER EXAUSTAS

— Bem, você não ganhou o lugar quando conseguiu a promoção? — Laila perguntou, parecendo genuinamente confusa.

— Pois é, foi isso que pensei! Mas ele disse que Scott tinha se esforçado mais do que eu, que passava por cima da minha fala nas reuniões, e que eu precisava ser mais assertiva e me fazer ouvir.

— Caramba. Que loucura. Mas parece que ele está do seu lado — ponderou Laila, coçando o couro cabeludo entre os *dreads*. — Gostaria de ter tido alguém assim na minha carreira, pra variar. Ninguém percebe o que eu faço, não tem jeito. Eu mataria alguém por cinco minutos de um bom *feedback*.

— Acho que tem razão — falei desconfortavelmente, tentando processar a nova perspectiva. — Bem, você, eu e Lexi precisamos nos reunir e conversar. Tem muita coisa acontecendo nos últimos tempos. — Lembrei-me do meu rompimento com Marc e que Lexi estava vivendo algo muito importante e não tinha contado para Laila. Queria deixá-la fazer isso por si mesma, em vez de contar na academia. Ao mesmo tempo, não gostava da sensação de mentir para Laila. Uma separação entre Lexi e Rob era algo que Laila com certeza esperava ficar sabendo o quanto antes.

Laila e eu combinamos de nos encontrar na semana seguinte, enquanto íamos para o carro no estacionamento. Trocamos um abraço e depois seguimos caminhos separados, como sempre fazíamos. Tudo dentro da normalidade. Então, como eu poderia saber que uma tempestade estava se formando?

23

Às vezes eu me cansava de ir ao salão de Denisha, sábado após sábado, só para deixar meu cabelo "apresentável", a anos-luz de sua condição natural. Meu horário sagrado no cabeleireiro era o que eu tinha de mais próximo de uma religião, e, naquele dia, decidi me tornar uma herege.

— Vamos cortar tudo — falei para Denisha, em parte de brincadeira, em parte falando sério.

— Garota, todo esse cabelo longo e bonito que você tem? — Denisha disse. — O que precisa fazer é me deixar apresentar alguns cortes. Ficariam tão lindos na TV — e isso foi o suficiente, apenas um simples lembrete de por que eu estava ali, toda semana, sem falta, na cadeira de Denisha. Não poderia "deixá-lo ao natural", não poderia usar tranças nem aderir ao estilo de Laila, cujo nome era público, mas cuja aparência estava sempre escondida com segurança atrás de uma tela de computador. Invejava sua liberdade e autenticidade.

Pouco mais de três horas depois, estava a caminho de Crestmire, com meu cabelo "solto e comportado", como minha mãe gostava de chamá-lo. Denisha passou a maior parte do tempo sugerindo ideias de matérias, a maioria delas capaz de arrancar risos na reunião de pauta. Ainda estava em busca da minha "perspectiva", como Chris a havia chamado. A maior quebra na minha rotina veio de Lexi, que parecia surpreendentemente agitada e por fim admitiu que tinha um encontro. Ela havia instalado um aplicativo de namoro no celular para "praticar" e tivera a sorte de encontrar alguém interessante. O novo compromisso de Lexi com o condicionamento físico e drinques *light* tinha começado a valer a pena, e ela estava muito bem. Conversamos sobre talvez ir ao cinema, mas, já que ela tinha outros planos, minha noite estava livre.

Encontrei Vovó Tab e a sra. Gretchen no apartamento de minha avó desta vez. A sra. Gretchen estava em movimento, as unhas amarelo-neon piscando enquanto preparava chá para as duas. Vovó Tab estava sentada no sofá.

— Ei, ei! — berrei assim que apareci à porta.

Fui recebida com entusiasmo.

— Dupla, estou morrendo de vontade de perguntar a você! Como foi seu encontro?! — a Vovó Tab indagou antes mesmo que me afastasse do abraço dela.

— Ah, Vovó Tab, não foi muito bem.

— Isso é muito ruim, querida — lamentou ela, com uma expressão de desapontamento. — Ele não disse que queria reatar?

— Sim, nos termos dele — murmurei.

— E você o mandou catar coquinho! — disse a sra. Gretchen. — É isso aí, garota — ela me deu um sinal de positivo.

— Bem, algo assim — afirmei. — No começo, ele realmente se abriu para mim. Compartilhou coisas da família dele, do pai... — Fiz uma pausa, em dúvida sobre se deveria manter o segredo de Marc ou contar tudo. — O pai dele... tem problemas com bebida. Ele disse que a situação familiar era caótica, turbulenta mesmo, e que ele... estava com medo de seguir em frente com casamento e filhos.

— Oh, querida — falou Vovó Tab.

MULHERES NEGRAS *NÃO* DEVERIAM MORRER EXAUSTAS

— Bem, o que isso tem a ver com você? — perguntou a sra. Gretchen.

— Não sei, talvez ele não quisesse que eu levasse para o lado pessoal? Pensei que...

A sra. Gretchen me interrompeu:

— Que horroroso. Abusando da sua compaixão e humanidade desse jeito. Esse é o mais baixo dos golpes baixos.

— A senhora acha? — perguntei. — Quer dizer, no início, senti que ele estava me usando. Mas, como não nos falamos por um tempo e tive tempo para pensar, achei que fosse uma forma de nos aproximar... bem, que pelo menos a parte de compartilhar fosse.

— De aproximar vocês? — disse a sra. Gretchen. — Aff. Isso é uma armadilha. Eles se abrem emocionalmente e começam a pedir que a gente abra mão de tudo o que queremos. Fazem você esquecer o que quer realmente. Esse pinto agradável vai fazer isso com você também, se não prestar atenção.

— Gretchen!

— Tabitha! — a sra. Gretchen zombou de minha avó, em sua habitual brincadeira de indignação fingida.

— Talvez ele mude de ideia — disse a Vovó Tab. — Mas acho que não faria sentido ficar esperando por ele até que o faça, concordo com isso. Não coloque todos os ovos na mesma cesta.

Pensei sobre Todd novamente. Ele não tinha ligado mais, nem eu. Talvez eu precisasse mudar essa dinâmica. Vovó Tab interrompeu meus pensamentos:

— E a promoção? Você disse que conseguiu. Estou tão orgulhosa!

Meu entusiasmo decaiu um pouco. Ela estava tão animada que quase me senti envergonhada de contar a ela toda a verdade sobre o que tinha acontecido. Mas minha avó era meu porto mais seguro.

— Estou animada, mas ainda um pouco confusa. Só faltou meu chefe falar que fui promovida por ser negra.

Minha avó piscou os olhos azuis para mim, surpresa.

— Bem — a Vovó Tab disse lentamente —, pelo que *já* vi na vida, é ótimo que alguém receba algo *bom* por ser negro.

— Mas, Vovó Tab, se for esse o caso, isso me faz sentir que não tenho talento, como se não fosse boa o suficiente para conseguir o cargo por conta própria.

— Só um *tolo* pensaria que tudo o que fez foi por conta própria, Tabby — disse Gretchen. — Ninguém consegue nada sozinho... Pelo menos, não coisas que valham a pena.

— Dupla, se soubesse quanto as coisas mudaram, não sei se estaria pensando muito sobre esses detalhes que você não pode controlar. É melhor apenas aceitar o que estiver chegando de bom para você — disse Vovó Tab, ajustando sua posição no sofá e colocando os pés na poltrona.

Oh, não, inchaço de novo. Ela continuou:

— Lembra-se de minha amiga de infância, a Evelyn? Aquela que era minha vizinha e me levava aos bailinhos? Bem, ela ganhou o prêmio de melhor aluna, e quer saber? Ela não podia sequer frequentar a faculdade que ficava na nossa cidade natal. Teve de ir para uma escola de negros, a quinhentos quilômetros de distância, a West Virginia State. Era isso que ela *merecia*? Eu já contei pra você, Dupla: quando jovem, costumava pensar comigo que *mulheres negras certamente morrem exaustas.* Tantas batalhas a enfrentar, desde a segregação, com Jim Crow, que presenciei em primeira mão, até a luta pelos direitos civis, que persiste até hoje. Sei que é coisa demais — ela falou, exibindo preocupação no rosto enrugado.

— Toda essa bobagem sobre estar exausta, Tabitha! — a sra. Gretchen a interrompeu. — Sempre digo que nunca devemos morrer de exaustão de tanto tentar atender aos desejos dos outros! — Como se fosse sua deixa, a chaleira no fogão começou a apitar.

A sra. Gretchen a pegou.

— Seja qual for a vida em que você conseguir botar as mãos, é preciso vivê-la ao máximo. Quando morrer, quero derrapar para o céu como a última roda que sai rolando — disse Gretchen com o sorriso do gato de Cheshire. Não dava para deixar de rir. Ela fez um gesto para

MULHERES NEGRAS *NÃO* DEVERIAM MORRER EXAUSTAS

mim. — Tabby, venha tomar um chá com a sua avó. Você sabe que esta é a minha hora de correr com os meus afazeres. Vá em frente e pegue minha xícara.

Ela deu uma piscadela enquanto juntava seus pertences.

— Tabitha, vejo você mais tarde. — A sra. Gretchen lançou um olhar direto para minha avó, disse tchau e saiu correndo porta afora.

Peguei os saquinhos de chá Lipton, despejei a água quente e trouxe as duas xícaras até o sofá para me sentar ao lado de minha avó.

— Essa Gretchen, vou te contar... Ela está sempre dizendo algo, sempre fazendo algo. Ela é demais para qualquer um — a Vovó Tab disse com um sorriso.

— Ela sempre foi assim? — perguntei.

— Sempre. E acho que será até o último dia.

Pensei em Alexis. Não conseguia nos imaginar separadas, como Vovó Tab e sua amiga Evelyn.

— Vovó Tab, você ficou triste quando sua melhor amiga teve de ir embora para a faculdade?

— Fiquei, Dupla. Foi *terrível*. Eu era apenas uma estudante medíocre, mas foi o suficiente para entrar na universidade local, próxima de casa. Nunca entendi como alguém tão brilhante e inteligente como Evelyn teria de ir para tão longe, apenas por conta da cor de sua pele. É por isso que, quando engravidei do seu pai, sabia que não permitiria de modo algum que alguém nos separasse. Nem eu dele, nem seu avô de nós.

— E foi assim que a senhora acabou na Califórnia.

— Sim. Seu avô se juntou ao serviço militar aqui, nos garantindo assim uma renda imediata. Eu estava grávida, tinha dezenove anos e quase nenhuma formação. Você sabe... Naquela época, não era legal nos casarmos onde morávamos. Por isso tivemos de ir para longe da Virgínia Ocidental sem olhar para trás.

— Você não sente falta da sua família? — perguntei.

— Minha família está sentada bem aqui. — Ela deu um tapinha na minha perna. — Do que sentiria falta?

Família. É verdade que Vovó Tab era minha família. Minha família mais próxima. Era estranho ouvir aquilo, que poderíamos ter sido separadas por leis arbitrárias.

— Vovó Tab, posso fazer uma pergunta boba? — indaguei, embora já soubesse que poderia perguntar qualquer coisa à minha avó. Mas, desta vez, o que eu queria saber pareceria estranho, e mais estranho ainda vindo dos meus lábios. — Qual é a sensação de ser branca?

Minha avó absorveu minhas palavras, respirou fundo, tirou os óculos e semicerrou os olhos um pouco, o que me indicou que estava pensando.

— Humm. Já me fiz a mesma pergunta algumas vezes, quando era lembrada disso, na maioria das vezes por pessoas cruéis que me viam com meu filho... seu pai — ela acrescentou com rapidez, tocando meu joelho. — Eu olhava para ele às vezes e me perguntava como poderíamos viver em um mundo que tratava nós dois de maneira tão diferente, quando ele tinha vindo do meu próprio corpo. A cor da minha pele mudava com o sol também, assim como a dele, como a sua, apenas não ficava tão escura, mas, acredite em mim, eu tentei — ela disse com um sorriso, deslizando com suavidade os dedos pálidos pelo meu braço negro-dourado. — Eu ficava pensando: "branco" seria uma textura? Um estado de espírito? Nunca consegui definir. Talvez fosse apenas o que nos disseram que deveria ser, porque nunca me *senti* branca. — Minha avó balançou ligeiramente a cabeça suavemente antes de continuar: — Então, o melhor que posso dizer é que, da maneira como vivenciei, está mais para o que não é do que para o que é. Quero dizer, eu me lembrava de que era mulher o tempo todo, mas branca? — Ela levou a mão ao rosto e esfregou a bochecha. — Às vezes, quando não há atrito, nenhum lembrete do que você não pode fazer, parece um vazio que precisa ser preenchido por algo, desesperadamente. Que precisa ser preenchido para que *haja* algo. Seu pai, você... minhas netas, vocês têm sido o que há de mais importante para mim. E não sei se há muito mais além disso.

Ficamos paradas por um momento depois disso, ambas contemplando suas palavras. Demorou algum tempo até que ela falasse de novo.

MULHERES NEGRAS *NÃO* DEVERIAM MORRER EXAUSTAS

— Nunca pensei em pedir isso a ninguém, nem mesmo ao seu pai, que eu acompanhei a vida inteira. A sua também. Acho que pensei ter entendido com base na observação. Nunca me ocorreu como é uma atitude tola deixar de perguntar, até agora. Acho que deveria perguntar a você, Dupla, como é ser negra? Você se considera assim, negra?

Ri um pouco ao responder.

— Não acho que eu tenha muita escolha, Vovó Tab — falei com um sorriso. — De me considerar não negra, quero dizer. A sociedade bate o olho em mim e vê uma mulher negra, não importa o que eu tenha a dizer sobre isso.

— Suponho que esteja certa, Dupla — disse Vovó Tab pensativamente.

— Como é ser negra? — prossegui, tentando pensar e continuar a conversa. Honestamente, tinha pensado na questão antes, mas não enquanto a vivenciava. — Posso dizer que seu pensamento, sobre isso ser exaustivo, às vezes parece certo. Um monte de coisas torna isso quase sempre exaustivo. Porque tudo de ruim na sociedade tem a ver com você, mas, quando se trata de algo bom, nada tem a ver com você. Sinto que não sou o suficiente e que sou demais, tudo ao mesmo tempo. E, algumas vezes, ser negra é estimulante... Porque *toda* coisa boa que acontece parece uma vitória, mesmo as pequenas. Porque você é constantemente lembrada de que é um *outro*, então você sabe que tudo que acontece de bom acontece *apesar disso*. Portanto, há celebração, há alegria. — Fiz uma pausa para pensar. Parecia tão complicado. Esforcei-me para encontrar mais coisas, nas partes mais profundas, ocultas nas sombras do meu espírito... Os segredos. — E também há o vazio... Um tipo diferente do que você descreveu, contudo. Uma necessidade de... validação, talvez de ser vista, aprovada como um indivíduo, e não apenas um monólito. E um desejo de saber que, se eu seguir todas as regras, colherei os frutos, assim como qualquer outra pessoa. E, por *qualquer outra pessoa*, quero dizer pessoas *brancas*.

— Meu coração dói em pensar nisso às vezes — Vovó Tab disse com suavidade. — Quando seu pai era apenas um bebê, eu o carregava em meus braços e me sentia tão impotente. Eu o amava tanto e queria que o mundo o amasse também. Por que eles não amam?, eu me perguntava. Era ingênua naquela época. — Ela se virou, pensativa, permitindo que o peso de uma vida inteira de memórias pousasse em seus ombros. Ela se virou para mim com lágrimas nos olhos. — Nem sempre pude protegê-lo.

Tive vontade de abraçá-la, mas estava com o chá quente no colo.

Ela logo enxugou as lágrimas.

— Poderia pegar para mim um lenço de papel, Dupla? — ela pediu antes que eu pudesse me mover em sua direção. — Parece que há algo no meu olho.

Voltei com o lenço na mão, entreguei-lhe e sentei-me de novo. O momento tinha permitido que ela se recompusesse por si própria. Pensando bem, a única vez que eu já tinha visto a Vovó Tab chorar foi quando fui para a faculdade. Ela disse a mesma coisa naquele momento: "Acho que há algo no meu olho". Sorri diante daquela lembrança.

— Vovó Tab — eu disse —, posso fazer outra pergunta?

— Claro, querida.

— Se a senhora pudesse — comecei, pensando enquanto falava as palavras estranhas —, a senhora escolheria ser negra, como eu e meu pai?

Vovó Tab soltou um suspiro profundo, desta vez tão profundo que pude ver seu diafragma envelhecido lutando para se expandir, sucumbindo na inspiração final. Ela parou por mais um momento antes de começar a falar.

— Acho que não — respondeu. — Tenho certeza de que não teria durado tanto tempo se fosse. — Ela fez uma pausa para sorrir para mim. — Existe um mundo que não vou fingir que compreendo. Só me lembro de secar as lágrimas e de sentir o pânico de querer proteger aqueles que eu amava de um mundo que decidiu odiá-los. Lembro-me do medo, pensando que iria ser separada do seu avô quando mais importava, quando ele era tudo o que seu pai e eu tínhamos. Isso foi

MULHERES NEGRAS *NÃO* DEVERIAM MORRER EXAUSTAS

difícil. Mas não precisava carregar essa questão na pele todos os dias. Não tenho como dizer que sim — ela disse, buscando meu rosto.

Seus olhos cor de jeans pareciam pequenos oceanos à medida que se enchiam de água. Ela os enxugou com outro lenço de papel, e só então percebi que ela tinha pegado a minha mão.

— Dupla, você não tem que responder isso se não quiser, mas vou perguntar do mesmo jeito — ela disse, apertando minha mão. — Se pudesse... se tivesse a escolha de ser branca, para que o mundo a visse como branca, você teria preferido? — ela perguntou.

Enquanto eu pensava sobre isso, imagens passaram pela minha mente, do oficial Mallory, de Chris, de Diane, de minha mãe, de meu pai, de Scott Stone e Lisa no trabalho, de Marc e até mesmo de Todd, e depois Laila, Alexis e meu afilhado Lexington, com seus enormes olhos de corça. Levei um momento para considerar minhas próximas palavras. Falei tanto para mim como para minha avó:

— De alguma maneira, ser negra não é quem eu sou, pelo menos não tudo o que sou. Mas sei, de alguma maneira, que isso me tornou quem sou. Então eu não trocaria, Vovó Tab. Gostaria de continuar sendo quem eu sou.

Vovó Tab apertou minha mão mais uma vez, abrindo seu maior sorriso. Sorri em resposta. Não disse isso, mas ela também tinha me feito quem eu era.

— Sabe, Tabby, eu queria te contar. Gretchen, Deus a abençoe, ela sempre tem algo a dizer. Gostaria de ter tido um pouco da coragem dela quando era mais jovem.

Sorri de novo, imaginando uma jovem Vovó Tab. Ela me encontrou com um olhar de seriedade que me fez enrijecer um pouco, na expectativa do que estava para contar.

— Mas preciso dizer que discordo de Gretchen com relação a Marc. Às vezes é muito fácil dispensar uma pessoa, Tabby. Às vezes, ele toma más decisões que a fazem esquecer de que se trata de um homem com um futuro pela frente. As pessoas podem mudar. Bem, se ele continuar tentando. E esse é o *tipo raro*, Dupla. Não o cara que tem tudo planejado, mas aquele que continua tentando resolver suas questões.

— Mas, Vovó Tab, a senhora não acha que ele está me fazendo perder tempo? Ele disse que não quer se casar nem ter filhos! — lamentei.

— Pelo que ouvi, ele disse que ainda não sabe — Vovó Tab falou. — Não estou dizendo que deva esperar. Pode ser que a melhor coisa seja mesmo seguir em frente. Talvez você só precise namorar outra pessoa por um tempo. Às vezes um homem tem de ficar com os demônios dele por um tempo, e você não precisa estar lá por isso. Viva sua vida, Dupla, mas dê a ele a chance de voltar atrás. Isso é tudo o que estou dizendo. Seu Marc talvez seja o tipo raro.

— Vou pensar nisso, Vovó Tab, realmente vou — respondi para ela.

— Seu pai é do tipo raro — as palavras dela me pegaram de surpresa. *Meu pai?*

— Eu acho que não, Vovó Tab — eu disse. — Suas atitudes sempre me pareceram bem repetitivas.

— Isso porque você nunca deu a ele a chance de mostrar — disse Vovó Tab. — Por que você nunca aparece para jantar?

— A senhora sabe que os fins de semana eu passava com Marc — eu disse, mais na defensiva do que eu gostaria. — Eu não podia ir — complementei meio hesitante.

— Mas agora você pode — Vovó Tab ressaltou. — Vá hoje à noite, por mim.

Eu pensei a respeito. De maneira geral, eu faria qualquer coisa pela minha avó. Mas isso era pedir muito. Como ela nunca me pedia nada, porém, e estava certa nesse caso, eu poderia ir dessa vez. Acho que eu também queria conversar com o meu pai e saber sua opinião sobre o que Chris me havia dito. Eu teria que lidar com a Diane, mas o conselho poderia valer esse sofrimento.

— Está bem — eu falei para Vovó Tab. — A senhora tem razão. Hoje à noite, eu posso. Eu vou. Só por você.

Vovó Tab inclinou-se para frente e me envolveu em um abraço.

MULHERES NEGRAS NÃO DEVERIAM MORRER EXAUSTAS

— A senhora quer ir comigo para Calabasas? — eu perguntei.

O rosto dela ficou desanimado.

— Eu bem que queria, querida. Eu adoraria ver todos os meus bebês juntos, no mesmo lugar. Mas eu prometi a Gretchen que eu e ela jantaríamos juntas e depois veríamos Netflix.

— Vovó, a senhora e a Sra. Gretchen vão maratonar séries na Netflix? — eu perguntei com uma risadinha.

— O que é isso? — Vovó Tab perguntou.

— Nada — eu disse, sorrindo. — Nada.

24

A voz robótica do meu aplicativo de navegação anunciou que a saída para a casa do meu pai, em Calabasas, estava a menos de um quilômetro. A sensação calorosa de aquilo ser uma boa ideia já havia desaparecido dez quilômetros atrás. Um pavor genuíno havia se infiltrado em meu carro e agora estava amarrado com firmeza ao banco do passageiro, sua mão úmida envolta na minha. Cheguei à guarita em frente aos portões gigantescos que vedavam a entrada na comunidade. Com tanto tempo de carro para chegar ali e o custo de vida nesta parte dos subúrbios de Los Angeles, não conseguia imaginar quem os portões de fato impediam de entrar. A pessoa que realmente precisava de um portão de segurança era eu, ao redor do meu prédio no centro da cidade.

— Olá — disse ao guarda, baixando a janela. — Estou indo para a residência dos Walkers.

— Seu nome, por favor? — ele me perguntou educadamente, segurando uma prancheta.

— Tabitha Walker.

— A senhora pode apresentar sua identidade? — ele perguntou.

Entreguei para ele, que comparou com a folha de papel branca na prancheta.

— Só um segundo. Preciso verificar uma lista diferente.

Ele voltou para a pequena guarita de ladrilhos espanhóis cor de cobre e começou a folhear uma pilha de papéis em uma caixa sobre a mesa. Não devia ter encontrado o que procurava porque folheou duas vezes e depois caminhou de novo até a minha janela e me devolveu a identidade.

— Sinto muito, senhora, vou ter que ligar para a casa e obter uma aprovação dos Walkers. A senhora não se encontra na lista pré-aprovada, nem na lista da família.

Estou vendo que não mesmo. Disse a ele que tudo bem e esperei com paciência enquanto ele ligava para a casa do meu pai. Fiquei observando os portões, com seus detalhes ornamentados em ferro forjado pintados da mesma cor acobreada da guarita. Ouvi o fraco som da voz de Diane flutuando entre o espaço do telefone e sua orelha. Por fim, os sofisticados portões de ferro se abriram para me engolir.

Dirigindo até a casa do meu pai, percebi que tinha me esquecido de como era bonito ali, da beleza de toda a vizinhança. Ou, talvez, apenas tivesse empurrado isso para fora da minha mente. Carrões esportivos europeus pontilhavam a rua, fazendo as vezes de decoração em frente a casas imaculadas. Meu pai e Diane tinham comprado a casa deles no fim de uma rua sem saída antes de Dixie, a filha mais nova, nascer. Minha irmã caçula. Tecnicamente, Dixie era a minha irmã mais nova, assim como Danielle, a mais velha das duas. Foi Danielle quem abriu a porta. Ela tinha treze anos e era quase tão alta quanto eu. Mais alguns centímetros, ela me alcançaria. Tinha a mesma silhueta longa, plana e esguia que eu exibia naquela idade e, olhando para seu rosto, ela quase podia ser minha irmã gêmea de olhos castanhos e pele clara. Mesmo com essas características, Danielle mostrava muito mais da nossa etnia do que Dixie, que quase poderia ser um clone de Diane. Dixie desceu os degraus até o saguão enquanto Danielle gritava:

MULHERES NEGRAS *NÃO* DEVERIAM MORRER EXAUSTAS

— Pai! Tabby está aqui! — Danielle voltou a olhar para mim, parada à porta. — Vai entrar? — ela perguntou com o sarcasmo adolescente de costume, de quando você pensa que é mais inteligente do que todos, incluindo a idiota da irmã mais velha.

Irmã mais velha... Eu sou a irmã mais velha dessas meninas.

— Papai está no escritório dele. Mamãe está na cozinha — Danielle avisou enquanto se virava para atravessar o piso de mármore em direção à parte de trás da casa.

— Tanner está aqui neste fim de semana? — perguntei.

Ele morava fora, fazendo faculdade, mas, caso tivesse decidido fazer uma visita, eu já me prepararia para a surpresa.

— Ele só vem para casa nos feriados — Danielle respondeu sem virar a cabeça na minha direção.

Meu suspiro de alívio foi interrompido por outra voz ecoando no *hall* de entrada.

— Oi, Tabby! — Dixie gritou enquanto descia as escadas.

Exceto pelo nosso nariz, que compartilhávamos com nossa avó, ninguém pensaria que Dixie e eu éramos parentes, quanto mais meias--irmãs. Em sua aparência, todos os genes caucasianos de ambos os lados convergiram em uma morena de olhos azuis brilhantes, cabelos lisos, de pele dourada pelo sol, que jamais seria questionada se tentasse ir para a universidade local da Vovó Tab naquela época. Ela correu para mim, aparentemente alheia ao fato de que éramos quase estranhas, quase um ano desde a última vez que tínhamos nos visto, e deu um abraço desajeitado, enlaçando minha cintura. Abraçando-a também, afastei uma pequena pontada de arrependimento por não a conhecer melhor. *Culpa da Diane*, minha mente me deu como a saída perfeita para o arrependimento.

— Ei, Dixie! — falei, ainda abraçando-a. — Como você está? Como está a escola?

Ocorreu-me que eu sabia menos o que perguntar a ela do que a Rob Jr. ou Lexington, que, na verdade, não eram tão distantes dela em idade. Felizmente, meu pai me tirou da saia-justa de ter de começar uma conversa com a pequena alienígena de nove anos. Ele encheu a entrada com sua voz estrondosa.

—Tabby! Estou tão feliz por você ter vindo! — Parecia genuinamente animado enquanto saía do escritório e se aproximava de mim, os braços já estendidos para me dar um grande abraço. — Estou tão feliz em ver você, menina!

Meu pai me apertou como se eu pudesse mudar de ideia a qualquer momento e voltar correndo para o conforto do meu apartamento no centro de Los Angeles.

—Olá, papai! — eu o saudei. — Bom ver você.

Foi bom não ter que dizer coisas que não queria dizer. Mesmo que não quisesse exatamente admitir, era mesmo bom vê-lo.

—É maravilhoso ver você! — ele disse com a ebulição de um mestre político. — Vamos, vamos entrando. Diane está na cozinha.

Argh, *Diane*. Enquanto atravessávamos o *hall*, seguindo o mesmo caminho que Danielle percorreu antes, tentei imaginar a cabeça dele repleta de cachos do tamanho de moedas de dez centavos, na tentativa de fazer um legítimo penteado afro patrocinado pela Aqua Net. Tive que sufocar uma risada.

—O quê? — ele perguntou, virando-se para me olhar.

—Nada... Bem, é só que a Vovó Tab me disse que você tentou investir em um estilo afro um dia — contei.

—Ai, Senhor, não aquele desastre. Não posso acreditar que ela tenha contado essa história!

— Papai, você usava um penteado afro? — Dixie falou, olhando para ele.

—Isso foi há muito tempo, Dixie... Na época da faculdade.

— Posso fazer um afro também, papai? — perguntou Dixie com inocência.

Meu pai e eu compartilhamos uma risada entre adultos mais sábios. Esperei para ver como ele iria responder a essa pergunta.

MULHERES NEGRAS NÃO DEVERIAM MORRER EXAUSTAS

— Provavelmente não, Dix — meu pai explicou. — Seu cabelo não é cacheado o suficiente.

— Bem, e se eu quiser? — insistiu Dixie.

— Você vai ter que perguntar à sua mãe — meu pai disse. — Não sei nada sobre penteados femininos.

Ele colocou a mão na cabeça dela, bagunçando o topo das camadas grossas que desciam em cascata por suas costas.

— Mãe! — Dixie gritou, saltando à nossa frente. — Como é que eu faço meu cabelo ficar afro?

Meu pai e eu rimos.

— Ah, meu Deus — disse ele. — Agora vou ter que salvar Diane.

Entramos na cozinha ampla. Diane movia-se de modo frenético entre a ilha central e o fogão, colocando as coisas em bandejas e tilintando, estalando, e misturando-as de todas as maneiras.

— Meninas! — ela chamou Danielle e Dixie. — Vão lavar as mãos e, em seguida, venham preparar a mesa.

Ela limpou as mãos no avental e olhou para mim, sorrindo mais do que me lembro ser seu costume.

— Tabby! Oi! Estou tão feliz por ver você! Ouvi dizer que conseguiria vir para o jantar desta vez. — Ela se aproximou para um abraço. Eu a abracei em resposta, sem entusiasmo.

— Oi, Diane. Sim, também estou feliz por ter conseguido vir. Tenho estado muito ocupada no trabalho... e com outras coisas... — falei, procurando uma desculpa melhor.

— Compreendo. Ouvi dizer que recebeu uma promoção! Parabéns! Estamos todos muito orgulhosos de você.

Ela estava radiante. As notícias correm rápido entre os Walkers. Imaginei minha mãe neste momento, o que ela diria. Tenho certeza de que diria a Diane que ela poderia guardar o orgulho para os próprios filhos. O pensamento me fez sorrir um pouco.

— Obrigada, Diane. Foi mesmo um alívio finalmente ficar sabendo.

Estava me esforçando ao máximo para ser educada. Ela sorriu, e então olhou por cima de mim, para o meu pai.

— Paul — ela pediu —, pode vir me ajudar aqui? Preciso levar um pouco dessas coisas do fogão até a ilha, para servir.

— Ei, querida. Fiz minha parte... Já assei a carne ali na grelha. Que tal eu trazer a carne, e talvez Tabby possa ajudá-la com o fogão? — sugeriu meu pai, mestre em criar momentos estranhos e infâncias difíceis.

— Tabby, você se importa? — perguntou Diane.

— Não, de jeito nenhum — falei, indo ajudar.

Pelo menos ela perguntou com gentileza. Logo tínhamos toda a comida servida e todos circundaram a ilha, preparando um banquete de inspiração mexicana nos pratos.

A conversa à mesa foi educada, mas, principalmente, vazia. Não cheguei perto de nenhum dos assuntos que minhas amigas e eu costumávamos discutir, como política, trabalho ou relacionamento. A maioria dos tópicos foi levantada pelas meninas ou tinha a ver com a vida delas — o que estavam fazendo na escola, quando seria o próximo campeonato esportivo e onde estavam pensando em passar as férias com a família. Apenas esperava pelo fim da refeição, para que eu pudesse chegar ao verdadeiro motivo da minha visita: precisava falar com o meu pai. Como todos tínhamos de limpar a mesa e lavar a louça, arrastei-me para o lado dele, tentando criar privacidade em uma sala cheia de outras pessoas.

— Pai, posso falar com você um minuto? Sozinhos? — perguntei.

Ele olhou em volta surpreso, e depois para mim.

— Claro, Tabby, vamos para o meu escritório. — Então ele gritou: — Meninas, Tabby e eu vamos para o meu escritório conversar um pouco. Já voltamos.

— Posso ir? — Dixie gritou.

— Você pode entrar daqui a meia hora, Dix! — meu pai disse ao vê-la com os olhos de corça e aquela expressão suplicante.

MULHERES NEGRAS NÃO DEVERIAM MORRER EXAUSTAS

— Mas eu também quero falar com a Tabby! — Dixie disse, caminhando para o outro lado.

Suas palavras me surpreenderam. *Ela quer falar comigo?* Fiquei confusa. Não tinha passado muito tempo com as meninas, mesmo depois de Diane tentar me acusar, quando eu estava na faculdade, de não ir vê-las, ou seja, de dar uma de babá. Essa acusação continuou até minha ida para a pós-graduação, e, em parte, fiquei feliz por ficar fora do estado por dois anos, longe da pressão constante das exigências de Diane. Eles começaram a estender os convites aos jantares de fim de semana há alguns anos. Vovó Tab vinha quase toda semana, enquanto eu só ia a alguns por ano. Não era culpa das meninas a maneira como o relacionamento dos pais delas tinha se iniciado. E não era minha também. Mas, ainda assim, nenhum de nós tinha escolha a não ser aguentar as consequências.

Meu pai fechou a porta atrás de nós em seu escritório de mogno escuro com detalhes em madeira clara e gesticulou em direção ao sofá de couro marrom, que se enrugou sob nós quando nos sentamos sobre as almofadas.

— Então, como estão as coisas? — Meu pai cruzou a perna na altura do joelho e esticou o braço confortavelmente nas costas do sofá.

Eu me atrapalhei um pouco para encontrar as palavras mais eficientes para colocar a minha questão, mas logo consegui formular:

— Pensei que talvez você poderia me ajudar a entender algo... Sobre o trabalho — eu disse.

— Ok...

— Quando eu consegui a promoção...

— Parabéns de novo, a propósito. Isso é uma grande coisa!

— Obrigada — agradeci, talvez um pouco rápido demais para chegar ao verdadeiro problema. — Então, logo depois de receber a promoção, Chris, que é o nosso diretor, nosso chefe, logo depois de anunciar que me promoveria, ele me chamou em seu escritório.

— Espera aí, eu não vou precisar pegar minha arma, vou? — meu pai disse, meio brincando.

— Não! Não, nada disso. Embora nem mesmo eu estivesse exatamente certa disso no início — falei, deixando escapar uma risada leve. —Chris me chamou em seu escritório e me disse que Scott Stone, meu concorrente, tinha me superado, mas que ele tinha me dado a promoção de qualquer maneira. —Observei as sobrancelhas do meu pai subirem. — Certo? E falou que achava que a emissora precisava da *minha perspectiva*. Então perguntei ao meu chefe se era "código racial ou algo assim".

— Você perguntou a ele? — meu pai reforçou a pergunta.

— Na verdade, sim.

— E?

— Ele disse que consegui o emprego porque eu era "singular".

— Singular, humm...

— Sim, singular. Depois falou que eu não merecia o cargo, mas que ele acreditava que eu poderia trabalhar para merecer, e que ele queria que eu começasse a ser mais assertiva e que lutasse para que minha perspectiva fosse ouvida.

— Parece um bom conselho.

— Parece?

— Parece razoável para mim. O cara fez sua escolha de quem ele iria promover, e escolheu a pessoa que ele achava que faria as melhores reportagens e as audiências mais altas. No frigir dos ovos, a audiência é o mais importante, não é? Eu não acho que alguém preocupado com a audiência colocaria alguém em uma posição de destaque na televisão apenas por ser afrodescendente, Tabby. O mais comum seria fazer isso "apesar de a pessoa ser negra".

Apesar de...

— Então, você não acha que foi só porque eu sou negra, por causa de alguma política de diversidade ou algo assim...

— Tabby, se for esse o caso, essa é a iniciativa de diversidade mais idiota de todos os tempos, e você deveria encontrar um novo emprego,

MULHERES NEGRAS *NÃO* DEVERIAM MORRER EXAUSTAS

porque aquela emissora deve estar falindo — disse meu pai com uma expressão meio petulante. — Ninguém, e quero dizer *ninguém* mesmo, no mundo dos negócios arriscaria seu emprego *e* sua empresa apenas para promover uma pessoa negra. Sem chance. Se você conseguiu essa promoção, deve ter a ver com a audiência. Claro e simples.

— Entendo... — eu disse baixinho, ainda processando a irrefutabilidade de suas palavras.

— E parece que esse Chris, o diretor, pode ser um bom mentor para você. Ele lhe deu conselhos sólidos.

Fiquei em silêncio por um tempo, debatendo se deveria mencionar Marc. Havia algo ainda mais urgente que eu queria saber. Fiquei ali sentada por alguns minutos, hesitando sobre a abrupta mudança de assunto.

— Eu sei que este é um assunto completamente diferente, mas... Sabe que, quando a Vovó Tab me contou sobre o seu afro, ela disse que você fez isso para tentar impressionar minha mãe? — eu disse sorrindo.

— Não sei se essa parte é *totalmente* verdadeira. Estava tentando dar uma de estiloso — meu pai falou do jeito menos descolado possível.

Ri e continuei:

— Preciso perguntar outra coisa... É muito pessoal.

— Seja o que for, vou tentar responder — meu pai disse com seriedade.

— O que fez você parar de tentar... com a minha mãe?

Meu pai mudou quase imediatamente de sua postura relaxada para uma posição rígida. Ele levou a mão ao queixo, esfregando-o enquanto seus olhos se moviam, indicando que estava pensando. Ele soltou um suspiro profundo.

— Não diria que eu ou nós paramos de tentar. É só que chegamos ao fim das nossas... *capacidades* — disse ele lentamente, parecendo procurar e selecionar cada palavra com toda a intenção.

— Mas, então, você achou que teria mais capacidade com Diane? — perguntei.

— No começo, posso ter pensado que com Diane era... mais fácil. Pareceu mais fácil no início. Mas, olhando para trás hoje, tivemos que lidar exatamente com os mesmos problemas, e por um período mais longo. Sua mãe precisava de mudanças que eu não sabia *como* fazer.

— E Diane?

— Diane... Ela... provavelmente precisava das mesmas coisas. Ela só me passou a ideia de... de que eu não a desapontaria. Não importava o que eu fizesse, isso não mudaria sua opinião sobre mim. Isso faz sentido? Acho que eu precisava disso.

— Você... já traiu Diane?

Meu pai recuou como se eu o tivesse empurrado fisicamente. Ele respirou fundo. A surpresa em seu rosto parecia quase como se ele tivesse sido atacado. Seus olhos se estreitaram para mim, mas depois se suavizaram. Em seguida, ele pareceu preocupado. E por fim falou:

— Eu... não quero mentir para você, Tabby.

Essas palavras pairaram no ar por muitos segundos críticos, por não serem uma resposta final.

— Por que todas essas perguntas? — ele indagou.

— Rob traiu Lexi. Ela descobriu logo após seu aniversário. Uma mulher que ele conheceu fazendo compras — falei tudo em um dilúvio, parecendo meu discurso de quando era uma garotinha. — Eles estão separados e já se passou mais de um mês.

O olhar de preocupação do meu pai se aprofundou.

— E você quer saber o quê? Se todos os homens traem?

— Marc e eu terminamos também — falei em resposta à sua pergunta. — Não por causa de traição. Pelo menos, acho que não. Ele disse que não sabia o que queria comigo em relação a planos futuros. O pai dele está doente e sua família é toda problemática. Estou... estou apenas confusa. Tudo de que eu tinha tanta certeza não se tornou o que parecia ser.

Meu pai balançou a cabeça, ainda sem dizer nada, retorcendo as mãos agora, e depois se inclinou para a frente, a parte superior do corpo apoiada nos antebraços ancorados contra as coxas. Ele respirou fundo mais uma vez e sentou-se ereto.

— Não posso falar por todos os homens. Direi apenas por mim... Aquilo que sua mãe precisava de mim era parte de um dano que ela não causou.

— E quanto a Diane?

— Diane não tinha necessariamente necessidades diferentes. Mas o momento era outro. Quase nos separamos também. Em várias ocasiões.

Olhei para ele com surpresa diante do que tinha acabado de ouvir. Eles quase tinham se separado?

— Acho que parte do motivo pelo qual ficamos juntos e superamos tudo isso foi porque nós dois sentimos que *devíamos.* — *Devíamos?* Olhei para ele, esperando que continuasse. — E, um dia, depois de passarmos pelo inferno e lutar, e até mesmo fazer as malas para ir embora... você percebe que vai dar conta. Não sou mais feliz em meu relacionamento com Diane porque estou com outra pessoa que não seja a sua mãe. Estou mais feliz porque *sou* alguém diferente de quem eu *era* quando estava com a sua mãe. Entende isso?

— Sim — eu disse, minha voz quase um sussurro. — Entendo.

— Tabby, não importa o que seja... Trabalho, Marc, seja o que for, pare de duvidar tanto de si mesma. Apenas permaneça fiel a quem você é e ao que você quer. Por que abrir mão do que você quer? Assim nada nunca vai valer a pena. Não se você ceder tanto.

Ele se inclinou para me dar um abraço. Era um conforto, e seria fácil deixar-se perder naquele momento, que eu desejei que não acabasse. Então, saboreei o bate-papo para colocar a conversa em dia até, quase exatamente na hora, pudemos ouvir a batida dos dedinhos de uma menina de nove anos na porta.

— Posso entrar agora? — Dixie gritou. — Você disse meia hora!

— Então, você quer levar Dixie para casa com você? — meu pai disse, rindo.

— Entre, Dixie! — gritei para a minha *irmã caçula.*

25

A primeira oportunidade de realmente me sentir grata por meu novo escritório veio quando meu computador gritou comigo "Consulta para o congelamento dos óvulos!" com um lembrete de calendário no centro da tela. A consulta com o dr. Young enfim tinha chegado. Não que eu tivesse esquecido. Quando pensava em Marc, pensava no dr. Young. Quando pensava no dr. Todd, pensava no dr. Young. Quando estava no trabalho e as reuniões ficavam chatas, pensava no dr. Young. O dr. Young era minha apólice de seguro quando os homens, o tempo e meus ovários desarranjados haviam falhado comigo. Na verdade, sem realmente saber o porquê, tomei um cuidado extra ao me vestir naquela manhã, tudo devido ao compromisso que tinha à tarde. Até usei batom vermelho. Tinha esperado por esse dia fatídico desde a descoberta sobre a condição da minha fertilidade, e o relógio estava em modo de alarme.

O consultório do dr. Young ficava no elegante e sofisticado prédio de consultórios médicos Century City, que tinha até manobrista, mas ainda não me fazia sentir melhor sobre o preço do procedimento de congelamento de óvulos. Pelo que ouvi sobre os custos, esperava muito mais do que um escritório de luxo decorado à moda dinamarquesa. Cheguei a um saguão relativamente sem opulência para falar com a recepcionista, que parecia não ter conseguido acordar completamente para o dia, mesmo que já fosse à tarde. Agora ansiava pela assistente excessivamente alegre com quem tinha falado ao telefone.

—Sra. Walker, você tem seu cartão do plano de saúde? — Entreguei para ela. — Obrigada. Só preciso fazer uma cópia. Olhando na sua ficha, parece que você tem cobertura para diagnóstico de infertilidade, mas não para o tratamento. Isso significa que a consulta de hoje terá reembolso, mas que terá de desembolsar o valor de qualquer tratamento subsequente.

Senti que essa declaração seria seguida por um "ok?". Em vez disso, a recepcionista entregou meu cartão para outra pessoa e continuou a olhar para a tela do computador. Imaginei que o outro lado fosse como uma caixa registradora antiquada.

—Você tem uma estimativa de quanto custaria esse desembolso?

—O médico vai revisar seu plano de tratamento durante a consulta e, em seguida, a gerente de faturamento vai discutir os preços com você — explicou ela em tom robótico enquanto continuava a digitar.

Novamente, senti a ausência de um "ok?" no final da frase, mas começava a ter a sensação de que seria assim mesmo. Segui suas instruções para me sentar e aproveitei a oportunidade para estudar discretamente o ambiente enquanto escondia o rosto atrás de uma revista que apenas fingia ler. Havia dois casais héteros na sala e, depois, duas mulheres, sozinhas como eu, e um homem sentado sozinho também. Perguntei-me por um segundo por que um homem sentado sozinho estaria em uma clínica de fertilização *in vitro*, e então me lembrei que o dr. Young também coletava "material" doado em seu consultório para bancos de esperma. Perguntei-me se o cara sentado poderia ser o pai do meu bebê. Ele não se parecia em nada com Marc, o que talvez agora fosse uma coisa boa. Analisei a altura, o físico, os olhos, o nariz e a boca… *Ah, ele usa óculos?*

MULHERES NEGRAS *NÃO* DEVERIAM MORRER EXAUSTAS

Humm, isso significa que meu bebê vai ter visão ruim? Livros ou burrito? Minha mente vagou, pensando na conversa com minha mãe. Era impossível dizer, com base na vestimenta casual que ele usava, mas meus olhos pousaram na mochila a seus pés, que contaram uma história diferente. *Ah, livros!* Permiti que o ligeiro sentimento de vingança esperançosa tomasse conta de mim quando ouvi meu nome sendo chamado através de uma porta recém-aberta perto da mesa do recepcionista.

— Esta é a primeira vez que vê o dr. Young? — a enfermeira perguntou, acompanhando-me à minha sala de exame.

— Sim, e estou um pouco nervosa — confessei.

— Oh, não fique. Você vai adorar o dr. Young. Ele é uma figura — ela disse, seguindo-me com uma risadinha. Tirei tudo o que tinha, exceto o batom vermelho, substituindo as roupas com vestuários de papel que tornavam fácil o acesso a todas as minhas regiões privadas.

O dr. Young entrou depois de um pouco de espera, acompanhado por outra enfermeira, uma cara nova. Ele era um homem relativamente baixo, de meia-idade, com cabelo ralo e uma óbvia coloração preta. Vestia o jaleco branco de médico sobre uma calça cáqui e uma camisa de botão, e usava óculos com aros de metal.

— Srta. Walker... Tabitha, tudo bem se eu chamá-la de Tabitha? — perguntou o médico.

Finalmente alguém aqui me pergunta se algo está ok para mim. A sinceridade refletida na ligeira atitude do dr. Young, com seu inglês com sotaque, me deixou mais à vontade.

— Claro — respondi.

— Então, Tabitha, você está aqui para congelar óvulos? Ou está aqui para engravidar? — O dr. Young me fez perguntas que mudariam a minha vida com tanta casualidade quanto alguém anotando um pedido de almoço.

Nossa, doutor, espere um pouco. Estou aqui para saber das opções, não para inseminação.

— Só a opção de congelamento, por favor. Não estou pronta para engravidar ainda.

—Ah — exclamou o médico, olhando para mim por cima dos óculos enquanto continuava a analisar meu gráfico. — Números ruins... Você precisa começar agora, sabia disso?

— A dra. Ellis disse... Quero dizer... Sim, fui informada de que precisava tomar medidas imediatas — expliquei, sentindo um nível crescente de pânico.

— Faremos alguns exames, se pudermos, ainda hoje. Você pode começar em duas semanas, com seu próximo ciclo. Nossa meta são vinte óvulos. Então, você... Você provavelmente vai ter que fazer duas ou três coletas.

Duas ou três? Novamente, esperei ouvir "ok?" no final, que nunca veio.

— Hum, dr. Young, quando discutiremos quanto isso custa? — perguntei.

— A gerente do faturamento discutirá isso com você. Minha profissão é só fazer bebês — disse ele, sorrindo. — Está usando algum anticoncepcional?

Merda.

— Não. Atualmente, não.

— Sem anticoncepcional? — Ele olhou para mim de novo, por cima dos óculos.

Senti meu rosto enrubescer.

— Sem anticoncepcional. Estava tomando pílula, mas depois... parei.

— Está usando preservativos, então? — ele perguntou.

— Hum — murmurei, procurando uma resposta melhor. — Hum, às vezes? — falei, tentando não mentir.

— Está tentando engravidar?

Obviamente... Não?

— Bem, quero engravidar, mas não necessariamente agora.

— Não agora? Então deve usar anticoncepcional!

O dr. Young trouxe animação para a sala.

MULHERES NEGRAS *NÃO* DEVERIAM MORRER EXAUSTAS

— Você sabe que cinquenta por cento das gestações não são planejadas?! Como acha que elas acontecem? — Ele olhou para mim, e fiquei pasma, sem saber se ele queria que eu respondesse. Mal tinha recuperado o controle de minha fala quando ele continuou: — Sem anticoncepcional! Sem preservativos! — ele exclamou, os braços no ar. — Nada pode acontecer! Se você não usa nada disso, você anda pela rua, o vento sopra e *puf!*, você fica grávida! Um pássaro faz cocô em seu ombro e você engravida! Quer engravidar caminhando pela rua?

Ele disse isso com muita paixão desta vez, acenando para a minha ficha com uma mão livre e uma caneta na outra. Eu não sabia se ria ou chorava, e não tinha certeza de se ele esperava uma resposta. Dada a minha fertilidade comprometida, parte de mim se sentiu estranhamente lisonjeada por aquela repentina demonstração de otimismo. Ou talvez ele apenas dissesse isso a todas. Depois de um longo silêncio em que ele continuou me encarando, concluí que deveria responder:

— Hum, não, dr. Young, não estou andando na rua — falei, vendo a enfermeira atrás dele revirar os olhos ligeiramente e cobrir a boca para abafar uma risada.

— Então deve usar alguma forma de controle de natalidade.

Ele voltou sua atenção para o meu exame. Ficamos em silêncio durante o procedimento, que foi surpreendentemente breve. E, depois, o dr. Young rabiscou suas anotações no arquivo.

— Ok, vejo você em duas semanas — ele disse por fim. — Colhemos os óvulos agora, depois fazemos o bebê. Mas você não quer bebês, não é? Use proteção.

E, com isso, ele entregou meu prontuário para a enfermeira e saiu pela porta. A enfermeira aproveitou a oportunidade para dar uma leve risada que obviamente estava segurando. Sentei-me em um silêncio atordoado, sentindo uma estranha mescla de emoções, como se tivesse acabado de ser repreendida pelo meu pai.

— O dr. Young é uma figura — disse a enfermeira.

— Foi o que fiquei sabendo.

Enfim, era hora de ver a gerente de faturamento para determinar meu destino financeiro.

— O dr. Young disse que quer começar logo o seu tratamento. Tem ideia de como vai financiar?

Tinha planejado drenar minhas economias, mas, se houvesse outro jeito, queria descobrir qual era.

— Eu estava planejando usar umas economias, mas existem outras opções? — perguntei.

— Bem, algumas pessoas usam as economias ou têm a família para ajudar. Outras fazem variados tipos de empréstimos, como hipotecar a casa, dívidas de cartão de crédito, empréstimos pessoais... — a gerente de faturamento explicou, com total indiferença aos eventos que descrevia.

— Tem gente que hipoteca a casa? — perguntei, sentindo meus olhos se arregalarem.

— Bem, se essa opção estiver disponível para elas, sim, às vezes — ela respondeu, totalmente impassível.

— Bem... Quanto custa? — perguntei.

— Eis aqui uma lista com os nossos planos — ela disse, deslizando uma folha de papel para mim.

Eu a analisei. Parecia que, a cada rodada, levando-se em consideração a medicação, o custo do procedimento e as visitas ao consultório, o valor mínimo era de cerca de doze mil dólares. *Merda*. E, pelo jeito, com os meus números, os medicamentos poderiam ficar até mais caros. Duas ou três rodadas? Daria 36 mil ou mais! Isso significava que estava prestes a perder as minhas economias e mais um pouco. O dinheiro que havia trabalhado por anos para juntar. Mas não tinha escolha nem tempo para pensar nas férias e refeições com as amigas perdidas, e o guarda-roupa que já tinha passado da hora de renovar.

— Você faz um depósito hoje de dois mil para fazer sua consulta a cada duas semanas a partir de agora.

Estava me acostumando com o espírito da coisa. Com relutância, entreguei meu cartão de crédito e assisti aos meus sonhos imobiliários

MULHERES NEGRAS *NÃO* DEVERIAM MORRER EXAUSTAS

afundando. Marquei minha consulta para dali a duas semanas e fui embora.

O consultório do dr. Young foi uma mistura de alívio e tristeza. Tinha economizado por anos para um propósito completamente diferente. Agora toda a minha poupança iria para um banco de um tipo bem diferente. E, para completar, precisava comprar preservativos. Nos dias de hoje, na minha vida, especialmente nos últimos tempos, você nunca saberia de que lado o vento iria soprar.

26

Saindo da consulta, pensei em voltar ao trabalho, mas aquele nível de choque precisava da atenção especial de minhas amigas. Esperando o manobrista trazer meu carro, disparei o Bat-Sinal para Alexis e Laila.

Eu:
Saindo do dr., arrasada. *Happy hour*?

Lexi:
Oooh! Consulta de congelamento de óvulos? Como foi?

Eu:
Terrível, preciso de bebidas baratas o mais rápido possível.

Laila:
Barato funciona para mim também. Eu topo.

Laila respondeu? Fiquei feliz. Ela tinha estado bem ausente nos últimos tempos.

Lexi:

Venham para o evento da minha imobiliária. Muita bebida grátis.

Eu:

E pessoas aleatórias?

Lexi:

Não, vai acabar mais cedo. E com certeza vai sobrar vinho.

Laila:

Endereço?

A mensagem de Laila selou o negócio. Dirigindo, ri da ironia de pensar que tinha acabado de receber a confirmação de que eu teria que esvaziar minhas economias, e cá estava eu, a caminho de um novo empreendimento imobiliário aberto ao público. Perguntei-me quando seria capaz de me encontrar de novo em uma posição de compradora. Los Angeles era cara, e o aluguel do meu *loft* no centro não era baratinho. Mesmo com uma promoção, meu salário mal cobria o abismo das minhas despesas. Se a Vovó Tab não estivesse em Crestmire, eu pensaria em morar com ela mais uma vez. Infelizmente, ela tinha decidido vender seu apartamento para pagar pelo custo de Crestmire, não querendo depender do meu pai nem de Diane de jeito nenhum. Não que eles tivessem se oferecido para ajudar.

Parei no endereço enviado por Lexi e fiquei no meu carro por um momento, observando pela janela do passageiro os últimos a saírem cambaleando para fora de uma porta de madeira estilizada. Lexi tinha

MULHERES NEGRAS *NÃO* DEVERIAM MORRER EXAUSTAS

se especializado em revitalizações e reviravoltas, e esta era uma propriedade na qual lembrei que ela estava trabalhando por um tempo. Era uma casa exatamente como a que eu gostaria de comprar. Talvez até tivesse vindo ao evento como *compradora*, não como uma penetra para beber de graça o vinho que sobrou. Olhei a folha de papel com os preços do congelamento de óvulos no banco do passageiro. Que conveniente. Estava entre mim e a casa dos meus sonhos.

Depois de lamentar o suficiente e ficar satisfeita ao ver que todos os candidatos à casa de Lexi haviam partido, saí do carro e entrei. Ela tinha feito um trabalho incrível com a reforma. O piso de madeira escura cumprimentou meus pés, e um interior moderno e arejado me deu as boas-vindas. Da sala habilmente decorada, avistei Lexi se movendo na cozinha.

— Oi, Lexi! — chamei.

Parecia que eu tinha cronometrado corretamente. O lugar estava vazio.

— Oi, Tab, venha aqui na cozinha. Estou dando uma limpada. Sirva-se de uma taça de vinho.

— Lexi, este lugar está lindo! Justo agora que oficialmente não posso mais pagar por isso... — eu disse.

— Tabby, você sabe que haverá outras casas! — Lexi falou, fazendo um gesto para mostrar a cozinha. — Você não vai querer perder a oportunidade de ter filhos, ouça o que eu digo. Eu desistira de todo o resto para ter o Rob Júnior e o Lexington.

— Mas não seria bom ter as duas coisas? Cá estou, bebendo vinho de graça e vivendo uma fantasia na cozinha de outra pessoa...

— Essa pessoa poderia ser você, Tabby, pelo menos esta noite! — Lexi disse, rindo.

Brindamos com as taças de plástico. Meus olhos se voltaram para a mão de Lexi. *Ainda sem aliança.* A linha do bronzeado estava começando a desbotar, ficando na cor do resto da mão.

— Como foi seu encontro? — perguntei, sentada no banquinho da ilha da cozinha com tampo de mármore.

Lexi começou a responder, mas foi interrompida pela porta se abrindo e Laila anunciando sua chegada. Fizemos uma pausa longa o suficiente para abraçá-la.

— E aí, Laila! — Lexi saudou. — Deixe-me pegar uma taça de vinho.

Laila deslizou para o banquinho ao lado do meu, enquanto parecia que Lexi iria continuar de pé.

— O que aconteceu com a sua aliança, Lexi? — Laila gritou de imediato. — Você a perdeu?

Enrijeci. *Merda. Laila ainda não sabe.*

Lexi se virou lentamente.

— Rob e eu estamos separados.

Laila olhou de Lexi para mim e vice-versa.

— Droga, você sabia? — Laila me perguntou. Ela nem esperou pela resposta. — Claro que sabia. Como é que nenhuma de vocês me contou?!

Fiquei em silêncio para deixar Lexi responder.

— Não é o tipo de notícia que você simplesmente manda por mensagem — disse Lexi.

— Eu teria mandado — disse Laila. — Ou ligado.

— Achei que logo veria você para contar pessoalmente — Lexi disse, tentando dar um tom de casualidade à voz.

Mas Laila não desistiu. Ela voltou sua atenção para mim. Estava observando as duas como se fosse uma partida de vôlei, achando que a tensão logo se dissiparia. Em vez disso, estava aumentando.

— E você sabia disso quando fomos à academia? — Laila olhou para mim com extrema intensidade.

Fiquei paralisada, os lábios apertados.

— Tabby — ela insistiu.

— Sim — afirmei, sentindo-me capturada em uma armadilha. — Mas, sabe, eu não queria dizer nada até que Lexi tivesse a chance de te contar.

— Toda essa merda é uma loucura — disse Laila, balançando a cabeça.

MULHERES NEGRAS *NÃO* DEVERIAM MORRER EXAUSTAS

Vi Lexi ficando tensa.

— Rob estava me traindo — Lexi contou rapidamente.

— Como você descobriu? — Laila perguntou.

Lexi ficou em silêncio. *Vamos, Lexi, responda logo*, orei em silêncio. Nunca tinha visto Laila tão brava antes, e ela podia ir de zero a cem quilômetros por hora em um piscar de olhos. Agora mesmo, já estávamos a uns cinquenta quilômetros, com o ponteiro se movendo em direção ao vermelho.

— Como ela descobriu? — Laila virou-se para mim.

Merda. Congelei. Não era minha obrigação dizer nada.

— Tá *brincando* comigo? — disse Laila.

Lexi não falou nada.

— O que é isso, essa porra de segredo? — a voz de Laila começou a aumentar. — COMO SOUBE, ALEXIS? — Laila perguntou de novo.

Vi as lágrimas brotando dos olhos de Lexi, mas ainda assim ela não falou nada. Achei que devia estar envergonhada, mas não conseguia entender por que ela não falaria.

Laila virou-se para mim com fogo nos olhos. A cabeça dela girou tão rápido que seus *dreads* bateram nas costas.

— Você contou pra ela, não foi? — Laila disse para mim, quase rosnando por entre os dentes cerrados.

Estava completamente chocada.

— Contei o quê?

— Contou pra ela? — ela insistiu, levantando-se da cadeira.

— Não disse nada a ninguém — respondi, sem ideia de como deter os acontecimentos em curso.

— Mentira! — exclamou Laila. Ela se virou para Lexi e cuspiu as palavras: — Então agora você está me julgando?! Você sempre acha que é melhor do que todo mundo, Alexis, e estou farta dessa merda! — Laila berrava agora.

— Laila... Não é isso... — Não sabia nem como começar a explicar sem trair a confiança das minhas amigas. Continuei procurando as palavras certas.

— Você está sempre defendendo ela, Tabby! — acusou Laila.

— Do que diabos você está falando, Laila? — Lexi disse. — A única pessoa que *julguei* foi a vadia que saiu com o Rob. *Você é uma vadia?* — Lexi perguntou retoricamente.

Ah, não.

— Talvez eu seja, Lexi! Talvez seja isso que você diria! — Laila agarrou sua bolsa. — Quer saber, fodam-se vocês *duas*! Eu sabia que não deveria ter vindo aqui hoje!

Quando Laila se virou e foi para a porta, pude ver que seus olhos já estavam vermelhos, embora as lágrimas tivessem apenas começado a escorrer pelo rosto.

— Laila! — chamei enquanto corria até ela para tentar agarrar seu braço.

Ela andou tão rápido que quase tive de correr, na esperança de alcançá-la antes que chegasse à porta.

— Não me toque, Tabby! — ela gritou enquanto abria a porta e, em seguida, bateu-a com tanta força atrás dela que as paredes tremeram.

Lexi e eu olhamos uma para a outra com os olhos arregalados e boquiabertas, paralisadas. Por instantes, nenhuma de nós falou nada.

— O que diabos aconteceu? — Lexi disse por fim, quebrando o silêncio. Ela se apoiou com as duas mãos na ilha da cozinha para respirar fundo. — Tab, talvez você devesse ir ver se ela ainda está lá fora.

Eu sabia que Lexi estava certa, mas não queria falar com Laila naquele momento. Sua loucura estava a mil, e achei melhor deixá-la esfriar a cabeça do que correr atrás dela e dizer algo que pudesse enfurecê-la ainda mais. Ainda não tinha ideia de quais palavras minhas ou de Lexi a tinham incomodado tanto. Apesar da minha relutância, fui devagar até a porta, a abri e procurei por qualquer sinal dela ou do carro nos dois lados da rua. Ela tinha ido embora.

MULHERES NEGRAS *NÃO* DEVERIAM MORRER EXAUSTAS

Sentindo-me um pouco aliviada, voltei para me juntar a Lexi na cozinha. Quando cheguei, Lexi tinha um olhar interrogativo em seu rosto e me encarava.

— Do que ela estava falando? — Lexi perguntou. — Do que ela estava falando quando disse: "você *contou* pra ela?"?

Lexi olhou para mim, o cenho franzido, mostrando uma mistura de confusão e suspeita.

— Não faço ideia... — disse honestamente.

Mas, então, caiu a ficha. *Ai, meu Deus. Ah, não. Como pude ser tão estúpida?* A descoberta repentina deve ter ficado estampada no meu rosto, porque Lexi me perguntou de novo:

— O quê? — ela disse, buscando meu rosto. — Você deve ter alguma ideia.

— Não — menti. — Não faço ideia.

Eu estava em um beco sem saída. Laila pensava que eu tinha contado a Lexi sobre a situação dela, mas não tinha. Nunca violaria essa confiança. Mesmo naquele momento, me contive, apesar do conflito em que estava.

— Por que será que não acredito em você, Tabby? Laila é louca, mas não tão louca. O que você sabe?

Hesitei. Não queria mentir na cara de Lexi, mas o segredo de Laila não era meu para eu contar, mesmo que ela estivesse convencida de que eu já tinha contado. Tentei parar de pensar nas conversas anteriores com Laila, engolindo as memórias para que eu pudesse processar tudo em particular. Sem Alexis tentando arrancar nada de mim. Estava sendo uma boa amiga para ambas. Exceto que, na realidade daquele momento, ser uma boa amiga para ambas era impossível. Fui pegar minha taça de vinho, tentando fingir que ainda pensava no que Laila teria querido dizer.

— Você conhece Laila — eu disse, tomando um gole. — Pode ser qualquer coisa.

— Por que ela pensaria que eu a estava chamando de vadia, Tabby?

— Como é que eu vou saber? Você a conhece tão bem quanto eu — falei, pensando naquela irmandade secreta no Post & Beam.

— Eu a conheço?

— Bem, parece que vocês duas se aproximaram. Ela sabe coisas sobre você que eu não sei. Lembra: "pergunte para Alexis"? — falei, lembrando-a daquele momento.

Não queria tocar nesse assunto, mas tive de fazer isso.

— Não pode estar falando sério, Tabby — disse Lexi, parecendo irritada. — Laila e eu tivemos uma conversa aleatória um dia, esperando por você! Que *porra* de mesquinharia da sua parte.

— Ah, então você também é descoladinha agora, Alexis? — disse, sentindo-me mesquinha neste momento.

Era um daqueles dias. Além disso, Alexis não percebeu que eu tinha acabado de entrar em uma briga com minha outra grande amiga por causa dela, tentando preservar sua intimidade.

— Se toca, Tab. Cresça um pouco.

Eu? Crescer? Vindo da dona Amélia?

— Sabe de uma coisa? Você *julga* pra caralho mesmo, Lexi. Sempre julgou. Vou dar o fora daqui.

Peguei minhas chaves e me dirigi para a porta.

— E você é uma puta mentirosa! — Lexi gritou.

Eu virei e olhei para ela, piscando lentamente para ter certeza de que a situação era real.

— Ah, sério, Alexis? — falei. — Vá se foder!

Tudo o que vi foi vermelho enquanto estendia a mão para a porta. Não consegui entrar no meu carro rápido o suficiente.

Ouvi Alexis gritar atrás de mim.

— Vá se foder você também, Tabitha! — Minha melhor e mais antiga amiga cuspiu meu nome como se fosse um vinho rançoso.

Andei tão rápido para o meu carro que pensei que meus saltos-agulha iriam se estilhaçar. Se eu pudesse ir para Crestmire, eu

MULHERES NEGRAS *NÃO* DEVERIAM MORRER EXAUSTAS

iria, mas mal conseguia ver através das lágrimas para dirigir os dez minutos de volta ao centro da cidade.

Eu já tinha perdido meus óvulos, meu namorado, minhas amigas, minha casa, minhas economias. Naquela noite, sentia que também estava perdendo a cabeça. Liguei para Laila no caminho para casa. Deixei tocar seis vezes, até cair no correio de voz. Ela não mandou nenhuma mensagem. Quando cheguei em casa, mandei uma mensagem para ela.

Eu:

Laila, me ligue. Não contei nada para a Lexi.

Por favor?

Você está bem?

Acabei de deixar uma mensagem para você. Me ligue.

Nada.

27

Alguns dias sem suas amigas dizem muito sobre quem elas são para você. Por mais que eu sentisse falta dele, acabei me conformando de não conversar com Marc. Mas não falar nem com Alexis nem com Laila era como se todo dia pela manhã eu entrasse no trabalho com a sensação de ter me esquecido de algo em casa. Carregava o sentimento o tempo todo, como se a previsão do tempo tivesse indicado chuva e, ao sair de casa, percebesse que o céu estava mesmo cinzento, e que ainda assim não tinha pegado o guarda-chuva. Era esse tipo de falta, do tipo que quer consertar. Você conserta não porque deveria, mas porque tem que consertar, senão ela acaba com você.

Todos os dias, eu mandava mensagens para Laila, e, como nunca acontecera antes durante nossa amizade, ela não respondeu. Tentei uma ligação, apenas para ter certeza, mas ela não atendeu. Laila tinha um temperamento quente, mas apenas raramente era dirigido a mim. Decidi dar uma semana inteira antes de ir ao apartamento dela.

Com Alexis, por outro lado, eu já tinha brigado tantas vezes desde a infância que sabia exatamente o que esperar. No fim, o tempo sufocaria as chamas da raiva, como bicarbonato de sódio no fogo do fogão. Em breve, seria perfeitamente seguro reingressar em nossa amizade sem danos visíveis. Não estava preocupada com Lexi, mas sentia uma terrível falta dela.

Sentei-me em meu escritório pensando em enviar-lhe uma mensagem quando ouvi a voz de Chris na minha porta. Desliguei o telefone e, imediatamente, tentei parecer ocupada.

— Ei, Tabby, tem um segundo para mim? — Chris disse, já caminhando em direção a uma das cadeiras.

— Ei, Chris, estava terminando alguns agendamentos — falei, apontando para as cadeiras vazias de frente à minha mesa, mesmo que ele já estivesse baixando o corpo entre os apoios de braço.

— Tudo bem deixar a porta aberta? — perguntei, fazendo menção de me levantar.

— Sim, pode deixar a porta aberta. Na verdade, eu prefiro — disse ele, conforme me sentava.

Ele se inclinou para a frente na cadeira para apoiar os cotovelos sobre os joelhos.

— Scott Stone pediu demissão hoje.

— Como você previu.

— Sim, conforme previsto — afirmou Chris. — Tive algum tempo para pensar nisso, como você pode imaginar, e decidi que quero fazer algo diferente, para mudar um pouco as coisas.

Preparei-me para o que viria a seguir.

— Tabitha, quero que contrate o substituto de Scott. Essa pessoa vai se tornar parte da sua equipe permanente de reportagem. — Esperava que Chris continuasse falando, porque precisava de tempo para processar suas palavras. — Isso faz parte de uma mudança maior que estou fazendo. Todos os repórteres seniores terão suas próprias equipes de reportagem.

MULHERES NEGRAS *NÃO* DEVERIAM MORRER EXAUSTAS

Eu não poderia dizer se isso era uma coisa boa ou ruim. Meu ceticismo deve ter aparecido em meu rosto, porque Chris respondeu ao meu pensamento

— Isso vai permitir reportagens investigativas mais completas, histórias mais complexas, com mais profundidade! — exclamou ele, entusiasmado. — É o que os nossos espectadores desejam. Estão cansados de dizermos a eles o que pensar, querem pensar por si próprios. Querem que apresentemos todos os ângulos, todos os lados, e, para fazer esse trabalho, é preciso descobrir todos os fatos, dar uma imagem completa e deixar o espectador usar seu próprio juízo!

Chris falou com a energia de um discurso no palanque. Fiquei sentada pensando se deveria bater palmas.

— Parecem grandes mudanças.

— Muito grandes. E será uma grande oportunidade para você também. Para todos os repórteres seniores. Quero que cada um de vocês assuma mais responsabilidade pelos números de audiência. Seus ganhos, seu sucesso, sua trajetória aqui vão depender disso. Terão uma chance real de causar impacto.

Comecei a sentir uma leve pontada de ansiedade aumentando. Claro, o que Chris descrevia era uma grande oportunidade, mas também significava mais responsabilidade, mais trabalho e mais tempo. Estranhamente, tudo o que conseguia pensar era na minha consulta de congelamento de óvulos. *Não vou dar conta de fazer isso agora*, pensei. Mas tinha que fazer. De alguma forma, teria que fazer as duas coisas — fazer tudo; lá no fundo, sentia como se já estivesse fracassando loucamente nas coisas que mais importavam. Como eu poderia começar um ciclo de congelamento de óvulos em duas semanas, depois dessa notícia? E como encontraria o tempo de que preciso não para um ciclo, mas para três? Fiz uma nota mental para ligar para o consultório do dr. Young.

— Estou animada com isso, Chris — disse com tanto entusiasmo quanto pude reunir. — Tenho ótimas ideias para a próxima reunião de pauta.

— Excelente! Simplesmente ótimo! — ele disse enquanto tentava se espremer para fora da cadeira. — Tenho reuniões de pais e professores hoje. Acho que perdi a maldita hora, mas acho que não custa nada tentar aparecer de qualquer maneira.

Olhei para a mão esquerda sem aliança de Chris. Tinha certeza de que ele era divorciado. Ele vivia e respirava a emissora. E começava a ficar claro que ele queria que eu fizesse o mesmo. Pelo menos, eu não tinha um casamento para estragar.

Assim que Chris estava fora da vista, peguei meu celular de novo. Atualizei a mensagem que estava pensando em mandar para Lexi:

> **Eu:**
> MEU DEUS, Scott Stone se demitiu hoje.

> **Lexi:**
> Quê? Por sua causa?

> **Eu:**
> Basicamente. Agora estou contratando seu substituto.

> **Lexi:**
> Está contratando?

> **Eu:**
> Sim, Chris está me dando uma equipe permanente.

> **Lexi:**
> Grande momento!

MULHERES NEGRAS *NÃO* DEVERIAM MORRER EXAUSTAS

Lexi:

Aliás, me desculpe.

Eu:

Me desculpe também.

Teve notícias de Laila?

Lexi:

Não. Mas ainda não entrei em contato. Você já?

Eu:

Sim, ela não responde.

Estou começando a me preocupar.

Lexi:

Não se preocupe. Ela vai mudar de ideia.

Rob e eu começamos a terapia. Dr. diz que você não pode possuir o

que não é seu.

Eu:

Parece sensato.

Lexi:

Deveria ter feito isso anos atrás.

Ele encontra novas maneiras de se desculpar todas as semanas.

Talvez eu fique com ele, rs.

Eu:

Sim, talvez ele seja um tipo raro.

Lexi:

Como assim?

Eu:

Vovó Tab diz que um tipo raro

é o cara que continua tentando.

Lexi:

Sim, talvez sim. Mas não tenho certeza. Ainda decidindo.

Eu:

Compreendo. Tenho que correr.

O trabalho está uma loucura agora.

Lexi:

Logo nos veremos! 🖤 🖤

Lexi e eu sempre brigávamos e fazíamos as pazes da mesma maneira. E não brigávamos muito. Acho que, como meu pai disse um dia, você simplesmente aceita que vai ter de brigar. Lexi e eu tínhamos uma amizade sólida. O que me preocupava é que ainda não tinha ouvido falar de Laila e, ao contrário da situação com Lexi, nunca havíamos brigado assim antes. Como fazia todos os dias, peguei meu telefone e tentei outra vez.

MULHERES NEGRAS *NÃO* DEVERIAM MORRER EXAUSTAS

Eu:

Laila, pode me ligar?

Foi um mal-entendido com Lexi. Fácil de explicar.

Você está bem?

Nada ainda.

28

No fim da semana, eu ainda não tinha falado nem obtido qualquer tipo de resposta de Laila, o que aumentou minha preocupação. Marc ainda não havia entrado em contato e nenhum Todd me "lembrou" de remarcar nosso encontro. Isso significava que ainda estava sem a minha grande amiga, sem um namorado e sem um candidato a namorado também. Embora admitisse que toda a coisa envolvendo Todd fosse totalmente culpa minha, e que provavelmente fosse tarde demais para consertar a situação. A Vovó Tab tinha me ligado duas vezes na semana passada, uma só para bater papo e outra para me informar que a sra. Gretchen tinha ido viajar por uma semana com um grupo de idosos. Ela também perguntou se eu iria mesmo visitá-la naquela semana, o que vinha fazendo quase todos os sábados nos últimos seis meses desde que ela se mudara para Crestmire, então imaginei que estivesse se sentindo realmente sozinha para dizer isso. Mesmo que fosse apenas uma semana, a ausência de uma grande amiga podia despertar um tipo especial de saudade.

Quando cheguei a Crestmire para ver a Vovó Tab, fiquei surpresa ao encontrá-la na área comum, sentada sozinha em uma das cadeiras de balanço perto da janela, em frente ao salgueiro. Sorri para mim mesma, perguntando-me com quem ela tivera de brigar para garantir esse assento tão nobre. Caminhei até ela e puxei uma cadeira comigo nos últimos metros, para me sentar a seu lado.

— Ei, Vovó Tab. Parece que está faltando seu braço esquerdo! — eu disse, rindo.

Vovó Tab riu também. Ela usava essa expressão ao falar de Lexi quando éramos mais jovens, nas raras ocasiões em que éramos vistas separadamente, sobretudo quando morávamos na mesma rua em View Park.

— Oh, sim, Gretchen está em sua viagem! — ela disse com um tom que soava como tristeza coberta por um fino embrulho de entusiasmo forçado.

— Só posso imaginar em que tipo de confusão ela está se metendo! — falei, esperando fazer minha avó sorrir novamente.

Pela expressão em seu rosto, teria que me esforçar mais, muito mais.

— Essa Gretchen é um problema, com certeza. Aposto que ela está se divertindo. — Minha avó ajeitou os pés.

— Parece que o inchaço diminuiu — observei.

— Ah... Sim, a maior parte. A médica disse que ainda devo colocar meus pés para cima sempre que estiver sentada, mas queria ficar aqui um pouco. Não faz sentido ficar em uma cadeira de balanço com os pés para cima.

— Fiquei surpresa ao vê-la aqui, Vovó Tab! Está pensando um pouco?

— Acho que estou — disse ela, reflexiva. — Estava... me lembrando de algumas coisas... — A voz sumiu.

— Como o quê?

Ela fez uma pausa para olhar meu rosto e pegar minha mão, como costumava fazer quando tinha algo importante a dizer. O contraste da nossa pele era uma justaposição perfeita de escuro e claro, enrugado e

MULHERES NEGRAS *NÃO* DEVERIAM MORRER EXAUSTAS

liso, velho e jovem. Parte de mim adorava saber que podíamos ser tão diferentes e ainda assim ter o mesmo sangue correndo nas veias, e o mesmo amor compartilhado em nossos corações. Nunca duvidei do amor da Vovó Tab e nunca tive razão para isso, não importa o que mais na vida estivesse acontecendo.

— Dupla, desde que me contou sobre Marc, e sobre o que ele disse a você sobre a família dele — começou minha avó, virando-se para mim com um olhar de profunda preocupação no rosto —, estive pensando. Tenho algo que preciso lhe dizer... e acho que... não se trata de uma história completamente minha para compartilhar.

— O que é, Vovó Tab? — indaguei, começando a me sentir alarmada.

— Preciso contar a você sobre o seu avô.

Por razões que eu desconhecia, a palavra *avô* provocou uma pontada no meu abdome. Quase nunca falávamos dele, exceto em memórias que destacavam suas habilidades de dança ou do romance precoce entre ele e vovó.

— O que tem ele?

— A verdade — ela disse. — A verdade sobre... quem ele era...

— Quem ele era? — perguntei, já me preparando.

— Tabby — continuou minha avó, gesticulando para que eu puxasse a cadeira para mais perto. Assim que fiz, ela continuou calmamente: — Seu avô... foi... Também era um alcoólatra.

Ela parou para permitir o registro da informação.

— Ele era? — disse retoricamente, tentando imaginar o que isso significava. — É por isso que vocês se separaram?

— Sim... e não — respondeu ela. — Seu avô, ele era realmente um grande homem, queria ser maior do que seria permitido. Os anos no serviço militar foram difíceis. Ter uma jovem esposa e um filho... Nem sempre foi fácil... E ele deixava tudo isso afetá-lo às vezes... Na maior parte do tempo — permaneci em silêncio, permitindo que ela fizesse uma pausa para se recompor e continuar —, ele bebia. Quando saiu do serviço, ainda não havia tantos lugares que nos aceitariam como família "mesclada". Mas, principalmente, pelo fato de *ele* ser negro. Ele não conseguia encontrar um trabalho estável com facilidade, e os tempos tornaram-se difíceis. Ele encontrou seus caminhos para... — Vovó Tab desviou o olhar para a árvore, voltando a me encarar quando encontrou as palavras para continuar — lidar com isso, eu diria. Tendo uma família, precisando prover naquela época, e com toda a maldade do racismo, discriminação, mesmo na Califórnia, era demais para suportar.

— Ele alguma vez conseguiu ajuda? — perguntei.

Vovó Tab dirigiu-me um sorriso fraco.

— Dupla, não tínhamos esse tipo de recurso naquela época. E, mesmo que tivéssemos, não tínhamos os meios para recorrer a qualquer tipo de ajuda. Era apenas algo com que se tinha de lidar na vida privada, e eu tentava esconder os sinais em público. — Ela enxugou os olhos com um lenço. — Só que, depois que ele saiu do serviço, ficou muito ruim. De verdade, muito ruim.

— Vovó Tab — interrompi, alarmada —, ele... ele bateu na senhora?

Minha pergunta trouxe uma expressão de pânico a seu rosto, e depois a cabeça dela pendeu um pouco. Mais uma vez, vi o lenço voltar aos olhos dela.

— Eu gostaria de ter uma resposta diferente — ela finalmente respondeu, quase tão baixinho que não consegui ouvi-la. — Na maioria das vezes, não era na frente do seu pai, porém. Eu pensava que, se ele descontasse em mim, não faria isso com Paul. E, por muito tempo, funcionou dessa maneira.

— E, depois, piorou? — Estudei o rosto da minha avó. Suas lágrimas pareciam estar gravando algo em minha própria alma. Eu odiava vê-la chorar, mas sabia que precisava ouvir sua história.

— Um dia, ele ficou muito bêbado. Voltou para casa no meio do dia procurando briga. Seu pai geralmente estava na escola naquele horário, mas, nesse dia, ele ficou em casa por causa de um resfriado. Seu avô gritou, me empurrou. Tentei fazê-lo parar, lembrando-o de que Paul estava em casa. Mas ele me deu um tapa com força. Paul viu.

MULHERES NEGRAS *NÃO* DEVERIAM MORRER EXAUSTAS

Não conseguia acreditar no que ouvia. O lenço que Vovó Tab tinha em sua mão começava a se desintegrar.

— Ele tentou me defender, mas o Vovô Walker estava com muita raiva. Ele bateu no Paul, derrubando-o com força no chão. Não sabia mais o que fazer, eu era jovem. Corri para a cozinha e peguei a maior faca que pude encontrar. Disse ao seu avô para ficar longe do meu filho.

As lágrimas da Vovó Tab fluíam pesadamente agora.

— Eu disse: "afaste-se do meu filho!" — ela repetiu em meio às lágrimas. — E depois falei para ele ir embora. Não importava para onde, desde que partisse. No dia seguinte, peguei o dinheiro que pude encontrar e entrei em um ônibus com seu pai rumo à Virgínia Ocidental. Nunca mais voltamos para aquela casa.

— Ele fez isso com o meu pai? — perguntei.

— Sim, Dupla, e eu não tive o bom senso de ir embora antes. Mas, na Virgínia Ocidental, não foi muito melhor. Voltei para a casa do meu pai com o seu pai. Os tempos não eram bons para uma criança de pele escura como a dele. Meu bebê... — Ela se virou novamente. — Minha família, eles não nos tratavam bem. Todos pareciam mais preocupados com o que pensavam ser socialmente aceito do que com o que era *certo*. Ninguém assumia a responsabilidade pela maneira como pensava naquela época; as ações não vinham do coração, tampouco da cabeça. As pessoas só faziam o que se esperava delas. E disseram para eles que tinham o direito de tratar o meu filho como se ele não fosse da família, como se não merecesse estar ali. Então, fomos embora. E meu pai, que sabia de tudo o que aconteceu com o Vovô Walker, apenas disse: "Bem, acho que havia coisas piores sobre ele do que apenas a cor de sua pele". E isto foi o mais próximo de um pedido de desculpas que eu já tive.

— Para onde a senhora foi depois de sair de lá, Vovó Tab?

— A Virgínia Ocidental não era lugar para um garotinho de cor. Então, voltei para Los Angeles. Seu avô sabia que, se não parasse de beber, não poderia morar com a gente. Não era seguro. Mas ele não conseguia parar, tinha piorado muito... Então ele nos deu, para mim e o seu pai, dinheiro para conseguir um lugar nosso, e tive de nos inscrever para receber assistência do governo por um tempo. Depois, entrei na faculdade comunitária e, em seguida, terminei minha graduação por conta própria. O primeiro bom trabalho que obtive foi como professora, e foi isso que fiz. Essa parte da história você conhece.

— Vovó Tab, o que aconteceu com o Vovô Walker?

— Ele morreu, não muito depois. Bebeu até se acabar. Não vou dizer que a forma como ele foi tratado foi o que o matou, porque isso seria justificar os atos dele, e o que ele fez para nós, e para si mesmo, não tem desculpa. Mas havia *razões*, Tabby, eu as vi com meus próprios olhos. Senti isso com minha própria família. Só queria que ele tivesse tido a chance de ser o homem que eu sabia que ele poderia ter sido. Teria adorado vê-lo de outra forma. Sei que acha que nos divorciamos, mas continuamos casados até ele morrer. Nunca amei mais ninguém.

— Vovó Tab... Eu... Como a senhora lidou com tudo isso? — perguntei. Foi tudo o que consegui articular em meio às minhas próprias lágrimas, que começaram a brotar.

— Dupla — disse ela, após um profundo suspiro —, acabei aprendendo que, nesta vida, não importa que tipo de mal aconteça... é preciso ter um pouco de otimismo, algum tipo de esperança de que, nos próximos tempos, ou mesmo no instante seguinte — Vovó Tab desviou o olhar para encarar melancolicamente o salgueiro, antes de continuar —, tudo vai ser o que você desejou a princípio, e que a bonança ainda está por vir.

Ela piscou para afastar as lágrimas dos olhos, que hoje estavam quase da cor da hortênsia azul. Ela ainda era a minha avó, mas, naquele momento, pareceu diferente para mim, de alguma forma.

Como a liberação de tudo o que ela vinha guardando, compartilhar isso comigo tinha lhe devolvido um pouco do toque feminino de sua juventude. Ela estava linda à luz da janela, como uma deusa se banhando no próprio resplendor. Quem diria que aquelas mãos envelhecidas, com veias azuis à mostra e pousadas sobre o braço da cadeira de balanço, um dia tinham sustentado o peso do mundo? Por um tempo, apenas

MULHERES NEGRAS *NÃO* DEVERIAM MORRER EXAUSTAS

ficamos sentadas ali — em silêncio, apoiando-nos em silêncio. Às vezes, não há nada mais para ser dito. *Não importa que tipo de mal aconteça...* Deixei as palavras dela passarem de novo em minha mente.

Meu telefone tocando nos tirou dos nossos pensamentos, e eu teria ignorado a ligação, mas pensei que poderia ser Laila, enfim entrando em contato comigo, e, em segredo, esperava que fosse Marc. Olhei para a tela, que mostrava um número local desconhecido. Fiquei em dúvida se devia ou não responder. Algo em meu instinto me disse que eu deveria.

— Alô?

— Alô, é a... A Tabby que está falando? — A voz de mulher na outra extremidade parecia familiar, mas eu não conseguia identificar.

— Sim, isso.

— Tabby, aqui é a Naima Joon, mãe de Laila. Você se lembra de mim?

Claro que sim, mas a familiaridade não me trouxe qualquer sensação de conforto. *Por que a mãe da Laila estava me ligando?*

— Sim, sra. Joon, eu lembro... Está tudo bem com Laila?

A pausa foi longa demais para que a resposta fosse sim.

— Tabby, sinto muito por esse ser o motivo pelo qual estou ligando. Sei que deve parecer estranho. É só que... Laila está no hospital.

Podia sentir as lágrimas já cruzando o limiar dos meus cílios e rolando pelo meu rosto de novo. Antes que eu pudesse escolher uma pergunta a fazer, sra. Joon continuou:

— Ela, hum... Não há uma boa maneira de dizer isso, eu acho... Ela tentou... com comprimidos. Nem sei onde os conseguiu. Eu a encontrei inconsciente no banheiro, no chão — a sra. Joon explicou com um cuidado calculado. — A ambulância veio e a levou ao hospital em tempo. Ela está aqui há alguns dias.

Alguns dias? Meu Deus. Eu sabia que algo estava errado. Por que eu simplesmente não fui até a casa dela?

— Sra. Joon — falei —, não sei o que dizer... Graças a Deus a senhora foi para a casa dela.

—Casa dela? — a sra. Joon falou com surpresa. — Ela estava em casa, comigo e com o pai dela. Laila tem morado com a gente nos últimos quatro meses! Ela não contou?

—Eu... acho... que não surgiu o assunto — falei, tentando disfarçar minha surpresa.

Minha avó me encarava com preocupação. Gostaria que ela não tivesse que ouvir isso. Eu mesma não gostaria de ter ouvido.

—Ela foi demitida e precisava recomeçar. Estávamos tentando fazer as coisas funcionarem com ela em casa temporariamente, até que ela encontrasse algo novo. Graças a Deus, porque não sei como eu teria...

A voz da sra. Joon encheu-se com emoção e parou abruptamente. Eu podia ouvi-la soluçando ao fundo. Eu estava com medo de fazer a próxima pergunta, mas precisava.

—Sra. Joon, a Laila está bem?

Eu podia ouvir o silêncio da Sra. Joon soluçando lentamente em alguns fungados abafados, percebi que ela estava assoando o nariz. Ouvi-a respirar de forma cambaleante antes de continuar.

—Ela está melhor. Estável, agora. Os médicos querem mantê-la um pouco mais aqui, e ela ainda não pode atender ao telefone. Acho que seria bom se pudesse vir vê-la. Até agora só eu e o pai dela estivemos aqui no hospital.

—Quando posso ir?

—Você conhece o Centro Médico da USC, certo? Há horas de visita limitadas para... Esse tipo de caso. Mas você pode vir hoje até 20h. Já coloquei você na lista de visitantes dela.

—Sra. Joon, estarei aí. Estou apenas com minha avó agora em Glendale, mas sairei em breve. Diga a ela que eu estou chegando. Por favor. Por favor, diga que a amo. Estou a caminho.

—Vou dizer a ela, Tabby. Ela ficará feliz em ver você.

Ficará? Senti um suor úmido brotar em minhas mãos quando desliguei. Minha avó olhava para mim. Tinha certeza de que ela ouvira tudo. Não

MULHERES NEGRAS *NÃO* DEVERIAM MORRER EXAUSTAS

conseguia pensar com clareza, especialmente porque o calor da culpa começou a preencher minhas entranhas. Era tudo culpa minha.

— Está tudo bem? — a Vovó Tab perguntou com um olhar de preocupação, que agora havia substituído por completo a nostalgia de momentos anteriores.

Não importa que tipo de mal aconteça... Minha mente continuou ecoando as palavras da minha avó.

— Acho que a senhora ouviu...

— Só ouvi o que você queria que eu ouvisse, querida — minha avó disse. — O que eu ouvi?

— Que a minha amiga Laila está no hospital. Ela... se machucou — falei. — A mãe dela quer que eu vá vê-la esta noite, bem, agora mesmo. A senhora vai ficar bem? Queria ficar um pouco mais, já que a senhora Gretchen não está aqui.

— Não se preocupe comigo, Dupla — disse Vovó Tab. — Estou cansada agora, de qualquer maneira. — Ela bocejou, como se fosse uma deixa. — Vou apenas tirar uma soneca, e logo seu pai estará aqui para me pegar.

— Diga oi para ele — pedi. — E para as meninas também — acrescentei, pensando sobretudo em Dixie. — Ele e eu tivemos a chance de conversar na semana passada. Não tinha me dado conta de quanto tempo fazia desde que eu tinha visto as meninas. Danielle está quase da minha altura.

— Sim, Danielle vai ser alta. E uma verdadeira beldade, depois de tirar o aparelho ortodôntico — disse a Vovó Tab sorrindo. — Dixie, essa é outra coisa. Ela me lembra você nessa idade. — Tentei mascarar a pontada de ciúme que me atingiu enquanto ela falava da minha *irmã caçula.* — Não posso ter favoritas, mas você sempre será a minha primeira neta — disse ela, com uma piscadela e um pequeno beliscão no meu braço.

Por enquanto, tinha de ficar satisfeita por essa pequena concessão.

— Estou orgulhosa de você, Dupla. Fico feliz que tenha ido visitá-los.

Era provável que eu levasse uma eternidade para admitir, mas também tinha ficado feliz com isso.

— Descanse um pouco, Vovó Tab! — falei com exagerada alegria, encontrada e forçada de algum outro lugar do meu corpo. — A senhora vai precisar de energia para o baile! Será na próxima semana, certo? — Usei a promessa de tempos melhores, na esperança de que ela não ficasse com alguma preocupação na cabeça.

Tentei não apressar a despedida, mas era difícil lutar contra o pânico crescente em minhas entranhas. Peguei meus pertences, tentando não parecer tão apressada quanto realmente estava.

— Isso mesmo! — Ela se animou por completo. — Você vai vir, não vai? Para me ajudar a me aprontar?

— Claro! — respondi. — Não perderia por nada.

Consegui me despedir da Vovó Tab, embora minha mente estivesse sobrecarregada com as informações daquela noite. Não conseguia nem pensar no que fiquei sabendo sobre meu avô, ou como isso se relacionava com Marc. Estava muito ocupada pensando em Laila e na última vez em que nos vimos. *Poucos dias depois, ela tentou se matar?* Passei cada minuto da minha ida para o hospital da USC repassando os eventos daquela noite — *Como a deixei ir embora daquela forma?* Minha parte racional sabia que só aquilo não poderia ter feito minha amiga tomar uma atitude tão extrema. Mas meu coração sentia de um modo diferente. *A mãe dela disse que ela estava morando na casa dos pais?* Por que Laila não tinha me contado nada disso, nem que tinha sido demitida do emprego? Laila mentira para mim, *ou eu simplesmente não prestei atenção?* Não conseguia lembrar. Tudo que sabia era que tinha de chegar lá, tinha de vê-la. Laila teve sorte, e eu também. Ela ainda estava aqui, ainda viva. Então, graças a Deus, tive a misericórdia de uma segunda chance de fazer todas as perguntas que eu não sabia como fazer. Não consegui chegar ao hospital tão rápido quanto gostaria — precisava urgentemente colocar os olhos em Laila.

29

Parar no hospital foi um leve alívio para os meus pensamentos precipitados. Fiquei sabendo que eu poderia ver, falar e tocar na minha amiga enquanto seu corpo ainda estava quente e sua mente brilhante ainda vívida, competente e governante. *Ela tinha cometido uma tentativa...* As palavras da sra. Joon jogadas na minha mente quase como uma língua estrangeira que eu estava aprendendo — um vocabulário para rituais desconhecidos.

Liguei para a sra. Joon, que me deu instruções para encontrar o quarto de Laila. Ela me disse que ela e o sr. Joon usariam o tempo em que eu estivesse lá para fazer uma pausa no refeitório e pediu que eu mandasse uma mensagem quando estivesse saindo. Caminhar pelo corredor até o quarto de Laila pareceu uma experiência surreal e deslocada. Comecei a pensar no nosso dormitório do primeiro ano no campus da usc, nem tão longe dali. Fui olhando o número das portas onde me disseram para encontrá-la. *Ela cometeu... uma tentativa.* Pensei em todas as coisas que Laila tinha realizado desde a faculdade. Ela era ainda mais obstinada e determinada do que eu. Tinha conseguido uma coluna de jornal

JAYNE ALLEN

enquanto eu ainda estava na pós-graduação. Qualquer coisa que ela enfiasse na cabeça, ela conseguia. *Exceto isso.* Eu me descobri grata por qualquer erro de cálculo ou intervenção do destino que tivesse impedido Laila de... fazer o impensável. Minha mente sinalizou o número que eu procurava. Eu estava lá, a porta aberta diante de mim.

A primeira coisa que notei sobre Laila me tirou o fôlego brevemente e me deixou feliz por tê-la visto antes que ela me visse. Ela havia cortado todo o cabelo. O adorável, longo e bem cuidado *dread*, tão difícil de encontrar, sem o qual nunca a teria conhecido, fora agora substituído por um halo de cachos. O cabelo muito mais curto fazia Laila parecer uma criança pequena na cama, uma imagem reforçada pela camisola de hospital. Ela assistia a algo na televisão, mas virou-se para mim assim que bati os nós dos dedos contra o batente da porta. Ela olhou para mim, mas não disse nada, e, a princípio, seu rosto não registrou nem felicidade nem tristeza.

Ver sua expressão mudar para um leve sorriso foi a certeza de que eu precisava entrar.

— Posso entrar? — perguntei.

Laila assentiu. Nunca havíamos compartilhado tanto silêncio ao longo de nossa amizade. Entrei no quarto e esperei pelas palavras certas a seguir. *Como você está?* parecia inapropriado. Era uma pergunta que eu deveria ter feito com seriedade havia muito tempo.

Foi Laila quem falou primeiro.

— Oi.

— Oi. Você... cortou... seu *dread*?

Laila levou a mão até a cabeça, como que para confirmar que os *dreadlocks* de fato haviam sumido. Como se minhas palavras fossem uma novidade para ela. Ela parecia nervosa e incerta ao correr os dedos por um lado dos cachos.

— Sim... Precisava começar do zero... Cortar aquele peso morto... Acho que não deveria usar essa palavra — disse Laila com um leve sorriso. — Quero dizer, dadas as circunstâncias.

Ela riu um pouco, indicando a sala com as mãos. Dei uma pequena risada estranha em troca. Foi um bom lembrete de que Laila ainda estava ali.

— Ficou… Bom — Estava *mentindo*.

Mas pude ver como um novo visual ficaria bonito, em um lugar e tempo diferentes, sem os olhos fundos, os tubos e a camisola de hospital.

— Tabby, eu tô com uma aparência de merda — disse Laila. — Você pode ser honesta. Eu prefiro.

— Ok — afirmei com um sorriso. — Você… Está… Meio mal. Mas, ainda assim, você é a coisa mais linda que vi hoje.

Caminhei até o lado da cama.

— Então você deve ter tido um dia muito fodido — Laila disse.

— Poderia ter sido pior — respondi, a voz suave.

Com isso, o rosto dela mudou. Obscurecido pela seriedade. Seu olhar baixou por um momento, e então voltou para mim.

— Estou muito envergonhada, Tab — disse ela. — Preciso lhe dizer isso.

— Não precisa ter vergonha. Não deveria estar envergonhada. Não comigo.

— Isso simplesmente não é algo que eu queira que ninguém saiba. Não é algo que eu queira saber sobre mim. Queria poder desfazer — disse ela, pegando um lenço de papel da caixa no criado-mudo ao lado dela.

— Estou feliz que você ainda esteja aqui, Laila. E estou feliz que pude estar aqui com você… Por você — falei, também alcançando a mesma caixa.

— Tabby, sinto muito. Eu sinto que devo a todos um milhão de desculpas. O que eu fiz… — ela pausou, enxugando os olhos. — Assim que engoli a primeira pílula, soube que era errado; na última, já tinha me arrependido de tudo. Decidi que deveria tentar vomitar, mas desmaiei — ela fez uma pausa novamente, balançando a cabeça e desviando o olhar. — E, então, minha mãe teve que ver isso… Ela não deveria ter que ver. Todo meu cabelo no chão, e eu no chão... Só Deus sabe o que mais. Eu sinto muito. Sinto muito — ela chorou em seu lenço.

Tudo o que podia fazer era obedecer ao meu impulso de me sentar na cama e segurá-la no abraço mais forte que poderia lhe dar. Ela pousou a cabeça no meu ombro. Ainda estava com problemas para encontrar as palavras certas, mas esperava que ela pudesse ouvir quanto eu a amava com base em tudo o que não estava sendo dito, nas minhas lágrimas caindo sobre seu cabelo, nos batimentos cardíacos contra seu peito, no calor do meu abraço. Dei tudo do meu corpo para aquele momento, para ajudá-la a superar aquilo, para ser a amiga que eu tinha deixado de ser quando ela parecia ter precisado mais de mim e eu estava muito envolvida nas minhas próprias questões para conseguir notar. Eu a abracei como uma mãe que encontra o filho perdido, compreendendo o milagre de ter uma segunda chance.

— Acho que, finalmente, consegui envergonhar meus pais — Laila brincou, tentado fazer piada.

— Claro que não. Eles vão superar isso.

— Você superaria? — Laila olhou para mim.

A pergunta dela trouxe uma sensação aguda no centro mais íntimo do meu corpo. Eu podia imaginar o quão vulnerável e exposta ela devia estar se sentindo.

— Laila, não há nada para... — tentei tranquilizá-la, mas ela me cortou.

— Tabby — ela sussurrou. — Estou envergonhada. — Ela me encarou novamente. — Perdi meu bebê.

Ela conseguiu fazer as palavras saírem e depois desabou novamente contra mim.

— Espere, você *estava* grávida?

— Na academia... Eu já sabia. Não queria dizer nada porque era muito cedo e estava com um mau pressentimento sobre tudo isso. Que tipo de pessoa colocaria um bebê nessa minha situação? — disse Laila.

— O quê... O que o seu Mr. Big disse? Ele sabia?

— Eu contei a ele... Ele queria que eu... "consertasse a situação", segundo suas palavras.

— Idiota! — Não sei como, consegui conter uma sequência de palavrões.

— Como não concordei, ele simplesmente parou de responder. Não respondeu nem quando contei... o que aconteceu.

— Meu Deus. Meu Deus. Laila... — falei. Não sabia como um corpo poderia conter tanta dor, dela ou minha. Apertei com mais força, como se ela estivesse desmoronando e, de alguma forma, eu pudesse juntar os espaços.

— Tudo estava dando errado... Meu trabalho, tudo. E então havia esse pequeno raio de luz... Essa ideia, de que as coisas poderiam ser melhores, esse pouquinho de esperança crescendo dentro de mim... E, então, de repente, o bebê se foi. E eu apenas não conseguia parar de sofrer, Tabby. Eu não tinha como parar de sofrer.

— Por que você não disse algo?

— Não sei. Eu não consegui? Estava envergonhada? Pensei que tinha tudo resolvido, estava tão acostumada a ter todas as respostas. O tempo todo, estava fugindo da escuridão, Tabby, e era boa nisso. Talvez eu achasse que falar sobre isso tornaria as coisas reais, então continuei correndo e me escondendo. Sempre tentando deixar tudo para trás. — Assenti. — Mas aí o cerco começou a se fechar. A coisa toda me alcançou. Deveria ter pedido ajuda, mas não sabia que já estava mal... que estava tão perto de sucumbir. Deveria ter descoberto quando tivemos aquela briga... Eu me senti tão estúpida logo depois, antes mesmo de chegar em casa. Sabia que você não tinha contado nada para Alexis. Você entrou em contato naquela noite, e eu não me sentia bem e não tinha vontade de falar. Isso... — Laila correu o olhar pelo seu corpo — aconteceu logo depois. O aborto espontâneo... E... em seguida, os comprimidos. Acordei em uma ambulância, no caminho para cá... Eles pegaram meu telefone. — Ela olhou para mim.

— Sinto muito por aquela briga com Alexis. Estava tão estressada, sei que exagerei. Vocês duas devem ter pensado que eu era louca... Talvez eu seja louca, não sei.

— Provavelmente, somos todas loucas, Laila. Todas malucas, com bons motivos para ser — eu disse. — Posso perguntar uma coisa? — Estudei Laila, encontrando o centro de seu olhar. Ela assentiu. — Pode me dizer agora, quero dizer, poderia me garantir que isso não vai acontecer de novo?

— Isso não vai acontecer de novo, Tabby. Prometo.

Apenas a fitei, procurando em seu rosto alguma maneira de saber se era verdade.

— *Não vai* — ela repetiu, olhando para mim.

Respirei profundamente e Laila também, nunca quebrando nosso contato visual.

— Você vai ficar com seus pais? — perguntei. — Prefere ficar na minha casa?

— Vou ficar bem — afirmou. — É apenas temporário. Tenho tido muito tempo para pensar. Estar aqui tirou muito da pressão daquilo que eu *deveria* ser. Nem percebi quanto estava tentando viver de acordo com as expectativas das pessoas. E todo esse tempo pensei que não dava a mínima. Mas acontece que estava dando valor demais. Demais mesmo. — Ela abriu um sorriso modesto, e não pude deixar de sorrir também. — Tab, estive pensando sobre o que realmente quero fazer. Quando eu sair daqui, terei um plano... Um plano de verdade. Percebi que há muito mais que eu poderia estar fazendo; parece bobagem, mas tudo em que consigo pensar é em começar um *blog*... Minha própria publicação. Apenas meus pensamentos, minhas palavras e sem filtro. É muito bobo?

Não costumava ser eu a tranquilizar Laila, mas, com os papéis invertidos, fiquei feliz, pela primeira vez, por ser quem a encorajou, como ela havia feito por mim tantas vezes antes.

— Não, de forma alguma. Laila, aposto que seria hilário — falei — e muito bem-sucedido.

MULHERES NEGRAS NÃO DEVERIAM MORRER EXAUSTAS

Ela abriu um sorriso fraco e continuou:

— Comecei um diário... Quero dizer, ainda não escrevi muito, mas já é alguma coisa — disse, olhando para um grande caderno de capa de couro na mesa de cabeceira. — Minha mãe trouxe para mim no meu primeiro dia aqui.

— O mundo tem muito mais a ouvir de você, Laila Joon — eu disse, tentando conter as lágrimas que o pensamento da minha próxima fala traria. — Eu não tenho... muitos familiares. — As lágrimas caíam enquanto eu falava. — Você... e Lexi... — As palavras se trancaram em minha garganta. Laila cobriu minha mão com a dela. Fui capaz de prosseguir, pois o que eu tinha a dizer era importante. — Às vezes nós não dizemos uma à outra o que *precisamos* dizer.

Laila olhou para mim e me entregou um de seus lenços.

— Eu entendo — afirmou.

E lá nos sentamos enquanto os minutos passavam, nada dizendo, aprendendo juntas como encontrar as palavras não faladas em um espaço de silêncio.

— O que posso fazer para ajudar você? — perguntei, por fim. — Estou me sentindo uma *péssima* amiga, Laila. Como se eu tivesse perdido algo em algum lugar... Como se eu não estivesse prestando atenção. Mas eu estava, eu só...

Como não percebi isso?, era o que eu queria dizer, era o que passava pela minha cabeça. Pensei, então, sobre o fato de que Laila não tivera visitantes além dos pais e de mim, e dei minha melhor sugestão:

— Quer que eu traga Alexis? Sei que ela gostaria de ver você.

— *Você* veio me ver. É o bastante. — Ela fez uma pausa, parecendo buscar as próximas palavras. — Não estou pronta para ver Alexis. Não quero que ela saiba ainda. Preciso de um pouco mais de tempo. — Assenti. — Mas vou dizer a ela, sim — disse Laila. — Eu mesma contarei a ela.

— Compreendo.

— Mas há outra coisa que você pode fazer... — disse Laila.

— O quê? Qualquer coisa.

— Ajude-me a descobrir o que fazer com esse cabelo! — Com isso, ela me deu um grande sorriso.

— Isso eu *definitivamente* posso fazer — afirmei, muito grata por aquele sorriso.

Fiquei até o final do horário de visitas, enviando uma mensagem para a sra. Joon às 19h15 para dar a seus pais a chance de terminar a noite com a filha.

Por algum motivo, pensei no meu pai. Por mais imperfeito que ele fosse, começava a entender o que minha avó queria dizer sobre ele ser "um tipo raro". Mesmo quando me afastei dele, ele nunca parou de me procurar, apesar de suas falhas. E, assim como Laila, não precisamos todos de um espaço para ficar aquém das expectativas e continuar lutando? Não é isso que todos pedimos uns aos outros? Um espaço para tentar de novo, com a esperança de que um dia, de algum modo, pudéssemos ganhar esse tipo de perdão — uma superação, ou algo assim? O segredo de Laila pesava muito para mim, mas não havia ninguém com quem compartilhar. Seria meu fardo por ora, meu pensamento para processar, minha culpa para pesar, minha mente para curar. Tudo que eu conseguia pensar era na garrafa de vinho esperando por mim em casa. Meu telefone tocou, interrompendo a cascata de pensamentos. Achei que tinha esquecido algo e talvez a sra. Joon estivesse me ligando para avisar.

Mas não era a sra. Joon. Claro que não... Era Marc.

30

No momento em que ele ligou, precisava mais falar com Marc do que de ar. Queria conforto para sufocar e saciar a fúria que queimava em minha mente. Um raio tinha me atingido duas vezes naquele dia, no território já vulnerável da minha consciência. Laila fora um chamado para despertar, obrigando-me a tomar consciência da minha fragilidade e a reconhecer minhas limitações. Com base na explosão do nosso último encontro, embora a estivesse esperando, deixei a chamada de Marc cair no correio de voz. Considerei isso uma atitude de autopreservação. Sabia que vinha bebendo muito ultimamente, mas foi apenas uma boa parte de uma garrafa de vinho que me permitiu dormir naquela noite, e mesmo assim foi um sono inquieto. Peguei-me acordada, de novo, às três da manhã, pensando no meu pai.

Imaginava a cena que a Vovó Tab havia descrito. Aquela em que a versão infantil do meu pai tentara defendê-la com seu corpo magro e ferido pelo meu avô. Meu avô, que, por causa das próprias ações, jamais iria conhecer. Pensei na Vovó Tab, em sua eterna delicadeza, pegando o cabo de uma faca, assim como minha mãe fez com aquela espátula em nossa cozinha, em defesa da filha. Pensei sobre o resumo de Marc sobre o caos e o abandono, e me perguntei como isso poderia ser tão diferente da experiência do meu pai, ou mesmo se tinha sido diferente. Talvez fosse semelhante. E, se fosse, como acabei repetindo um ciclo que nem conhecia? *Marc é como meu pai, de alguma forma?* Pensei no corpo pequeno de Laila, com seu cabelo curto e todos os fios e tubos pendurados em suas mãos muito magras e nos punhos. *Laila cometeu uma "tentativa"?* Minha amiga Laila, com sua sagacidade ácida e seu humor irreverente tentara se matar, e eu não havia percebido nenhum dos sinais. Sabia que precisava conversar com alguém, mas às três da manhã as opções eram limitadas.

Foi quando decidi ligar para minha mãe. Com a diferença de fuso horário na costa leste e os hábitos de acordar cedo do general, presumi que ela estaria acordada, e eu estava certa.

— Gatinha Tabby, está tudo bem? — minha mãe falou, pegando o telefone ao primeiro toque.

Não, mãe, pensei, *não está tudo bem. Não está tudo bem e não tenho certeza de que tudo ficará bem novamente. Mas preciso que fique bem. Nada é o que pensei que era. Preciso de respostas.*

— Oi, mamãe, está tudo bem. Eu estou apenas... Acordada. Eu estava pensando em algumas coisas e pensei em ligar... Somente... Somente para conversar.

— Ah, ligando às três da manhã só para conversar? Minha Tabitha? Alguma coisa deve estar *muito* errada, então — disse a minha mãe. — Como está a sua avó? Ela está bem?

— Ela está bem, mãe.

— Alexis?

— Tudo bem.

— Laila? — congelei.

Laila.

— Laila está... se recuperando. Ela... teve um acidente.

— Mas ela está bem, Tabby?

MULHERES NEGRAS *NÃO* DEVERIAM MORRER EXAUSTAS

Como minha mãe sempre consegue me entender? Ou eu que sou tão transparente?

— Vai ficar. Acho que vai demorar um pouco, mas eu a vi mais cedo e ela estava bem.

Tentei dar à minha mãe satisfação suficiente para abandonar o tópico.

— Bem, e quanto ao seu pai? — ela perguntou.

— Ele está bem. Você sabe, fui jantar lá na semana passada.

— Ah, foi? — minha mãe disfarçou o tom da sua voz ao dizer isso.

— Sim — respondi. — A Vovó Tab me pediu para ir... E eu nem estava na lista da segurança do condomínio, mas consegui passar pelos portões — contei, surpresa comigo mesma por incluir esses detalhes.

— Ah, hã-hã. Diane devia tomar jeito. Nunca gostei de como ela tratou você, Tabby, eu...

— Eu *sei*, mãe — falei, interrompendo-a.

Eu tinha um assunto a abordar, então prossegui:

— Foi bom, porque eu realmente só queria falar com meu pai, sabe, sobre algumas coisas de trabalho e algumas coisas da vida, sobre Marc.

— E o que *seu pai* disse? — minha mãe perguntou, pronunciando "seu pai" como alguém pronunciaria "aquele idiota".

— Ele disse muitas coisas. Disse... que o que você precisava dele era parte de um dano que você não causou.

Deixei isso pairar no ar.

— Sabia disso? — perguntei.

— Humpf.

Minha mãe fez apenas esse ruído, mas não disse nada, ficando em silêncio por um tempo. Achei que estivesse deixando-a assimilar as palavras até que desenvolvessem algum tipo de significado para ela. Imaginei uma massa, palavras se misturando com velhas lembranças, tristezas, e toda uma história vivida com outra pessoa, até que ganhasse uma consistência suave e uniforme — o suficiente para falar, o que ela finalmente fez.

—Acho que isso é verdade — afirmou ela. —Mas as pessoas decidem que dano vão consertar e para quem vão consertar.

E era bem essa, não era? A raiz da questão que eu nunca soube que precisava perguntar quando doeu mais — *por que foi de mim que você desistiu?*

— Você teria mudado alguma coisa, mamãe? Qualquer coisa, em tudo?

— Acho que não mudaria muito. Bem, se fosse para mudar alguma coisa, eu teria apenas guardado o que era meu e devolvido o que não era.

Guardado o que era dela? O que não era dela? Comecei a perguntar a ela o que ela queria dizer, mas meus próprios sentimentos começaram a aparecer.

— Mamãe, eu... Eu só sinto que às vezes estou tentando tanto. E não importa o quanto eu me esforce, sempre estou perdendo alguma coisa... Como se a base das coisas fosse sempre como areia movediça.

— Tabby, parece que há mais coisas que você não está dizendo.

— Rob e Lexi estão separados. Ela não está usando a aliança.

—Ah, não! O que aconteceu, Rob engravidou alguém?

Eu adorei como minha mãe pulou o óbvio, porque, afinal, a história de Rob era bem óbvia.

— Não, ele traiu.

— Bem, isso não é novo. Se eu ganhasse uma moeda a cada vez que "Rob trai Lexi" — disse minha mãe com total descrença. —Bem, a questão mais importante é: ele quer ficar ou ir embora?

— Ele diz que quer ficar.

— Lexi precisa descobrir se ele está falando sério, e então decidir o que ela quer fazer. Se ele quiser ficar, ela tem opções. Se ele não quiser, bem... Há um limite de escolhas na vida da mulher. Não tem jeito de fazer um homem ficar se ele quiser partir. E não há como expulsar um homem que tem a intenção de ficar.

Pensei sobre meu avô, perguntando-me qual dos exemplos de minha mãe ele teria sido.

MULHERES NEGRAS *NÃO* DEVERIAM MORRER EXAUSTAS

— Ele diz que quer resolver; estão fazendo terapia.

— Lexi tem opções que eu não tinha. Não com o seu pai... se é isso que está perguntando.

— Não tenho certeza do que estou perguntando, mãe, honestamente. Estou apenas tentando descobrir algumas coisas.

— Tem certeza de que está bem, Tabby? Você não parece você mesma... Por que não vem aqui para me visitar em Washington? Tire uma folga.

— Vou pensar sobre isso, mãe — respondi. — Agora, só preciso dormir. Foi um longo dia.

— Certo. Acabei não perguntando a você sobre Marc — disse ela, sem pegar a minha deixa.

— Ah, Marc. Talvez seja melhor devorar um burrito — eu disse. — Ou um livro.

— Ok, Tabby, você está falando bobagem, volte a dormir. Eu te amo.

Disse que a amava também e desliguei, ainda muito, muito desperta.

31

Fiquei feliz por enfim estar na cadeira de Denisha, pronta para o último e mais complexo elemento do meu ritual de estilo. Pela primeira vez, Denisha é que estava atrasada, e não eu, já que tinha conseguido chegar cedo. Em vez de ir à academia naquela manhã, Laila e eu tomamos café juntas. Foi um alívio vê-la com uma aparência melhor, e concordei em ajudá-la a pensar em algumas ideias para o seu *blog*. Já fazia muito tempo que eu não a via tão animada. Isso me fez acreditar que poderia contar com *todas* as suas promessas para seguir em frente.

Mais tarde naquele dia, planejei manter minha própria promessa de ir a Crestmire para ajudar a Vovó Tab a se preparar para o baile. A sra. Gretchen ainda estava fora da cidade, então eu seria a parceira de preparação da Vovó Tab e sua acompanhante na festa. A mão de Denisha flutuou logo acima da minha cabeça quando passou a me informar sobre os eventos locais, como se ela fosse a âncora da tarde da produção ao vivo de notícias. Juro que não confiava em uma Denisha animada com uma escova quente na mão. Era a receita perfeita para marcas de grelha na minha testa.

— Garota, você ouviu sobre o tiroteio que aconteceu em View Park? — ela perguntou.

— Você quer dizer o menino que foi baleado por um policial fora de serviço? Ele está bem, certo? Ainda está no hospital?

Eu tinha ouvido falar do tiroteio. Cobrimos brevemente no noticiário do dia anterior, mas não gastamos muito tempo com isso porque, infelizmente, entre as coisas que odiamos admitir, se a vítima do tiroteio não morreu, isso gera muito menos interesse. Felizmente, o estudante universitário de 19 anos tinha levado apenas um tiro no braço e recebeu tratamento de emergência em tempo hábil no hospital local.

— Sim, ele ainda tá no hospital, mas não devia — disse Denisha. — Não tá nem certo o que aconteceu com aquele menino. Tudo porque as *pessoas* tão se mudando para o View Park e nem sabem quem são os vizinhos!

Ouvir essa elaboração chamou minha atenção. Não tinha ouvido nada disso em nosso próprio relato da história. À custa da minha testa e da minha orelha, que só agora tinha sarado de uma pequena marca de queimadura da semana passada, pedi mais detalhes.

— Espere, o que você quer dizer?

— Bem, esta é a parte que deixaram de fora na TV, pelo que eu vi. Mas você sabe que meu primo Tre e a gente dele moram em View Park, então eles sabem exatamente o que aconteceu. E não é o que a polícia tá dizendo, não.

— Ah, sério? — meu ouvido de repórter se animou. Um novo ângulo de abordagem.

— Sim, menina, Tre me contou que o que realmente aconteceu foi que o menino, Daequan, foi na casa da avó. E ela tinha acabado de vendê-la. Porque você sabe como todo mundo tá tentando mudar para o View Park, não sabe? Descobriram lá de repente! De qualquer maneira, a avó dele estava vendendo a casa porque Daequan tinha que

MULHERES NEGRAS *NÃO* DEVERIAM MORRER EXAUSTAS

trabalhar em dois empregos e ainda ir para a faculdade. Ele está na UCLA, para ser médico.

— Ah, ele está no preparatório para medicina?

— Sim, a mãe dele é enfermeira, e a avó dele tá cansada. Então, ele decidiu que seria cirurgião. Mas, enquanto isso, ele estava lutando para pagar a faculdade, certo? Então a vovó decidiu que venderia a casa enquanto os brancos estavam elevando os preços, e pegar o cheque ajudaria seu neto com as despesas. Ela e a mamãe compraram uma nova casa em Palmdale.

— E o que tudo isso tem a ver com o tiroteio?

— Ué, vocês não sabiam disso? — Denisha disse, acenando com o modelador. Por instinto, segurei minha orelha. — Tá tudo bem. Pode soltar a orelha, já entendi.

Com relutância, coloquei minha mão de volta no colo. Ela continuou:

— Veja só, vocês tão perdendo coisas importantes nas notícias.

— O que não apareceu? — perguntei.

— Veja, o que aconteceu foi que a mamãe e a vovó deveriam se mudar no dia seguinte. O caminhão de mudança estava chegando e tudo mais. A mamãe e a vovó já haviam levado um carro cheio de coisas para a nova casa no início do dia. Daequan veio depois do trabalho para ajudar com outra carga para levar pra lá. Você sabe, né, pra ajudar. Ele estava lá carregando o carro. Um dos novos vizinhos intrometidos viu ele lá retirando coisas da casa, não fez perguntas e ligou direto para a polícia.

Chamaram a polícia. Senti uma pontada imediata no estômago.

— O quê?

— Sim, chamaram a polícia e disseram especificamente que um *homem negro* ou *bando de homens negros* estava cometendo um roubo na rua de sua casa e que eles não sabiam se os ladrões, os *ladrões negros*, estavam armados ou não. Mas era só o Daequan, levando coisas pra fora da casa da avó. Ninguém mais.

— A denúncia foi falsa?

—Nem sabia que dá pra chamar isso de denúncia falsa. Seria bom se alguém chamasse. Isso parece acontecer o tempo todo. Chamar a polícia por causa dos negros. Não precisa ser *verdade*, só precisa *ligar* e pronto.

—E não é que é verdade? —comentou uma senhora idosa da igreja, do outro lado do salão.

—Ahan — Denisha concordou. — Então, a ligação foi feita pelo rádio da polícia, e quem atendeu foi esse policial novo, assim como no segundo dia, e ele estava de folga na rua. Acontece que seus amigos, seus amigos brancos, haviam se mudado para o mesmo quarteirão. Eles foram na reunião do clube do bairro reclamando da vizinhança e de como as "gangues" — disse Denisha, fazendo aspas no ar com o modelador ainda na mão — estavam armando todas essas invasões.

—O quê? — Estava hipnotizada.

—Sim. E depois aquele policial, o novo, o que estava de folga, foi o primeiro a responder — disse Denisha, continuando a história com mais animação. — Garota, segure a outra orelha, vou acertar as pontas bem rápido.

Um pouco nervosa, obedeci.

—Então, você imagina... Quer dizer, basicamente, ele é um *menino*, certo? Está tentando ajudar a mamãe e a vovó a se mudarem, depois da escola, depois do trabalho, cansado pra burro, e um policial fora do horário de serviço empurra o corpo dele do lado de fora da casa, no escuro? Isso é uma loucura!

—Como o tiroteio aconteceu? — perguntei, já começando a digitar anotações no celular.

—O policial puxou a arma pra Daequan, assim que ele estava saindo de casa. Daequan levantou as mãos e tentou explicar pro policial que era a casa da sua avó e que ele estava apenas ajudando na mudança. Mas o policial não acreditou nele. Então, Daequan estava tipo, "Olha, eu vou ligar pra minha mãe bem rápido, ela vai explicar", e estendeu a mão para pegar o celular. O policial logo pensou que o telefone era uma arma e atirou no braço dele. Por *nadica* de nada.

MULHERES NEGRAS *NÃO* DEVERIAM MORRER EXAUSTAS

Não podia acreditar no que estava ouvindo. Nada dessa história de fundo tinha sido coberto.

— Então, você ouviu alguma coisa sobre Daequan? Ele vai ficar bem? — perguntei, ainda tentando anotar.

— Ele tá bem. Por sorte. Tre disse que havia sangue na calçada inteira depois que a ambulância saiu. Ele pode ter perdido o braço ou algo assim. Aí não vai conseguir ser cirurgião. Já vai ter problemas porque tá começando como preto. Que pena que eles não conseguem só arrancar nossa negritude da gente, por isso saem por aí atirando em pessoas negras sem motivo.

— Com certeza seria mais fácil assim! — a mesma senhora do outro lado da sala intrometeu-se na nossa conversa.

Seria? Era difícil entender o tiro de Daequan. Não era justo e, pior, ninguém sabia a verdade. Qualquer um que ouvisse a história pensaria que ele era apenas mais um atirador envolvido em circunstâncias questionáveis.

— Alguém sabe a gravidade do ferimento? — perguntei

— Tre disse que o primo de Daequan falou pra ele que a bala passou direto e ele terá alta esta tarde. A família vai fazer uma coisinha no Facebook quando sair do hospital. Isso é apenas para o pessoal da vizinhança que quer saber que o Daequan tá bem. Eu, pessoalmente, não sei por que esta não é a maior notícia que existe — disse Denisha enfaticamente.

— Por que você diz isso?

— Porque Daequan não morreu! — exclamou Denisha. — Ele é um caso raro, porque ainda pode contar sua história. Ele pode contar a verdade sobre o que aconteceu. Com aqueles outros meninos, aqueles que foram mortos a tiros, você não consegue ouvir o menino de doze anos perguntar pela mamãe. Pense em Tamir Rice. Deixe a mídia contar, ele era um monstro de mais de dois metros de altura com uma Glock, e não o que era de verdade, um *bebê* brincando com um brinquedo de plástico. Já era hora de a vítima *real* contar *a própria* história e as pessoas poderem ver por si mesmas como essa merda nas nossas vidas é ridícula.

— Denisha, você é um gênio — eu disse, as engrenagens já girando rápido em minha mente. — Volto já para te pagar. Preciso sair e fazer uma ligação.

De jeito nenhum eu telefonaria para Chris de dentro daquele salão barulhento. Assim, do lado de fora, fiquei aliviada com o burburinho baixo da rua quando ele atendeu ao primeiro toque.

— Chris, desculpe incomodá-lo em um sábado, mas tenho uma história que acho que precisamos retomar hoje.

— Espere, Tabby, está insinuando que existe um *fim de semana*? — ironizou Chris. — Essa deve ser a única verdadeira *fake news*... Embora eu odeie essa expressão. E aí?

— Você sabe daquele tiroteio envolvendo um policial em View Park ontem?

— Sim, nós cobrimos. O policial respondeu a uma denúncia de roubo em flagrante, confundiu o celular do garoto com uma arma, atirou no braço dele para desarmá-lo e o garoto está bem, recuperando-se no hospital, sem danos permanentes. Onde está a história? — ele perguntou em um tom seco.

— Definitivamente, há uma história — falei. — Muito mais do que isso. O garoto estava ajudando a avó a se mudar. Ela vendeu a casa para aproveitar o aumento dos preços devido à gentrificação do bairro de View Park. Lembra da minha matéria sobre as tendências imobiliárias de Los Angeles? — perguntei.

— Ah, sim, foi uma ótima matéria, muito bem-feita, e atraiu uma boa audiência para nós.

— Bem, esta é a história de mais um dos efeitos da gentrificação. Um dos vizinhos brancos chamou a polícia. Eles identificaram o suposto ladrão *pela raça*. O garoto é um estudante universitário que trabalha em dois empregos e estuda para ser *cirurgião*. Foi ajudar a avó a se mudar de casa, que ela vendeu para ajudar nas despesas da faculdade.

MULHERES NEGRAS *NÃO* DEVERIAM MORRER EXAUSTAS

— Isso *está* ficando interessante. Conte-me mais — pediu Chris.

— Foi um oficial de folga que atendeu ao chamado. Sua atitude "preto no branco" no tiroteio, por assim dizer, foi justificada. Ele confundiu o celular do menino com uma arma e atirou. O garoto estava apenas tentando ligar para a mãe para dar uma explicação de por que ele estava ajudando na mudança. Ele quer ser cirurgião, Chris. E se ele tivesse perdido o braço?

— Então, o que você está propondo?

— O menino recebe alta esta tarde. A família vai fazer uma sessão de perguntas e respostas no Facebook, assim que saírem do hospital. Nenhuma entrevista coletiva foi agendada. Acho que ninguém pediu uma. Eles estavam apenas planejando responder a perguntas de pessoas preocupadas da vizinhança e da igreja. Eu digo que precisamos estar lá. Se você designar uma equipe agora, isso não pode chegar ao noticiário da noite?

— Designar uma equipe? Tabby, essa reportagem é sua. Você é quem vai cobrir isso...

Merda. Eu deveria estar em Crestmire. Não consegui cancelar com a Vovó Tab.

—Ah, não, Chris, não estou... Pronta... Eu estava apenas sugerindo a pauta porque...

— Tabby, você é uma repórter sênior. Você não sugere, você cobre. Reúna sua equipe. Se trouxer o material pronto, aparece no jornal das dezoito horas.

Tentei encontrar palavras para protestar. Sabia que deveria ter dito a ele que tinha planos com a família. Mas não podia. Minha boca se abriu algumas vezes, mas as palavras não saíram.

Ah, merda. Vovó Tab. Merda. Merda. Merda.

32

— Oi, Dupla! Está a caminho?

A voz da minha avó cantou no meu celular após o primeiro toque. A culpa envolveu seus dedos úmidos ao redor da minha traqueia, tornando difícil falar. Levei alguns segundos para empurrar para fora as palavras que eu estava lutando para encontrar.

— Olá, Vovó Tab! — consegui dizer por fim. — Eu... odeio desapontá-la, e a senhora sabe que eu não faria isso em um milhão de anos se pudesse evitar, mas, na verdade, estou a caminho de um trabalho de emergência que preciso cobrir. Acho que não conseguirei terminar a tempo de ir para aí hoje, para o baile. Sinto demais por isso.

Assim que as palavras se soltaram, tornaram-se um dilúvio, e era quase impossível parar. Se eu pudesse dizer o suficiente sobre a história, talvez isso de alguma forma abafasse o fato de que estava escolhendo trabalhar em vez de ver minha avó, e nem mesmo tendo a sra. Gretchen lá para tomar meu lugar. Nos últimos tempos, tudo o que vinha enfrentando era uma série de decisões sem direito claro de escolha. Nesta tarde, porém, esperava estar fazendo o correto, algo que possivelmente poderia salvar uma vida no futuro.

— Ah! — foi tudo o que Vovó Tab disse, com inocente curiosidade.

Podia ouvir seu suspiro naquela pausa. Sabia que ela estava pensando, digerindo, refazendo-se de sua decepção e engolindo tudo como uma pílula. Tudo isso para me poupar do sacrifício voluntário. Poupar-me para que eu não achasse que minha decisão a tinha magoado. Era um processo que eu, e talvez todas as mulheres, conhecíamos bem, o confronto de si mesma em torno de expectativas frustradas, o esforço para esconder a dor dos demais, para que não precisassem carregar esse peso, acreditando que estaríamos sempre bem. Chamamos isso de amor.

— Bem, querida, eu entendo que você tenha que trabalhar! — Vovó Tab continuou alegremente. — E isso era apenas um programa para caso você não tivesse mais nada para fazer. Nós, garotas velhas, não temos nada além de tempo.

— Vovó Tab, tem certeza? Estava muito ansiosa para ir! Muito obrigada pela compreensão... Meu chefe disse que eu... Que eu tenho que fazer isso. A senhora sabe do caso do menino que foi baleado pela polícia em View Park, o jovem de dezenove anos?

— Sim! Eu vi no noticiário! Mas eles não falaram muito a respeito. O menino vai ficar bem, disseram. É isso mesmo?

— Vovó Tab, há muito mais nessa história. Inicialmente, nenhuma das emissoras estava interessada. Por que estariam, certo? O menino vai sobreviver, parece que não há controvérsia. Mas, no salão, a minha cabeleireira contou outros detalhes. Ele era apenas um jovem inocente tentando ajudar a avó com a mudança naquela noite, depois do trabalho, e os vizinhos chamaram a polícia.

— Bem, qualquer avó poderia se identificar com isso — Vovó Tab disse. — Que bom menino a ajudando assim, mesmo depois de ter trabalhado o dia todo! E quem chamaria a polícia por isso?

MULHERES NEGRAS *NÃO* DEVERIAM MORRER EXAUSTAS

— É ainda pior... O vizinho o identificou como negro quando ligou. Como se isso o tornasse *mais* perigoso, ou mais suspeito. Como se não tivessem se mudado para um bairro de negros...

— Bem, mesmo que eles não tivessem se mudado para um bairro negro, não deveria ser suspeito apenas ver um negro, e definitivamente não em View Park. Eu simplesmente não tenho muita compreensão para esse tipo de coisa. Eu costumava me preocupar com seu pai o tempo todo... Que, por causa da cor de sua pele, as pessoas não veriam a sua *inocência*.

— Eu sei. Eu sei, Vovó Tab. E o oficial atirou no menino no braço quando ele estava tentando ligar para a mãe para que ela explicasse a situação. Eu só posso imaginar o quão assustado ele estava. Felizmente, a bala passou de raspão... E ele está estudando para ser cirurgião! Somente um milímetro a mais e... Pode imaginar?

— Você vai cobrir isso, Dupla? Foi essa reportagem que atribuíram a você?

— Sim, Vovó Tab. Tenho que ir ao hospital para entrevistar o menino e a família, quando ele receber alta esta tarde. Nossa equipe de notícias está programada para estar lá. Então, encurtando a história, é por isso que não posso ir hoje.

— Bem, então não se *atreva* a se preocupar comigo, Tabby. Isto é exatamente o que deve fazer. Esta é a *sua* reportagem, sinto isso. Farei minha própria maquiagem e vou ficar ótima. O que for para ser seu, será seu. Vai passar no noticiário esta noite?

— Sim, às dezoito horas, foi o que Chris disse. Se eu conseguir preparar o material da entrevista e entregá-lo, eles vão colocá-lo no ar às dezoito.

— Bem, eu vou assistir!

— Muito obrigada, Vovó Tab! Irei visitá-la amanhã.

— Ok, querida! Eu te amo, e arrase com eles!

Eu imaginei os nós dos dedos pálidos da minha avó ressaltados, socando o ar na frente dela, como ela sempre fazia quando dizia isso para mim. Suas mãos podiam ter mudado com o tempo, com uma pele afinada e enrugada, quase translúcida, pela idade, mas ela tinha usado essa expressão muitas vezes antes, a maioria delas em ocasiões importantes — no meu primeiro dia de colégio, quando saí para a pós-graduação, no meu primeiro dia de trabalho. E agora.

— Obrigada, Vovó Tab. Também te amo. E farei o que puder para ir vê-la... Às dezoito horas estarei aí!

Embora esta fosse, de longe, a minha ligação mais importante do dia, havia uma outra concorrendo pelo segundo lugar. Consegui reunir minha equipe de reportagem e fazer uma breve sessão de planejamento na van, no caminho para cobrir a alta hospitalar de Daequan. Conversamos sobre as perguntas que precisavam ser feitas, e coloquei minha equipe de pesquisa para puxar todas as informações pertinentes sobre os fatos de fundo. Felizmente, Scott Stone roubar a matéria dos Rams funcionou a meu favor, porque eu já tinha muitos dos dados sobre gentrificação e tendências do mercado imobiliário de Los Angeles como referência. Estava segura de que isso se transformaria em uma ótima reportagem para os nossos espectadores. Mas ainda assim, um elemento permanecia aberto: faltava relatar o ocorrido de uma perspectiva particular. Eu precisava chegar a alguém em quem eu não pensava havia muito tempo.

— Tina, Jim — orientei. — Preciso que vocês encontrem um oficial Mallory. M-A-L-L-O-R-Y.

33

Jim e Tina aproveitaram o pouco da informação que pude lhes dar sem um número de crachá. Eles ficaram na minha frente com seus bloquinhos de notas nas mãos, prestando atenção a cada palavra minha.

— Quando você encontrar o oficial Mallory, diga a ele que Tabitha Walker, repórter sênior da KVTV, quer entrevistá-lo sobre um tiroteio envolvendo um policial. Ele deve se lembrar de quem eu sou. Ele me parou uma vez... E depois me deixou ir.

Se tudo saísse como eu queria, antes do final da minha entrevista com Daequan e sua família, teria um contato do oficial Mallory para que pudesse entrevistá-lo também.

Chegamos ao hospital bem a tempo de configurar a câmera e de eu rabiscar algumas anotações finais sobre as perguntas que faria. Não importava quantas reportagens já tivesse feito na vida, nunca deixava de ficar um pouco nervosa antes de um grande momento e, especialmente, de uma entrevista. Uma pergunta formulada do modo correto podia construir uma história, mas feita de maneira incorreta, poderia pôr tudo a perder.

Saindo pela porta do hospital, Daequan e sua família não eram o que eu esperava. Encontrei um menino desajeitado de um metro e meio, que não parecia ter mais de dezesseis anos, talvez dezessete, com seu bigode juvenil parecendo a pelugem de um pêssego escuro. Estava vestido com boas roupas, jeans e uma camiseta preta e larga, e usava tênis estranhos que não pareciam estar na moda. Seu braço direito estava em uma tipoia, com curativos que criavam um contraste óbvio com a manga de algodão preto da camiseta. A mulher à direita de Daequan, que presumi ser a mãe, ainda usava roupa de hospital. A outra mulher, que presumi ser a avó, tinha o braço em volta de sua cintura, um sinal de proteção, ainda que ele a superasse um pouco em altura. Um adolescente caminhava na frente deles filmando com um celular, dando instruções sobre como iriam aparecer no Facebook. Aproximei-me deles, sozinha, para me apresentar e solicitar a entrevista. Éramos a única equipe de notícias.

— Oi! — disse, estendendo a mão. — Sou Tabitha Walker, repórter da KVTV.

Todos eles olharam para mim com surpresa.

— Vocês conhecem o canal?

Foi a mãe quem falou primeiro.

— Sim! Nós observamos você o tempo todo. Ma! — ela se virou para a mãe. — Esta é a Tabitha Walker. A senhora se lembra de tê-la visto, não lembra?

— Sim, acho que sim — disse a mulher mais velha. — Mas eu vejo as notícias pela KTLA — ela disse com desdém.

Bem, é a KVTV que está falando com seu neto hoje, pensei comigo mesma.

— Tenho acompanhado a história do que aconteceu com Daequan — continuei. — Achei que era importante cobrir este momento dele saindo do hospital, e ter a oportunidade para ele contar sua história aos nossos telespectadores. Tudo bem?

— Sim, isso seria bom. Daequan, você concorda com isso?

Sua mãe se virou para ele para perguntar.

MULHERES NEGRAS *NÃO* DEVERIAM MORRER EXAUSTAS

Sua voz era surpreendentemente suave para sua altura. Ele falava bem e era extremamente educado.

— Sim, senhora — ele disse.

— Posso perguntar seu sobrenome? Sra.?

— Jenkins — disse a mãe de Daequan.

— E? — apontei para a avó.

— Wilson. Gloria Wilson, e está é minha filha, Felicia Jenkins, e meu neto, Daequan Jenkins. Ele é um ótimo aluno, por sinal. Vai ser médico. Graças a Deus, podemos dizer que ele ainda será médico — disse ela com orgulho.

Avós, pensei com um leve sorriso.

— Prazer em conhecer todos vocês — falei. — Daequan, vou fazer algumas perguntas sobre o que aconteceu naquela noite, tudo bem?

— Sim, senhora — respondeu ele.

— Excelente. Então, só vou fazer mais algumas perguntas para dar aos nossos espectadores uma noção de quem você é, ok? — ele assentiu. Prossegui: — Excelente. Ouvi dizer que você quer ser cirurgião, certo?

— Sim, senhora.

E, então, ele fez uma pausa como se tivesse algo mais a dizer. Dei a ele um instante para deixá-lo terminar o raciocínio.

— Quero ser médico. E vou ser, quero dizer. Especialmente depois disso… Dr. Wesley, ele cuidou muito bem de mim. Salvou meu braço. Então, sei que quero ser um cirurgião vascular.

— Excelente, Daequan. Vamos dar a você a chance de dizer isso a todos os nossos telespectadores, como parte de sua história. Estão todos prontos?

Fiz um sinal para que minha equipe de reportagem subisse e se juntasse a nós. Barry estava manejando a câmera e pronto para começar a gravar. Tina estava ao telefone e Jim correu atrás de Barry com seu bloco de notas, pronta para fazer anotações.

—Esperem! —disse o garoto com a câmera do telefone. —Deveríamos fazer uma sessão do Facebook Live para o pessoal da vizinhança. Como vamos...

—Rapaz, se não tirar esse traseiro tolo do caminho... Com licença... —disse a sra. Wilson, enfim percebendo que havia gente em volta. — Se não se afastar com esse telefone... É melhor apenas gravar nossa presença na televisão —disse ela, daquela maneira que você sabe que é melhor obedecer.

—Tudo bem, tia —disse o menino, vencido.

Ele foi para trás de Barry e nossa câmera de televisão. Observei quando ele começou a falar para a tela à sua frente, explicando a situação, imaginei.

Com o meu microfone de mão em ordem e a fita rolando, comecei a entrevista com uma introdução curta para conduzir a câmera para Daequan e sua família, que estavam em um grupo à minha esquerda. Eu me equilibrei, convoquei minha voz de repórter mais profissional e polida e comecei.

—Olá, sou Tabitha Walker, reportando para a KVTV de Los Angeles. Ontem à noite houve um tiroteio envolvendo um policial no bairro de View Park. Um jovem, Daequan Jenkins, de dezenove anos, foi identificado como um suspeito afro-estadunidense de um roubo por um vizinho branco, que o denunciou à polícia. Na realidade, Daequan estava simplesmente tentando ajudar a avó a se mudar da casa recém-vendida.

Eu me movi para mais perto da família enquanto eu falava, tentando minimizar o som dos meus saltos batendo na calçada. Barry me seguiu com a câmera.

—O primeiro a entrar em cena foi um policial de folga que estava na vizinhança, aparentemente visitando amigos que haviam se mudado recentemente. O que aconteceu é que Daequan em seguida desembarcou aqui no hospital St. Francis de Lynwood, na Unidade de Trauma. Daequan foi internado ontem com um ferimento no braço. Ele havia sido baleado pelo oficial, que agora foi colocado em licença administrativa.

MULHERES NEGRAS *NÃO* DEVERIAM MORRER EXAUSTAS

Cheguei na frente da família e dei a Barry algum tempo para alinhar todos no campo de visão da câmera.

— Estou aqui, agora, com Daequan e sua família, a mãe e a avó, enquanto se preparam para deixar o hospital, felizmente com o braço de Daequan intacto, mas tenho certeza de que ainda sob o impacto do que deve ter sido um confronto incrivelmente traumático com o policial.

Virei-me para Daequan.

— Daequan, todos nós ouvimos os relatos oficiais dos eventos de ontem. Você poderia dizer a mim e aos telespectadores da KVTV o que aconteceu, com suas próprias palavras? — girei o microfone na direção de Daequan enquanto ele se mexeu desconfortavelmente e se inclinou ligeiramente para falar, como um junco magro dobrando com a brisa.

— Sim, senhora. Eu fui para a casa da minha avó depois de ajudá-la na mudança. Ela me disse que precisava limpar algumas coisas antes de o caminhão de mudança chegar, na manhã seguinte. Tive que trabalhar naquela noite, mas depois fui para lá. Estava cansado, então fui andando meio devagar, levando as coisas do carro que ela tinha me pedido para trazer. De repente, só sei que alguém pulou em cima de mim, disse que era um policial e que apontava a arma para mim. Fiquei muito assustado e tentei dizer a ele que eu ligaria para a minha mãe para ela explicar tudo — enquanto falava, Daequan apontou para sua mãe com sua mão esquerda livre. — Ela estava trabalhando. Então, tentei tirar o telefone do bolso, e a próxima coisa que eu sei é que ouvi o tiro, e depois eu estava no chão, sangrando. Pensei que fosse perder meu braço. Só pensei nisso. Nisso, e em ligar para a minha mãe.

Ouvir suas palavras trouxe lágrimas aos meus olhos. Pensei no meu pai, nos meus primos, nos pequenos Lexington e Rob Jr.; até pensei em Rob e Marc. Tive que reprimir as lágrimas e me recompor para continuar no meu melhor tom profissional.

— É inacreditável pensar que esse poderia ter sido o resultado daquela noite — falei, olhando para ele. — Diga-me, conhecia algum vizinho na rua da sua avó?

Daequan começou a falar, mas sua avó deu um passo na frente dele, para abordar o microfone.

— O que eu vou dizer sobre *isto* é: *nenhuma* daquelas pessoas jamais se deu ao trabalho de falar comigo antes de ligar para a polícia e denunciar o meu neto. Jamais. Nem sei se eles sabem quem eu sou, quanto mais Daequan, que estava na escola... sendo o excelente aluno que é. Só tenho isso a dizer. Um excelente aluno. Sempre foi.

Não queria interrompê-la, mas tive de mover o microfone de volta para Daequan.

— Obrigada, sra...

Ela puxou o microfone de volta em sua direção.

— Sra. Wilson. Sra. Gloria Wilson... Avó de Daequan Jenkins — ela disse com orgulho.

Sorri para ela. *Avós.*

— Daequan, você tem alguma coisa que gostaria de dizer para os vizinhos que chamaram a polícia, ou para o policial que atirou em você?

Daequan coçou a cabeça com a mão esquerda e contraiu brevemente o rosto, que se soltou assim que ele começou a falar de novo.

— Sim, senhora. Acho que diria ao oficial e aos vizinhos a mesma coisa. Você nem sempre pode julgar um livro pela capa. Aprendi isso há muito tempo na escola. Eu entendo que você pense que está tentando proteger uma casa, a casa da minha avó, no caso... Então, na verdade, agradeço por cuidarem disso. Eu tenho que imaginar que a pessoa achava que estava fazendo o certo. Mas eu poderia ter morrido. Poderia ter perdido tudo pelo que lutei toda a minha vida para me tornar um cirurgião.

— Eu poderia ter perdido meu *filho!* — disse a sra. Jenkins, agora em lágrimas.

Queria tanto confortá-la, mas precisava terminar a entrevista e certificar-se de que Daequan tivera todas as oportunidades para dar uma declaração. Daequan tentou mover o braço para colocá-lo em torno da mãe, mas o gesso e a tipoia tornavam isso impossível. Em vez disso, a sra. Wilson deu a volta para o outro lado e colocou os braços em volta do filho soluçante, afastando-se da câmera. Agora era apenas Daequan no quadro. Ele se curvou de volta para o microfone para terminar.

— Fiz parte do programa jovem aprendiz da polícia quando era mais jovem. Não vou guardar rancor e, honestamente, ainda admiro muitos policiais. Mas acho que tudo o que tenho a dizer é: o que você gostaria que fizessem se fosse o *seu* filho? É assim que eu gostaria de ter sido tratado.

— Obrigado, Daequan. Você certamente merecia um tratamento melhor. Graças a Deus você está aqui para contar sua história e, em nome dos nossos telespectadores e de toda a equipe de notícias da KVTV, gostaria de agradecer por compartilhar essa experiência conosco. Desejamos-lhe uma rápida recuperação.

Daequan acenou com a cabeça e saiu para se juntar à sua mãe e avó, ainda soluçando, deixando-me para fechar a matéria para Barry e a câmera.

— Eu sou Tabitha Walker, reportando para a KVTV de Los Angeles. Agora, de volta com vocês, na redação.

Barry me deu o sinal de que a gravação havia parado.

Tudo o que restou foi agradecer a Daequan e sua família e, em seguida, correr para preparar o material da reportagem. Nós queríamos ir direto para a redação, então arrumamos tudo rapidamente na van. Tina ainda estava ao telefone, mas, assim que se sentou, ela me entregou uma folha de papel com um nome rabiscado. Eu vi o número de telefone primeiro e depois o nome, *Oficial James Mallory*.

34

Assim que chegamos à emissora, só tivemos tempo de dar à entrevista uma edição rápida e formatar o vídeo para que fosse ao ar no jornal das seis da tarde. Foi ao ar com sucesso, portanto tudo o que restava fazer era esperar. Chris gostou tanto da reportagem que queria continuar com uma segunda parte, o que significava ter de gravar uma entrevista com o oficial Mallory. Nosso estranho encontro nunca tinha saído da minha mente e, naquele dia, se defender um ponto de vista era o que importava, havia razão suficiente para tentar contatá-lo. Tomei nota para incluir a ligação a ele em minha lista de tarefas. Já tinha uma pilha de papel da minha equipe de pesquisa para revisar e, se a audiência respondesse bem, Chris gostaria que a sequência estivesse pronta na segunda-feira. Se as outras emissoras cobrissem a notícia, haveria ainda mais pressão para permanecer à frente dos acontecimentos. Teríamos de acompanhá-los de todos os ângulos: o do cirurgião, do dr. Jonathan Wesley, que tinha poupado o braço de Daequan e incentivado seus planos de carreira para se tornar um cirurgião. Era o ângulo perfeito para o interesse humano: uma vítima de um tiro seguindo os passos do homem que o havia tratado. Também teríamos de acompanhar o policial que atirou e a maneira como o departamento responderia, além da mudança de paisagem da vizinhança e entrevistas com qualquer um dos vizinhos que estivesse disposto a falar. Seria um trabalho imenso.

Mesmo antes de sair da empresa naquela noite, meu telefone já zunia mais que uma colmeia — vibrando, tocando e dando todo tipo de indicação de que as pessoas estavam tentando entrar em contato. Vi algumas mensagens de texto de parabéns e outras me informando que tinham visto a reportagem. Havia até uma mensagem de Marc dizendo que estava orgulhoso de mim. Assim que cheguei em casa, decidi tentar falar com o oficial Mallory para ver se conseguiria marcar uma entrevista. Era estranho ligar para ele, e não tinha certeza de se ele responderia. Esforcei-me para superar o nervosismo e não desligar antes de atenderem. *Precisava* falar com ele. A reportagem exigia isso. Ele por fim atendeu.

—Olá, aqui é o James — ouvi sua voz, ainda reconhecível.

—Hum, oi, oficial Mallory. Aqui é a Tabitha, Tabitha Walker, da KVTV de Los Angeles. Tina, da minha equipe, entrou em contato com o senhor?

—Oi, sim, Tabitha. Estava esperando sua ligação. — *Ele estava esperando minha ligação?*

—Ah, que bom que não esperei, então — falei sem jeito, com uma risada ainda mais incômoda.

—Sim, é um pouco estranho estar falando com você, tenho de admitir. Não estou acostumado a falar com a mídia.

—Sim, entendo. Nosso primeiro encontro foi… com certeza memorável — falei, tentando ser diplomática. — Lembrei-me do que o senhor disse e pensei que poderia estar interessado em fornecer a perspectiva de um policial sobre o oficial envolvido no tiroteio que ocorreu em View Park na semana passada. O senhor tem acompanhado esse fato?

MULHERES NEGRAS NÃO DEVERIAM MORRER EXAUSTAS

— Sim, depois que a Tina me contatou, fiz questão de assistir ao jornal das seis da tarde da KVTV. Achei que fizeram um bom trabalho com a entrevista.

Ele achou?

— Excelente. Bem, eu sempre procuro fornecer o máximo de informações. É meu trabalho oferecer uma perspectiva para o público.

— Senhorita Walker, como posso ajudá-la?

— Bem, eu queria saber se o senhor estaria interessado em fazer uma entrevista de forma oficial, fornecendo sua perspectiva particular sobre o tiroteio.

Ao ouvir isso, o oficial Mallory ficou em silêncio, apenas pigarreou.

— Tabitha... Senhorita Walker...

— Pode me chamar de Tabitha.

— Ok, Tabitha, podemos falar em *off*?

— Claro. O senhor tem minha palavra — afirmei.

— Por mais que eu tenha as minhas opiniões sobre o que aconteceu entre aquele jovem e o policial, não há como eu falar oficialmente como um indivíduo ou na minha qualidade de policial. Temos regras rígidas na corporação, com um porta-voz designado para cada assunto.

— Entendo... — falei, tentando esconder minha decepção.

— Dito isso, o que eu quero que *você* saiba é que, como oficiais, ficamos assustados, como qualquer outra pessoa; e com raiva, assim como os outros; e podemos precisar de recursos e de treinamento, como qualquer outro profissional. Existem maneiras de gerenciar tudo isso. É que tudo o que precisa ser feito nem sempre é feito — ele fez uma pausa abrupta. Sua voz tornou-se muito mais hesitante conforme ele continuava. — Ainda assim, eu provavelmente estou falando demais.

— Oficial Mallory, não se preocupe, prometo que estamos em *off*.

— Ainda assim, não deveria estar falando com uma repórter, sabe? Não se eu quiser manter meu emprego. Ouça, Tabitha, vou apenas dizer isso, ok? Se, com a sua reportagem, você puder ajudar de alguma forma também a polícia, além de todas as outras pessoas, seria muito bem-vindo. Na nossa realidade, todo mundo só quer voltar para casa, para sua família, no final do turno. E, acredite em mim, nenhum oficial bom e decente quer ir para casa à noite sabendo que atirou em um jovem de dezenove anos.

Agradeci ao oficial Mallory por sua franqueza e o tranquilizei, dizendo que não divulgaria o conteúdo da conversa. Caberia a mim descobrir o que poderia ser feito com as informações que ele deu. Com certeza, ele tinha sugerido um ponto de vista, mas, infelizmente, não era nada que eu pudesse usar publicamente — por enquanto.

Enquanto eu trabalhava durante a noite, meu telefone continuou a tocar e zumbir com o que eu presumi serem mais parabéns e mensagens. Por volta das dez da noite, finalmente tive um momento livre e decidi dar uma olhada; havia mensagens da minha mãe, do meu pai e de Crestmire. Percebi que Vovó Tab devia ter assistido ao jornal das seis e mandado um recado por correio de voz.

— Srta. Walker, aqui é a dra. Johnson, da Crestmire. Esta mensagem é bastante urgente. Também estou ligando para o seu pai, sr. Paul Walker. Ligue-nos de volta assim que receber o recado.

Quê? Fiquei confusa ao ouvir a voz. *A dra. Johnson nunca ligaria para mim... A menos que...* Passei para a próxima mensagem do meu pai.

— Tabby, é o papai... Hum... Preciso falar com você, querida. Me ligue imediatamente, ok? Certo, aqui é o papai.

Nada disso era bom sinal. Liguei para o número direto da Vovó Tab. O telefone tocou, tocou, tocou e, finalmente, foi para o correio de voz. Comecei a sentir uma gota de pânico nas entranhas e a aceleração no meu pulso. Minhas mãos pareciam úmidas e começaram a tremer enquanto eu discava de volta para o número principal de Crestmire.

—Alô, aqui é Tabitha Walker. Tabitha Walker, minha avó, de mesmo nome que eu, é residente aí. A dra. Johnson me ligou. Ela me ligou e deixou uma mensagem. Uma mensagem urgente. Posso falar com ela? Ou, vocês podem me colocar em contato? Tabitha Walker. Ela não está respondendo o telefone.

MULHERES NEGRAS NÃO DEVERIAM MORRER EXAUSTAS

Por favor, Deus, por favor, não deixe isso ser o que estou achando. Segurei o telefone em silêncio, orando, esperando a médica dizer para eu não me preocupar. Finalmente, ela atendeu ao telefone.

— Tabitha? — ela disse suavemente.

— Sim, dra. Johnson, aqui é a Tabitha, a Tabby. Minha avó está bem? Por favor, me diga que ela está bem. Ela não está atendendo o telefone. Ela está bem? — insisti.

— Tabitha, liguei mais cedo e deixei uma mensagem. Um ajudante foi realizar as nossas visitas noturnas habituais e sua avó... Sua avó não respondeu.

Não respondeu?

— Dra. Johnson, mas o que isso significa?

— Sinto muito, Tabby.

Por que ela está se desculpando? As pessoas não falam isso aleatoriamente. A menos que...

— O quê? O quê?

Eu estava com dificuldade para respirar. *Por favor, não deixe isso ser o que eu acho, por favor, não deixe isso ser o que eu acho que é.*

Silenciosa e desesperadamente, orei para não ser o que eu já sabia.

— Meus sentimentos, Tabby. Fizemos tudo o que podíamos para reanimá-la, mas não conseguimos. Acreditamos que ela tenha partido durante o sono.

— Partido? O que quer dizer? O que isso significa? Eu... Eu...

Eu sabia o que isso significava. Não conseguia respirar mais. Foi ficando difícil formular as palavras e os pensamentos dentro da realidade surreal que começou a girar em torno de mim.

— Ela se foi, Tabitha, sinto muito.

Ela se foi. Perdi o controle do meu corpo. Minhas mãos deixaram o telefone cair. Podia ouvir minha própria voz, mas não sentia de onde estava vindo.

— ESPERE! ESPEEEERE! ESPEEEERE! — eu me ouvi lamentando. O volume da minha voz foi aumentando até conseguir ouvir... ouvir minha própria voz gemendo, gritando "espere", até se transformar em um pequeno gemido. Não faço ideia de quanto tempo a dra. Johnson permaneceu na linha. Meu corpo foi deslizando pela parede, caindo suavemente no chão. Meus ossos e meus músculos se transformaram em mingau. A energia que fora drenada para o chão, e o que restou das muitas lágrimas que eu havia vertido, caíram em poças bem embaixo de mim. Não tenho ideia de quanto tempo fiquei assim.

Foi apenas uma mensagem de Marc que me permitiu fazer algum movimento. Pelo canto do olho, vi "Oi, sumida" piscar na tela do telefone no chão ao meu lado. Em um reflexo, eu o peguei.

Eu:

Venha aqui.

Marc:

Agora?

Por quê?

Eu:

Sexo.

Marc:

Certeza?

Não tinha certeza. Mas deixei assim. Por meses, minha vida resumiu-se a uma série de más decisões. Minha mão, junto com o telefone na palma, tombou no chão. *Se eu não ligar para os meus pais, eles vão invadir minha casa*, pensei, percebendo que ainda tinha mensagens não lidas. Encontrei energia para ligar para o meu pai.

— Tabby, estou tentando falar com você.

MULHERES NEGRAS *NÃO* DEVERIAM MORRER EXAUSTAS

Ele parecia perturbado, a voz rouca, como se estivesse chorando. A não ser quando era criança, não me lembrava de ter visto meu pai chorar.

— Sei... o que aconteceu... com a minha avó — sussurrei em meio a minha própria rouquidão.

— Ah, Tabby, pedi para eles não ligarem para você. Eu que queria contar para você.

— Eles me disseram. Papai, realmente não posso falar agora. Preciso desligar, ok?

— Eu entendo, Tabby. Isso é difícil para todo mundo. Vou amanhã de manhã para Crestmire buscar alguns dos pertences. Se conseguir, me encontre lá. Sei que ainda é muito recente, mas precisamos começar a planejar...

Ah, o funeral... É isso que se planeja quando alguém morre. A Vovó Tabby... morreu. Minha mente continuou a espiralar.

Estava me esforçando ao máximo para juntar palavras básicas. Eu esperava acordar daquele pesadelo no dia seguinte, se ao menos conseguisse dormir. Eu me levantei do chão e me servi de uma garrafa de vinho em uma taça grande, não me importando nem um pouco se o líquido vermelho respingaria no meu sofá claro ou em mim. Não importava, só importava que eu não tinha muito a beber, e queria beber o máximo possível. Eu vinha bebendo muito ultimamente. Mas também não me importava com isso. Tinha chegado quase ao fundo da garrafa quando ouvi a batida na minha porta. Quase tinha esquecido que pedi a Marc para vir. Com o pensamento nebuloso e membros descoordenados e pesados, me levantei e abri a porta. Lá estava ele, bonitão, bem-vestido, segurando uma garrafa de vinho.

— Ei — ele disse no que reconheci como a sua voz sexy.

— Minha avó acabou de morrer — gaguejei.

Abri mais a porta para deixá-lo entrar e virei as costas para andar em direção ao sofá, com a minha taça de vinho à espera. Marc ficou lá atordoado por um minuto, olhando ao redor do meu apartamento, e depois entrou, fechando a porta atrás de si. Ele andou em minha direção e colocou a garrafa em sua mão sobre a mesa.

— Me desculpe, mas você acabou de dizer que a sua avó… *Faleceu*?

Eu estava bebendo, então não respondi.

—Tabby! Você está falando da sua avó de quem você herdou o nome? Quando? Você está bem?

— Marc, eu… Não quero falar disso.

Eu me levantei do sofá com a taça de vinho em uma mão e usei a outra para desabotoar a blusa, deixando-a cair no chão enquanto caminhava até ele. Naquele momento, entendi o que Laila quis dizer com apenas precisar parar de doer. O vinho havia anestesiado a maior parte da minha dor, e o resto, eu só precisava substituir por algo. Apenas de sutiã, beijei seus lábios com força. Por um segundo, ele me beijou de volta… E, então, me empurrou.

—Tabby! — ele disse, me segurando a meia distância do braço. — Você está bêbada.

— *Numm tô* — respondi. — Achei que você tava a fim…

— Como você pode… — ele tentou perguntar, mas o interrompi com outro beijo intenso.

Desta vez, agarrando-o de uma forma que eu sabia que ele não iria resistir. Em resposta, ele me beijou de volta, com igual intensidade. Ele tirou a taça de vinho da minha mão e colocou sobre a superfície mais próxima. Até a cama, fomos nos movendo como um único organismo, despindo roupas ao longo do caminho e deixando para trás uma esteira de tecidos, roupas íntimas e meias até que chegamos nus à cama. Minha cabeça estava rodando. Eu o senti entrar em mim. Eu empurrei de volta. Assim continuamos enquanto eu procurava pela intensidade que parecia sempre fora de alcance.

Perdi o controle de mim mesma da maneira que estava precisando. Era coisa demais ao mesmo tempo. *Flashes* foram passando pela minha cabeça: dra. Ellis, dr. Young, Scott, Chris, oficial Mallory, Laila, Rob, Alexis e as lágrimas da mãe de Daequan. Pensei em minha avó e nas

MULHERES NEGRAS *NÃO* DEVERIAM MORRER EXAUSTAS

escolhas que fiz, tentando salvar a todos e não conseguindo nem mesmo me salvar. *Se eu pudesse parar todos aqueles pensamentos*, trazer a mente de volta para mim. Mas eu não conseguia me tranquilizar.

— Mais forte! — gritei. — Marc, mais forte!

Marc empurrou-se contra mim com mais força. Mas ainda não era o suficiente.

— Mais forte! Mais forte! Mais forte!

Começou a doer. Sabia que precisávamos parar, mas não consegui.

— Não quero te machucar.

— Sim, você precisa.

As palavras saíram sozinhas. Comecei a chorar.

— Nossa, Tabby, eu não...

Eu o interrompi de novo, com um beijo, outro beijo e um abraço mais forte. Não queria que ele parasse. Eu precisava dele... Naquele momento, eu precisava de *alguma coisa*. Talvez fosse isso. Se isso fosse tudo que Marc pudesse me dar, eu queria o máximo que pudesse obter. Nesta noite, Marc seria o meu refúgio e meu castigo. Como mil outras pequenas mortes sentidas antes, queria chegar ao êxtase e renascer talvez como outra pessoa. Alguém que não cometeria todos os erros que cometi. Alguém que não deixaria de ajudar uma amiga em apuros... Alguém que não deixaria a avó morrer sozinha... Alguém que seria digna de ser escolhida por amor... Alguém por quem valeria a pena ficar. Deixei as lágrimas escorrerem, na esperança de que Marc me deixasse acabada, completamente exausta. No mínimo, para que eu pudesse encontrar o menor conforto em algumas horas de sono.

Não me lembro de como ou quando adormecemos, mas acordei pouco antes do amanhecer, zonza e com uma dor de cabeça latejante. Sentei-me e me virei ligeiramente para ver Marc nu, dormindo na cama. Um sentimento de asco cresceu em mim, e as memórias da noite inundaram minha consciência. Como a escuridão que Laila descreveu, a exaustão também pode se esgueirar sobre você, como uma ladra silenciosa, agarrando sua garganta antes que você perceba que ela está levando todos os seus objetos de valor. Tinha lutado tanto para subir, e para quê? Ir atrás do que eu queria acabara me custando tudo o que importava mais para mim. *Minha avó, minha Vovó Tab, está morta. Perdi a última chance de passar um tempo com ela. Ela estava contando comigo... E eu a decepcionei, assim como fiz com Laila.*

Observei Marc dormindo. Lembrei-me de suas palavras, de sua rejeição, sua negação de interesse por qualquer um dos meus dons mais sagrados, preferindo, em vez do meu tempo, meu corpo e minha companhia agradável. Senti uma leve satisfação em saber que o tinha usado de forma semelhante. Ao vê-lo se mexer ao meu lado, perguntei--me se ele abriria os olhos e me veria olhando para ele. Perguntei-me se ele sabia que eu o observava porque estava pronta para deixá-lo partir. Pigarreei. Suas pálpebras ficaram semicerradas.

— Ei... — ele disse, meio grogue.

— Bom dia.

— Foi uma noite e tanto.

— Foi?

— Tab, tudo aconteceu... tão rápido... que não chegamos a conversar. Eu sinto muito por...

— Minha avó estar morta? — disse categoricamente.

— Nossa... — Marc sentou-se com rapidez. — Tab, você está bem? Ele tentou me abraçar, mas me afastei.

— Isso importa?

— Tabby, o que há de errado com você?

Tudo. Tudo está errado, não está vendo, Marc?

— Nada, Marc. Absolutamente nada. Estou bem.

— Você está *bem*? Então, não vai falar comigo? O que eu sou pra você agora? Só um bom pinto?

— Mais ou menos.

Precisava que Marc partisse. Percebi que estava sendo cruel de uma maneira que ele não merecia, mas não pude evitar. A noite anterior apenas confirmara o que eu já sabia bem lá no fundo, e a decepção havia me tornado amarga. Ele pensava que, de alguma forma, a magia do seu pênis consertava tudo. Bem, tinha tentado recorrer a isso, mas não havia magia que desse conta. Estava devastada.

—Que *porra* é essa, Tab? O que há de *errado* com você?

Naquele exato momento, muito de mim queria entrar em colapso em seus braços e me entregar. A outra parte lembrou como ele me machucou e queria machucá-lo de volta. E, ainda, uma outra parte queria construir uma barreira entre nós para proteger as feridas profundas ainda abertas. Meu corpo tremeu quando senti as lágrimas vindo. Mas eu não podia me permitir chorar, não com ele. Ele não era confiável. Forcei tudo de volta para dentro.

— Eu não entendo, Marc, por que *você* está ficando chateado? — perguntei. — Pensei que *você* queria ter um único propósito.

Quase instantaneamente, me arrependi dessas palavras. No exato momento, eu precisava dele desesperadamente, mas não conseguia nem confiar o suficiente para aceitar o conforto que ele estava me oferecendo. E não consegui descobrir se a culpa era dele ou minha. *Olha o que ele fez quando você precisou dele antes*, meus pensamentos me lembraram. Marc se levantou, pulando da minha cama, pegando todas as roupas que podia encontrar pela frente.

— Acho melhor eu ir — disse ele, curvando-se para vestir a roupa íntima.

— Provavelmente, é uma boa ideia.

Corra, Marc. Corra. Enquanto isso, vou continuar construindo paredes para que você não possa mais me magoar. Marc desapareceu do quarto. Finalmente, ouvi a porta fechar.

E, então, abaixei a cabeça de volta no travesseiro, embrulhando meus próprios braços em volta do torso e, finalmente, deixei as lágrimas virem.

35

Pela segunda vez no domingo, acordei assustada. Tinha sonhado com minha avó. O sonho era quase uma repetição da nossa última conversa, mas a única coisa específica de que pude me lembrar era dela com lágrimas nos olhos, mas sorrindo e dizendo: "Seja otimista". *Otimista*. Essa era uma palavra e tanto para as circunstâncias de hoje. E um desafio ainda maior para outro dia.

Preciso admitir que, em um ato bastante questionável, derramei o que restava do vinho da noite anterior em uma caneca de café vazia e bebi de um só gole antes de partir para Crestmire. Em minha defesa, considerando quanto da garrafa eu tinha consumido na noite anterior, até que não tinha sobrado muito para beber hoje. No fundo, de alguma maneira, preocupava-me com o que a bebida tinha se tornado em minha vida. Só sabia que ela permitia que o fluxo de memórias do dia e da noite anteriores ficasse desacelerado no meu cérebro, diminuindo a velocidade de processamento. Encolhi-me um pouco ao lembrar que Marc saíra bufando depois da nossa manhã no quarto. Era algo que eu não tinha energia para consertar.

Quando peguei meu telefone, Chris já havia enviado um e-mail para discutir o seguimento de nossa entrevista com Daequan e a família. Pelo visto, *dois* dos nossos concorrentes no mercado falaram sobre a história no noticiário das onze da noite, o que significa que havíamos acertado em cheio com nossa exclusividade. Em qualquer outra ocasião, isso teria sido um resultado incrível. Naquele dia, não. Enviei a Chris uma mensagem para informá-lo sobre minhas circunstâncias e avisar que não estava disponível. No dia anterior, tivera a opção de focar ou na minha avó, ou no meu trabalho. Hoje, tinha menos opções. Em Crestmire, meu pai esperava que eu fizesse uma última visita.

No carro, liguei para minha mãe e depois para Lexi para contar o ocorrido. Tentei ser o mais breve possível. A tentativa de consolo quando ocorre uma perda às vezes é a pior parte da experiência — o peso das conversas, as expectativas de tristeza e as escolhas cuidadosas de palavras. Tudo isso inevitavelmente tendia a ser deprimente, em vez de animador. Felizmente, minha chegada a Crestmire era a desculpa perfeita para encerrar a jornada de ligações.

Meu pai estava parado no meio da sala da Vovó Tab quando entrei em seu apartamento. Ele estava segurando uma foto de família desbotada, dela com ele quando era um garotinho, que estava na estante bagunçada. Ele parecia absorto em uma memória. Hesitei antes de perturbá-lo, mas me senti desconfortável como observadora. Eu deixei a porta fechar atrás de mim com barulho suficiente para anunciar a minha presença.

Meu pai se virou para mim, assustado, com a foto ainda na mão.

— Ei, Dupla — ele disse com suavidade.

Não pude deixar de notar a ligeira hesitação antes de ele se referir a mim como "Dupla". Acho que é porque não havia mais uma dupla. Agora eu era a *única* Tabitha Walker.

— Ei, papai, o que está segurando aí? — perguntei.

— Só uma foto minha com a sua avó — disse ele em um tom melancólico.

MULHERES NEGRAS *NÃO* DEVERIAM MORRER EXAUSTAS

O momento parecia mais estranho do que deveria ser. Percebi que, ali, meu pai e eu estávamos operando nos limites mais distantes do nosso relacionamento. Nós nos vimos nas garras de uma maré emocional que era páreo apenas para aquele fatídico dia na cozinha, quando minha mãe deu a notícia de sua partida. E, além do dia do casamento do meu pai, este seria o dia de perda mais significativo que eu já tinha sentido.

— Ela parece... *Parecia* tão jovem e feliz — falei.

— Foram bons tempos... E tempos não tão bons... Mas, principalmente, bons tempos — disse ele.

Lembrei-me do que a Vovó Tab tinha me contado sobre a história do meu pai com o pai dele. Eu me perguntei se algum dia ficaria sabendo caso ela não tivesse decidido me contar naquele dia.

— Eu... Sinto falta dela — meditei, tanto para mim mesma quanto para o meu pai.

— Também sinto falta dela. Parece que ela está bem *aqui*, mas fora de alcance. É como esta foto. Tínhamos ido à praia. Quase me afoguei — ele soltou uma risadinha. — Bem, pensei que fosse me afogar. Mamãe me levou para o mar, e a maré me puxou para longe dela... Apenas o suficiente para que meus pés não tocassem o fundo e eu não pudesse alcançar suas mãos. Pelos poucos segundos antes de ela me puxar de volta, entrei em pânico. Eu achava que seria levado, que desapareceria para sempre. É meio assim...

— Que você está se sentindo agora... — falei, terminando a frase para ele.

Ele assentiu com a cabeça, enxugando os olhos. Eu não sabia como confortá-lo, nem se eu conseguiria fazer isso, então fiquei paralisada no silêncio desconfortável. Meu pai pareceu captar a onda de um pensamento e se trouxe de volta ao momento, com atenção renovada.

— Acho que precisamos conversar sobre a programação do funeral.

— Não tenho certeza se sei planejar um funeral, mas qualquer coisa que eu puder fazer, você sabe que farei — afirmei.

— Seu foco provavelmente deveria ser o discurso, eu e Diane cuidaremos do resto. Acho que tenho uma boa ideia de como ela gostaria que fosse.

O quê? Eu, a vacilona? De jeito nenhum deviam confiar em mim para fazer o discurso.

—Ah, papai, eu não posso. Não posso fazer o discurso... Você precisa encontrar outra pessoa... Por que não você?

— Eu? Ah, não, Tabby... Isso é o que a sua avó teria desejado.

Tem certeza? Eu não consegui nem manter minha palavra para ela. Não sou uma pessoa confiável.

—Papai, sério, não posso. Não sou a pessoa certa.

— Tabby, você *é*. Você vai pelo menos pensar sobre isso? Vou entender se precisar de algum tempo para refletir. Você tem alguns dias para decidir.

Isso era exatamente o que eu não queria fazer. Não queria refletir sobre nada. Eu só queria ficar entorpecida.

36

Na noite de domingo, Alexis veio à minha casa me fazer companhia. Conversamos e choramos, relembrando as memórias da minha avó. Choramos até cairmos no riso. Rimos até ficar cansadas. Por fim, consegui dormir.

Não pude tirar o dia de folga do trabalho por causa da reportagem de Daequan Jenkins, mas me forcei a ir à academia na segunda-feira de manhã para um rápido autocuidado. A questão do discurso sobre minha avó turvava minha mente como um tornado. A ideia de ficar na frente de toda a igreja, como se eu fosse a neta preferida, parecia uma mentira hedionda. *Que tipo de pessoa opta por um trabalho nos últimos momentos de sua avó?* Na minha cabeça, era quase como se a virada dos acontecimentos fosse o juiz e o júri instantâneos, a condenação final por mais uma das minhas decisões erradas. Não, não podia levantar nem fingir que merecia estar ali, no altar da igreja, ou que seria uma coisa que a Vovó Tab fosse querer, sobretudo agora. Ainda assim, por mais que a punição dos meus pensamentos parecesse corresponder ao meu "crime", bem lá no fundo, não fazer o discurso também não parecia ser a solução certa.

No meu telefone, percebi uma chamada perdida da sra. Gretchen, que presumi estar ligando para saber os detalhes do funeral. Ela ainda estava em sua viagem, mas iria dar um jeito de voltar mais cedo, "quando precisasse", disse ela, para a despedida da Vovó Tab. Ela falou que, na sua idade, os funerais dos amigos eram como os casamentos dos seus vinte e tantos anos. De acordo com a sra. Gretchen, os dois eventos aconteciam em uma igreja, e ambos acabavam por colocar você num buraco. Claro, depois de dois divórcios, ela só poderia pensar assim.

Voltando da academia para casa, retornei a ligação.

— Ei, Tabby! Como você está? — a sra. Gretchen me saudou com sua alegria habitual.

— Estou meio caída, sra. Gretchen.

— Caída? — perguntou ela. — Na sua idade, não é hora de deixar cair nada, meu bem!

Ela não sabe que minha avó acabou de morrer?

— Quando será a despedida da Tabitha? Estou quase pronta para voltar, de qualquer maneira. O sr. Harper trouxe umas pílulas, ele é cheio das gracinhas. Como eu. Vou lhe dizer uma coisa: tive de encontrar aquelas pílulas, umas coisinhas azuis, e escondê-las! Vinaga, Vegara, uma coisa assim. De qualquer maneira, tive de me livrar delas, senão o sr. Harper teria uma reunião antecipada com o *seu criador*!

— Viagra, sr. Gretchen?

— Sim! Deve ser isso, sim. Ele me disse que tinha esse Vinagra, e eu logo falei: Sr. Harper, ah, se não tirar esse seu traseiro velho de cima de mim! — ela caiu na risada. — Como é que eu vou ficar de chamego com um homem *mais velho* do que eu?

Era bom rir.

— Fico feliz que tenha dito a ele, sra. Gretchen! — concordei.

— Pois disse mesmo! Certo, agora me fale sobre as novidades. Quando vamos homenagear a minha amiga?

MULHERES NEGRAS *NÃO* DEVERIAM MORRER EXAUSTAS

— O funeral será na quarta-feira — falei. — Nós só precisamos encontrar alguém para fazer o discurso — murmurei mais para mim mesma do que para ela.

— O que quer dizer com encontrar *alguém*? Não é você que vai fazer o discurso? — perguntou ela.

— Acho que não, sra. Gretchen. Não me sentiria bem... A senhora sabe, perdi o baile com a Vovó Tab. Nem estava lá para ajudá-la a se preparar.

— Tenho certeza de que teve um bom motivo!

Tive? Como ela pode ter tanta certeza?

— Acho que não, sra. Gretchen. Eu não precisava fazer aquela entrevista.

— E quem teria feito? O jeito com que vocês pensam hoje em dia, juro que nunca vou entender. Você sempre foi o orgulho e a alegria da sua avó. Ela assistia ao noticiário todos os dias, não perdia por nada e me fazia assistir também, para o caso de você aparecer — disse a sra. Gretchen com uma risadinha. — Ela teria desejado que desse o seu *máximo*, Tabby, sempre. Inclusive naquela entrevista. Você tem a chance de ter uma carreira e uma vida com as quais Tabitha e eu apenas sonhamos. Tenho certeza de que um *baile de idosos* não foi o ponto alto da noite da sua avó, e sim assistir você fazendo a entrevista. Ela estava orgulhosa e feliz por você. Tenho tanta certeza disso quanto do meu próprio nome.

— Não sei, sra. Gretchen.

— Bem, você *deveria* saber. Ouça, as pessoas não podem controlar o que acontece de um momento para outro. Posso contar nos dedos de uma mão todas as vezes que vi Tabitha dançar, em todos os anos que a conheço, mas sei que ela adorou. Se ela teve um ataque cardíaco, não foi porque sua maquiagem não estava certa ou seu penteado estava sem um grampo. Algumas coisas vão acontecer de qualquer maneira, querida. Não há nada que possamos fazer quanto a isso, de uma forma ou de outra. Temos apenas que nos concentrar nas escolhas que temos pela frente, não nas que deixamos para trás. Sei que você tomará a decisão certa sobre o discurso. Agora tenho que ir... Tenho que descobrir como voltar antes de quarta-feira. E manter o sr. Harper longe do meu traseiro até lá!

A risada forçou seu caminho pela minha garganta e estampou um sorriso no meu rosto. Sua sabedoria foi um anestésico bem-vindo para aquela parte da minha cabeça que vivia para esfregar sal em minhas feridas, enchendo-as de culpa e dúvida. E talvez ela tivesse razão.

37

Cheguei à empresa acabada, magoada — em suma, sofrendo, mas focada e com o semblante neutro, pronto para o dia de trabalho. Chris já sabia dos acontecimentos do fim de semana e me pediu que o encontrasse na primeira hora para discutir minhas necessidades "certamente compreensíveis" de folga. Nesse ínterim, minha entrevista com Daequan Jenkins começou a se espalhar e a ganhar vida própria. Dependia fortemente da minha equipe de reportagem para ir atrás de pistas e novas abordagens enquanto eu contemplava a questão mais importante a ser enfrentada durante a semana: Será que eu é que deveria fazer o discurso no velório da Vovó Tab?

Saindo do elevador, o mesmo que compartilhei semanas atrás com Scott Stone acusando-me de ter uma perspectiva "limitada", respirei fundo, concentrando-me no centro do meu ser. Sabia que minhas emoções ainda estavam muito calorosas e cruas para já estar ali, mas não tinha escolha. Além disso, tudo que realmente precisava fazer neste dia era passar pela reunião com Chris, definir com a minha equipe de reportagem quais seriam os próximos passos na cobertura da história de Jenkins e, depois, dar o fora dali... Para começar a planejar o *funeral da minha avó*. *Vovó Tab está morta*, minha mente me avisou.

Enquanto me dirigia ao escritório de Chris, o lembrete mental da morte de minha avó funcionou como um botão de soneca que eu continuava apertando, apertando, apertando para afastar aquilo para longe, para evitar o colapso iminente que eu sentia ameaçar minha conduta profissional. *Basta passar por esta reunião com Chris*, disse a mim mesma. *Apenas esta reunião*.

A porta de Chris estava entreaberta quando cheguei. Bati e empurrei para abri-la quando ouvi a voz me chamando para entrar. Fui para a cadeira livre em frente à mesa.

—Tabby! Sente-se, por favor. Eu lamento muito pela sua avó. Sei que vocês eram próximas.

—Obrigada, Chris.

—Odeio ter de ir direto aos negócios, mas, Tabby, sua entrevista com Daequan Jenkins está pegando fogo! Três canais locais a estão veiculando, além de duas emissoras de TV por assinatura. E acabei de receber um pedido esta manhã para um licenciamento das filmagens. Você está a caminho de uma transmissão nacional! Tabby, caramba, levou apenas um mês para você provar que eu estava certo. Parabéns, esta é a sua primeira grande vitória.

Mas me pergunte o que perdi, Chris.

—Sinto muito, gostaria de estar mais animada.

—Tabby, não é hora de desmoronar. Você acertou em cheio. Esta é uma oportunidade única de carreira na vida; tem gente que *mataria* a própria avó para consegui-la. Desculpe, isso deve ter soado insensível de minha parte.

Será?! Limitei-me a ficar ali sentada, piscando para ele em um silêncio atordoado. Não conseguia acreditar que Chris tivesse filhos — naquele momento, ele parecia capaz de devorá-los se estivesse faminto o bastante. Embora eu sentisse a raiva crescendo em minhas entranhas, não disse nada. Às vezes, o silêncio fala por você.

MULHERES NEGRAS *NÃO* DEVERIAM MORRER EXAUSTAS

— Desculpe, mas, Tabby, esse comentário provavelmente, definitivamente, foi inapropriado... O que estou tentando dizer a você é: tire o tempo que precisar. Tire esses dois dias de folga, viva o luto com sua família. Tina e Jim farão a cobertura para você. Mas não tire os olhos da jogada... Você tem que tirar proveito dela. É a *sua* reportagem. Certifique-se de que essa conquista será *sua*. Esse é o tipo de coisa que pode fazer toda a diferença em uma carreira.

Tive de fazer contagem regressiva para não explodir. Respirei fundo e fechei os olhos, conseguindo encontrar um tom moderado para responder:

—Obrigada, Chris, entendo o que está tentando dizer. Acho que vou precisar de mais de dois dias de folga; acho que preciso de pelo menos...

— Não, Tabby, não faça isso — disse Chris, me interrompendo. — Você não quer fazer isso. Olhe, se insistir, vou ter que achar um jeito de lhe dar esses dias de folga. Isso significa que outra pessoa ficará no seu lugar. Quer que eu dê o seu holofote para outro repórter?

Continuei sentada, furiosa, mas me forcei a pensar sobre sua pergunta.

A resposta honesta era não. Mas minha alma gritou por dentro: *Você precisa de um tempo para se recuperar!* Eu simplesmente não podia me dar ao luxo de tirar esse tempo. Chris estava certo. Eu poderia aguentar os dois dias de funeral; se eu contasse a metade de hoje, seriam quase três. De alguma forma, eu chegaria inteira ao fim de semana. Se eu pudesse ao menos chegar ao fim de semana.

— Não — respondi suavemente.

— Não, o quê? Qual não?

Chris disse rapidamente, quase em pânico.

— Não, eu não quero que outro repórter assuma a minha reportagem — falei com firmeza. — O funeral é quarta-feira. Vou encontrar tempo para resolver tudo lá fora da forma que puder. Estarei de volta ao trabalho na quinta — eu disse, levantando-me.

Bastava de conversa com o Chris.

— Tabby, sei que pode não parecer agora, mas esta é uma boa decisão! — Chris gritou nas minhas costas enquanto eu saía pela porta.

Levei o dobro de tempo para caminhar até o meu escritório, peguei todas as minhas coisas e a papelada de que precisaria nos dois dias de folga que tinha. Enviei e-mails rápidos para Tina e Jim dizendo que ligaria para eles mais tarde de casa. Jaqueta no braço, com uma bolsa cheia de papéis e uma mente cheia de pensamentos furiosos, andei o mais rápido que pude com a cabeça baixa rumo ao elevador.

Embora não tenha sido rápida o suficiente, porque, alguns passos antes das portas de segurança, encontrei Lisa, que começou a falar antes que eu tivesse a chance de dar o fora.

— Tabby, ei! Reportagem incrível no fim de semana! Simplesmente incrível. *Esse* é o tipo de entrevista que precisamos fazer, e você conseguiu uma exclusiva! Uau. Ouça, sentimos sua falta na reunião sobre assuntos de mulheres... Sua participação será tão poderosa...

Eu parei de ouvir qualquer coisa depois disso. É engraçado perder o controle. Talvez como a exaustão, como a escuridão, é uma coisa que simplesmente se apodera de você — está lá antes que perceba e, quando se dá conta, você já está em apuros. E há algo engraçado sobre pontos de ruptura... Quando as coisas vêm de uma só vez, tudo fica tão claro, embora nada esteja inteiramente claro.

— *Todo* problema não pode ser *meu* problema, Lisa! — eu me ouvi dizer um pouco alto demais enquanto me dirigia às portas do elevador que se abriam, para sair logo dali. — Desculpe, mas *não dá*. Tenho que ir; tenho de escrever um discurso de velório!

Podia sentir os olhos de Lisa nas minhas costas enquanto passava por ela no elevador que fechava, sem parar até que eu pudesse me apoiar contra a parede. Eu ia precisar disso, porque estava perto de ter um colapso. As portas se fecharam e toda a energia que tinha reunido para chegar ao escritório naquele dia foi drenada do meu corpo. Encostei-me na parede e, embora tentasse impedi-las, as lágrimas voltaram, marcando seu caminho de sempre através da maquiagem do meu rosto.

Estava cansada de chorar, tão, tão cansada de chorar.

38

Há um limite de tempo para ficar olhando para o vazio da tela do computador antes que certa loucura comece a se instalar. Perdi meu juízo em algum momento entre sábado e domingo, então o que ainda estava funcionando dependia da energia do gerador... E o gás estava acabando. Fechei os olhos com os dedos, fiz uma breve massagem nas pálpebras e tomei outro gole da taça de vinho.

Felizmente, as ligações e mensagens de texto de condolências diminuíram, e eu pude me concentrar na tarefa gigantesca em mãos — olhar para os 85 anos de existência da minha avó, encontrar os pontos altos e talvez uma lição de vida. Minha memória serviria como sua voz, lembrando-me de todos os fragmentos de histórias que ela me contara sobre sua jornada. Imaginei o que uma entrevista com ela abordaria, o que ela gostaria que o mundo soubesse e o que eu precisava que o público ouvisse... E me recordei de tudo isso.

Havia coisas sobre as quais não podia ou não devia falar. As coisas que se escondem dentro de uma família, nas entrelinhas das gerações — alcoolismo, rupturas, falta de oportunidade educacional, racismo.

A Vovó Tab havia acabado com grande parte da iniquidade, mas não com toda ela. Meu pai enfrentava batalhas que eu desconhecia. Talvez eu também estivesse enfrentando as minhas batalhas. Minha mente foi para Marc, suas palavras flutuando nas ondas de outros pensamentos.

— Meu pai é alcoólatra — pude ouvi-lo repetir.

Um *alcoólatra*.

Meu pai e Marc estavam igualmente sob o jugo dos pecados de seus pais.

— Seu pai é um tipo raro — ouvi Vovó Tab dizer em minha mente.

Eu me perguntei se foi ela quem o fez assim. Perder sua melhor amiga para a segregação e o racismo aos dezoito anos, e depois toda a sua família para o mesmo mal anos depois, quando ela se atreveu a amar um homem negro — imaginei que o mesmo conjunto de circunstâncias teria sido suficiente para destruir uma mulher diferente. Eu não poderia falar sobre como ela conseguiu sobreviver ao abuso nas mãos de um homem negro perseguido, a quem, pelas leis de seu próprio país, eram negados os direitos básicos de ter uma casa e de enviar seu bebezinho para a escola; a quem, pelas regras da sociedade, eram negados emprego e uma chance justa de lutar para o sustento de sua família — a habilidade fundamental de prover e proteger. Também não poderia mencionar a família que eu não conhecia. Então, eu não falaria sobre os parentes brancos de minha avó na Virgínia Ocidental, que se esqueceram que os laços de sangue eram mais fortes do que a tribo. Eu teria que deixar todas essas coisas de fora, concentrar-me na vida que minha avó viveu, apesar de tudo. Falaria sobre coragem, a coragem da minha avó de continuar sozinha e de constituir família, segundo sua própria definição, por meio de seu próprio amor, seguindo a sua visão de mundo.

Eu não poderia falar sobre como ela morreu, ou sobre o que, no final das contas, tinha levado seu último suspiro. Eu só poderia falar sobre como ela vivia. Não sobre a adversidade, as dificuldades, a preocupação e a dor — essas eram apenas as sementes plantadas no solo fértil de seu espírito, regado por lágrimas e sangue. Falaria apenas dos frutos — das

MULHERES NEGRAS *NÃO* DEVERIAM MORRER EXAUSTAS

recompensas dos obstáculos transpostos, superados e metamorfoseados na beleza que inegavelmente irradiava de dentro dela. A graça de minha avó não podia ser ofuscada pelas cortinas de rugas que o tempo marcou em sua pele, nem pelo enfraquecimento de seus cabelos e lábios, tampouco da pele de seu rosto. Ela me ensinou lições importantes sobre a força da vulnerabilidade e o poder de simplesmente mostrar-se disponível para o outro. Ela deixou mil pedaços de si mesma por toda parte, como as penugens de um dente-de-leão levadas pelo vento — nos alunos que ensinou, nos corações de seus amigos, nos espíritos de seus descendentes — em mim.

Eu sabia o que precisava dizer. Não apenas para as pessoas que viriam prestar seus respeitos na quarta-feira, mas para uma pessoa que recentemente suportou o meu pior lado. Em homenagem à minha avó, lembrei-me da força de minha própria vulnerabilidade. Peguei meu telefone para mandar uma mensagem para Marc:

Eu:

Desculpe pela outra noite / dia.

O funeral da minha avó vai ser na quarta.

Vou mandar para você os detalhes.

Você não tem que vir, é claro.

Seria bom ver você lá.

39

Pela primeira vez, passei uma noite voluntariamente em Calabasas. Na quarta-feira de manhã, acordaríamos, nos vestiríamos e, como uma versão desajeitada de uma família, viajaríamos juntos para nos despedirmos da minha avó.

Minha mãe tinha me ligado mais cedo para me informar que ela e o general haviam chegado de Washington. Fiquei impressionada por ela não ter tocado no assunto de que eu chegaria com meu pai, dizendo apenas que me veria no funeral. Para ela, essa era uma restrição sem precedentes. Alexis, que vinha me ligando fielmente todos os dias desde domingo, disse que também estaria lá. Era para Laila que eu ainda não tinha contado sobre minha avó. Não sabia como. Parecia cedo demais. O funeral da minha avó era um fardo injusto para pedir que Laila carregasse, então, embora adorasse tê-la como apoio, queria lhe dar espaço para a própria cura. Esperava que ela entendesse mais tarde por que não a tinha acionado desta vez.

Cheguei em casa tarde da noite, depois de uma reunião por telefone com a minha equipe de pesquisa. Eu voltaria à TV apenas um dia após o funeral da Vovó Tab, com uma entrevista e uma reportagem sobre o tiroteio em Jenkins. No fim, a família considerava entrar com uma ação contra a cidade, e o promotor estava pensando em apresentar queixa contra o policial. Nenhuma decisão foi tomada, mas, desde minha cobertura na escadaria do hospital, a reportagem tinha se tornado a mais comentada da semana naquela região. Não podia ignorar isso por completo; esforcei-me ao máximo, no entanto, para manter a quarta-feira como um momento sagrado e reservado para velar e honrar a Vovó Tab.

Na manhã desse dia, estava no meio das minhas anotações mentais, enrolando meu cabelo no banheiro do quarto de hóspedes, quando Danielle e Dixie apareceram na minha linha de visão, paradas na porta do banheiro.

— Podemos entrar? — Danielle perguntou.

— Claro — falei para as duas.

— Eu... queria perguntar se você poderia me ajudar com o meu cabelo — Danielle disse, sem me olhar diretamente nos olhos.

— Claro que ajudo — respondi, tentando empregar um tom reconfortante a minha voz. — Como quer que eu faça?

— Quero que fique parecido com o seu — disse Danielle, agora me lançando um olhar meio enviesado.

Por alguma razão, essas palavras me provocaram uma pontada aguda no estômago. *Como o meu?*

— Pode fazer o meu parecer com o seu também? — Dixie interveio.

— Dixie, ela não tem tempo para ajudar nós duas. Ela vai fazer o discurso sobre a vovó. Eu faço o seu depois — disse Danielle para a irmã, com uma firmeza amorosa.

Dixie fez beicinho e abriu seus olhos de corça, que faziam milagres com meu pai, mas não levavam a lugar nenhum com Danielle. Ri para mim mesma e puxei Danielle para mais perto, para começar a trabalhar em seus cachos crespos com a chapinha. Felizmente, seu cabelo respondeu com facilidade ao calor depois de algum tempo de trabalho.

MULHERES NEGRAS *NÃO* DEVERIAM MORRER EXAUSTAS

— Vimos sua entrevista no sábado, sobre aquele garoto que levou um tiro — disse Danielle.

— Sim, foi muito bom! — Dixie acrescentou.

— Vocês me veem no jornal? — perguntei.

— Ah, sim, quase todos os dias — falou Danielle.

— Nossa mãe sempre liga no noticiário, só para ver se você vai aparecer. Às vezes você nem está aparecendo, mas mesmo assim assistimos.

— Sim, KVTV! — exclamou Dixie.

— Ele ainda vai poder ser cirurgião? Quero dizer, depois de ter levado um tiro no braço daquele jeito? — Danielle perguntou.

— Os médicos acreditam que sim — respondi. — Graças a Deus, a bala passou de raspão e não atingiu nada importante. Ele teve muita sorte.

— Não entendemos por que ele levou um tiro — disse Danielle, meio que se virando para olhar para mim.

Eu gentilmente empurrei sua cabeça para que ficasse de frente, para que eu pudesse terminar o cacho em que estava trabalhando. Ela suspirou e continuou, gesticulando com as mãos:

— Quer dizer, ele não fez nada de errado, fez? Parecia que ele estava apenas ajudando na mudança da avó.

— Isso mesmo, foi o que aconteceu. Ele não estava fazendo nada de errado — expliquei, ainda trabalhando com a chapinha no cabelo de Danielle.

— Aposto que o policial que atirou nele está se sentindo muito mal — disse Danielle.

— E as pessoas que chamaram a polícia para ir atrás dele quando ele só estava ajudando a avó. Não consigo imaginar isso acontecendo comigo. Eu ficaria com tanto medo.

As palavras do oficial Mallory ecoaram em minha mente. *Nenhum oficial bom e decente quer ir para casa à noite sabendo que atirou em um jovem de dezenove anos...* Eu esperava que fosse verdade.

— Eu não acho que ele queria atirar no menino, então o policial provavelmente está se sentindo mal, sim — eu disse.

— Mas, sem dúvida, isso não deveria ter acontecido.

— Devemos ter medo da polícia também? — perguntou Dixie.

Senti outra pontada estranha. Olhei para a pequena Dixie, com sua versão enorme dos olhos azuis da Vovó Tab e seu cabelo castanho, liso e lustroso, raiado de sol, caindo em cascata sobre seus ombros beges levemente torrados, e eu sabia as palavras que não conseguiria falar. Eu gostaria de poder ter dito a ela que a resposta à sua pergunta era não. Se tudo o que ela quis dizer com "nós" fosse ela e Danielle, então talvez a resposta fosse não. Mas se "nós" significasse todas as crianças, então não havia como eu dizer a ela como distinguir os bons policiais dos maus, os bem treinados dos subpreparados, e que não seria apenas um fator de sorte que determinaria com quem alguém, criança ou adulto, iria cruzar um dia. Eu gostaria de ter dito a ela que o que eu já vira em minhas reportagens, ou na vida em geral, podia me garantir a nossa segurança, minha e dela. Talvez ela fosse protegida por seu cabelo liso e sua pele clara, e aqueles lindos olhos azuis que ela poderia arregalar como os de uma corça quando bem quisesse. Talvez ela estivesse protegida pelo fato de não se parecer com uma garota negra, pelo fato de que ninguém jamais pensaria em vê-la como uma pessoa "de cor" — mas isso não significava que ela não seria *afetada*. Pensei no oficial Mallory e na dor em seus olhos e na súplica em sua voz, em sua honestidade e sinceridade. *Nenhum oficial bom e decente quer ir para casa à noite sabendo que atirou em um jovem de dezenove anos.* Lembrei-me da sensação de medo que deve ter se refletido em meus próprios olhos naquele nosso primeiro confronto. Talvez todos nós possamos fazer parte de um futuro diferente. Eu dei a melhor resposta que pude, aquela que refletia toda a verdade que eu conhecia e toda a esperança que eu poderia expressar. Olhei diretamente para minha irmã caçula.

— Você não *deveria* ter que ter medo da polícia, Dixie. Nenhuma criança deveria ter.

40

Dixie, que infelizmente eu não conhecia o suficiente para distinguir quando estava alegre como de costume ou incomumente nervosa, insistiu em segurar minha mão durante toda a viagem de carro até a igreja para o funeral da Vovó Tab. Essa nossa proximidade gerou aquele sentimento de leve constrangimento de quem deve fazer contato com desconhecidos em um evento profissional. Ocorreu-me que este poderia ser o primeiro funeral de Dixie, então aguentei o desconforto. Achei que ela não faria isso se não sentisse que precisava. Danielle tinha se apegado ao nosso pai e, assim como Dixie fez comigo, ela não o soltou. Diane também estava ao lado dele, e não tinha certeza de se era como apoio ou para ter um ombro no qual se apoiar.

Dentro da limusine, usando meus óculos escuros pretos, consegui lançar alguns olhares para Diane. Surpreendeu-me que ela me acompanhasse no noticiário, mesmo quando meu pai não estava por perto, e que envolvesse as meninas nessa forma sutil de conexão. Acho que, em todos esses anos, foi o máximo de mim que ofereci a eles. Diferentemente da mulher enfiada em algumas das minhas piores memórias, essa Diane parecia mais velha, muito mais velha do que a versão da minha mente, como se fosse uma versão desgastada da minha algoz. Ela parecia cansada, e dava para ver as olheiras em bolsas preto-azuladas sob os olhos. Fiquei quase aliviada quando ela colocou os óculos escuros assim que chegamos à igreja.

Nosso grupo entrou e foi pelo corredor até a parte da frente, reservada para membros da família. Lancei um rápido olhar para a direita e para a esquerda, e pude ver minha mãe e o general sentados discretamente algumas fileiras atrás. Perguntei-me quem mais viria. Também vi a sra. Gretchen, usando um chapéu muito interessante, sentada na terceira fileira de bancos. A frente da igreja estava decorada com flores de todos os tipos e cores, desde vasos no chão até lindos botões de rosa em arranjos. Por um momento, me perguntei de onde eles tinham vindo. Vovó Tab não tinha muitos familiares e, até onde sabia, suas amigas estavam em Crestmire. Também não conseguia imaginar como os bancos podiam estar tão cheios de pessoas que ela conhecia. Inclinei-me para sussurrar ao meu pai:

— Papai, quem são todas essas pessoas?

Meu pai pareceu assustado ao ouvir alguém falando de verdade com ele. Parecia perdido em seu mundo de pensamentos. Virou-se para olhar para mim e se inclinou para falar comigo por cima de Diane e Dixie, que ainda não havia soltado minha mão.

— Quais pessoas?

— Todas essas pessoas nos bancos. Nunca vi nenhuma delas antes — falei, dando uma olhada rápida para trás.

Meu pai olhou também. Ele deixou seu olhar vagar e demorou a se virar para a frente.

— Você não sabe quem são? — ele me perguntou, surpreso.

— Nenhuma ideia. Quem são?

— São todos alunos dela — explicou. — E a família deles, ao que parece.

Eu me virei, com uma compreensão profunda do que via. À minha frente, estava minha avó morta. Mas, nas fileiras e mais fileiras de

MULHERES NEGRAS *NÃO* DEVERIAM MORRER EXAUSTAS

bancos cheios atrás de mim, nas pessoas ao meu lado e até nas minhas memórias, eu poderia encontrá-la em vida.

Quando chegou a hora de fazer o discurso sobre a Vovó Tab, o pastor da igreja pediu que me dirigisse ao altar e ocupasse o púlpito. Nesse momento, eu não teria me importado de ter a mão de Dixie para me apoiar, em vez de caminhar sozinha pela frente da igreja e subir as escadas até o púlpito, um lugar no qual eu não tinha estado desde meu batismo, mais de vinte anos antes. Tentei andar firme sobre os calcanhares, transformando minha ansiedade em determinação e resolução de honrar minha avó da melhor maneira que pudesse.

De uma posição elevada, de frente para todos os presentes, pude ver muito mais do que antes. Não estava apenas olhando para a vida da Vovó Tab, olhava para a minha também. Levei um momento para absorver o máximo que pude antes de começar. Dei uma boa olhada em minha mãe e no general, sentados sozinhos, do lado oposto do meu pai e de Diane, a uma distância muito respeitosa. Minha mãe ainda estava linda, mas também parecia um pouco cansada — talvez pelo luto. O general estava como eu me lembrava dele, bem barbeado e bonito, com a pele negra, feições fortes que passavam segurança, e uma cabeça cheia de cabelos grisalhos cortados bem curtos. Sua postura era tão precisa quanto um anúncio de Pilates. Avistei a sra. Gretchen, que obviamente não vestia preto, mas um conjunto de uma espécie de lilás, com as unhas combinando. Lembro-me dela me dizendo uma vez que não usava preto em funerais: "Porque, a quanto mais funerais eu vou, mais tenho sorte de viver tanto tempo!", ela disse, completando: "Alguém tem que vigiar a passagem do tempo! Quando eu morrer, é melhor as pessoas passarem pelo meu caixão e dizerem: 'Parabéns!'". Fiquei grata por aquela memória equilibrada no esforço de manter minha compostura. Também vi Lexi, sentada com Rob Jr., Lexington e Rob. E então, para minha surpresa, bem na frente dela, estava Laila. *Laila.* Enquanto eu olhava para elas, as duas olharam para mim. Lexi tinha sua mão esquerda ainda sem aliança no ombro de Laila, e observei quando Laila levantou a mão para cobrir a de Lexi com a sua. Seus olhos brilharam, embaçados, o que era visível mesmo a distância. Desviei o olhar rapidamente para o fundo da igreja para me certificar de que meus próprios olhos continuassem secos. E lá, focados no fundo, eles se conectaram com Marc, sentado na última fileira de bancos, no assento mais próximo ao corredor, inclinando-se em direção a ele. Presumi que fosse para ter certeza de que eu o veria. Nosso olhares se entrecruzaram por apenas um momento. Mas foi o suficiente. No caminho de volta às minhas anotações, deixei meus olhos vagarem lentamente por todos os rostos de pessoas que eu não conhecia. Pessoas de todas as cores, de todas as idades. Algumas estavam com crianças no colo — algumas estavam bem-vestidas, outras usavam jeans e pareciam ter vindo naquele dia sem muito conhecimento do código de vestimenta para a ocasião. Mas, ainda assim, eles estavam *ali*.

— Amigos, familiares, colegas... e *antigos alunos* — comecei, enfatizando as palavras recém-adicionadas do final. — Bem-vindos a uma celebração da vida para a senhora Tabitha Abigail Holland Walker, minha homônima e minha avó.

41

Fiz o discurso de homenagem à minha avó em meio a uma névoa de emoção e adrenalina. Se eu não tivesse escrito as palavras antes de falar, não teria nenhuma lembrança do que disse. Para tanto, entreguei-me inteiramente ao momento. Ela merecia o melhor de tudo que eu tinha para dar.

Ao final do culto, agendamos uma recepção modesta no salão da igreja para saudar aqueles que não participariam do velório mais tarde, no local do enterro. Nem todo mundo podia passar uma quarta-feira inteira em um funeral. Isso significava que, pronta para isso ou não, nós, ou seja, a família imediata da Vovó Tab, precisaríamos fazer a transição para o modo de socialização, quase como se tivesse sido um casamento muito triste que acabara de acontecer, e não um funeral.

Com a primeira onda de pessoas que se aproximou de mim, eu realmente não soube lidar. Tal qual meu pai tinha dito, eram ex-alunos de minha avó e suas famílias. A maioria fez elogios ao meu discurso e compartilhou gentilezas sobre o tempo que passaram na sala de aula da sra. Walker. As crianças que ela ensinou a ler, escrever e fazer cálculo, assim como ela fazia comigo na mesa da cozinha, haviam se transformado em adultos com vidas reais e boas lembranças ainda vívidas. Fiquei surpresa ao saber que a Vovó Tab também era uma conselheira muito querida — não no exercício de sua função de professora, mas do tipo que sempre tinha a porta aberta, ouvidos abertos e o coração aberto para uma criança em crise. Minha mãe correu até mim, abrindo caminho pela multidão crescente de pessoas, para me dar seu grande abraço. Ela me apertou com força, como uma mamãe ursa protetora, e me deixei abraçar, grata por essa conexão.

— Gatinha!! — minha mãe exclamou, ainda me segurando perto. — Você se saiu tão bem hoje. Sua fala foi perfeita. Foi comovente e excelente, uma honra para a sua avó. Estou tão orgulhosa de você — ela disse, dando um passo para trás, mas ainda me segurando pelos ombros. — Nós estamos tão orgulhosos de você — ela acenou com a cabeça para o general, de pé logo atrás dela.

— Excelente trabalho, mocinha — disse ele.

Ele me lembrava Colin Powell na maneira como tudo o que dizia parecia ser um decreto oficial do governo. Minha mãe sorriu através de seu próprio peso de tristeza. Eu estava começando a perguntar a ela sobre como tinha sido sua viagem de Washington quando vi uma cabeça aparecendo atrás dela, tentando chamar minha atenção, mas fingindo que não estava. Era Lisa, da KVTV.

Eu olhei por cima da minha mãe, direto para ela. *O que ela está fazendo aqui? Por favor, não me incomode com nada de trabalho. Hoje não, Senhor, acho que não tenho paciência.*

— Lisa? — falei alto o suficiente para garantir que ela me ouvisse. Ela fingiu ficar surpresa.

— Ah! — ela disse olhando em volta, como se eu pudesse ter chamado alguma outra Lisa nas proximidades. — Sinto muito, não quero incomodar — disse ela, hesitante, olhando como quem pede desculpas para mim, minha mãe e o general.

— Oh, não, não se preocupe! — minha mãe disse, de braço dado com o general. — Vocês duas podem conversar, teremos muito tempo para colocar a conversa em dia. — Ela se virou para Lisa e estendeu a mão para cumprimentá-la. — Olá, sou Jeanie Williams, Jeanie Walker Williams. Sou a mãe de Tabby.

— Ah, prazer em conhecê-la! — Lisa a cumprimentou com entusiasmo. — Lisa Sinclair, sou colega de Tabby na KVTV.

Minha mãe também apresentou brevemente o general como meu padrasto e depois pediu licença para irem para uma parte diferente da recepção, deixando apenas Lisa e eu conversando.

— Espero que não se importe que eu tenha vindo. Eu juro que não estou perseguindo você — ela disse com um sorriso forçado.

— Na verdade, provavelmente devo a você um pedido de desculpas.

— Não, não, não se desculpe. De verdade, sou eu quem devo a você um pedido de desculpas. Quando você saiu do escritório na segunda-feira, eles anunciaram logo depois que sua avó havia falecido, e me senti péssima. Quero dizer, imagine-me trazendo à tona algo tão pequeno perto de tudo com que você estava lidando naquele momento.

— Mas você não tinha como saber, eu...

— Mesmo assim, às vezes eu tenho dificuldade de ter uma visão geral das coisas — explicou. — Fico tão apegada a como as coisas poderiam e deveriam ser que às vezes acabo não vendo... O que eu preciso ver, o que está bem na minha frente.

— Não se preocupe, isso acontece com todo mundo — eu disse, pensando imediatamente em mim mesma com relação a Laila.

— Bem, perguntei lá na empresa se eu poderia representar seus colegas de trabalho no funeral de sua avó — Lisa sorriu para mim com sinceridade. — E, nossa, preciso dizer que foi uma bela homenagem que sua família prestou a ela... Muito comovente. E ver todas aquelas pessoas... Ela deve ter sido realmente uma pessoa incrível... E, claro, neta de peixe, peixinha é.

Consegui invocar um sorriso; eu podia dizer que Lisa realmente estava tentando.

— De qualquer forma, há um arranjo de flores em nome de todos nós e, você sabe, às vezes elas não são tão bonitas na vida real quanto parecem quando você faz o pedido on-line, então é melhor ir ver pessoalmente, e eu... — eu transferi o peso de um pé para o outro, tentando ganhar paciência.

Não precisava de muito para reconhecer que ela estava nervosa.

Lisa percebeu e se recompôs.

— Desculpe, estou divagando — disse ela, de repente olhando para baixo.

— Você não precisa saber tudo isso. Apenas... Que as flores estão lá... Elas são lindas... Então, é isso.

— Obrigada, Lisa. Realmente, eu agradeço.

Ainda sentia a necessidade de me desculpar, de dizer-lhe que estava sobrecarregada, mas estava exausta demais para procurar as palavras certas para isso. Tentei articulá-las, mas Lisa me interrompeu antes que eu pudesse começar.

— E, acima de tudo, eu realmente queria me desculpar com você, *pessoalmente*. Estava importunando-a sobre o grupo de questões de mulheres em todas as ocasiões possíveis, nunca dei um minuto para você recuperar o fôlego. Quero dizer, primeiro a briga pela promoção com Scott, depois a adaptação ao novo cargo e, por fim, todas as mudanças de Chris e toda a pressão... Estou apenas dizendo que... Você estava certa. Você é tão *forte*, Tabby. Eu posso ver... Eu posso me ver em você. Mas tive que aprender que forte não significa invencível e que você, Tabitha Walker, não precisa tomar para si *todas* as batalhas.

Ela pegou minha mão e procurou meus olhos. Eu permiti a conexão.

— Você *não* precisa — ela salientou, trazendo água aos meus olhos novamente, enquanto gentilmente apertou minha mão para dar mais ênfase.

MULHERES NEGRAS *NÃO* DEVERIAM MORRER EXAUSTAS

— E você nem teria como. Não é possível. Então, só queria que você soubesse que, mesmo que você nunca apareça para uma única reunião, mesmo que você escolha outras batalhas, ainda vou continuar enfrentando esta daqui por *nós*.

Ela me abraçou e sussurrou:

— Pode contar comigo, moça.

Quando se separou de mim, ela sorriu e foi embora. Depois dessa minha conversa com Lisa, fiquei parada por um bom tempo, atordoada em uma contemplação, como se fosse uma estátua. Acho que minha boca ainda estava ligeiramente aberta com o choque de tudo isso quando Alexis e Laila se aproximaram de mim, seguidas de perto por Rob Jr., Lexington e Rob. Não pude deixar de notar que, embora Lexi ainda não usasse sua aliança, Rob usava a dele. Não consegui pensar muito a respeito, porque me dei conta de que não tinha contado a Laila nem a convidado para o funeral. Preparei-me para o constrangimento.

— Ei, garota! — Lexi disse, chamando a mim e a Laila para um abraço triplo.

— Você fez um ótimo trabalho, de verdade.

— Obrigada — eu disse para Lexi, e então me virei para Laila.

A essa altura, Lexington estava enrolado em minhas pernas, sua camiseta branquinha completamente para fora da calça e com marcas de mão de chocolate. Lexi empurrou Rob Jr. para a frente também, e ele deu um abraço um pouco mais alto, em volta da minha cintura.

Ambos me disseram que me amavam, depois foram para junto do pai.

— Ei, Tab — Rob disse enquanto estendia a mão para um abraço hesitante em torno dos meus ombros.

— Sei que não deve ser fácil, mas você se saiu muito bem lá em cima.

Ele se moveu para ficar junto com os meninos.

— Se precisar de algo, conte com a gente, ok?

Depois, ele se virou para Lexi:

— Linda, vou levar os meninos para fora e tomar um pouco de ar com eles. Estaremos lá quando você sair. Sem pressa.

Assim que ele estava fora do alcance da voz, Lexi se virou para mim com um olhar do tipo *o que você esperava?* em seu rosto.

—Sim... Rob? — eu disse a Lexi com uma sobrancelha erguida.

Ela sorriu.

—Quer dizer, não é nada definitivo. Estou dando a ele uma chance de *mostrar* para mim o que ele continua tentando me *falar*. É isso. E não vou colocar aquela coisa de volta nesta mão até que eu tenha certeza.

Todos nós rimos, até que Laila falou.

—Tabby, Alexis e eu, hum, tivemos uma chance de conversar. Eu queria que você soubesse disso. Viemos juntas.

Percebi que ela estava inquieta.

—E eu queria estar aqui... Porque... — Laila ergueu o olhar e sorriu lentamente.

—Tive que trazer isso para você, em caso de emergência.

Ela puxou a manga da blusa e me mostrou uma pulseira grossa que estava usando. Vendo a confusão em meu rosto, ela torceu a pulseira, mostrando uma pequena saliência na parte superior que parecia uma tampa rosqueada.

—É um frasco de bebida — ela sussurrou.

—Apenas para você. Não estou mais bebendo.

Eu examinei seu pulso mais de perto:

—Espere, você tem uma pulseira com o Bat-Sinal?

—Bat-Sinal!

Alexis e Laila falaram juntas, assentindo. Eu ri.

—Ai, meu Deus, agora vocês *sabem* que mais tarde vou procurar vocês.

Concluindo minha conversa com as duas, eu sabia quem precisava encontrar — a sra. Gretchen. Com sua suave cor-de-lavanda em um mar de tecido preto, não foi difícil. Ela estava conversando com um grupo de mulheres e um homem que reconheci de Crestmire.

Eu toquei seu ombro levemente. Ela virou.

—Tabby! — ela disse alegremente. — Veja só, eu disse que viria.

—Sim, sra. Gretchen, a senhora veio.

MULHERES NEGRAS NÃO DEVERIAM MORRER EXAUSTAS

— E você sabe que eu não visto preto.

— Essa cor de lavanda é adorável. Tenho certeza de que a Vovó Tab teria amado.

Ao mencionar minha avó, os olhos da sra. Gretchen se suavizaram.

— Eu... sinto saudades da minha amiga — disse ela baixinho, como se fosse um segredo que só nós duas podíamos saber.

— Eu sei, sra. Gretchen, eu também estou com saudades.

Ela fez uma pausa e olhou para mim, pegando minha mão.

— Você vai me visitar de vez em quando, não vai?

— Vou sim, sra. Gretchen. A senhora sabe que estarei lá.

A sra. Gretchen sorriu, e pareceu que uma boa ideia acabara de lhe ocorrer.

— Sabe, estou com o meu melhor vestido. Sempre encontro os homens mais bacanas em velórios. O sr. Harper quase me esgotou naquela viagem, mas percebi que vou precisar de um novo... Companheiro.

Ela me deu uma piscadela e se virou, pondo-se a andar na direção de outro grupo de homens idosos que eu também reconheci como sendo de Crestmire. Percebi que ela começou a balançar exageradamente os quadris conforme se aproximava deles. Ela se virou e olhou para mim mais uma vez com um sorriso e se juntou ao grupo conversando.

Sozinha novamente por um momento, olhei em volta procurando por Marc — eu o tinha visto no velório, mas não havia nenhum sinal dele agora. Queria pelo menos agradecê-lo por ter vindo. Pelo menos agora eu sabia que ele realmente se importava. Já era um ponto de partida.

Duas voltas ao redor, pelo menos cinquenta abraços e cem *Meus sentimentos* depois, eu ainda não o tinha encontrado — apenas meu pai, parado sozinho em um canto, parecendo em estado de choque. Não havia Diane, Danielle ou Dixie à vista. Abandonei minha busca por Marc e fui diretamente até meu pai.

— Papai, tudo bem? — perguntei.

Ele se virou em minha direção e pareceu relaxar um pouco.

— Eu precisava respirar um pouco — disse ele.

Quando ele olhou para mim, vi um traço fugaz do garotinho que tantas vezes tinha imaginado nas histórias da Vovó Tab.

— Onde está Diane e as meninas?

— Elas foram comer alguma coisa e pegar Tanner no aeroporto.

— Tanner está vindo?

— Ele queria estar aqui, então voltou da faculdade. Ele irá ao enterro.

— Você está bem?

Eu perguntei, dando-lhe um tapinha no braço.

— Acho que deveria estar perguntando isso a você.

— Não sei se as regras se aplicam a esse tipo de coisa — falei.

— Então vamos tomar um sorvete — sugeriu ele.

— Sério?

— Não pareço sério?

Com toda a franqueza, ele parecia triste e um pouco exausto. Mas entendi o que ele quis dizer.

Então, pela primeira vez desde garotinha, peguei a mão de meu pai. E saímos pela porta sem dizer uma palavra a mais ninguém.

EPÍLOGO

Quase um ano após o funeral da Vovó Tab, estava em casa em uma tarde de sábado, acompanhando uma canção no banheiro, olhando-me no espelho enquanto me arrumava para uma data *muito* importante.

Pela primeira vez, não estava atrasada. Denisha e eu chegamos a um acordo quanto ao meu cabelo, e ela concordou em fazer um corte natural curto, com volume no topo e um caimento lateral bem-posicionado. Concordei em deixá-la dar os destaques que ela sempre insistiu que ficariam muito bons na câmera. Ela estava certa. E eu também estava certa — meu cabelo natural ficou ótimo e muito mais prático, do tipo "lave e já está pronto" após uma ligeira aplicação de produto. Denisha também tinha razão sobre investigar a história de Daequan Jenkins, e fui até o fim com essa pauta. O promotor se recusou a apresentar acusações criminais, mas o policial que atirou em Daequan foi suspenso por tempo indefinido e se iniciou uma investigação departamental visando aos protocolos de treinamento.

À medida que a investigação continuava, eu cobria os novos desenvolvimentos. A reportagem foi divulgada em todos os canais de notícias locais e tornou-se notícia nacional por um bom tempo. Minha entrevista original chegou a ser distribuída internacionalmente. Daequan e a família Jenkins contrataram um advogado e processaram a cidade com sucesso, chegando a um acordo que financiaria a educação de Daequan não só até a formatura, mas também a especialização, a residência, o pós-doutorado e até uma pós na área de negócios como complemento, caso ele quisesse. Todo mundo percebeu a ironia, pois foi a necessidade de financiar sua educação que tinha, justamente, desencadeado todo o incidente. A reportagem me rendeu um prêmio Emmy como repórter, e outro para toda a minha equipe de reportagem. Foi um bom ano para a KVTV. Sentia-me pronta agora para uma nova promoção, como âncora de fim de semana. E, desta vez, não havia competição. Eu não tinha um, mas dois excelentes mentores: Chris *e* Lisa.

Fiel à sua palavra, Lisa aceitou o desafio de incentivar o grupo de discussão de questões femininas. Depois que me recuperei da perda de minha avó, das pesadas demandas do período mais intenso da reportagem sobre o tiroteio de Jenkins e da experiência física de congelar meus óvulos, enfim consegui arranjar tempo para comparecer a uma reunião. Naquela época, já haviam conseguido uma mudança em nosso plano de saúde, que incluía não apenas métodos contraceptivos, mas também tratamento de infertilidade para mulheres e famílias. Foi uma evolução marcante para nossa área, que catapultou a KVTV ao topo dos canais locais de notícias no sul da Califórnia. Além de ser minha mentora, Lisa e eu nos tornamos boas amigas, encontrando-nos pelo menos uma vez por mês para um dia de spa, com direito a chá da tarde, o que nos permitia desabafar apenas entre nós duas.

Terminando minha maquiagem no espelho, com a última aplicação precisa de máscara, no tempo extra decidi me servir de um copo de chá gelado e relaxar um pouco no quintal antes de colocar o vestido. A mudança em nosso plano permitiu que eu preservasse o pagamento da

MULHERES NEGRAS *NÃO* DEVERIAM MORRER EXAUSTAS

entrada da casa, e Vovó Tab me deixou com um pouco mais para bancar o lar que eu realmente queria. O quarto que sempre tive em mente para ela estava ali, mas agora estava cheio de objetos aleatórios deixados de vez em quando pelas minhas *irmãzinhas*, Danielle e Dixie. Ainda estou aprendendo a dizer isso — irmãzinhas —, e ainda estou aprendendo a ser uma irmã mais velha. Nunca houve uma decisão oficial de *vamos todos tentar ser uma família*. Passei a aceitar mais convites para jantar em Calabasas e comecei a fazer alguns convites também. Diane e eu ainda não somos próximas, mas mantemos uma linha tênue e respeitosa que ela em geral não cruza. Na última vez que ofereci o jantar, servi vinho de um vinhedo que Laila, Alexis e eu visitamos em nossa viagem de garotas para Napa, poucos meses depois do funeral da Vovó Tab.

Alexis e Rob ainda tentavam reatar o casamento, mas, sem uma decisão final entre eles, ela continuou sua política de não usar a aliança. Ele ainda usava a sua fielmente e ainda vivia fora de casa, agora no próprio apartamento. Não tem sido um caminho fácil para Laila também, mas ela encontrou um ótimo *coach* e acabou me incluindo com Alexis em algumas sessões de grupo. Quando percebemos que conversávamos sobre tudo, exceto sobre o que realmente importava, percebemos que era necessário nos esforçarmos mais — uma para com a outra e também conosco. O *coach* ensinou para a gente uma pequena série de afirmações para dizermos quando não soubéssemos bem o que falar ou como pedir o que precisávamos. A princípio, foi estranho falar uma com a outra assim, mas acabou se tornando natural. Comecei a praticar no espelho todas as manhãs:

Vejo você.

Amo você.

Reconheço sua luta.

Acho você linda.

Sentada do lado de fora, em meu pátio, puxei uma cadeira para desfrutar de alguns minutos de sol, de uma brisa suave e de um refrescante copo de chá já coberto com a leve camada de umidade da condensação. Estava ansiosa por esta noite. Meu paquera, fazia mais de duas semanas que eu não o via. Relaxando na cadeira, peguei meu telefone para checar se havia alguma mensagem de trabalho e vi que havia uma chamada perdida de Marc. Enviei uma mensagem de texto rápida para que soubesse que ligaria para ele no dia seguinte. Esta noite eu estaria ocupada: era o baile de formatura em Crestmire novamente, e a sra. Gretchen estava esperando por mim. A aparição de Marc no funeral da Vovó Tab fora o ponto de partida para um novo tipo de relacionamento entre nós. Não esqueci o que meu pai me ensinou sobre o tipo de dano que uma pessoa carrega, ou o que minha mãe me ensinou sobre reivindicar apenas o que é seu e deixar o resto para trás. Apesar de suas intenções talvez terem evoluído, percebi que Marc era o que eu chamava de *limitado*. Ele era limitado em sua capacidade de se comprometer, amar, apoiar e se mostrar para mim de maneiras que eu nem sempre conseguia nomear, mas, bem, que eu sabia que precisava. Então, por enquanto, éramos amigos. *Somente* amigos — pelo menos, na *maior parte* do tempo. Às vezes, a química que havia entre nós ainda saía ganhando. Seria ele daquele tipo raro? Podia ser que sim. Só o tempo me diria. Levei muito tempo para contar a alguém sobre o que aconteceu depois que Marc e eu terminamos, o confronto no carro e o episódio que se seguiu à morte da Vovó Tab. Por um tempo, fiquei realmente envergonhada. Olhando para trás agora, talvez tenha sido o meu ponto de ruptura, e aconteceu de eu canalizar tudo para ele, vertendo nele todas as minhas entranhas. Por fim, compartilhei com Lexi, e depois com Laila, e as duas se declararam chocadas por ele não ter desaparecido totalmente após as duas ocasiões.

—Caras desaparecem quando as mulheres fazem algo que os deixa um pouco desconfortáveis — disse Laila. — E olhe o que diabos você fez, Tabby, você mostrou toda a *sua* loucura. Estou chocada que ele a tenha procurado com aquela mensagem de "Oi, sumida".

Mas Marc tinha de fato me procurado, como *sempre* fazia. Às vezes, demorava um pouco, mas, com certeza, uma hora ou outra algo surgia no meu telefone. Estava aprendendo, do meu jeito, a confiar nele. Antes que ficasse tarde demais e estivesse muito relaxada ou cansada, entrei em casa e fui para o meu quarto colocar o vestido para a celebração da noite. Tinha me oferecido para ajudar a sra. Gretchen a se arrumar, mas ela havia recusado, dizendo que deixaria uma das garotas do salão fazer sua maquiagem depois que ela fizesse as unhas. Ela me disse:

— O que você precisa aprender é: se estiver sempre *pronta*, nunca precisará se *preparar*. Você sabe que estou sempre pronta.

Fiel ao ritual, a sra. Gretchen ainda pegava caronas, assistia a tutoriais de maquiagem e mantinha aquela tintura em seu tom particular de loiro que deixava todos os homens em Crestmire loucos.

Quando cheguei a Crestmire, o estacionamento para visitantes estava quase vazio. Fiquei grata pela proximidade da porta desta vez, enquanto batia os meus saltos-gatinho até a entrada. Em geral, aos sábados, nas minhas visitas regulares, os espaços ficavam lotados. Continuei a manter quase exatamente o mesmo horário com a sra. Gretchen que tinha com a Vovó Tab. Era outra coisa não dita entre nós. Depois do funeral, ela nunca mais me pediu para ir visitá-la, mas me certifiquei de que ela nunca precisasse pedir. Eu aparecia todas as semanas aos sábados, como de costume, a menos que tivesse um trabalho de emergência, o que acontecia às vezes.

Eu me encontrei com a sra. Gretchen em seu apartamento e entreguei-lhe as flores que trouxe. Ela parecia radiante em um vestido estilo sereia, magenta brilhante, com os ombros à mostra e um alargamento na parte inferior, logo abaixo do joelho. Ela estava até usando seus "saltos altos" de cinco centímetros, que eram de bolinhas pretas e brancas. O cabelo estava cacheado perfeitamente em uma versão ligeiramente mais bem penteada do que seu estilo do dia a dia, e a maquiagem estava sutil, mas impecável. Hoje, ela havia escolhido esmalte magenta metálico para combinar com a cor do vestido.

De pé em sua cozinha, disse à sra. Gretchen:

— Com certeza, a minha é a parceira mais linda de Crestmire!

Ela sorriu muito, largou as flores no balcão junto com minha bolsa e as chaves e puxou minha mão para nos conduzir para fora, pela porta.

— Eu tinha que mostrar a essas velhinhas como é que se faz, não é mesmo!

Nós atravessamos rapidamente o corredor até a sala de atividades decorada, onde aconteceria o baile.

— Pedi ao sr. Parker para guardar alguns lugares para nós em uma mesa boa, aquela perto da pista de dança — disse ela.

— O Sr. Parker, sra. Gretchen? Ele é alguém especial? — eu perguntei, provocando.

— Não mais especial do que aquele sanduíche do almoço — ela rebateu rapidamente.

Nós duas caímos na risada.

— Apesar de que — ela continuou em um tom brincalhão — esta é uma noite especial... E, em noites especiais, coisas especiais podem acontecer.

Ela piscou.

Entrando no espaço do evento, fiquei surpresa ao ver que Crestmire tinha sido decorado de acordo com o tema. A sala de atividades, em geral reservada para bingo, artesanato e cadeiras de balanço em frente ao salgueiro, estava transformada com balões dourados e pretos, serpentinas, confetes, toalhas de mesa e centros de mesa florais. Um dos ajudantes que reconheci das minhas visitas regulares estava até usando um terno preto e uma camisa branca enquanto pilotava uma mesa improvisada de DJ, que já estava tocando música. Sentei-me à mesa que a sra. Gretchen havia indicado para nós, e ela foi diretamente para a pista de dança, guiada pelos passos embaralhados, mas confiantes, do sr. Parker. A partida deles me deu a oportunidade de mergulhar em

MULHERES NEGRAS *NÃO* DEVERIAM MORRER EXAUSTAS

meus próprios pensamentos. Na minha cabeça, coloquei a Vovó Tab ali e me perguntei se ela estaria bebendo o ponche ou comendo um dos doces que estavam espalhados pelas mesas. Talvez ela até estivesse dançando com a sra. Gretchen, se divertindo com um sorriso gigantesco, semelhante ao que pude observar esta noite nos rostos de tantos outros residentes. Imaginei que poderia sentir sua presença ali comigo, e talvez ela estivesse observando do seu jeitinho silencioso, absorvendo tudo ao seu redor e vendo magia em lugares que outras pessoas não viam. Pensei no mar de ex-alunos em seu funeral e, por algum motivo, nos olhos da minha irmã Dixie. Na verdade, às vezes eu imaginava que, se nós três fôssemos colocadas juntas, Danielle, Dixie e eu, formaríamos quase uma versão da Vovó Tab. Danielle tinha sua força silenciosa, Dixie seus olhos e a habilidade destemida de se conectar; quanto a mim, eu gostava de acreditar que compartilhava de sua paixão pelo espírito da humanidade — aquela parte dela que podia enxergar para além da cor da pele do meu avô e ver nele um ótimo dançarino com um sorriso brilhante; a parte dela que podia assegurar um espaço para as lágrimas de um amigo e manter uma porta aberta para a redenção, mesmo para aqueles que mais a tinham magoado. O pensamento me fez perceber que, de alguma forma, apesar de tudo o que eu tinha perdido, por mais imperfeito que fosse, tinha ganhado uma família.

Conforme a noite passava, da minha cadeira do outro lado da pista, observei a sra. Gretchen se sacolejando ao som de cada música, incluindo a interpretação mais caótica de hip-hop que eu já tinha visto na vida. Parecia, literalmente, uma versão em câmera lenta de uma luta na gaiola, com andadores, dedos pisados e joelhos quebrados — tudo colidindo por toda parte. Mesmo assim, mesmo em meio ao caos, não pude deixar de notar a alegria que ainda fluía em todas as direções. As pessoas pareciam esquecer suas limitações, mesmo que apenas por um momento. Até o excêntrico sr. Lim estava de pé, girando em círculos malucos. E, para minha diversão maior ainda, no mar ondulante de vestidos multicoloridos, rendas e babados, cabelos grisalhos bem penteados e topos de cabeça carecas e reluzentes sobre ombros arredondados pelo tempo, a sra. Gretchen se destacava quase como se tivesse o próprio holofote. Seu rosto iluminou-se por dentro como uma chama brilhante, enquanto eu observava o sr. Parker dar um tapa em seu amplo traseiro. Ela fingiu estar ofendida, mas riu quando chamou minha atenção e percebeu que eu tinha visto.

A sra. Gretchen fez um gesto espalhafatoso para que eu me aproximasse e me juntasse a ela na pista de dança. Meus pés doíam, mesmo só tendo ficado sentada, mas não havia como dizer não. Enquanto me aproximava, imaginei o que a Vovó Tab estaria fazendo ali, dançando, e pela primeira vez senti verdadeira tranquilidade em saber que minha presença não seria necessária por um bom tempo nesse tipo de evento. Pensei na luz cintilando em seus olhos azuis desbotados, no sorriso que se estendia em seu rosto e em suas mãos balançando no ar como se ela tentasse capturar o ritmo da música que estava dançando. Imaginei que o coração da Vovó Tab parou naquela noite porque estava cheio de alegria — e que ela morreu exausta no bom sentido, que a plenitude de sua vida enfim tinha transbordado e que a felicidade explodira dentro dela, como um vulcão de luz vibrante e expansiva. Naquele momento, eu tinha certeza de que a sra. Gretchen também morreria exausta um dia e de que, quando chegasse a minha hora, quando eu terminasse de cumprir as aventuras da minha vida, comigo também seria assim.

E, quanto ao meu segredinho, faltavam apenas mais algumas semanas para que eu pudesse contar a todos... que uma viraria uma dupla.

AGRADECIMENTOS

Disseram para mim que a realização deste livro era impossível, mas, ainda assim, ele se tornou real. Por isso, devo agradecer a todos aqueles que desempenharam seu papel na realização desse sonho tão improvável.

Obrigada à minha agente, Lucinda Halpern, que é uma força da natureza, com uma crença inabalável. Você viu não só o que este livro era, mas também o que poderia ser. E se certificou de que seria assim. *Merci beaucoup.*

Para os meus editores, Sarah Ried e Amy Baker: sua visão e dedicação têm continuamente me inspirado e motivado. Obrigada por me incentivarem para que eu alcançasse níveis mais elevados como escritora e por não verem este livro apenas em todo o seu potencial, mas também por elevá-lo ainda mais para servir às leitoras e aos leitores na excelência de sua melhor e mais elevada forma.

À equipe da Harper Perennial, cujo entusiasmo é contagioso, agradeço a Heather Drucker, Lisa Erickson, Kristin Cipolla e a cada pessoa cujo tempo e esforço foram direcionados a este livro. Sintam-se imensamente agradecidas.

Para a comunidade que se formou em torno deste livro, maravilhosamente generosa — obrigada a cada leitora e a cada leitor por seu incrível apoio, por todas as análises, recomendações boca a boca, discussões, postagens em redes sociais e pela energia do *bookstagram*. Vocês deram sentido a este trabalho e me inspiram a cada dia em minha jornada como artista. Faço isso por vocês. Além disso, um agradecimento especial a Dawn Michelle Hardy — sua paixão e compromisso são um presente. Você ajudou a transformar a tarefa de uma só mulher em esforço comunitário.

Obrigada a cada um dos membros de cada clube do livro que selecionou *Mulheres negras não deveriam morrer exaustas*. Foi um grande prazer ter a oportunidade de conhecê-los e de vocês me conhecerem por meio dos amáveis convites para eventos íntimos e debates. A Ashley Bernardi, que, com um ato de gentileza, colocou-me em contato com minha agente: obrigado por agir como uma amiga diante de uma estranha. Fico tão feliz por ter você em minha vida.

Obrigada às livrarias, e em particular às livrarias independentes, que forneceram minhas primeiras estantes e primeiras oportunidades para me encontrar com leitoras e leitores pessoalmente. Obrigada por acreditarem em mim quando eu não passava de uma autora independente, por abrirem suas portas e corações, e se juntarem a mim nesta jornada incrível.

Aos meus pais, Shermane Sealey e John Sealey, por todos os enormes sacrifícios, cuidados, conselhos e incentivos — obrigada por me mostrarem desde muito cedo que é muito difícil superar a combinação de educação, trabalho árduo e excelência, e que posso alcançar qualquer coisa, desde que me recuse a desistir. Amo vocês e lhes sou infinitamente grata.

Minhas avós, Flossie Dixon Sealey e Ailleen Evelyn Holland Townsend, deram-me os primeiros exemplos de como é a força e a audácia de uma

MULHERES NEGRAS *NÃO* DEVERIAM MORRER EXAUSTAS

mulher em uma vida bem vivida. Também foram uma inspiração fundamental para os nomes das personagens (assim como outros familiares e amigos). Vou continuar praticando minha gratidão.

Para minhas tias (entre elas, as D.I.V.A.s da Universidade Howard), meus tios, primos e amigos, obrigada por celebrarem minhas vitórias, apoiarem meus caprichos e encorajarem minhas tentativas. Quero agradecer especialmente a Danielle Gray, minha irmã por escolha, por ser minha primeira editora, conselheira e líder de torcida, e a Bernice Grant, por ser uma leitora paciente enquanto eu moldava as ideias e palavras deste livro pela primeira vez.

Para as pessoas incríveis do passado, presente e futuro, cujas contribuições insubstituíveis tornaram possível esta jornada de esperança, fé e amor, obrigada por serem a matéria de que os sonhos são feitos.

SOBRE A AUTORA

Jayne Allen é o pseudônimo de Jaunique Sealey, graduada pela Universidade Duke e pela Escola de Direito de Harvard. Viajante ávida, ela fala três línguas e já visitou cinco continentes. Com base nas experiências singulares que teve como advogada e empreendedora, ela cria histórias transculturais, que abordam questões da mulher contemporânea, como trabalho e carreira, raça, fertilidade, relacionamentos modernos e saúde mental. Em sua escrita reverbera o desejo de trazer multiculturalismo e multidimensionalidade a um elenco rico e colorido de personagens inspiradas pela magia da descoberta na vida cotidiana. *Mulheres negras não deveriam morrer exaustas* é seu primeiro romance, que ela chama de "o epitáfio dos meus trinta anos". Orgulhosamente natural de Detroit, hoje ela mora em Los Angeles.